講談社文庫

ぼくとアナン

梓 河人

講談社

ぼくとアナン　目次《もくじ》

ナォ。
子《こ》どもたちみんなへ。
愛《あい》ってはずかしい？
それとも、気持《きも》ちいい？
死《し》ってこわい？
それともフシギ？

バケツ

夢《ゆめ》の都《みやこ》

1　ひろわれた赤《あか》ちゃん

ナォ。夜《よる》の雨《あめ》のにおいがする。

ぼくは暗《くら》くて、せまくて、寒《さむ》いところで、丸《まる》くなって夢《ゆめ》を見《み》ていた。

お母《かあ》さんのふわふわのおなか、あったかいオッパイ、おにいちゃんたちとのくすぐりっこ――そんなあまい思《おも》い出《で》も、もしかしたらみんな夢《ゆめ》だったのかもしれない。

夢《ゆめ》だっていい。いい夢《ゆめ》だったらさめないで。ぼくはいつまでも夢《ゆめ》の中《なか》にいたいんだ。

タン、タン、タタタタ……。

なにかをたたくうるさい音《おと》で、ぼくはついに目《め》をさましてしまった。

ああ、すごく寒《さむ》い。おまけにひとりぼっち。そこは油《あぶら》でべとべとした紙《かみ》バケツの底《そこ》、はげしい雨《あめ》の音《おと》がひびいている。びしょぬれのぼくは、ふるえながら上《うえ》を見《み》あげた。

たいへん、フタのすき間《ま》から、水《みず》がどんどん中《なか》に流《なが》れこんでくる。ひどい、こんなことなら目《め》なんかさまさなきゃよかった。

ぼくは必死《ひっし》に両足《りょうあし》で紙《かみ》バケツをシャカシャカひっかいた。ダメだ、のぼれない。水《みず》はもう、胸《むね》のあたりまであがってきている。

ああ、おぼれちゃう。こんないやなことはおわりにしたい。もういっぺんあの夢《ゆめ》の中《なか》にもどりたい。

おぼれたら、夢《ゆめ》にもどれるのかな？　それとも、もう二度《にど》と夢《ゆめ》が見《み》られなくなっちゃうの？

ナオ、なんだかこわい。

ナオ、ナオ、だれか助《たす》けて。

そのとき、ぼくの声《こえ》がきこえたように、パカッとバケツのフタがあいた。

だれかの目《め》がぼくをのぞきこんでいる。だけど、もうその顔《かお》は見《み》えなかった。水《みず》がとうとうぼくの目《め》のところまできたんだ。

あっぷ、あっぷ、もうダメだ――。

と、次《つぎ》の瞬間《しゅんかん》、ぼくの体《からだ》はふわりとういた。

クレーンのように大《おお》きな手《て》が、ぼくを水《みず》の中《なか》からすくいあげたんだ。

ああ、まるで夢《ゆめ》みたい。ぼくはぬれぞうきんみたいにポタポタと水《みず》をたらしながら、助《たす》けてくれた人間《にんげん》の顔《かお》を見《み》た。

ヒゲだらけ。ぼさぼさ頭《あたま》。でも、細《ほそ》くてやさしい目《め》。

「おお……」ヒゲ男《おとこ》がうめいた。「子《こ》ネコだ……なんてひどい」

ヒゲ男《おとこ》はポケットからタオルを出《だ》し、しっかりとぼくをくるんでくれた。その長《なが》グツの横《よこ》には、さっきまでぼくが入《はい》っていたらしいフライドチキンのバケツがころがっている。それから、うす暗《ぐら》いライトにてらされた、大《おお》きなビニールぶくろの山《やま》、山《やま》、山《やま》……。

そこは、ゴミすて場《ば》だった。つまり、ぼくはゴミみたいにすてられていたんだ。ナオ、どうしてそんなことになったのか、わかんない。きっとなんかのまちがいに決《き》まっている。

「よし……よし……がんばれ」

ヒゲ男《おとこ》は自分《じぶん》のコートの中《なか》に、ぼくをすっぽりと入《い》れてくれた。さっきまでゴミだったぼくを、とてもとてもだいじなもののように。

チクチクするコートの中《なか》で、うるさい雨《あめ》の音《おと》がやんだ。ここはかわいてる、あったかい、そして、ぼくは生《い》きている。ヒゲ男《おとこ》のゆりかごにつつまれて、ぼくはそっと目《め》をとじた。

ドクン……ドクン……。やせた胸《むね》から、やすらかな時計《とけい》の音《おと》がひびいてくる。その小《ちい》さな天国《てんごく》で、ぼくは気《き》をうしなってしまった。

そのまま、何日《なんにち》もねむり続《つづ》けた。

ときどき口《くち》の中《なか》にやわらかい食《た》べ物《もの》が入《はい》ってきた。どうやらヒゲ男《おとこ》が自分《じぶん》の口《くち》でかんだものをくれているみたいだ。食《た》べ物《もの》と、ヒゲ男《おとこ》のやさしさのおかげで、ぼくは少《すこ》しずつ元気《げんき》になっていった。

「わあ、ナガレ、しょのネコどうしたの？」

やっと歩《ある》けるようになって、道《みち》ばたで毛皮《けがわ》のお手入《てい》れをしていると、ヒゲ男《おとこ》の友《とも》だちがあそびにやってきた。おかげで、ヒゲ男《おとこ》の名前《なまえ》がわかったんだ。

ナガレさん、ていうんだね。ナォ、ぼくを助《たす》けてくれてありがとう、ナガレさん。

「すてられてたんだよ、デンパちゃん」ナガレさんがぶつぶついった。「裏通《うらどお》りのゴミすて場《ば》にな。まったく、ひどい話《はなし》だ」

「キャラメル色《いろ》で、とってもかわいいネコでしゅねえ。ぼく、ピッピッてきたでしゅよ。ナガレになんか、いいことがあったってね」

デンパちゃんはぼくをだっこして、ほっぺをすりすりしてくれた。髪《かみ》の毛《け》はくるくる、目玉《めだま》もくるくる、話《はな》し方《かた》がちょっとおかしくて、子《こ》どもなのか大人《おとな》なのかわかんない。この人《ひと》、ほんとうに人間《にんげん》かな。なんだかぼくの仲間《なかま》みたいだ。

「でも、ナガレにひろわれるなんて、『夢《ゆめ》の都《みやこ》』一《いち》、運《うん》のいいネコでしゅねえ」デンパちゃんはいった。

『夢《ゆめ》の都《みやこ》』——それはどうやら、ぼくたちが住《す》んでいるところの名前《なまえ》らしい。ぼくはデンパちゃんにだかれながら、にぎやかな町《まち》を見回《みまわ》した。

ぼくたちは階段《かいだん》の下《した》の、黒《くろ》くて固《かた》い道《みち》にすわっていた。階段《かいだん》の上《うえ》にはにょきにょき高《たか》いビルがはえていて、地面《じめん》の下《した》にはかぞえきれないくらい店《みせ》がならんでいる。ときどきゴオオーッとうなりをあげて、電車《でんしゃ》が近《ちか》くを走《はし》っていった。

うるさくて、ごちゃごちゃしていて、大《おお》きな大《おお》きな町《まち》。これが夢《ゆめ》なら、いったいだれの夢《ゆめ》なんだろう？

「ねえねえ」デンパちゃんがいった。「このネコ、名前《なまえ》は？」

「そうだな」ナガレさんがぼそりといった。「フライドチキンのバケツに入《はい》ってたから……バケツ、とか？」

「えーっ」デンパちゃんはさけんだ。「いいかげーん」

ナォ。ぼくバケツでいい、気《き》にいったよ。ナガレさん、ありがとう、ぼくを助《たす》けてくれて。ぼく、ココロの底《そこ》からさけびたい気分《きぶん》だ。

ナォーン。ここにいるナガレさんは、すばらしい人《ひと》なんです。子《こ》ネコを助《たす》けた、すごくココロのやさしい人《ひと》なんです。ナォォーン。

いそがしそうに道《みち》を歩《ある》いていた人《ひと》たちが、ぼくの大声《おおごえ》にふりむいた。ぼくの耳《みみ》って、すごい。こちらを見《み》たとたん、みんなのハートがドキン、と音《おと》をたてたのがきこえたんだ。

なんだかびっくりしているみたい。だけど、そこからがへんだった。どういうわけか、まるでぼくたちのことは見《み》えなかったみたいに、みんな早足《はやあし》で階段《かいだん》をあがっていってしまうんだ。

ナォン。どうして見《み》ないふりするの？　待《ま》ってよ、ネコがきらいなの？

「ああ、あなたたち」

やっとひとりだけ、男《おとこ》の人《ひと》が足《あし》を止《と》めてくれた。だけどなんだか悲《かな》しそうな顔《かお》だ。

「もうすぐ冬《ふゆ》ですよ」男《おとこ》の人《ひと》はいった。「こんなところに住《す》んで、寒《さむ》くないですか？」

よくわかんない。こんなところって、どういう意味《いみ》だろう？　ぼくは自分《じぶん》たちの家《いえ》をふり返《かえ》った。

階段《かいだん》の下《した》に、小《ちい》さな箱《はこ》の家《いえ》がたっていた。レタスが入《はい》っていた段《だん》ボールで作《つく》った家《いえ》だ。ねるところだってちゃんとあるし、足《あし》のおれたテーブルもある。紙《かみ》の家《いえ》だから、ツメもバリバリとげるしね。

「もし、病気《びょうき》になったら、どうするんですか」男《おとこ》の人《ひと》はいった。「仕事《しごと》をして、ちゃんとした家《いえ》をさがしたらどうです？　しっかりしないと、だれも助《たす》けてくれませんよ」

ナガレさんは目《め》をしょぼしょぼさせて、こまったように下《した》をむいてしまった。

そういわれてみれば……ナガレさんはほかの人《ひと》みたいに、いそがしく歩《ある》かないで、一日中《いちにちじゅう》ぼんやりしている。

それに、ナガレさんはほかの人《ひと》みたいに店《みせ》で買《か》い物《もの》をしない。そのかわり、いろんなものをひろってくる。ぼくはその男《おとこ》の人《ひと》とナガレさんをよく見《み》くらべてみた。

ナガレさんの長《なが》グツには、穴《あな》があいていた。男《おとこ》の人《ひと》の革《かわ》のクツはぴかぴか。

ナガレさんのコートは、古《ふる》くてよれよれ。男《おとこ》の人《ひと》のスーツはぴしっとスマート。

ナガレさんの顔《かお》は日《ひ》にやけて、ヒゲだらけ。男《おとこ》の人《ひと》は髪《かみ》の毛《け》がみじかくて、顔《かお》もつるつるだった。

ずいぶんちがう。

「だいじょうぶでしゅよ」

そのとき、デンパちゃんが元気《げんき》な声《こえ》をあげた。男《おとこ》の人《ひと》はおどろいたように、そのお日《ひ》さまみたいな笑顔《えがお》を見《み》た。まるでめずらしいものでも見《み》つけたみたいに。

「ご心配《しんぱい》なく」デンパちゃんはいった。「ぼくたち、たくましい『イエナシビト』でしゅから」

2 イエナシビト

イエナシビトって、なに？　ぼくにはちっともわからない。

「ま、おまえはまだチビだから、なーんにも知《し》らなくても、しょうがないな」

ネズミさんはポリポリとバターピーナッツを食《た》べながら、えらそうに胸《むね》をはった。

「なかなかうまいな、これ」

「どんどん食《た》べてね、ぼくのごちそうだから。そのかわり、いろいろ教《おし》えてよ」

ぼくたちはビルとビルのすき間《ま》にすわって、夕《ゆう》ゴハンを食《た》べていた。今日《きょう》のぼくのゴハンは、オカカのオニギリ。いつものようにナガレさんがひろってきてくれたものだ。

「いいか、まず、人間《にんげん》にはいろんな種類《しゅるい》があるんだよ」ネズミさんはいった。「たとえば、家《いえ》のある人《ひと》と、イエナシビトだ」

「だけど、イエナシビトっていっても、この箱《はこ》の家《いえ》があるじゃない」ぼくはいった。

「こんなものは、家《いえ》なんていわないのっ」

ネズミさんはそういうと、バリバリッと前歯《まえば》で箱《はこ》をかじった。やわらかい段《だん》ボールのクズがあたりにとびちって、あっというまに穴《あな》があいた。

「ほら見《み》ろ、おれみたいにおとなしいネズミにだって、こんなものぶっこわせるぜ」

ネズミさんはいった。

「あーあ、穴《あな》あけちゃって」ぼくはぶつぶついった。「すき間風《まかぜ》がはいるじゃないか」

「ふつうの人《ひと》はな、もっとりっぱな家《いえ》に住《す》んでるんだ。石《いし》とか木《き》とか鉄《てつ》で作《つく》った家《いえ》さ。箱《はこ》の家《いえ》なんか、ゴミみたいなもんだ」

「そんなあ……じゃ、イエナシビトって、どうしているの?」

「そこが人間《にんげん》のわからんところだ。どういうわけか、人間《にんげん》ていうのは、みんな同《おな》じだけお金《かね》を持《も》ってるわけじゃない。すごーくある人《ひと》と、てきとうにある人《ひと》と、ぜんぜんないやつがいる。ようするに、イエナシビトにはお金《かね》がないんだ」

「どうして？」

「仕事《しごと》がないからさ。だから、食《た》べ物《もの》もひろってくる」

「ネズミさんだってひろってくるじゃない。家《いえ》だって壁《かべ》の穴《あな》だし」

「動物《どうぶつ》と人間《にんげん》はちがうのっ」

ネズミさんはピーナッツのカスをペッペととばした。

なにがちがうか、ぼくはよくわからない。イエナシビトのどこがいけないんだろう。ナォ。人間《にんげん》て、フシギだ。

「だけどさ」ネズミさんはいった。「おまえはイエナシビトのご主人《しゅじん》がいるから、おれとだってこんなに仲《なか》よくしてられるんだぜ」

「え、どうして？」

「おまえ、もし、そのオカカオニギリがなかったらどうする？　腹《はら》がへったネコは、ネズミをガブリとやるんだよ」

ひええ。ぼくは目《め》を丸《まる》くして、ネズミさんを見《み》た。

こういっちゃなんだけど、あんまりおいしそうじゃなかった。

まあ、いいや。イエナシビトだってなんだって、そんなのぼくには関係《かんけい》ない。ぼくはナガレさんといっしょにいられればいいんだ。

ありがたいことに、こんな小《ちい》さなぼくでも、ちゃんと役《やく》にたつように生《う》まれてきていた。ネコの体温《たいおん》は人間《にんげん》よりも高《たか》くて、子《こ》ネコはとくにあたたかいんだ。

ナォ、だれかをあたためるって、とってもいい気持《きも》ち。ぼくはナガレさんのほかほかカイロになって、毎日《まいにち》いっしょにねむり、いっしょに食《た》べ物《もの》をさがしに出《で》かけた。

ナガレさんのコートのゆりかごにだかれていれば、ぼくは幸《しあわ》せだった。

「……バケツ、ほら、見《み》てごらん」

ある日《ひ》のこと、いつものようにゆりかごの中《なか》でうとうとしていると、ナガレさんの声《こえ》がきこえた。

「寒《さむ》いと思《おも》ったら、雪《ゆき》だよ。おまえは見《み》たことないだろ？」

雪《ゆき》って、いったいなんのこと？　ぼくはコートのすき間《ま》から、ぴょこんと顔《かお》を出《だ》した。

うひゃ、寒《さむ》くて鼻《はな》がこおりそう。ナガレさんは『夢《ゆめ》の都《みやこ》デパート』の前《まえ》に立《た》って、子《こ》どもみたいに夜《よる》の空《そら》を見《み》あげていた。デパートにはきらきらした明《あ》かりがいっぱい、まるでお城《しろ》みたいにかがやいていた。

あら？　なに、これは夢《ゆめ》？

空《そら》から白《しろ》いシャーベットがふわふわ落《お》ちてくる。それも、かぞえきれないくらい、いっぱいだ。ぼくはあーんと口《くち》をあけて、空《そら》のシャーベットを味見《あじみ》してみた。冷《つめ》たい、なんてフシギな味《あじ》。栄養《えいよう》はなさそうだけど、ナガレさん、これならいくら食《た》べても、タダだね。

リンゴーン、リンゴーン……。

デパートのからくり時計《どけい》がなりはじめた。楽《たの》しそうな音楽《おんがく》といっしょに、まっ赤《か》な服《ふく》をきて、まっ赤《か》なボウシをかぶった、白《しろ》いヒゲのおじいさんの人形《にんぎょう》があらわれた。

「ほら、サンタクロースだよ」

デパートから出《で》てきた子《こ》どもたちが、赤《あか》い人形《にんぎょう》をふり返《かえ》った。

「今夜《こんや》はサンタクロースがきて、プレゼントがもらえるんだ」子《こ》どもたちははしゃいだ。「楽《たの》しみだなあ」

ナオ、クリスマスってなんのこと？　ぼくたちのところにも、サンタクロースはくるの？　ねえ、ナガレさん、どうしてそんなさびしそうな顔《かお》をしているの？

「クリスマスか……」ナガレさんはつぶやいた。「最低《さいてい》のクリスマスだな」

ひゅるるる……雪《ゆき》のまじった北風《きたかぜ》がふいてきて、ぼくのヒゲをなぎたおした。ぼくはブルンとみぶるいして、ミノ虫《むし》が巣《す》にひっこむみたいに、またコートにもぐりこんだ。中《なか》はぬくぬくあったかい。でも、風《かぜ》の音《おと》はやまなかった。

ひゅるるる、ひゅるるる……。

冷《つめ》たい風《かぜ》はまだふいていた。ぼくが耳《みみ》をくっつけた、ナガレさんのやせこけた胸《むね》の中《なか》で。


「はあ……」

ナガレさんはため息《いき》をつき、雪《ゆき》の中《なか》をとぼとぼと歩《ある》き出《だ》した。

「おれにはもう、なんにものこっていない。金《かね》も、力《ちから》も、夢《ゆめ》のカケラも」

ナォ。なにいってるの、このぼくがいるじゃない。ぼくたちはたくましいイエナシビト、でしょ？

でも、ナガレさんのぶつくさいう声《こえ》は止《と》まらなかった。ココロの明《あ》かりは、どんどん暗《くら》くなっていく。

「はあ……」ナガレさんはまた、ため息《いき》をついた。「おれはもう、おしまいだ」

ゴメンね、ナガレさん、人間《にんげん》のなやみはわかんない。ナガレさんはぼくを助《たす》けてくれたのに、ぼくにはナガレさんを助《たす》けられないんだ。

でも、ぼくはいつでもそばにいるって、約束《やくそく》するよ。ずっとナガレさんといっしょにいて、寒《さむ》いときはぼくの体《からだ》であっためてあげる。それだけじゃ、ダメなの？

くんくん。そのとき、どこからか、すばらしいにおいがぼくの鼻《はな》にとどいた。それをかいだとたん、ナガレさんのブツブツ声《ごえ》もぴたりとやんだ。

わあ、『リュウグウ』レストランのにおいだ。

コートのすき間《ま》から顔《かお》を出《だ》したぼくは、あたりの風景《ふうけい》を見《み》て、ネコ目《め》をぱちくりさせた。

雪《ゆき》がつもって、まっ白《しろ》けだ。まるで、雲《くも》をちぎってふりかけにしたみたい。白《しろ》い屋《や》根《ね》、白《しろ》い道《みち》、白《しろ》い車《くるま》、白《しろ》い人《ひと》。そして『リュウグウ』の前《まえ》には、白《しろ》いカサを持《も》った人《ひと》たちがずらりとならんでいた。ここは有名《ゆうめい》な店《みせ》なんだ。

「バケツ」ナガレさんはいった。「今夜《こんや》はクリスマスだ。ここでゴハンを食《た》べていくか」

ナオ、さんせい。ぼくはいきおいよく返事《へんじ》をした。

イエナシビトって、こんなとき便利《べんり》だ。列《れつ》の一番後《いちばんうし》ろにならばなくてもいいんだから。りっぱな玄関《げんかん》の前《まえ》を通《とお》りすぎて、ナガレさんはよたよたと店《みせ》の裏《うら》に回《まわ》っていった。

裏通《うらどお》りには、別世《べっせ》界《かい》が広《ひろ》がっていた。

シーンとしているのは、きっと雪《ゆき》のせいだ。ガラクタも、オモチャも、ゴミぶくろも、みんな雪《ゆき》のボウシをかぶっている。古《ふる》いタンスのすき間《ま》からは、ゴムのトカゲが顔《かお》を出《だ》して、赤《あか》いガラスの目《め》でじっとぼくを見《み》つめていた。

そう、ここは夢《ゆめ》のゴミすて場《ば》。いつかの雨《あめ》の日《ひ》、ぼくがすてられていたのも、ここだった。生《う》まれたときには夢《ゆめ》でいっぱいだったものたちが、今《いま》では夢《ゆめ》をなくして、ひっそりと横《よこ》たわっている。なにかをすてるか、ひろう人《ひと》しか、こんなところにやってくる者《もの》はいなかった。

「こりゃあ、まるで冷蔵庫《れいぞうこ》だな」ナガレさんが白《しろ》い息《いき》をはいた。

道《みち》はふわふわ、白《しろ》いクッションみたい。ぼくはコートからはい出《だ》し、音《おと》もなく雪《ゆき》の上《うえ》に着地《ちゃくち》した。

ずるん——その瞬間《しゅんかん》、トカゲが動《うご》いた。

げげっ、ゴム人形《にんぎょう》じゃない、本物《ほんもの》だ。赤《あか》と黒《くろ》のシマシマが毒々《どくどく》しい。まさか毒《どく》トカゲじゃないだろうな。

「こ、こんばんは」ぼくはあいさつした。「ぼく、トカゲさんに会《あ》ったことないんだけど、話《はなし》つうじる？　よかったら、いっしょにゴハンどう？」

赤黒《あかくろ》トカゲさんの赤《あか》い目《め》が、きらりと光《ひか》った。チロチロと赤《あか》い舌《した》が出《で》たり入《はい》ったりしている。なにかぼくたちにいいたそう……と思《おも》ったのは、気《き》のせいなのか。赤黒《あかくろ》トカゲさんはなにもいわないで、そのままガラクタの中《なか》に消《き》えていった。

ナォ、バイバイ。どうやらつきあいがきらいなタイプみたい。

「きっと、暑《あつ》いところで生《う》まれたトカゲだな」ナガレさんはいった。「かわいそうに、あいつもすてられたんだ。生《い》きているものと、生《い》きてないものの区別《くべつ》もつかない人間《にんげん》がいるんだ」

ナガレさんはため息《いき》をつき、ゴミぶくろのむすび目《め》をほどきはじめた。そのまゆげにも、のびたヒゲにも白《しろ》く雪《ゆき》がつもって、まるでサンタクロースみたいだ。

あ、魚《さかな》のにおい。

「そら、あったぞ」

ナガレさんはゴミぶくろの中《なか》から、黒《くろ》い石《いし》コロみたいなものをとり出《だ》した。

ううん、石《いし》じゃない。二《ふた》つにわると、中《なか》からおいしそうな白《しろ》い魚《さかな》があらわれた。

「フグだ」ナガレさんはツバをごくりとのみこんだ。「フグのからあげだぞ」

ナォ、すごいごちそうだ。お客《きゃく》さんには出《だ》せないこんな黒《くろ》コゲ料理《りょうり》は、ぼくたちにまかせて。ぼくは夢中《むちゅう》でフグにむしゃぶりついた。

わあ、こんなおいしい魚《さかな》、食《た》べたことがない。上品《じょうひん》で、さっぱりとしていて、その上《うえ》なんともいえないコクがある。ナガレさんもワリバシをひろって、いそいそとフグを食《た》べはじめた。

ナォ、ナガレさん。フグをひろってくれて、ありがとう。ぼくをひろってくれて、ありがとう。ぼく、イエナシビトだって、玄関《げんかん》からお店《みせ》に入《はい》れなくたって、ちっともかまわないよ。だからお願《ねが》い、もうさびしそうな顔《かお》をしないで。おしまいだなんていわないで。

そのときだ。ぼくの高性能《こうせいのう》の耳《みみ》が、ピクリ、と反応《はんのう》したのは。どこかから声《こえ》がきこえたのだ。まるでぼくの声《こえ》にこたえるように。

アア……。

クン。ぼくは鼻《はな》を動《うご》かした。クン、クン、クン。

ネコの鼻《はな》はにおいだけじゃなくて、動《うご》きとか、息《いき》だって感《かん》じる。ほら、なにかが動《うご》いている。あそこだ、一番上《いちばんうえ》のゴミぶくろの、底《そこ》のところ。

ぼくは急《いそ》いでそのふくろにとびのると、前足《まえあし》でパッパッと雪《ゆき》をはらいのけた。でも、きっちりとしばったむすび目《め》は、ネコの手《て》ではほどけない。

ナォ、ナガレさん、ここになにかいるよ。

「なにやってんだ、バケツ」

ナガレさんは口《くち》をもぐもぐさせながら、ぼくのやっていることをじっと見《み》た。人間《にんげん》はぼくみたいに敏感《びんかん》じゃないから、なにかが動《うご》いているのがわからないんだ。

ここだよ、ここ。ぼくはいっしょうけんめいゴミぶくろをひっかいた。そのとき、また声《こえ》がきこえたんだ。

アア……アア……。

「またか」

その声《こえ》をきいたとたん、ナガレさんの顔《かお》はまっ暗《くら》くなった。まるで、地球最後《ちきゅうさいご》の日《ひ》をむかえたみたいに。ナガレさんはぶつぶついいながら、むすび目《め》をほどきはじめた。

「ネコか？ それともアライグマか？ 生《い》きたままゴミぶくろにすてるなんて、どうしたらこんなひどいことができるんだ？」

ふくろの口《くち》がやっとひらいた。待《ま》ちきれないぼくは、ナガレさんの手《て》をおしのけて中《なか》をのぞきこんだ。

紙《かみ》クズ、缶《かん》、ティッシュ、やぶれたソックス。生《い》き物《もの》は見《み》えない。ナガレさんはどんどんゴミをとり出《だ》していった。

早《はや》く、早《はや》くしてナガレさん。しめった新聞《しんぶん》の下《した》で、なにかがかすかに息《いき》をしてるよ。カサカサふるえているよ。

「よしよし、今《いま》、助《たす》けてやるぞ」

ナガレさんはつぶやきながら、その新聞《しんぶん》をめくった。

あれ？　ネコじゃない。

それを見《み》たとたん、ナガレさんはそのまま、コチンとこおりついてしまった。まるで自分《じぶん》が冷凍庫《れいとうこ》に入《はい》ったみたいに。ぼくだって、ぼくの目《め》が信《しん》じられなかった。おしりだ。毛《け》のはえた動物《どうぶつ》のおしりじゃなくて、つるんとしたおしり。そこに、やぶれた新聞紙《しんぶんし》がくっついていた。

まさか、そんな。もしかして、これは。

やっと息《いき》をふき返《かえ》したナガレさんが、ブルブルふるえる手《て》をさしのべた。

そして――。

そして、それをひろいあげたんだ。アア、アア、とよわよわしく泣《な》いている、信《しん》じられない生《い》き物《もの》を。

赤《あか》ちゃんだ。それは、人間《にんげん》の赤《あか》ちゃんだった。

「おお」ナガレさんは何度《なんど》もうめいた。「おお、おお」

ナガレさんのこんな声《こえ》、きいたことがない。頭《あたま》がおかしくなって、自分《じぶん》でもなにをやってるかわからなくなっていた。そりゃあ無理《むり》もない。だって、本物《ほんもの》の、生《い》きている赤《あか》ちゃんをゴミぶくろからひろったんだから。

ナォ。しっかりしてナガレさん。ぼくのことも助《たす》けてくれたじゃないか。

「お、おお」

赤《あか》ちゃんをタオルでくるむ手《て》は、落《お》っことしそうなくらいふるえていた。ナガレさんはやっとのことでくるんだ赤《あか》ちゃんを、コートのゆりかごにすっぽりと入《い》れた。ぼくを助《たす》けたときと同《おな》じように。

ナォ。それから、このぼくだよ。生《い》きてるほかほかカイロ。

「お、おお」

ナガレさんはおろおろとぼくをだきあげると、赤《あか》ちゃんといっしょにコートに入《い》れた。

中《なか》は、ナガレさんの心臓《しんぞう》の音《おと》でいっぱいだった。今《いま》できいたことがないくらい、大《おお》きなドキンドキンだ。

ぼくはぴったりと赤《あか》ちゃんに体《からだ》をくっつけた。

ぼくの目《め》の前《まえ》には、赤《あか》ちゃんの小《ちい》さな顔《かお》があった。

どこもかしこも、ブルブル、ブルブル、ふるえていた。

ぼくは赤《あか》ちゃんの冷《つめ》たいほっぺをなめた。

小《ちい》さな鼻《はな》から流《なが》れてる、鼻水《はなみず》をなめた。

口《くち》から出《で》てる、白《しろ》いアワをなめた。

雪《ゆき》よりもひえた体《からだ》をなめた。

ぼくの体温《たいおん》が、元気《げんき》が、イノチがつたわるように。

ほかにどうしたらいいか、ぼくにはわかんなかった。


そう、ここは『夢《ゆめ》の都《みやこ》』。

でも、そのとき、ぼくたちは夢《ゆめ》も希望《きぼう》も家《いえ》もない、ひとりのイエナシビトと、一《いっ》ぴきのノラネコだったんだ。

赤《あか》ちゃんを助《たす》けてくれるお医者《いしゃ》さんも知《し》らないし、あたたかい家《いえ》も、薬《くすり》やミルクを買《か》うお金《かね》もない。そんなぼくたちが、赤《あか》ちゃんのためにタダでできることといったら……いのることだけだった。

お願《ねが》い、この赤《あか》ちゃんに、ぼくのイノチをわけてあげて。

その分《ぶん》、ぼくのイノチはいらないから。ほんとうに、ほんとうだから——。

どうしてそんなことを願《ねが》ったのか、よくわかんない。わかんないけど、その気持《きも》ちは、ぼくの中《なか》からむくむくとわき出《で》てきたんだ。まるでおなかがすいたら自然《しぜん》にゴハンが食《た》べたくなるみたいに。

「おれのイノチ、やるのになあ」ナガレさんがつぶやいた。「このオンボロのイノチなら、いくらだって……」

ああ、やっぱり、ナガレさんも同《おな》じことを思《おも》っていた。この人《ひと》は、そういう人《ひと》だ。

でも、生《い》き物《もの》はオモチャじゃない。イノチは電池《でんち》みたいに、入《い》れかえられないんだ。

「どうしよう、バケツ。このままじゃ、死《し》んじゃうよ」

ナガレさんはぼくたちをだきかかえて、雪《ゆき》の中《なか》をふらふらと歩《ある》き出《だ》した。

厚《あつ》くつもった雪《ゆき》が、音《おと》をみんなすいこんで、白《しろ》い町《まち》はしんとしずまり返《かえ》っている。

赤《あか》ちゃんはぴったりと目《め》をつむり、もう泣《な》き声《ごえ》もあげなくなっていた。

ダメだ。死《し》んじゃダメだよ。

きみはまだ、はじまったばかりじゃないか。

ぼくは必死《ひっし》に赤《あか》ちゃんの体《からだ》をなめ続《つづ》けた。もう、赤《あか》ちゃんのイノチしか見《み》えなかった。

3　ギリコさんと赤《あか》ちゃん

ゴオオーッ――ききなれた電車《でんしゃ》の音《おと》がひびいてきた。

ぼくははっと顔《かお》をあげて、コートのすき間《ま》から外《そと》をのぞいた。鉄橋《てっきょう》の上《うえ》を、ライトをつけた銀色《ぎんいろ》の電車《でんしゃ》が走《はし》っていくのが見《み》えた。

「これが最終電車《さいしゅうでんしゃ》です」風《かぜ》にのって、アナウンスがきこえた。「おのりの方《かた》は、おいそぎくださーい」

ホームには人《ひと》がまばらで、駅員《えきいん》さんは雪《ゆき》に負《ま》けないようにランプをふり回《まわ》している。ナガレさんは赤《あか》ちゃんをだいて、雪《ゆき》のつもった階段《かいだん》を緊張《きんちょう》しておりていった。

「はああ」

やっと自分《じぶん》の箱《はこ》の家《いえ》にたどりついて、ナガレさんは白《しろ》いため息《いき》をついた。長《なが》いこと赤《あか》ちゃんをだいてきたから、雪《ゆき》だるまみたいになっている。だけど、自分《じぶん》のことなんかかまっている場合《ばあい》じゃなかった。

ナガレさんはこわいものでも見《み》るように、おそるおそるコートの前《まえ》をひらいた。

「おお、生《い》きてるぞ……」

天井《てんじょう》にはりついたライトが、赤《あか》ちゃんの小《ちい》さな顔《かお》をてらし出《だ》した。明《あか》るいところでよく見《み》ると、肌《はだ》が少《すこ》しピンク色《いろ》になっている。ぼくがいっしょうけんめいなめたおかげかもしれない。だけど、目《め》も口《くち》もぴったりとじて、息《いき》は今《いま》にも消《き》えそうだった。

ナォ。もっとあったかくしなきゃ。

ぼくは急《いそ》いで下《した》にとびおり、箱《はこ》の家《いえ》にもぐりこむと、ころがっていたナガレさんのセーターをくわえた。ちょっとよごれているけど、このさいなんだっていい。

「おお、そ、そうだな」

ナガレさんはおろおろと赤《あか》ちゃんをセーターでくるむと、またコートの中《なか》におしこんだ。

「それから、ど、どうしたらいいんだ、バケツ？」

ナォ。もう、ネコにきいてどうするの？　しっかりしてよ、ナガレさん、ええと……そうだ。

ぼくはぴょんぴょん走《はし》っていって、自動販売機《じどうはんばいき》をガリガリひっかいた。とにかく、なにか赤《あか》ちゃんに飲《の》ませなきゃ。

「バケツ……」ナガレさんは絶望的《ぜつぼうてき》な顔《かお》でいった。「生《う》まれたての赤《あか》ちゃんは、ミルクしか飲《の》めないんだよ」

え、そうなの？　こんなところにミルクなんか売《う》ってる……わけないよね。

「それに、おれのポケットには、コインが一枚《いちまい》もない。ああ、なんてなさけないんだ」

ナガレさんはやけくそになって、鉄《てつ》の機械《きかい》をドン、とぶったたいた。

チカッ、チカチカッ。自動販売機《じどうはんばいき》のライトがおこったようにまばたいた。赤《あか》ちゃんには、きっとその光《ひかり》が見《み》えたんだ。

アア……赤《あか》ちゃんは小《ちい》さく泣《な》いた。アア、アア……。

それは、最後《さいご》の助《たす》けをもとめる、悲《かな》しいサイレンだった。ぼくはほんとうに胸《むね》がつぶれそうになった。

どうしよう、このまま赤《あか》ちゃんが死《し》んじゃったら。助《たす》けて、だれか助《たす》けてよ――。

そのときだ。後《うし》ろの暗闇《くらやみ》が、ずるり、と動《うご》いた。赤《あか》ちゃんの泣《な》き声《ごえ》にひきずられたみたいに。そして、にゅーっとまっ黒《くろ》い手《て》がのびてきたんだ。

「う、うわあっ」

ナガレさんはすごい悲鳴《ひめい》をあげたけれど、とっさに赤《あか》ちゃんをかばったのは、えらかったね。ぼくも背中《せなか》の毛《け》をさかだててさけんだ。

ギャオ、オバケだあっ。

もじゃもじゃの髪《かみ》の毛《け》、オニみたいな顔《かお》、どこもかしこもまっ黒《くろ》。オバケは目《め》をらんらんと光《ひか》らせて、かわいい赤《あか》ちゃんをねらっている。きっと、食《た》べてしまうつもりなんだ。

フーッ。ぼくはせいいっぱい威嚇《いかく》して、オバケにたちむかった。

あっちにいけっ。この赤《あか》ちゃんは、ぜったいにわたさないぞ。

「ギ、ギリコ？」ナガレさんが声《こえ》をあげた。「ギリコじゃないか」

え、ギリコさん？

ぼくはオバケの顔《かお》をよおく見《み》た。たしかにそれはギリコさんだった。

ギリコさんは、地下《ちか》の町《まち》に住《す》んでいる女《おんな》のイエナシビトだ。その顔《かお》は夜《よる》の闇《やみ》より暗《くら》く、まっ黒《くろ》い魔女《まじょ》みたいな服《ふく》をきている。いつも電池《でんち》の切《き》れたオモチャみたいに、ぼうっと壁《かべ》にもたれているだけ。かわいそうなギリコさんには、箱《はこ》の家《いえ》もないんだ。

「……赤《あか》ちゃん」ギリコさんはいった。「……だっこ」

うわ、ギリコさんがしゃべった。

ぼくもナガレさんもびっくりして、腰《こし》がぬけそうになった。

「ギリコ、口《くち》がきけたのか」ナガレさんはいった。

「……赤《あか》ちゃん、おなか、すいてる」

ギリコさんは目《め》をうるうるさせながら、黒《くろ》い手《て》でそっと赤《あか》ちゃんをだっこした。

あれれ、ナガレさんよりずっとうまいじゃない。

「そう、そうなんだよ」ナガレさんは泣《な》きそうになった。「ひろったんだけど、おれ、どうしていいかわかんないんだ」

「……お湯《ゆ》」ギリコさんはぼそりといった。

へ、お湯《ゆ》？　ぼくもナガレさんも、きょとんとしてしまった。生《う》まれたばかりの赤《あか》ちゃんが、お湯《ゆ》なんか、飲《の》む？

「お湯《ゆ》、お湯《ゆ》」ギリコさんはしつこく主張《しゅちょう》した。「おゆーっ」

ナガレさんはあわてて箱《はこ》の家《いえ》にかけもどると、へこんだナベと、さびた缶《かん》カラをとり出《だ》した。こうなったら、なんでもやってみるしかない。新聞紙《しんぶんし》に火《ひ》をつけたとたん、ほうっとあたたかい空気《くうき》がぼくたちをつつんだ。

「お湯《ゆ》がわいたぞ」ナガレさんはいった。「つぎに、どうしたらいいんだ、ギリコ？　ああ、まさかおまえからなにかおそわることになるなんて」

すると、ギリコさんはふくらんだポケットをごそごそやって、中《なか》から三《みっ》つのものをとり出《だ》した。

その一《いち》、ハンバーガー屋《や》の紙《かみ》コップ。その二《に》、まがったスプーン。その三《さん》、コーヒーに入《い》れるシュガー。どれもひろってきたものに決《き》まっている。ギリコさんはお湯《ゆ》をコップにそそぐと、白《しろ》いお砂糖《さとう》を入《い》れてぐるぐるかきまぜた。

はい、砂糖水《さとうみず》のできあがり。

「おい、カブトムシじゃないんだぞ」ナガレさんはぶつぶついった。「ほんとに赤《あか》ちゃんがこんなもの飲《の》むのか……？」

ギリコさんはナガレさんのいうことなんかぜんぜんきいていなかった。スプーンでそっと銀色《ぎんいろ》の砂糖水《さとうみず》をすくうと、ふーっと息《いき》でさまし、そろそろと赤《あか》ちゃんの口《くち》に近《ちか》づけていく。

運命《うんめい》のひとさじが、きらり、とかがやいた。ぼくとナガレさんはいのりながら、小《ちい》さな小《ちい》さな口《くち》もとを見《み》つめた。

飲《の》んで、お願《ねが》いだから、飲《の》んでくれえ――。

だらだらだら……赤《あか》ちゃんの口《くち》から、砂糖水《さとうみず》が流《なが》れ落《お》ちた。

なんどやってみても、だめだった。

どうやら赤《あか》ちゃんは、まだ、飲《の》むということを知《し》らないみたいだった。赤《あか》ちゃんのベロは、かたいスプーンをおしもどしてしまうんだ。

「だめだ」ナガレさんは泣《な》きそうになった。「この子《こ》は、死《し》んじゃうよ」

ギリコさんは石像《せきぞう》みたいにかたまった。まるで自分《じぶん》が死《し》んじゃったように。

「やっぱり、おれたちなんかじゃダメだ。もうあきらめるしか……わっ」ナガレさんがさけんだ。「なにをするんだ、ギリコ」

いきなり、ギリコさんは着《き》ているジャンパーをぬいで、セーターをまくりあげた。あらわれたのは、うわあ、オッパイだ。

だけど、ぶよぶよのまっ黒《くろ》け。

「そ、そんなもん、飲《の》めるわけないだろ」ナガレさんはあとずさった。

すると、ギリコさんはポケットからタオルを出《だ》して、ナベの中《なか》にぽいとほうりこんだ。タオルなんかにても、食《た》べられないのに……と思《おも》ったら、それをハシでひきあげて、ぎゅっとしぼったんだ。

はい、ほっかほかタオルのできあがり。

「えっ？　ギリコ」ナガレさんがぼうぜんとしていった。「おまえ、その肌《はだ》……？」

ぼくもネコ目《め》をぱちくりさせた。ギリコさんはタオルで、ごっしごっしとオッパイをこすっている。ケシゴムのカスみたいなよごれがぶんぶんとびちると、おお、ごらんなさい。黒《くろ》いアカの下《した》から、雪《ゆき》のようにまっ白《しろ》いお肌《はだ》があらわれてくるではありませんか。

「でも、待《ま》てよ」ナガレさんは首《くび》をかしげた。「きれいになったからって、お乳《ちち》が出《で》るわけじゃないだろ? お乳《ちち》っていうのは、赤《あか》ちゃんをうんだ女《おんな》の人《ひと》のオッパイから出《で》るもんだ」

「よちよちよち……」

もはやナガレさんのいうことなんか、だれもきいていなかった。

ギリコさんはやさしい声《こえ》であやしながら、赤《あか》ちゃんを横《よこ》むきにだっこして、口《くち》にピンク色《いろ》の乳首《ちくび》をくっつけた。

ちゅるん、とかすかな音《おと》がした。

赤《あか》ちゃんの口《くち》に、あっというまにオッパイがすいこまれていった。ギリコさんはすかさず、上《うえ》からぽたぽたと砂糖水《さとうみず》をたらした。

こくん、赤《あか》ちゃんのノドが動《うご》いた。

飲《の》んだ。飲《の》んだ飲《の》んだ。

ぼくは自分《じぶん》の口《くち》の中《なか》に、あまい砂糖水《さとうみず》が広《ひろ》がったような気持《きも》ちがした。

赤《あか》ちゃんはもぐもぐと、いっしょうけんめいに口《くち》を動《うご》かしている。ギリコさんはどんどん、どんどん砂糖水《さとうみず》をたらしていった。

もっと、もっと。たくさんあげて。

かわいた土《つち》に水《みず》がしみこむみたいに、赤《あか》ちゃんの体《からだ》に砂糖水《さとうみず》がしみこんでいく。ぼくはうれしくて、体《からだ》がぽうっと熱《あつ》くなった。

生《い》きる。この子《こ》は、生《い》きられるんだ。

「よかったなあ」ナガレさんは涙《なみだ》をためた目《め》で、何度《なんど》もつぶやいた。「よかったなあ」

ギリコさんの顔《かお》から、黒《くろ》い涙《なみだ》がぽたんと落《お》ちた。

真夜中《まよなか》の駅《えき》のすみっこで、赤《あか》ちゃんをとりかこんでいる、ふたりのイエナシビト。うす暗《ぐら》くって、なんにもない。花《はな》もさいてないし、美人《びじん》もいないし、太陽《たいよう》も星《ほし》も見《み》えない。

だけど、ぼくはなんだかそのとき、きれいな風景《ふうけい》を見《み》ているような気《き》がしたんだ。

4　赤《あか》ちゃんの名前《なまえ》

「おわっ、なんだこりゃ」ネズミさんは声《こえ》をあげた。「て、天使《てんし》じゃないか」

「天使《てんし》じゃないよ。すて子《ご》だよ。きのう、ゴミすて場《ば》でひろったんだ」

ぼくはねむい目《め》をこすりながら起《お》きあがった。きのうの夜《よる》のことは、やっぱり夢《ゆめ》じゃなかったんだ。

うす暗《ぐら》い箱《はこ》の家《いえ》の中《なか》、ガオー、ガオーとイビキをかきながら、ギリコさんがカバみたいに口《くち》をあけてねている。その腕《うで》の中《なか》には、赤《あか》ちゃんがすやすやねむっていた。ナオ、信《しん》じられないくらい、美《うつく》しい。こんなきれいなもの、見《み》たことがある？

「ひゃあ、なんてかわいい赤《あか》ちゃんなんだ」ネズミさんはヒゲをピクピクさせた。

「え？　おれはまた、空《そら》から天使《てんし》をぬすんできたのかと思《おも》ったぜ」

「でへ、でへへへ」ぼくはつい、へんなわらい方《かた》をしてしまった。

なんだか、自分《じぶん》のことをほめられているみたい。こういうのを『親《おや》バカ』っていうのかな。

「だけど、赤《あか》ちゃんて、うるさくないのかな？」ねずみさんは首《くび》をかしげた。「このすげえイビキ」

「どうやら赤《あか》ちゃんて、耳《みみ》が悪《わる》いみたい」ぼくはいった。「じつはね、このギリコさんが、赤《あか》ちゃんのイノチの恩人《おんじん》なんだよ」

「うっそだろ？」ネズミさんは目《め》をぐるぐるさせた。

ぼくだって信《しん》じられない。ギリコさんはあんなになんにもできなかったのに、赤《あか》ちやんのことだけは、ナガレさんよりずっとよくできた。どうしてだろう？

「あれ、そういえば、ナガレさんはどこにいったのかな」

「道《みち》にころがってたぜ」ネズミさんがいった。

「ええっ」

箱《はこ》から外《そと》をのぞいたぼくは、道《みち》ばたでボロ毛布《もうふ》をかぶってねているナガレさんを見《み》つけた。かわいそうに、この小《ちい》さな箱《はこ》の家《いえ》、みんなでねるにはせますぎるんだ。

「お、おい、たいへんだぜ」そのとき、ネズミさんがあわてた声《こえ》をあげた。「洪水《こうずい》だあっ」

なんだって？　いそいで赤《あか》ちゃんにかけよろうとしたぼくは、水《みず》たまりにパチャンと足《あし》をつっこんだ。なまぬるい。この水《みず》はいったいどこからきたんだ……？　見回《みまわ》したぼくの目《め》に、赤《あか》ちゃんのおしりから流《なが》れている細《ほそ》い川《かわ》が見《み》えた。

「お、おしっこだーっ」ぼくはさけんだ。

ぼくの声《こえ》でギリコさんがとび起《お》きた。そして、そこにネコとネズミがならんでいるのを見《み》ると、オニのような顔《かお》で手《て》をふり回《まわ》したんだ。

「しっしっ、あっちいけ」

そりゃないよ、ギリコさん。ここ、ぼくの家《いえ》なのに。ぼくとネズミさんは、ぬれた足《あし》あとをべたべたつけながら、あわてて外《そと》に逃《に》げ出《だ》していった。

「うわあ、どうすりゃいいんだ」

ナガレさんも起《お》きてきて、赤《あか》ちゃんのおしっこを見《み》ると悲鳴《ひめい》をあげた。

あーあ、オッパイのつぎは、オムツ。人間《にんげん》てほんとうに不便《ふべん》な生《い》き物《もの》だ。ぼくなんか、そのへんの道《みち》ばたの砂《すな》でちょいちょいってすませられるのに。

だけど、ギリコさんはぜんぜん平気《へいき》だった。あわてずさわがず、赤《あか》ちゃんのぬれたものをてきぱきとぬがせて、かわいたトレーナーでくるんだ。そして、オマタには、オムツのかわりに紙《かみ》ナプキンをたばにしてはさんだんだ。なんだかほんとうのお母《かあ》さんみたい。

その間《あいだ》、ナガレさんはなにしてたかというと、ただおろおろして、「おしっこが出《で》たってことは、体《からだ》のホースがつながった証拠《しょうこ》だな」とか、「ギリコ、おまえ、ひょっとして頭《あたま》がいいんじゃないか？」なんていっているだけで、はっきりいってぜんぜん役《やく》にたたなかった。

ちょっと、ナガレさん、なんかやれること、ないの？

「おおっ」ナガレさんが声《こえ》をあげた。「ちょっとまった。そのオマタにくっついてるもんは……？」

え？　みんなが赤《あか》ちゃんのオマタに注目《ちゅうもく》した。ギリコさんは紙《かみ》ナプキンをそろりとめくった。

ナォ、あった。まき貝《がい》みたいな、小《ちい》さなオチンチン。

「そうかあ、男《おとこ》の子《こ》か」ナガレさんはそわそわしていった。「ひとつ、名前《なまえ》をつけなきゃな」

「おい、だいじょうぶか。おまえのご主人《しゅじん》、センスないからなあ」ネズミさんがいった。「またいいかげんに、ゴミから生《う》まれたゴミタロウ、なんてつけるんじゃ……」

「う、やな予感《よかん》」ぼくはいった。

「だけどさ、名前《なまえ》なんかつけたって、どうするんだよ、この赤《あか》ちゃん？」

「どうするって？」

「バッカだなあ、おまえ。人間《にんげん》の世界《せかい》には、ややこしいルールってもんがあるんだぜ。すて子《ご》は、おまわりさんにとどけなきゃいけないんだ。『明《あか》るい子《こ》どもの家《いえ》』にいくんだぞ」

「え、どうしてゴミはひろってもいいのに、赤《あか》ちゃんはひろっちゃいけないの？」

「だからあ、人間《にんげん》と動物《どうぶつ》はちがう、っていってんだろ。かってにそんなことしたら、おまわりさんにタイホされるんだ。だいたいおまえのご主人《しゅじん》を見《み》てみろ。あのヒゲ面《づら》は、どう見《み》たって誘拐犯《ゆうかいはん》だ」

いやあ、そういわれると。たしかにナガレさんのヒゲ面《づら》は、うざい。だけど、ぜったいにそらないところを見《み》ると、どうやら男《おとこ》のコダワリがあるみたいだった。

「ええと、名前《なまえ》か……雪《ゆき》の日《ひ》に生《う》まれたユキダルマ」

ぼくたちネコとネズミが、シンケンにゲンジツ問題《もんだい》について話《はな》しあっている間《あいだ》、ナガレさんはむじゃきに赤《あか》ちゃんの名前《なまえ》を考《かんが》えていた。まったくのんきなもんだ。もし、ナガレさんがタイホされたら、ぼくはどうしたらいいの？

「とにかくな、ぜったいに赤《あか》ちゃんは人《ひと》から見《み》つからないように」ネズミさんは、通《とお》りすぎる人《ひと》たちを見《み》ながらいった。「ぜったーいにな」

アア……アア……。そのとき、目《め》をさました赤《あか》ちゃんが泣《な》き出《だ》した。通行人《つうこうにん》がへんな顔《かお》をして、チラリ、チラリとこちらを見《み》た。

よし、ぼくの仕事《しごと》ができたぞ。ぼくは赤《あか》ちゃんと声《こえ》をあわせて、大声《おおごえ》をあげた。

ナーォ、アア……、ナーォ、アア……。

「なんだ、ネコの声《こえ》か」だれかがいった。「そうだよな、こんな箱《はこ》の家《いえ》に、赤《あか》ちゃんなんかいるわけないよなあ」

ふう、なんとかごまかせたみたい。ぼくたちがほっとした、そのときだった。むこうのほうから、つむじ風《かぜ》のように、だれかが走《はし》ってくるのが見《み》えた。

「バケチューッ」

いけない、デンパちゃんだ。あの大人《おとな》だけど子《こ》どもみたいな人《ひと》に、人間《にんげん》のフクザツなルールがわかる――とは思《おも》えない。

だ、だめだめ、デンパちゃん。今《いま》、中《なか》に入《はい》っちゃ――。

「メリー・クリシュマーシュ」

デンパちゃんはぼくにぐりぐりとほおずりをすると、さっさと箱《はこ》の家《いえ》に入《はい》っていった。止《と》めるひまなんか、なかったんだ。

「ん？」

デンパちゃんのすべての動《うご》きが、止《と》まった。その目《め》は、ギリコさんのオッパイにひっついているものに、くぎづけになった。

「ぎゃあああ、赤《あか》ちゃんだあああぁっ」

デンパちゃんは、町中《まちなか》にひびきわたるような、ケダモノのさけびをあげた。赤《あか》ちゃんはおどろいてオッパイをはなし、アア、アアとはげしく泣《な》き出《だ》した。

「だ、だまれっ、デンパ」

ナガレさんがつかみかかり、こわい顔《かお》でデンパちゃんの口《くち》をふさいだ。まるで本物《ほんもの》の誘拐犯《ゆうかいはん》みたい。ギリコさんはあわてて、オッパイで赤《あか》ちゃんの口《くち》をふさいだ。

「こんど声《こえ》を出《だ》したら、おしりペンペンだぞ」ナガレさんはいった。「わかったか、えっ」

デンパちゃんは目《め》をパチパチさせて、わかった、と合図《あいず》した。ナガレさんはそおっと手《て》をはなした。

はあぁ……。デンパちゃんは大《おお》きなため息《いき》をつき、まじまじと赤《あか》ちゃんを見《み》つめた。

「これ、シャンタさんのプレゼント？」

ナオ、ものすごいクリスマスプレゼントだ。

ぼくたちはでれーっと、おバカみたいな顔《かお》で、砂糖水《さとうみず》を飲《の》む赤《あか》ちゃんを見《み》つめていた。そうしていると、だんだん幸《しあわ》せがたまってきて、体《からだ》から悪《わる》いものがとけていくみたいだ。

ギュルルル……。そのとき、ギリコさんのおなかが、ものすごい音《おと》をたてた。

「すまなかった、ギリコ」ナガレさんがはっとして、立《た》ちあがった。「きのうからずっと、赤《あか》ちゃんのせわをしてたのに。今《いま》すぐおまえの食《た》べ物《もの》をひろってくるよ。そういえば……なんで今《いま》まで、おまえに箱《はこ》の家《いえ》を作《つく》ってやらなかったんだろうなあ？　段《だん》ボールなんか、いっぱいあったのに」

きのうまでは、思《おも》いつかなかったんだ。今《いま》まで思《おも》いつかなかったことを、今日気《きょうき》がつけたのは、もしかしたら赤《あか》ちゃんのおかげかな？

ナォ、ぼくもいっしょにいくよ。

ぼくはいつものように、ナガレさんのコートにもぐりこもうとした。

と、そのとき、コートの中《なか》にくっついていたものが、ひらり、と足《あし》もとに落《お》ちた。

「ん？　なんだこれ？」ナガレさんがひろいあげた。「『夢《ゆめ》の都新聞《みやこしんぶん》』……？」

やぶれたくしゃくしゃの新聞紙《しんぶんし》だ。赤《あか》ちゃんといっしょにすてられた新聞紙《しんぶんし》が、ここまでついてきたらしい。ナガレさんが広《ひろ》げると、ぼくの目《め》の前《まえ》にくしゃくしゃの男《おとこ》の人《ひと》があらわれた。新聞《しんぶん》にのるくらいだから、きっと有名《ゆうめい》な人《ひと》だ。

「ア……ナ……ン……」

ナガレさんはその人《ひと》の名前《なまえ》を読《よ》むと、あたりまえみたいにいった。

「ふむ、いい名前《なまえ》が見《み》つかったぞ」

ああ、ほんとうにいいかげん。

でも……偶然《ぐうぜん》にしては、けっこういいセンいってるかも。ネズミさんもフンフンとうなずいた。

「ア、ナ、ン」

デンパちゃんは赤《あか》ちゃんをのぞきこみ、そっと名前《なまえ》をよんだ。

「おまえは今日《きょう》から、アナンでしゅよ」

赤《あか》ちゃんの長《なが》いまつげが、むずむず動《うご》いた。まるで自分《じぶん》の名前《なまえ》がわかったように。

そのとき、ぼくたちははじめて、アナンが目《め》をあけるのを見《み》たんだ。

だれもが、ぽかんと口《くち》をあけた。

それはまるで静《しず》かな夜明《よあ》けだった。うす暗《ぐら》い箱《はこ》の家《いえ》の中《なか》に、新《あたら》しい朝《あさ》がやってきたみたいな。

ううん、ほんとうにやってきたんだ。ぼくたちの知《し》らなかった朝《あさ》が。

ああ、こんなにきれいなひとみ、今《いま》まで見《み》たことがある？　黒《くろ》い、黒《くろ》い星《ほし》のような目《め》。そのきらめきは、ぼくたちのココロの中《なか》で、小《ちい》さな星《ほし》になったような気《き》がした。

どうしてこの子《こ》はここにいるんだろう？　どこからやってきたんだろう？

これは、これは夢《ゆめ》じゃないんだ。

「よおし」

デンパちゃんは、ポン、と自分《じぶん》の頭《あたま》をたたいた。

「ぼくのお仕事《しごと》が、空《そら》からピ、ピッとふってきたでしゅよ。アナンのために、これからデンパちゃんデパートにいってこよっと」

「デンパちゃんデパートだと？」ナガレさんがいった。「そんなもの、いったいどこにあるんだ？」

5　イエナシビトのプレゼント

それは、まるで手品《てじな》みたいだった。

デンパちゃんはふくろの中《なか》から、つぎつぎにすばらしいものをとり出《だ》してみせた。小《ちい》さなベビー服《ふく》、小《ちい》さなソックス、オモチャ、オムツ、ほにゅうびん、それに本物《ほんもの》の粉《こな》ミルク。

「ただし、賞味期限《しょうみきげん》切れでしゅけど」デンパちゃんはいった。

ナオ、すごい。ぼくは目《め》を丸《まる》くして、箱《はこ》の家《いえ》につみあげられた赤《あか》ちゃん用品《ようひん》を見《み》あげた。まるでお宝《たから》の山《やま》だ。

「えへっ、ボクって、ひろいものの天才《てんさい》」デンパちゃんは胸《むね》をはった。

「じゃあ、デンパちゃんデパートって――」ナガレさんはいった。

「世界中《せかいじゅう》の裏通《うらどお》り、ゴミすて場《ば》でしゅよ」

つまり全部《ぜんぶ》タダってこと？　デンパちゃんて、ただのおバカじゃなかったんだね。この調子《ちょうし》なら、いつか本物《ほんもの》のデパートだって作《つく》れるかも。

「はい、これはギリコしゃんの」

デンパちゃんは最後《さいご》に、赤《あか》い毛糸《けいと》のカーディガンを出《だ》した。ギリコさんは信《しん》じられないように、花《はな》のついたカーディガンにさわった。その手《て》はまっ白《しろ》で、ツメも切《き》ってあった。

ナオ、ギリコさん、手《て》をきれいにしたんだ。アナンのために。

「おおい、お湯《ゆ》がわいたぞ」たき火《び》をしていたナガレさんがいった。「さあ、アナンにミルクをやろう」

ぴらぴらのレースのドレスをきて、ミルクを飲《の》むアナンは、もうぜんぜんすて子《ご》には見《み》えなかった。それどころか、へへっ、どっかの王子《おうじ》さまみたい。

「か、かわいいじゃねえか、え？」

そのとき、いきなり、後《うし》ろからガラガラ声《ごえ》がした。

ぎょっとしてふりむくと、いつのまにか赤《あか》い顔《かお》の男《おとこ》がしゃがみこみ、アナンをのぞきこんでニタニタしていた。

「おれさ、大工《だいく》のゲンっていうんだ。赤《あか》んぼうがいるってきいたからよ、ちょっと見《み》にきたんだよ」

「おい、デンパちゃん、だれにも話《はな》すなっていっただろ」ナガレさんはこわい声《こえ》でいった。

「え、うーんと、しょうだっけ？」デンパちゃんはすっとぼけた。

「な、な、おれにもちょっとだけ、だかせてくれよ、いいだろ？」

ゲンさんはアナンににじりよって、ちょんとほっぺをつっつくと、とろけそうな顔《かお》になった。

「おーよちよち」

そういえば、このイエナシビト、どっかで見《み》たことがある。そうそう、お酒《さけ》を飲《の》んでよっぱらって、よく道《みち》にころがっている人《ひと》だ。話《はなし》をするのは、これがはじめてだった。

「ダメだ、だっこは」ナガレさんはいやな顔《かお》をした。

「おいおい、なんだよ、おれだけ仲間《なかま》はずれにする気《き》かい？」ゲンさんはいった。

「だけどゲンさん、ずいぶん風呂《ふろ》に入《はい》ってないだろ。きたないよ」

「そんなあ……ケチ」

「ダメなもんは、ダメだ」

ナガレさんはぜったいにアナンをだっこさせてあげなかった。

「ちっくしょう」ゲンさんはくやしそうな顔《かお》をした。「おいナガレ、おまえ『夢《ゆめ》タワー』を知《し》ってるか」

「知《し》らないやつがいるもんか。『夢《ゆめ》の都《みやこ》』のシンボルだ」

「おれはな、あの『夢《ゆめ》タワー』をたてたんだぞ」

みんなは、へええ、と本気《ほんき》でおどろいてゲンさんを見《み》た。

『夢《ゆめ》タワー』というのは、都《みやこ》のどこからでも見《み》える、百階《ひやつかい》だてのピカピカタワーだ。だけど、あんなに大《おお》きなタワーをたてたのに、どうしてゲンさんは自分《じぶん》が住《す》むところもなくて、箱《はこ》の家《いえ》にくらしているの？　人間《にんげん》の世界《せかい》って、とってもフシギ。

「だけど」ナガレさんはいった。「ゲンさん、今《いま》はナマケモノじゃないか」

自分《じぶん》だって、あんまり人《ひと》のことはいえないと思《おも》うけど。そういえば、アナンがきてから、ナガレさんはせっせと動《うご》いている。なんだか急《きゅう》にスイッチが入《はい》ったみたいだった。

ナマケモノ、といわれて、ゲンさんの顔《かお》がまっかっかになった。ふたりの男《おとこ》の間《あいだ》に、戦《たたか》いを予感《よかん》させるあやしいイナズマが走《はし》った。

「よおし、見《み》てろよ」ゲンさんはいった。「おれさまがひとつ、アナンにいいもんをプレゼントしてやるからな。最高《さいこう》にいいもんだぞ」

そんなことをいったっきり、ゲンさんは一週間《いっしゅうかん》たっても、十日《とおか》たっても姿《すがた》を見《み》せなかった。

「バッカだなあ、おまえ」ネズミさんがいった。「人間《にんげん》ていうのは、できないことをできるっていったり、平気《へいき》でウソなんかつくんだ。ゲンさんなんか今《いま》ごろ、プレゼントのことなんかすっかりわすれて、どっかで飲《の》んだくれてるに決《き》まってるさ」

真夜中《まよなか》、ぼくたちは箱《はこ》の家《いえ》のすみっこで、ひそひそ話《ばなし》をしていた。ギリコさんは大《おお》イビキをかき、ナガレさんは入《い》り口《ぐち》に段《だん》ボールをたして、きゅうくつそうにねている。でも、その寝顔《ねがお》は幸《しあわ》せそうだった。

ネズミさんは毎晩《まいばん》、人間《にんげん》たちがねむると、こっそりやってくる。ぼくにいろんなことを教《おし》えるため、なんていってるけど、ぼくはほんとうのわけを知《し》っているんだ。

「そうかなあ」ぼくはいった。「だけど、ゲンさんは、ほんとに赤《あか》ちゃんが好《す》きみたいだったよ」

「ふん、赤《あか》ちゃんなんてうるさくて、おれは苦手《にがて》だね」ネズミさんは顔《かお》をしかめ、ちらっとアナンを見《み》た。「ま、このアナンはちょっとマシだけどな」なんていいながら、うっとりと見《み》つめている。ようするに、ネズミさんが会《あ》いにきてるのはぼくじゃない。アナンなんだ。

「お、見《み》ろ、目《め》がさめたぜ」ネズミさんはうきうきした声《こえ》でいった。

アア……アナンがうす目《め》をあけて、小《ちい》さく泣《な》いた。人間《にんげん》の赤《あか》ちゃんて、ほんとうに育《そだ》てるのがたいへん。夜中《よなか》にもミルクを飲《の》むんだ。だけど、その声《こえ》をきいたとたん、ガアガアねていたギリコさんがむっくりと起《お》きあがった。

すごい、きっちり目《め》があいている。ぼくたちはあわてて箱《はこ》の家《いえ》の外《そと》へ逃《に》げ出《だ》した。

「おや……？」

ピクピクッ——そのとき、ぼくの耳《みみ》が動《うご》いた。同時《どうじ》にネズミさんのヒゲも。ぼくたちはなにかを感《かん》じて、地下《ちか》の町《まち》をふりむいた。

夜《よる》の町《まち》はねむっている。だけど、かすかに空気《くうき》がふるえていた。暗《くら》い道《みち》からひびいてくるのは——ガラガラ声《ごえ》の歌《うた》だ。

「だれかくるぜ」ネズミさんがささやいた。「だれだい、この真夜中《まよなか》に」

「おーい、ナガレー、起《お》きろ。いくぞ」

ごきげんで歌《うた》を歌《うた》いながらやってきたゲンさんは、ねているナガレさんをけっとばした。

「なんだよ、こんな夜中《よなか》に」ナガレさんはねむたそうにいった。「どこいくんだ?」

「しゃいこうの所《ところ》でしゅよ」いっしょにきたデンパちゃんがいった。

「おれは、約束《やくそく》をまもる男《おとこ》だってことよ」ゲンさんはいった。「さあ、荷物《にもつ》を全部《ぜんぶ》運《はこ》ぶんだ」

「全部《ぜんぶ》だと?」

デンパちゃんはアナンの服《ふく》やミルクをかき集《あつ》め、さっさと紙《かみ》ぶくろに入《い》れた。ギリコさんはあわてて赤《あか》いカーディガンを着《き》た。

ナオ、最高《さいこう》の所《ところ》って、どこ?　なにがなんだかわからないまま、ナガレさんはゲンさんにおいたてられ、アナンをコートの中《なか》に入《い》れて外《そと》へ出《で》た。

「さあ、出発《しゅっぱつ》だ」ゲンさんは号令《ごうれい》をかけた。

三人《さんにん》の男《おとこ》と、ひとりの女《おんな》、ひとりの赤《あか》んぼうと、一《いっ》ぴきの子《こ》ネコは、ぞろぞろと地《ち》下《か》の町《まち》を歩《ある》きはじめた。後《うし》ろをふりむくと、ネズミさんも見《み》つからないようにちょろちょろとあとをついてきていた。

夜《よる》の町《まち》は、墓場《はかば》みたいだった。店《みせ》はどれもシャッターがしまって、オバケみたいなマネキン人形《にんぎょう》がウィンドウから手《て》まねきをしている。いくつか階段《かいだん》をあがったりさがったりすると、やがてぼんやりと明《あ》かりのついた広場《ひろば》が見《み》えてきた。

「『夢《ゆめ》の都駅《みやこえき》』だぜ」ネズミさんがこしょこしょといった。「おまえは知《し》らないだろうけどよ、この世界《せかい》には、いろいろな町《まち》があるんだ。『森《もり》の町《まち》』、『海《うみ》の町《まち》』、『谷《たに》の町《まち》』、『風《かぜ》の町《まち》』、『湖《みずうみ》の町《まち》』、『砂《すな》の町《まち》』、それから……」

「ぼく、『夢《ゆめ》の都《みやこ》』から出《で》たことないよ」ぼくはいった。「お金《かね》がないから、電車《でんしゃ》にのれないし」

「電車《でんしゃ》じゃいけないとこだってあるぜ。海《うみ》のむこうにある、『夢《ゆめ》の島《しま》』だ。天国《てんごく》みたいな所《ところ》だってよ」

「海《うみ》？　海《うみ》ってなに？」

「でっかいでっかい水《みず》たまりだよ。むこうがわが見《み》えないんだ」

ひゃあ、すごい。それ、ほんとうかな。ぼくも一度《いちど》でいいからほかの町《まち》にいってみたいなあ……。

「イエナシビトはな、みんなべつの町《まち》から、この『夢《ゆめ》の都《みやこ》』にやってきたんだ」ネズミさんはいった。「でっかい夢《ゆめ》を持《も》ってな。でも……いつのまにか、その夢《ゆめ》をなくしちゃったんだ」

ナガレさんがちらりと改札口《かいさつぐち》のほうを見《み》た。いったいナガレさんはどこの町《まち》からきたんだろう？　そして、ギリコさんは？　デンパちゃんは？

みんな、お墓《はか》の前《まえ》でもとおるように、だまって駅《えき》を通《とお》りすぎた。その話《はなし》はだれもしようとはしなかった。

「もうすぐだぜ」

ゲンさんは階段《かいだん》をたくさんおりて、やっとひとつの店《みせ》の前《まえ》で立《た》ち止《ど》まった。

『竜王《りゅうおう》ラーメン・夢《ゆめ》の都《みやこ》一《いち》の味《あじ》！』

さびついたシャッターの上《うえ》では、青《あお》い竜《りゅう》がラーメンをすすっている、ヘタクソな絵《え》がかいてあった。どうやら、つぶれたラーメン屋《や》さんみたいだ。

「ついたぜ」ゲンさんはいった。

「おいこら、ここのどこが最高《さいこう》の所《ところ》なんだ？」ナガレさんはいった。

まったくそのとおり、最高《さいこう》どころか、最低《さいてい》だ。『竜王《りゅうおう》ラーメン』の前《まえ》には、うすぎたない箱《はこ》の家《いえ》がぽつんとたっていた。そのまわりには、お酒《さけ》のビンがずらりとならんでいる。

「おバカ、それはおれのうちだ」ゲンさんはいった。「この奥《おく》に、すげえ一等地《いっとうち》があるんだよ」

「一等地《いっとうち》だって……？」

「こっちこっち」

いったいこのオヤジ、なにをたくらんでいるんだ？　ゲンさんはイヒヒとわらって、『竜王《りゅうおう》ラーメン』の後《うし》ろにぼくたちをつれていった。

「な、なんだこりゃ」ナガレさんは大声《おおごえ》をあげた。

そこに、ピカピカの家《いえ》がたっていた。何十《なんじゅっ》コも箱《はこ》をつなぎあわせて、色《いろ》もぬってある。入《い》り口《ぐち》にはドアまで作《つく》ってあった。

「2LDKでしゅよ」デンパちゃんが手《て》を広《ひろ》げた。「新《あたら》しいアナンの家《いえ》でしゅっ」

ナオッ。やったーっ。バンザーイ。

こんなにすばらしい箱《はこ》の家《いえ》、見《み》たことがない。広《ひろ》くて、きれいで、ちゃんと窓《まど》までついている。ここにくらべたら、前《まえ》の箱《はこ》の家《いえ》なんか、はっきりいってゴミ箱《ばこ》だ。

「え、どうだい」ゲンさんはまっ赤《か》な顔《かお》でふんぞり返《かえ》って、後《うし》ろにひっくり返《かえ》りそうだった。

ぼくたちはうっとりと新《あたら》しい家《いえ》の床《ゆか》にすわりこんだ。あったかい。すきま風《かぜ》のない部屋《へや》なんて、はじめてだ。それに、ぼくたちみんなが中《なか》に入《はい》ってもまだまだスペースがある。

　ああ、なんてぜいたく。

「こりゃあ……」ネズミさんがチュウチュウつぶやくのがきこえた。「人間《にんげん》てやつの見方《みかた》を、ひとつかえなきゃいかんかもな」

　ナガレさんは信《しん》じられないように、ゲンさんの赤《あか》い顔《かお》を見《み》つめた。このナマケモノの男《おとこ》が、こんなにりっぱな家《いえ》を作《つく》ってくれるなんて。

　ナォ。人《ひと》ってわからない。

「……負《ま》けたよ」ナガレさんはいった。「ゲンさん、ほんとにやる気《き》を出《だ》したんだな。ありがとう」

　ナガレさんはそっと手《て》をさし出《だ》した。仲《なか》なおりの握手《あくしゅ》だ。だけど、ゲンさんはその手《て》をにぎらなかったんだ。

「お礼《れい》ならさ」ゲンさんはてれた顔《かお》でいった。「アナンをだっこさせてくれよ」

「え？」

「な、たのむよ。ほら、見《み》てくれ、おれ、風呂《ふろ》にはいったんだ。もうどっこもきたなくないよ。な、いいだろ？　いいだろ？」

　ゲンさんは手《て》をあわせて、必死《ひっし》にたのんだ。

　ナガレさんもこんどはダメだといわなかった。ねむっているアナンをそっとわたしてやると、ゲンさんのほっぺがピンク色《いろ》になった。

「ああ、やわらかいよ。あったかいよ」

ゲンさんはでれっとした顔《かお》をアナンのほっぺにくっつけた。でも、ナガレさんはもういやな顔《かお》なんかしなかった。

ナオ、幸《しあわ》せそうなゲンさん。まるでべつの人《ひと》みたい。

「おれ、アナンのために、がんばったんだよ」ゲンさんはいった。「そうでなきゃ、だれがナガレなんかのために家《いえ》を作《つく》るもんか」

6 夢《ゆめ》のはじまりとおしまい

いろんなことがうまく回《まわ》りはじめた。すっかり夢《ゆめ》をなくしていたイエナシビトたちに、夢《ゆめ》ができたんだ。それは、アナンという夢《ゆめ》だった。

一等地《いっとうち》、とゲンさんがいったのはほんとうだった。『竜王《りゅうおう》ラーメン』の裏《うら》には水道《すいどう》があって、いつでもせんたくができたし、風《かぜ》が通《とお》らないのであたたかく、おまけにぜんぜん人目《ひとめ》につかない。まったく、イエナシビトが子育《こそだ》てをするには最高《さいこう》の場所《ばしょ》だった。

新《あたら》しい家《いえ》にかわったら、そこに住《す》む人間《にんげん》たちもかわった。ギリコさんは黒《くろ》い毛虫《けむし》が白《しろ》いチョウチョになるみたいに、まっ白《しろ》に変身《へんしん》した。最初《さいしょ》に顔《かお》をあらってきたときには、みんなギリコさんがわからないで、ナガレさんなんか『どなたですか？』ときいちゃったくらい。もちろん、アナンにはちゃんとわかったけどね。きれいになったギリコさんは、前《まえ》よりもいっそうアナンのお母《かあ》さん役《やく》にはげんだ。

ぼくやイエナシビトたちも、かなりきれいになった。だけど、あいかわらず髪《かみ》はボサボサで、ナガレさんはぜったいにヒゲをそらない。やっぱりどこから見《み》ても、イエナシビトだった。

新《あたら》しい箱《はこ》の家《いえ》をたててしまうと、ゲンさんはまたナマケモノにもどってしまった。お酒《さけ》は飲《の》まないけど、いつもニヤニヤとアナンをながめてばかりだ。

「アナン、おれはなんにもやってねえみたいだけど、じつは、ボディーガードやってんだ」ゲンさんはいった。「悪《わる》いやつがきたらな、おれが追《お》っぱらってやるからな」

そこらへん、デンパちゃんはすごく役《やく》にたった。毎日《まいにち》、デンパちゃんデパートを回《まわ》って、アナンのためになにかひろってくる。おかげでたくさんのオモチャや人形《にんぎょう》が、ゴミすて場《ば》からすくいあげられてきた。

「アナン、なんでも注文《ちゅうもん》してくだしゃいね」デンパちゃんはいった。

ナガレさんはお金《かね》がかせげないかわりに、ギリコさんやみんなのために、せっせと食《た》べ物《もの》を集《あつ》めてきた。得意料理《とくいりょうり》は、賞味期限切《しょうみきげんぎ》れのオニギリで作《つく》ったあったかいぞうすいだ。

「みんな、カゼひくなよ」ナガレさんはいった。

「ずいぶんやさしいじゃねえか、ナガレ」ゲンさんはいった。

「あったりまえだろ。アナンにうつるといけないからな」

まあ、ほめてやってほしい。今《いま》までバラバラで、ひとりぼっちだったイエナシビトたちが、アナンのために力《ちから》をあわせるようになったんだから。なんだかぼくもいっぺんに家族《かぞく》がふえた気分《きぶん》。もしかして、ぼくって幸《しあわ》せのまねきネコ?

イエナシビトたちとぼくのあったかい愛情《あいじょう》のおかげで、アナンはすくすくと成長《せいちょう》していったんだ。

「た、たいへんでしゅー」

ある日《ひ》、デンパちゃんがバタバタと箱《はこ》の家《いえ》にかけこんできた。その日《ひ》も、アナンのゆりかごをさがしに、朝《あさ》からデンパちゃんデパートに出《で》かけていたはずだった。

「しーっ、静《しず》かに」アナンをだっこしたナガレさんがいった。「今《いま》、アナンがねてるから」

「たいへん、ゴ、ゴ、ゴミしゅて場《ば》に」デンパちゃんはいった。

「なんだ、マントヒヒでもいたか？　おれはもう、なにがすてられてたっておどろかんぞ」

「お、おじいしゃんが、たおれてましゅ」デンパちゃんは泣《な》きそうになっていった。

「死《し》にしょうなんでしゅ」

ええっ。さすがのナガレさんもおどろいて立《た》ちあがった。

ま、まさか。おじいさんがすてられてる――わけないよね。ぼくはアナンがゴミすて場《ば》にすてられていたことを、今《いま》さらのように思《おも》い出《だ》した。

あのときは、びっくりして考《かんが》えられなかったけど、アナンをすてたのはいったいだれ？　お母《かあ》さん？　お父《とう》さん？　あんなひどいことができる親《おや》が、いる？　じゃあ、今《いま》はどこにいるんだろう？　おお、ミステリー。

「とにかく、早《はや》くいこう。もう間《ま》にあわんかもしれないが……」

ナガレさんがアナンをそっとだきあげて、コートに入《い》れた。ぼくたちはみんな、いそいで裏通《うらどお》りのゴミすて場《ば》にかけつけた。

そこで見《み》たのは、悲《かな》しい姿《すがた》だった。

電信柱《でんしんばしら》の下《した》に、おじいさんがこわれた人形《にんぎょう》みたいにたおれていた。イエナシビトだ。ぼくはいそいでおじいさんの顔《かお》にかけよった。

ナォ、まだ息《いき》をしてる。よかった。

「このへんじゃ、見《み》かけないじいさんだな」ゲンさんがいった。「きっと、どっかから流《なが》れてきたんだ。ここで食《た》べ物《もの》ひろおうとして、たおれたんだな」

「おじいしゃん、しっかりしてくだしゃい」デンパちゃんはいっしょうけんめいに声《こえ》をかけた。

ギリコさんはおじいさんに毛布《もうふ》をかけて、そっと手《て》をにぎった。と、おじいさんの目《め》が、うすくひらいたんだ。

「ああ……」おじいさんがうめいた。「すまんなあ……だけど、わしはもう、おしまいだ……」

ぼくの耳《みみ》がピクリとした。どこかで、だれかの心臓《しんぞう》がドキンと鳴《な》るのがきこえたから。ぼくはそっと後《うし》ろをふりむいた。

ナガレさんがまっ青《さお》な顔《かお》をして、おじいさんを見《み》つめていた。そのコートの中《なか》で、アナンはすやすやねむっていた。

そういえば、ナガレさんもよくいっていた。『もう、おしまいだ』って。いわなくなったのは、アナンをひろってからだ。

「は、早《はや》く、あったかい所《ところ》につれていこう」ゲンさんがあせっていった。「おれたちの箱《はこ》の家《いえ》に」

「ああ……かまわんでくれ。わしは、ここがいい。空《そら》が見《み》えるところが……イエナシビトになって、雨《あめ》の日《ひ》には空《そら》をにくんだこともあった……だけど、今日《きょう》はありがたい、青空《あおぞら》だ……早《はや》く、あそこにいきたいよ……」

おじいさんはそういって、しぼしぼの目《め》で空《そら》を見《み》つめた。ビルとビルのすき間《ま》から、青《あお》くすみきった空《そら》が、ちらっと見《み》えた。

ほんとうに、もう、おしまいなの？　あの空《そら》にいっちゃうの？

あそこには、なにがあるの？

アア――そのとき、アナンが声《こえ》をあげた。

「あ、赤《あか》んぼうか……？」おじいさんはいった。「そこに、いるのかい？」

「ああ」ナガレさんがこたえた。

「……見《み》せておくれ……たのむ……最後《さいご》の願《ねが》いだ」

ナガレさんはだまって道《みち》にひざまずくと、おじいさんの目《め》の前《まえ》にアナンをさし出《だ》した。ふるえる手《て》で、なにかをがまんしているみたいな顔《かお》で。

「おお……おお……」おじいさんはうめいた。「この子《こ》は……」

おじいさんは夢《ゆめ》を見《み》ているような目《め》で、アナンを見《み》つめた。ぼくはその目《め》からきれいな涙《なみだ》がこぼれるのを見《み》た。かれえだのような指《ゆび》が、やっとのことで動《うご》いて、アナンのほっぺにさわる。そのほっぺはミルクのおかげでまあるく、すべすべだった。

そのとき、アナンの目《め》がふわっと大《おお》きくひらいた。黒《くろ》い、黒《くろ》い、星《ほし》のような目《め》が。

見《み》てる。おじいさんを、はっきりと。見《み》ているんだ。

「わしは……『砂《すな》の町《まち》』に、生《う》まれた……」おじいさんはかすれた声《こえ》でいった。「……むかし……悪《わる》いことをやって、家《いえ》をなくした……ずっと……そのことを、くやんでいた……」

ナォ？　ぼくはそのとき、ナガレさんの泣《な》き声《ごえ》がきこえたような気《き》がした。

「だけど……ああ、今《いま》は……もう、いいんだ」

おじいさんはハアー、と大《おお》きな息《いき》をした。おじいさんとアナンは、もうほかにはだれもいないように、見《み》つめあった。

「もう……いいんだよ……」

ぼくは人《ひと》が死《し》ぬところをはじめて見《み》た。

体《からだ》からすーっと力《ちから》がぬけていき、息《いき》が止《と》まる。アナンのほっぺから指《ゆび》がはなれた。

体《からだ》の外《そと》も、中《なか》も、全部《ぜんぶ》止《と》まった。

おじいさんは永遠《えいえん》のねむりについたんだ。

「わあん、おじいしゃーん」

デンパちゃんが泣《な》きながらおじいさんにしがみついた。ゲンさんとギリコさんも鼻《はな》をすっている。だけど……ナガレさんだけは、泣《な》いていなかった。

どうして？　ココロの中《なか》では、いっぱい泣《な》いているのに、ぼくにはきこえるのに。

どうして涙《なみだ》は出《で》ないの？

アナン、きみは泣《な》いているの？

ぼくは前足《まえあし》でぐっと涙《なみだ》をぬぐい、アナンをのぞきこんだ。黒《くろ》いひとみにひとかけら、きらりと、青《あお》いものがうつっていた。

アナンは青《あお》い空《そら》を見《み》ていた。


その夜《よ》。

ぼくはなんだか息苦《いきぐる》しくて、目《め》をさました。すごくへんな気分《きぶん》だった。空気《くうき》が急《きゅう》に重《おも》くなって、おしつぶされそうな感《かん》じ。ぼくは起《お》きあがって、ねているみんなを見回《みまわ》した。

ガアア、ガアア……ギリコさんのイビキがひびいていた。その横《よこ》にはデンパちゃんと、ゲンさんもころがっている。おじいさんが死《し》んだ夜《よる》はさびしくて、だれも帰《かえ》ろうとしなかったんだ。

おや、ナガレさんはどこ？

「おれは……悪《わる》いやつだ」

暗《くら》がりからブツブツと、悪魔《あくま》のような声《こえ》がする。見《み》ると、アナンのゆりかごの横《よこ》に、ナガレさんがすわりこんでいた。

「……おれなんか、死《し》ねばよかったんだ。もし、あの雪《ゆき》の日《ひ》に、おまえをひろわなかったら……おれは、今《いま》ごろ……」

ぼくは背中《せなか》がぞくっとした。ナガレさん、いったいなにいってるの？　やめて、そんなことをいうの、もうやめて。

「アナン、おれはなあ……うわあっ」

ナガレさんはいきなり大《おお》きな声《こえ》を出《だ》した。

な、なにごと？　ぼくはおどろいてとびあがった。その声《こえ》でみんなも目《め》をさました。

「なーにねぼけてんだ、ナガレ」ゲンさんがいった。

「ア、アナンがたいへんだ」ナガレさんはおろおろしていった。

え？　アナン？

デンパちゃんがねぼけながら懐中電灯《かいちゅうでんとう》をつけた。黄色《きいろ》い光《ひかり》の中《なか》に、ほわっと小《ちい》さな顔《かお》がうかぶ。ゲンさんはアナンをひと目見《めみ》たとたん、怪獣《かいじゅう》みたいな顔《かお》になった。

「こ、これは――」

アナンの顔《かお》は、リンゴみたいにまっ赤《か》だったんだ。

ナオ、たいへんなことになった。ギリコさんはアナンをだきしめ、まるで自分《じぶん》が死《し》んでしまいそうなうめき声《ごえ》をあげた。

「すごい熱《ねつ》だ」ナガレさんが絶望的《ぜつぼうてき》な声《こえ》でいった。「ああ、もう、おしまいだ」

7　銀《ぎん》の目《め》とイノチ水《みず》

『夢《ゆめ》の都《みやこ》子ども病院《びょういん》』の入《い》り口《ぐち》は、ぴたりとシャッターがしまっていた。ゲンさんは何度《なんど》もチャイムをならし、大声《おおごえ》を出《だ》した。

「おおい、あけてくれえ、おおい」

ぼくたちの後《うし》ろを、はたらいている人《ひと》たちが早足《はやあし》で歩《ある》いていく。ぼくたちにとってはたいへんな朝《あさ》でも、ほかの人《ひと》にとってはいつもの朝《あさ》なんだ。ぼくたちはいのるように病院《びょういん》を見《み》あげていた。

きのうは、ぜんぜんねむれなかった。だれも、ねむれなかった。

ハア……ハア……。ナガレさんのコートの中《なか》から、アナンの苦《くる》しそうな息《いき》がきこえてくる。ぼくは自分《じぶん》の胸《むね》とアナンの胸《むね》をとり返《かえ》っこしてあげたかった。

「なあに、お金《かね》なんかなくたって、だいじょうぶさ」ゲンさんはいった。「医者《いしゃ》が赤《あか》ちゃんを見《み》すてたりするわけが――」

「いいかげんにしてくださいなっ」

二階《にかい》の窓《まど》がらんぼうにあいて、女《おんな》の人《ひと》が顔《かお》を出《だ》した。

むむむ、すごくおこってる。

「そこに書《か》いてあるでしょ。来週《らいしゅう》までお休《やす》みだって」女《おんな》の人《ひと》はいった。「あなたたち、字《じ》が読《よ》めないんですか?」

「きゅ、急病《きゅうびょう》なんです、助《たす》けてください」ナガレさんが必死《ひっし》にいった。「赤《あか》ちゃんが熱《ねっ》で死《し》にそうなんです。お願《ねが》いします、先生《せんせい》」

「わたしは先生《せんせい》じゃありません」女《おんな》の人《ひと》はそっけなくいった。「先生《せんせい》は旅行中《りょこうちゅう》です。しばらく、帰《かえ》りません」

「ほんとか？」ゲンさんがいった。「ほんとは、中《なか》にいるんじゃねえのか？」

「まあ、なにをいうんです、あなた」

「おい、子《こ》どもを見《み》すてるなんて、それでも医者《いしゃ》か」

「へんなこというと、おまわりさんをよびますよ。だいたいあなたたち、イエナシビトでしょう？　いったいその赤《あか》ちゃんをどうしたんです？　保険証《ほけんしょう》はあるんですか？」

やばい。ぼくたちを見《み》おろす女《おんな》の人《ひと》の目《め》は冷《つめ》たかった。ほんとうにおまわりさんをよばれたら、もっとたいへんだ。後《うし》ろめたいことがいっぱいあるぼくたちは、そそくさと病院《びょういん》から退散《たいさん》した。

箱《はこ》の家《いえ》にもどってくると、小《ちい》さな部屋《へや》はたちまちアナンの熱《ねつ》でいっぱいになった。

「ど、どうしよう」デンパちゃんがべそをかきながらいった。

「しかたない」ナガレさんは暗《くら》い声《こえ》でいった。「おれたちに、できるだけのことをやろう」

「へ、どうせたいしたこと、できねえよ。おれたちなんか」ゲンさんはいった。

「しょうだ。ぼく、氷《こおり》をあちゅめてきましゅ」

デンパちゃんは涙《なみだ》をふきながら、ハンバーガーショップにかけ出《だ》していった。

ゴミ箱《ばこ》からかき集《あつ》めた氷《こおり》が、アナンの熱《あつ》い頭《あたま》の上《うえ》でどんどんとけていった。でも、いくらひやしても、むだだ。アナンの熱《ねつ》はぜんぜん下《さ》がらなかった。

そのうち、最悪《さいあく》のことになった。アナンはミルクを飲《の》まなくなってきたんだ。こんな小《ちい》さな赤《あか》ちゃんのことだ、このままいったら、もしかしたら――。

「ひからびちゃうよ、アナンが」デンパちゃんがいった。「ぼくたち、ビンボだから、死《し》んだってお花《はな》も買《か》ってやれないでしゅ。うえぇぇー」

「バカヤロッ、えんぎでもないことというなっ」

ゲンさんはデンパちゃんの頭《あたま》をひっぱたいた。そのあと、ポカスカ自分《じぶん》の頭《あたま》をなぐった。

「ああ、おれに力《ちから》があったら、アナンを助《たす》けてやれるのに。おれ、なんでここにいるんだ、チクショウ」

ナガレさんのココロは、まっ暗《くら》だった。ギリコさんなんかもうこの世《よ》の終《お》わりがきたような顔《かお》をしている。

もし、アナンがひからびてしまったら。あのおじいさんみたいに空《そら》にいってしまったら。せっかく立《た》ちなおったイエナシビトたちも、またもとどおりになってしまうだろう。

そして、ぼくは？　ぼくはどうなるんだろう？

そんなこと、考《かんが》えるのもいやだった。

「な、なんだと？　アナンがひからびるだと？」

その夜《よる》、しばらくぶりにきたネズミさんは、天井《てんじょう》までとびあがった。アナンのかくれファンだったけど、孫《まご》がうまれたからいそがしくなって、このところごぶさただったんだ。

「うん……もう、なんにも飲《の》めないんだ」ぼくは涙《なみだ》をうかべながらいった。「くちびるはカサカサ」

「バカヤロッ、なんでおれに早《はや》くいわなかったんだ」ネズミさんはおこった。

「そんなことといったって……」

病院《びょういん》にことわられたのに、ネズミさんに相談《そうだん》したってどうにもならない。ぼくはそう思《おも》ったけど、いえなかった。

「おい、しっかりしろよ、ボウズ」ネズミさんがいった。「動物《どうぶつ》っていうのはな、人間《にんげん》よりすぐれていることがいっぱいあるんだぜ。だいたい、野生《やせい》の動物《どうぶつ》だって病気《びょうき》になることがある。おれたちがいちいち、動物病院《どうぶつびょういん》にいってると思《おも》うのかい？」

「じゃ、じゃあ……ネズミさん、アナンをなおせるの？」

「まあ、それはどうかな」ネズミさんはヒゲをなでた。「こんなによわっちゃったんじゃ、手《て》おくれかも……とりあえず、今《いま》すぐ、医者《いしゃ》をよんでくるぜ」

「い、医者《いしゃ》？」

ぼくがそうきいたときには、ネズミさんはもういなかった。ぼくはチョロチョロと走《はし》っていく後《うし》ろ姿《すがた》を見《み》おくった。そのうすぎたない背中《せなか》が、こんなにかがやいて見《み》えたことはなかった。

ハア……ハア……。アナンの苦《くる》しそうな息《いき》をききながら、ぼくはじっとネズミさんをまった。

つらい夜《よる》だった。つかれきったナガレさんは、アナンをだいたまま壁《かべ》にもたれ、こっくりこっくりとねむっている。ぼくはねないぞ、一秒《いちびょう》だってねむるもんか、ねむるもんか……。

気《き》がつくと、ねていた。

はっと目《め》をあけたぼくは、自分《じぶん》が見《み》ているものがなにかわかんなかった。アナンの前《まえ》に、へんなものが立《た》っている。すうっと細長《ほそなが》い、まっ白《しろ》なもの。あれ、もしかして幽霊《ゆうれい》とか？　それとも、空《そら》からのおむかえ……？

ぼくが声《こえ》も出《で》ないでいると、そいつがふっとふりむいた。思《おも》わず、大声《おおごえ》をあげそうになった。そいつの目《め》は銀色《ぎんいろ》に光《ひか》っていたんだ。きれいだけど、少《すこ》しブキミな目《め》。

「ぼうや……きみは元気《げんき》だね」白《しろ》いものがいった。

幽霊《ゆうれい》じゃない、フェレットさんだ。だけど、こんなまっ白《しろ》けのフェレット、見《み》たことがない。

「も、もしかして、お医者《いしゃ》さんて――」ぼくはいった。

「あたしだよ」フェレットさんはいった。

ぼくは思《おも》わずがっかりした顔《かお》をしてしまった。だって、動物《どうぶつ》のお医者《いしゃ》さんじゃないか。アナンは、人間《にんげん》だよ。

「がっかりするのは、ちょっと早《はや》いんじゃない？」フェレット先生《せんせい》はいった。「このあたしの目《め》をごらん。この銀《ぎん》の目《め》には、いろんなものが見《み》えるんだ。たとえば、病気《びょうき》とか」

「病気《びょうき》が見《み》える……？」

フェレット先生《せんせい》はアナンに目《め》をやった。

「この子《こ》は……もしかして、クリスマスにひろわれた赤《あか》ちゃんかな？」

「ど、どうして知《し》ってるの？」

「赤黒《あかくろ》トカゲにきいたんだ。シッポのシモヤケをなおしてあげたときに」

赤黒《あかくろ》トカゲ？　どうやらあのゴミすて場《ば》にいた、赤《あか》い目《め》のトカゲのことらしい。

「じゃあ、てことは……」ぼくはいった。「赤黒《あかくろ》トカゲさんは、赤《あか》ちゃんをすてた人《ひと》を、見《み》たってこと？」

「そうだろうね」フェレット先生《せんせい》はいった。

「だ、だれ？　その人《ひと》どんな人《ひと》だった？　男《おとこ》の人《ひと》？　女《おんな》の人《ひと》？」

「さあ、あたしはきいてない」

「じゃ、赤黒《あかくろ》トカゲさんは今《いま》、どこにいるの？」

「しばらくは会《あ》えないね。雪《ゆき》がふったから、冬眠《とうみん》するっていってたよ。春《はる》になるまで、どっかの地面《じめん》の下《した》でねてるはずだ」

ていうことは、アナンの秘密《ひみつ》も、春《はる》までコチコチにこおりついているってことだ。

ぼくはどうしても、アナンをすてた人《ひと》のことを知《し》りたかった。

あなたはだれ？　どうしてアナンをすてたの？　なにがあったの？

「せっかくひろわれて、助《たす》かったのに……」フェレット先生《せんせい》は銀色《ぎんいろ》の目《め》で、じっとアナンを見《み》た。「しかし、こんな子《こ》ははじめて見《み》た。この子《こ》は人間《にんげん》ていうよりも、あたしたちに近《ちか》いね」

「そうかもしれない」ぼくはうなずいた。「お願《ねが》い先生《せんせい》、アナンを助《たす》けて。いったい、なんの病気《びょうき》なの？」

フェレット先生《せんせい》の銀色《ぎんいろ》の目《め》が、アナンの天使《てんし》のような顔《かお》を、小《ちい》さな手《て》や足《あし》を、すみからすみまでなめるように見《み》つめた。ぼくはそれを見《み》ているうちに、なんだかドキドキしてきた。

このフェレット先生《せんせい》なら、アナンをなおせるかもしれない。ああ、よかった、天《てん》の助《たす》けだ――。

「……星《ほし》づまり病《びょう》」フェレット先生《せんせい》はいった。

「ほ、星《ほし》づまり病《びょう》？」

ぼくはぽかんと口《くち》をあけた。フェレット先生《せんせい》は大《おお》まじめだ。

「これは、カゼとかはやり病《やまい》じゃない。星《ほし》がどっかにつまったんだ」

「ど、どこに？」

「わかんない」

ぼくは頭《あたま》がくらくらした。そんなわけのわかんない病気《びょうき》、なおせるわけない。フェレット先生《せんせい》にきてもらってもなんにもならなかったじゃないか、っていいたかったけど、絶望《ぜつぼう》のあまり声《こえ》も出《で》なかった。

アナンはなおらない。アナンは星《ほし》がつまって、ひからびてしまうんだ。

「ギャオーン」

ぼくはたまらなくなって、外《そと》にとび出《だ》した。ずっとがまんしていたものが、プツンときれたように、どぼどぼと涙《なみだ》があふれてくる。

信《しん》じられない、こんなひどいことがあるなんて。これなら自分《じぶん》が熱《ねつ》でひからびた方《ほう》が、ずっとましだ。

「ぼうや……」

フェレット先生《せんせい》のやさしい手《て》が、そっとぼくの頭《あたま》をなでた。だけど、ぼくはそれどころじゃなかった。

「……ほっといてよ」ぼくは泣《な》きじゃくりながらいった。

「ぼうや、よーくおぼえておきなさい」フェレット先生《せんせい》は静《しず》かにいった。「あのね、わかるのと、なおるのはべつなんだよ」

なに？　どういう意味《いみ》？

ぼくの頭《あたま》がこんがらがったところに、バタバタとネズミさんが走《はし》ってきた。

「や、おそくなってゴメンよ」

「わ、ネズミさん、びしょぬれじゃない」ぼくはおどろいていった。

ネズミさんの毛皮《けがわ》から、ぽたぽた水《みず》が落《お》ちている。それだけならいいけど、ところどころ先《さき》っぽがこおっていた。外《そと》はめちゃくちゃ寒《さむ》いんだ。ネズミさんのまわりには、草《くさ》のにおいのような、土《つち》のにおいのような、フシギなにおいがただよっていた。

「おれのことなんか、いいんだ」ネズミさんはガチガチふるえながらいった。「うっかり足《あし》をすべらせて、『夢池《ゆめいけ》』におっこっちゃってよ。なあに、アナンのためなら、平気《へいき》さ」

「夢池《ゆめいけ》？」

ネズミさんは、ほいっ、と背中《せなか》からなにかを出《だ》した。小《ちい》さなガラスビンだ。その中《なか》で、緑色《みどりいろ》の水《みず》がきらきら光《ひか》っている。

「イノチ水《みず》」フェレット先生《せんせい》の銀《ぎん》の目《め》がするどく光《ひか》った。

「も、もしかして、これを飲《の》めばなおるってわけ？」ぼくはいった。「お薬《くすり》なんだね？」

「たぶんな」ネズミさんはぐすんと鼻《はな》をならした。「アナンのために夢池《ゆめいけ》からくんできた。おれはなあ、今《いま》までだまってたけど……わるい、ボウズ、おまえに会《あ》いにきてたんじゃない。お目《め》あてはアナンだったんだ」

「それ、見《み》え見《み》えだったけど」ぼくはいった。

「や、おれにもわけがわかんないよ。孫《まご》をだっこしてると、ふっとアナンを思《おも》い出《だ》すんだ。会《あ》いたくて、たまらなくなるんだ。もし、アナンになにかあったら……」

ネズミさんは体《からだ》からぽたぽたと水《みず》をたらし、目《め》からは涙《なみだ》をぽたぽたながしながら、イノチ水《みず》のビンのフタをあけた。

「さあ、アナンに、このイノチ水《みず》を飲《の》ませよう。そうすりゃ、どんな病気《びょうき》だっていっぺんになおるさ」

「だけど……アナンはもう、ミルクも飲《の》めないんだよ」

「ほんの一《いっ》てきだって、きくんだよ」

部屋《へや》にもどると、ナガレさんはぐっすりとねむっていた。ぼくたちはビンをかかえ、アナンの顔《かお》をそっとのぞきこんだ。

やばい。さっきまで赤《あか》かった顔《かお》が、幽霊《ゆうれい》みたいに青白《あおじろ》くなっている。息《いき》はよわよわしく、今《いま》にも消《き》えてしまいそうだった。

早《はや》くしなきゃ。まにあわない。

ぼくたちはそおっと、その小《ちい》さな口《くち》にイノチ水《みず》をたらした。つつつつつ……。

どうか、アナンの病気《びょうき》がなおりますように――。

「ちがう」そのとき、フェレット先生《せんせい》が低《ひく》い声《こえ》でいった。

「え？」ネズミさんはいった。

「その水《みず》を、鼻《はな》に飲《の》ませなさい」

ぼくたちはビンをかたむけたまま、まじまじと銀色《ぎんいろ》の目《め》を見《み》つめた。鼻《はな》に飲《の》ませる？　そしたら、息《いき》ができないじゃない。やっぱりこのフェレット先《せん》生《せい》、頭《あたま》がへん？

「うーん……冷《つめ》たい……」そのとき、ナガレさんがもぞもぞ動《うご》いた。「うわっ、なんだこりゃ」

いけない。ナガレさんが目《め》をさましてしまった。おどろいたネズミさんが、手《て》をすべらせた。

「おっとっとっと――うわあっ」

ビンはぼくの頭《あたま》の上《うえ》を越《こ》えて、ひゅーんと宙《ちゅう》をとんでいった。

ガッチャーン。

みんなが爆弾《ばくだん》の音《おと》でもきいたようにとび起《お》きた。テーブルにあたったビンは、こなごなにくだけちっていた。そして、ぼくたちの最後《さいご》の希望《きぼう》も。せっかくのイノチ水《みず》は、あっというまに段《だん》ボールにすいこまれてしまったんだ。

ナォ、もう、おしまいだ。

「あ、アナンのようすがへんだ」ナガレさんがさけんだ。「たのむ、しっかりしてくれっ」

「いやだあぁ」デンパちゃんが泣《な》きさけんだ。「お空《そら》にいかないで」

「アナーンっ」ギリコさんがきいたことのない大声《おおごえ》をあげ、床《ゆか》につっぷした。

みんな、こんなに強《つよ》くなにかを願《ねが》ったことなんかなかった。自分《じぶん》のイノチをふりしぼって、必死《ひっし》にいのったんだ。

助《たす》けて、アナンを助《たす》けてください——。

「おい、このきたねえネズミ、アナンになにをしたっ」

ゲンさんはおそろしい顔《かお》で、ネズミさんをにらみつけた。

ちがう、ネズミさんはアナンを助《たす》けようとしたんだ。そういっても、動物《どうぶつ》の気持《きも》ちは人間《にんげん》にはわかんない。部屋《へや》のすみっこにおいつめられたネズミさんは、キッとした目《め》でゲンさんを見《み》あげた。

「お、おれはな、おんなじなんだ」ネズミさんは涙《なみだ》を流《なが》しながらわめいた。「人間《にんげん》だって、動物《どうぶつ》だっておんなじだ。おんなじくらい、アナンが大好《だいす》きなんだよーっ」

ブルブルッ。ネズミさんはみぶるいした。

そのとたん、涙《なみだ》だか、鼻水《はなみず》だか、イノチ水《みず》だかわかんないものが、ネズミさんの体《からだ》から、バッとまわりにとびちった。まるでネズミさんのいかりの火花《ひばな》みたいに。

「うわあ」ゲンさんの目《め》に水《みず》がはいった。「いててっ」

ぼくの口《くち》にも、水《みず》がとびこんだ。ナガレさんやデンパちゃん、ギリコさんの顔《かお》にも、ぺしゃりとくっついた。

そして、ぼくは見《み》たんだ。

大《おお》きな、緑色《みどりいろ》の水《みず》がひとつぶ、ひゅうーんととんでいって、アナンの顔《かお》の上《うえ》に落《お》ちるのを。それは、小《ちい》さな小《ちい》さな鼻《はな》の穴《あな》にすいこまれていった。

ホール・イン・ワーン。

一瞬《いっしゅん》、アナンの息《いき》が止《と》まった。そして、次《つぎ》の瞬間《しゅんかん》——。

「ゲボッ」アナンがむせた。「ゲホッ、ゲホッ」

小《ちい》さな体《からだ》が、最後《さいご》にのこった力《ちから》をふりしぼった。

そのとたん、口《くち》から、ぽろん、となにかがとび出《だ》した。

「あっ」ギリコさんがさっと手《て》を出《だ》した。

その白《しろ》いお皿《さら》のような手《て》のひらに、小《ちい》さな光《ひかり》がころがり落《お》ちた。

こ、これは――。

ぼくは息《いき》をのんで、入《い》り口《ぐち》のほうをふり返《かえ》った。暗《くら》がりから、フェレット先生《せんせい》の銀《ぎん》色《いろ》の目《め》がこの奇跡《きせき》を見守《みまも》っていた。

それは、青《あお》い、青《あお》い、星《ほし》だったんだ。

8 はじめてのねがえり

「でろでろでろ……」ゲンさんはにやけた顔《かお》でアナンをあやした。「よかったなあ、すっかりよくなって。こちょこちょ……」

ゲンさんがくすぐると、アナンはキャッキャッと声《こえ》をたててわらった。ああ、どんな音楽《おんがく》よりもすばらしい、その音《おと》。みんなはうっとりと幸《しあわ》せをかみしめた。

アナンが生《い》きていてくれる、それだけでいい。ほかにはなにもいらない。この小《ちい》さな天国《てんごく》が、いつまでも続《つづ》きますように……。

「おい、バケツ。アナンのゆりかごで、ツメをとぐな」

とろんとした目《め》でアナンを見《み》ていたゲンさんが、ぼくのほうをむいた。でも、その目《め》はずっと、とろんのままだった。

ウッ、やさしい目《め》。でも、ちょっと気持《きも》ち悪《わる》い。

「病気《びょうき》になったのは、こいつのせいだったんだな」

ナガレさんはぴっかぴかの顔《かお》で、ぴっかぴかの青《あお》い石《いし》をつまみながらいった。それは、アナンがはき出《だ》した星《ほし》つぶだ。だけど、だれも星《ほし》だなんて思《おも》っていなかった。

「アナンはいつのまに、こんな石《いし》を食《た》べたのかな？」ナガレさんはいった。

「え、そうかなあ」デンパちゃんがいった。「食《た》べたのかなあ」

「ノドにつっかえてたのが、セキでとれたんだろう」

「ボク、ピッピッてきたんだ。なんだかその石《いし》、アナンの体《からだ》から生《う》まれたような気《き》がする」

ナガレさんはまじまじとデンパちゃんを見《み》た。

「デンパ、おまえ……ちゃんとしゃべってるぞ」

「え？　今《いま》までなんかへんだった？」デンパちゃんはきょとんとしていった。

みんな、自分《じぶん》がちょっとずつかわったのに気《き》づいていない。もしかしたらそれはイノチ水《みず》のおかげなのか。イノチ水《みず》は、アナンの『星《ほし》づまり病《びょう》』をなおした。デンパちゃんのしゃべり方《かた》もなおして、ゲンさんの目《め》をやさしくして、ナガレさんのココロに明《あ》かりをつけたのかもしれない。

「やあ、元気《げんき》になって、よかったな」

そこへ、あそびにやってきたネズミさんを見《み》て、ぼくはびっくりした。なんだか毛《け》皮《がわ》がつやつやして若《わか》がえったみたい。やっぱり、イノチ水《みず》をかぶったから？

「や、まったくまいったぜ。フェレット先生《せんせい》のいうとおりだったな」ネズミさんはいった。「ここだけの話《はなし》、あの先生《せんせい》はときどき頭《あたま》がおかしいんじゃないかって、思《おも》うけど」

「フェレット先生《せんせい》はどこ？」ぼくはいった。

「昼間《ひるま》は秘密《ひみつ》の洞穴《ほらあな》にかくれているさ。めずらしい動物《どうぶつ》だから、いつだって人間《にんげん》に追《お》われてるんだ」

「じゃあ、夢池《ゆめいけ》ってどこにあるの？　ぼくにも教《おし》えてよ」

「さあな、そいつはおれにもわからない」

「なんで？　あのときいったじゃない？　道《みち》をわすれちゃったの？」

「そうじゃないんだ、ボウズ。あのな、夢池《ゆめいけ》っていうのは、毎日《まいにち》場所《ばしょ》がかわるんだ。今日《きょう》はこっちにあっても、明日《あす》にはない。その場所《ばしょ》がわかるのは、フェレット先生《せんせい》だけなのさ」

「へええ」

ぼくはおどろいた。なんだか、ほんとうの夢《ゆめ》みたいな池《いけ》。そういえば、あのフェレット先生《せんせい》もフシギなお医者《いしゃ》さんだった。

「でもおれ、まだわからないんだ」ネズミさんはいった。「あのアナンの星《ほし》って、いったいなんだったんだ？」

「うーんと、それは、つまり……」ぼくは考《かんが》えながらいった。「きっと、あれは悲《かな》しみのかたまり、だったんじゃないかなあ」

「悲《かな》しみって、かたまるのか？　どうしてそれが星《ほし》になるんだ？」

「たぶん……アナンの体《からだ》が、きれいすぎるんじゃないかな。赤《あか》ちゃんていうのは、みんなそうじゃないかって思《おも》うんだけどね。ほら、悪《わる》い空気《くうき》が胸《むね》にたまると、病気《びょうき》になるでしょ。あの前《まえ》の日《ひ》、アナンは死《し》んだイエナシビトのおじいさんから、たくさん悲《かな》しみをすいこんだんだ。それがコチコチの星《ほし》になっちゃった」

「なるほど」

「で、おじいさんのほうは、ココロの中《なか》の重《おも》たいものをおいていったから、空《そら》にいけたんじゃないかな」

ぼくがそういうと、ネズミさんは感心《かんしん》したようにヒゲをなでた。

「ボウズ、おまえ、ちょっと頭《あたま》がよくなったんじゃないか？」

「え、そう？」

「やっぱ、イノチ水《みず》のおかげかな」

自分《じぶん》のことって、よくわかんない。でもそのとき、ぼくはなんだかちがうような気《き》がした。

もしかしたらそれはイノチ水《みず》のせいじゃなくて、アナンが死《し》にそうになったときぼくたちみんなすごい気持《きも》ちになったから、イノチの電流《でんりゅう》みたいなものがドドーッと流《なが》れて、それでぼくたちがかわったのかもしれない……そう思《おも》ったけど、ネズミさんにはうまく説明《せつめい》ができそうにないので、だまっていた。

そうしたらつぎの日《ひ》、ぼくはギリコさんがひとりごとをいうのをきいたんだ。アナンをだっこしていたギリコさんは、フシギそうに首《くび》をかしげた。

「……ヒロユキ？　あれ、ちがう、この子《こ》はアナンだ。ヒロユキって、だれだっけ？うーん、ノドのとこまで出《で》てきてるんだけど……」

やっぱり、ギリコさんの頭《あたま》の中《なか》もちょっとクリーニングされたみたい。

やがて、はじめての春《はる》がやってきた。

世界《せかい》がだんだんあったかくなって、あちこちに花《はな》がさきはじめた。ぼくの体《からだ》の毛《け》も新《あたら》しいのにはえかわって、春《はる》ってなんだかうきうきした気分《きぶん》。

冬《ふゆ》の間《あいだ》、モコモコした服《ふく》を着《き》ていたアナンも、だんだんうす着《ぎ》になってきた。手足《てあし》をバタバタ動《うご》かせるからごきげんだ。床《ゆか》の上《うえ》に毛布《もうふ》をしいて、ぼくたちは仲《なか》よくねっころがった。

ああ、幸《しあわ》せ。こうやってると、ぼくたち、兄弟《きょうだい》みたいだね。

と、アナンの顔《かお》に、ぐっと力《ちから》がはいった。あれ、ウンチかな？　と思《おも》って見《み》ていたら……。

アナンはころんとひっくり返《かえ》って、テーブルの足《あし》にごっつんこした。

「フェ、フェ……」アナンは泣《な》き出《だ》した。「フェーン」

ナオ、おどろき。アナンが動《うご》いた。赤《あか》ちゃんて、ねてるだけじゃなかったの？

「あ、バケツ」ふりむいたゲンさんが声《こえ》をあげた。「このやろう、アナンをけっとばしたな、えっ」

ぼ、ぼくじゃないよ。アナンが自分《じぶん》で頭《あたま》をぶっつけたんだ、なんていっても、むだだった。ゲンさんはぼくの耳《みみ》をひっぱろうとした。

その間《あいだ》にアナンはもう泣《な》きやんで、ゲンさんの後《うし》ろでまた、コロン、とひっくり返《かえ》った。

ナォッ、見《み》て見《み》て、また、アナンがひとりで動《うご》いたよ。

「なんだ？」ゲンさんは後《うし》ろをふりむいた。「……おいナガレ、なんでアナンをあんなすみっこにねかすんだ？」

「ありゃ？　おれは知《し》らないよ」ナガレさんはいった。

だから、ちがうんだってば。

そのとき、また、アナンが顔《かお》にぐっと力《ちから》を入《い》れた。

よし、たのむアナン、このわからずやのオヤジに、ひとつ見《み》せてやってくれ。

コロン。アナンはみごとにひっくり返《かえ》って、みんなの目《め》もコロンと点《てん》になった。

「ね、ね、ねがえりだあ」

デンパちゃんがパチパチと手《て》をたたいた。

それから一時間《いちじかん》ぐらい、大《おお》さわぎになった。みんな、目《め》をタレ目《め》にして、アナンがねがえりをうつたびにゲラゲラわらっているんだ。やれやれ、イエナシビトってお楽《たの》しみが少《すく》ないからね。

「……おい、待《ま》てよ」ナガレさんがふと、われに返《かえ》った。「よろこんでる場合《ばあい》じゃないぞ」

「なんでだよ」ゲンさんがいった。

「だって、考《かんが》えてみろよ。ねがえりをうったら、つぎはハイハイするんだろ？」

「それから、タッチだ」デンパちゃんが目《め》をかがやかせた。

「ヨチヨチ歩《ある》き」ギリコさんがいった。

すばらしい——みんなはバンザイをした。

「そうじゃないだろ」ナガレさんはいった。「そしたら、この箱《はこ》の家《いえ》からとことこ歩《ある》いて出《で》ていくぞ。だれかに見《み》つかったら、どうすんだ？」

ええっ、そんな——。うかれていた気分《きぶん》が、いっぺんにしぼんだ。

そうだ、このままどんどん大《おお》きくなったら。アナンはこんな箱《はこ》の家《いえ》じゃ、育《そだ》てられなくなるんだ。そしたら、いったいどこで、どうやって育《そだ》てればいいの？

イエナシビトたちは顔《かお》を見《み》あわせた。だれも、そんな先《さき》のことなんか考《かんが》えたこともなかったんだ。

「いつか……」ナガレさんは暗《くら》い顔《かお》でつぶやいた。「その日《ひ》はやってくるんだ。確実《かくじつ》にな」

9　立《た》ちのきの日《ひ》

だれにも、いい考《かんが》えが思《おも》いうかばないまま、ずるずると日《ひ》がすぎていった。人形《にんぎょう》じゃないんだから、その間《あいだ》もアナンの成長《せいちょう》は止《と》まらない。朝起《あさお》きると、きのうよりひと回《まわ》り大《おお》きくなっているような気《き》がした。

あたたかい夜《よる》、大《おお》きなバケツにお湯《ゆ》をためて、アナンはチャプチャプお風呂《ふろ》にはいった。はだかにしてみると、手《て》も足《あし》も首《くび》も、ずいぶんたくましくなっていた。

「はあ……ずっと、このまま、赤《あか》ちゃんだったらいいのに」デンパちゃんがため息《いき》をついた。「そしたら、ずっといっしょにいられるのに」

「あ……見《み》て」ギリコさんが声《こえ》をあげた。「おすわりできた」

バケツの中《なか》で、にこにこわらいながら、アナンはちょこんとおすわりをしていた。それを見《み》たぼくたちは、もううれしいのか悲《かな》しいのかわからなくなってしまった。

「うむ……こうなったら、しかたがねえ」

その夜《よ》、ずっとうで組《ぐ》みをしていたゲンさんが、とうとういい出《だ》した。

「しかたないって……どうするんだ？」ナガレさんがいった。

「この中《なか》のだれかが、まっとうな人間《にんげん》になるしかない。ちゃんと住《す》む家《いえ》をかりて、マジメにはたらくんだ。アナンを育《そだ》てるためにな」

ひえーっ――みんなはひっくり返《かえ》りそうになった。

はたらくっていったって、仕事《しごと》はそこらへんにごろごろ落《お》ちているもんじゃない。簡単にいうけど、そんなに簡単なら、だれもイエナシビトになるわけないんだ。それに、子《こ》どもをひとりで育《そだ》てるなんて、重大責任《じゅうだいせきにん》だ。いったいだれがそんなたいへんなことをするっていうの？

「ナガレ、おまえだ」ゲンさんは肩《かた》をポンポンたたいた。「おまえがひろったんだからな。サイフだってなんだって、ひろったやつのもんになるんだ」

「そ、そんな。イエナシビトをやめるなんて、おれにはできないよ」ナガレさんはあわてていった。

「やる気《き》になれば、なんだってやれるさ。まず、そのヒゲをそって――」

「これはダメだっ」

ナガレさんは大声《おおごえ》を出《だ》して、ヒゲをさわろうとしたゲンさんの手《て》をはらいのけた。

「ダメといったら、ぜったいダメなんだっ」

みんな、びっくりしてナガレさんを見《み》た。そんなふうにおこったのは、はじめてだ。

「い、いや……」ナガレさんはわれに返《かえ》って、頭《あたま》をかいた。「そんなことというなら、ゲンさんがやればいいじゃないか。せっかくやさしくなったんだし」

「じょ、じょうだんじゃねえよ」

ゲンさんは頭《あたま》に石《いし》が当《あ》たったような顔《かお》をした。

「そ、そりゃあ、アナンはかわいいぜ。食《た》べてしまいたいくらいだけどよ」

ゲンさんはそっと、アナンをだきあげた。アナンはじっと、黒《くろ》い星《ほし》のような目《め》で、ゲンさんを見《み》つめた。

「……ああ、アナンにはかくしておけねえ。おれはなあ、むかし、よっぱらってて、火事《かじ》を出《だ》したんだ。大《おお》きな家《いえ》が五《ご》けんも灰《はい》になって、ケガ人《にん》も出《で》た。もう、どこへいっても仕事《しごと》なんかもらえない。へ、自分《じぶん》が悪《わる》いんだけどな」

「ごめんね、アナン」

こんどはデンパちゃんが、アナンにぴょこんと頭《あたま》をさげた。

「デンパちゃんは、こんなおバカだから、どこにいってもイジメられて、どこもはたらかしてくれるとこ、ないの。ぼくね、きっとまちがえて人間《にんげん》に生《う》まれちゃったんだ、ネコに生《う》まれたらよかったのにねえ」

ハ……ハ……ハ……デンパちゃんは涙《なみだ》をためながらわらった。

ギリコさんは悲《かな》しそうに目《め》をふせて、首《くび》を横《よこ》にふった。

「あたし……自分《じぶん》の名前《なまえ》も思《おも》い出《だ》せない。もうちょっとなんだけど……どうしても無《む》理《り》なの」

つまり、自分《じぶん》からアナンを育《そだ》てるって人《ひと》は、いないってわけだ。

みんなアナンのこと、死《し》ぬほどかわいいと思《おも》っているのに。なんだってしてやりたいのに。

でも、どうしてもできないの？　ほんとうにダメなの？

イエナシビトたちは下《した》をむいたまま、いつまでも、いつまでもだまっていた。


「なんや、このきたない箱《はこ》は」

そのとき、とつぜん、きいたことのない男《おとこ》の声《こえ》がひびいた。

みんなはぎょっとして顔《かお》をあげた。とうとうここがおまわりさんに見《み》つかってしまったのか――。

「おい、中《なか》にだれかおるんか。はよ出《で》てこい」

ギリコさんが顔色《かおいろ》をかえて、急《いそ》いでアナンをかくした。ゲンさんはおそるおそる箱《はこ》の家《いえ》から顔《かお》を出《だ》した。

いつのまにやってきたのか、サングラスをかけて太《ふと》った男《おとこ》が、太《ふと》いうでを組《く》んで箱《はこ》の家《いえ》を見《み》おろしていた。

「あ、あんた、だれだ」ゲンさんはいった。

「それは、こっちのセリフや」おじさんはいった。「あんたこそ、うちの店《みせ》でなにしとるんや。わいはな、この『竜王《りゅうおう》ラーメン』の、店長《てんちょう》や」

「て、店長《てんちょう》？」

さあ、たいへんなことになった。ゲンさんはあたふたと箱《はこ》の家《いえ》からはい出《で》ていくと、とっさに頭《あたま》をさげた。

「す、すまん。知《し》らなかったもんだから」

店長《てんちょう》さんはこわい顔《かお》で、ゲンさんをじっとにらんだ。

「チッ、勝手《かって》に家《いえ》なんか作《つく》られちゃあ、こまるんや。この店《みせ》はな、もうすぐオープンするんやで」

「え、オープン？」ゲンさんはいった。

「だいたい、ぞろぞろ、ぞろぞろ、いい大人《おとな》がなにやっとんのや？　あんたらイエナシビトやろ？　仕事《しごと》する気《き》はないんか、え？」

だれも、ひと言《こと》もいいわけできなかった。みんな、なりたくてイエナシビトになっているわけじゃない。でも、そんなことどうやってわかってもらえばいいの？

そのときだ。アア、とアナンが声《こえ》をあげた。

みんなはまっ青《さお》になった。やばい。ここでアナンが見《み》つかってしまったら、たいへんなことになる。

「ウ、ウソやろ」店長《てんちょう》さんは眉《まゆ》をつりあげた。「イエナシビトに赤《あか》んぼうまでおるんか？」

「あ、待《ま》ってくれ」ゲンさんは声《こえ》をあげた。

店長《てんちょう》さんは、ドン、とゲンさんをつきとばすと、クツのまま箱《はこ》の家《いえ》の中《なか》に入《はい》っていった。

「見《み》せてみ」店長《てんちょう》さんはいった。

「か、かんべんしてください」ナガレさんがすがりついた。「この家《いえ》は、すぐかたづけますから」

「赤《あか》んぼうを見《み》せよって、いうとんのや。さあ」

こうなったらしかたがない。ギリコさんはおそるおそる、アナンにかぶせてあった花《はな》もようのスカーフをどけた。うすい布《ぬの》の下《した》から、アナンのきれいな顔《かお》があらわれた。

「ほう……かわいいなあ」

店長《てんちょう》さんはそういうと、ひょいとサングラスをとった。

あれれ、けっこうおもしろい顔《かお》。それに、ほっぺがちょっとゆるんでるじゃない。

「わいにも、子《こ》どもがふたりおるんや。もう、でっかくなったけどな」

ベロベロベー――いきなり、店長《てんちょう》さんはアナンをあやした。まるでトラフグみたいな顔《かお》で。ぼくはブブッとふき出《だ》しそうになった。

「まあな、あんたらにも、いろいろ事情《じじょう》があるんやろ」店長《てんちょう》さんは、急《きゅう》にやさしくなっていった。「わいもな、今《いま》まで、いっぱい苦労《くろう》してきたもんや。まあしかし、こっちも、ラーメン屋《や》をはじめんならん。かわいそうやけど、立《た》ちのいてもらわな」

「わ……わかりました」ナガレさんはいった。

「それじゃあ、明日《あす》までや。ええな」

「え、明日《あす》？」

みんな、あわを食《く》って店長《てんちょう》さんの顔《かお》を見《み》た。

ナオッ。ちょっと、おっちゃん、それはないんとちゃうか。明日《あす》なんて、無理《むり》に決《き》まってるやん。

「ちょっ、ちょっと待《ま》ってくれ」ゲンさんがいった。「おれたち、いくところがねえんだ。もう二《に》、三日《さんにち》、のばしてくれよ」

「なにをあまえたこといっとんねん」店長《てんちょう》さんは冷《つめ》たくいった。「そや、これ、少《すく》ないけど、立《た》ちのき料《りょう》や」

店長《てんちょう》さんはそういって、ポケットから金色《きんいろ》のコインを出《だ》し、ぼくたちにむかって投《な》げた。

チャリーン……。

わあ、お金《かね》だ――ぼくの前足《まえあし》はさっと、反射的《はんしゃてき》にコインにとびついていた。でも、みんなはしずまり返《かえ》って店長《てんちょう》さんを見《み》つめていた。

「だけど、こっちは赤《あか》んぼうがいて……」ナガレさんはいった。

「そのことなら、わいがちゃんとしたる」店長《てんちょう》さんはいった。「心配《しんぱい》するな」

「は……？」

店長《てんちょう》さんはサングラスをかけなおして、イエナシビトたちをふりむいた。

「気持《きも》ちはわかるがな、もうこんな所《ところ》で子《こ》どもを育《そだ》てたら、あかん。な、子《こ》どもの幸《しあわ》せを思《おも》うたら、『明《あか》るい子《こ》どもの家《いえ》』に入《い》れるのが一番《いちばん》や。あそこは、ええとこやで。親《おや》はいつでも会《あ》いにいけるんや」

じっと話《はなし》をきいていたナガレさんの体《からだ》が、ブルブルふるえ出《だ》した。

「ちょうどええ。明日《あす》の朝《あさ》、工事《こうじ》のうちあわせで、おまわりさんがここにくる。わいがきっちり話《はなし》つけたるわ」

ああ、もう最悪《さいあく》。

店長《てんちょう》さんがいってしまったあと、ナガレさんたちは、ただぼうぜんとアナンを見《み》つめていた。なにも知《し》らないアナンは、いつものようにコロコロねがえりをうってあそんでいる。

もし、おまわりさんに調《しら》べられたら、ほんとうの親子《おやこ》じゃないってばればれだ。すて子《ご》を勝手《かって》に育《そだ》てた罪《つみ》で、全員《ぜんいん》タイホされるかもしれない。そうなったら二度《にど》とアナンに会《あ》えなくなるんだ。

「おし、こうなったら――」

ゲンさんが決心《けっしん》したように、ゲンコツを作《つく》って立《た》ちあがった。

な、なにをするつもりなの、ゲンさん？

「ジャンケンだっ」ゲンさんはいった。

「ジャ、ジャンケンだと？」ナガレさんは目《め》を丸《まる》くした。

「そうだ、ジャンケンで負《ま》けたもんが、アナンをつれて、『夢《ゆめ》の都《みやこ》』から逃《に》げるんだ。

この、金《きん》のコインを持《も》って」

「そんな、いいかげんな。たったコイン一枚《いちまい》で、なにができるっていうんだ？」

「しょうがねえだろ。じゃあ、ほかにどうすりゃいいんだよ？」

ゲンさんのいうとおりかもしれない。もう、文句《もんく》をいってられる場合《ばあい》じゃないんだ。

「な、なん回勝負《かいしょうぶ》？」デンパちゃんがいった。

「一回勝負《いっかいしょうぶ》に決《き》まってんだろ」ゲンさんはいった。「負《ま》けたやつは、うらみっこなしだぜ」

さあ、とんでもないことになった。イエナシビトたちの顔《かお》が真剣《しんけん》にひきつっている。これから、人生《じんせい》をかけたジャンケンがはじまるのだ。

「ジャンケンポイッ」

緊張《きんちょう》した声《こえ》が、箱《はこ》の家《いえ》の中《なか》にひびいた。アナンがぴくん、と体《からだ》をふるわせて、フシギそうな目《め》で大人《おとな》たちを見《み》あげた。自分《じぶん》の運命《うんめい》が、そのジャンケンにかかっているとも知《し》らないで。

「アイコデショッ」

その晩《ばん》。

ゲンさんはひざをかかえて、お酒《さけ》を飲《の》みながら、べそをかいていた。

「ウ、ウソだ、このおれが負《ま》けるなんて……」

「自分《じぶん》がいい出《だ》したんじゃないか」ナガレさんはいった。

「ま、待《ま》ってくれ、もう一回《いっかい》、もう一回《いっかい》やろう」ゲンさんはすがった。「な、いいだろ？」

「な、なにいってるんだ、一回勝負《いっかいしょうぶ》だっていっただろ」ナガレさんはあわてていった。「しっかりしろよ、明日《あす》の朝《あさ》、早《はや》いんだから、もう飲《の》むのはよせ」

「うるせえっ」

ゲンさんはぐびり、とまたお酒《さけ》を飲《の》んだ。

そう、ジャンケンに負《ま》けたのは、ゲンさんだったのだ。

アナンをだいたギリコさんは、心配《しんぱい》そうにゲンさんを見《み》つめていた。お別《わか》れが決《き》まってから、ずっとアナンをはなさない。

そこに、デンパちゃんがどっさり荷物《にもつ》をかかえて、デンパちゃんデパートから帰《かえ》ってきた。

「ねえ、ゲンさん、ほら、子守《こもり》ベルトとリュックサックだよ。これなら、アナンをだっこしてても、手《て》が使《つか》えるからね」

ゲンさんはそっぽをむいて、ぜんぜんきいていなかった。

「今日《きょう》は、最後《さいご》だから、ミルクも紙《かみ》オムツもどっさりもらってきたよ。これだけあれば……ぐすん」

デンパちゃんはアナンの顔《かお》をのぞきこんで、ぐすぐすと泣《な》きはじめた。

「……アナン、もうお別《わか》れなんて、信《しん》じられないよお。うえーん」

「けっ、ばっかやろう、おまえらはお気楽《きらく》なもんだ」ゲンさんはぶつぶついった。

ナガレさんはもう、なにもいわなかった。ただ、だまって、ひたすらアナンを見《み》つめてた。一分《いっぷん》でも、一秒《いちびょう》でも長《なが》く見《み》ていたい、というように。

ナオ。ナガレさん、ほんとうにこのままでいいの？　アナンと別《わか》れちゃって、いいの？

もし、できることなら、ぼくはナガレさんのココロのフタをあけてみたかった。

10　さようなら『夢《ゆめ》の都《みやこ》』

「おい、起《お》きろよ、ゲンさん。起《お》きろったら」

次《つぎ》の日《ひ》、ぼくはナガレさんの声《こえ》で目《め》がさめた。

そうだ、今日《きょう》は運命《うんめい》の日《ひ》だ。だけど外《そと》に出《で》てみると、たいへんなことになっていた。

ナガレさんが必死《ひっし》にけっとばしているのは、ゲンさんだ。ゲンさんはお酒《さけ》の空《あき》ビンをかかえて、ラーメン屋《や》の前《まえ》の地《じ》べたでゴオゴオいびきをかいていた。

「もう出発《しゅっぱつ》の時間《じかん》だってば。起《お》きてくれ」

でも、ダメ。ゲンさんは完全《かんぜん》によっぱらっている。アナンをだいて逃《に》げるどころか、これじゃあトイレにだっていけないよ。

「ど、どうしよう」デンパちゃんは泣《な》きそうになった。「ねえ、やっぱり、こんなダメオヤジ、アナンを育《そだ》てるなんて、無理《むり》だよ」

「で、でも……」ナガレさんはちらりと時計《とけい》を見《み》た。

もう八時《はちじ》だ。あと一時間《いっじかん》もしたら、おまわりさんと店長《てんちょう》さんがやってくる。どうすればいいんだ？

「ナガレ、ね、やっぱり、ナガレしかいないよ」デンパちゃんはすがりついた。「アナンといっしょに逃《に》げて」

ナオ。そうだ、とぼくもさけんだ。ナガレさん、今《いま》が決心《けっしん》するときだよ。ほんとうはアナンと別《わか》れたくないんでしょ？　だったら——。

「だ、だめだ、おれにはできない」ナガレさんは、おろおろと頭《あたま》をかかえた。「ひとりで、アナンを育《そだ》てるなんて」

「じゃあ、アナンがどうなってもいいんだね」デンパちゃんは涙《なみだ》をためていった。

「しかたないじゃないか。こうなったら、もう、アナンは『明《あか》るい子《こ》どもの家《いえ》』に入《い》れるしか——」

「ナガレのおバカーっ」

デンパちゃんは思《おも》いっきり、ナガレさんのほっぺをひっぱたいた。

「ぼ、ぼくはね、あそこの施設《しせつ》で育《そだ》ったんだよ」

「な、なんだと」ナガレさんはいった。

「あそこは、たしかにいい所《ところ》だったよ。だけど、子《こ》どもはね、自分《じぶん》だけを見《み》てくれる人《ひと》がほしいんだ。アナンがもしあそこにいっちゃったら、ぼくたちは会《あ》いにいけないんだろ？　もう二度《にど》と……ウエェーン」

デンパちゃんは泣《な》きながら走《はし》っていってしまった。

ナガレさんは青《あお》ざめた顔《かお》で、ふらふらと箱《はこ》の家《いえ》にもどった。アナンをだいたギリコさんが、いいたいことを百《ひゃっ》コぐらい視線《しせん》にこめて、ナガレさんをじっと見《み》あげた。

弱虫《よわむし》のナガレさん。自信《じしん》のないナガレさん。かわいそうなナガレさん。だれよりもやさしいのに、ほんの少《すこ》しだけ勇気《ゆうき》が足《た》りないんだ。

「アナン、ごめんよ」ナガレさんはいった。「おれは、ダメなやつなんだ」

そのとき、いきなり、ギリコさんが子守《こもり》ベルトとリュックをつかんだ。ものすごく静《しず》かに、ものすごくいっぱいおこりながら、なにもいわずに立《た》ちあがったんだ。

「ダ、ダメだよ、ギリコ」

自分《じぶん》じゃなにもできないくせに、ナガレさんはあわててギリコさんを止《と》めようとした。だけど、ギリコさんだって、必死《ひっし》だ。ナガレさんをつきとばして、アナンといっしょに外《そと》にとび出《だ》した。

「こら、待《ま》て。無理《むり》だよ、おまえには――」

ナガレさんはあとを追《お》いかけて、ラーメン屋《や》の前《まえ》でギリコさんの服《ふく》をつかんだ。ふたりは、まるで夫婦《ふうふ》げんかみたいにもみあいになった。

そこへ、顔《かお》をぐちゃぐちゃにしたデンパちゃんが、息《いき》をきらせて戻《もど》ってきた。

「きたよ、ナガレ。店長《てんちょう》とおまわりさんが、すぐそこまで。もうおしまいだあっ」

ナガレさんの息《いき》が止《と》まった。

ナガレさんの時間《じかん》が止《と》まった。

ナガレさんはもう一度《いちど》、アナンをふり返《かえ》った。

アナンはナガレさんを見《み》つめていた。まるで生《う》まれたときからずっと見《み》つめていたように。

ナガレさんは歯《は》をくいしばり、無言《むごん》で子守《こもり》ベルトをギリコさんからもぎとった。そして、見《み》たこともない早《はや》わざで、自分《じぶん》のおなかにしっかりとアナンをくりつけたんだ。もう、二度《にど》とはなれないように。

ナォ、やった。ぎりぎりのところで、ナガレさんにかくれていた勇気《ゆうき》がやっと目覚《めざ》めたんだ。

でも……ちょっと、おそかったかも。

道《みち》のむこうから、青《あお》い制服《せいふく》を着《き》たふたりのおまわりさんと、サングラスの店長《てんちょう》さんがあらわれた。

ダメだ、ナガレさん、もう間《ま》にあわないよ――。

「ぬおーっ」

そのとき、ぼくの頭《あたま》の上《うえ》で、ものすごいうなり声《ごえ》が起《お》こった。

ギリコさんだ。ギリコさんは鼻《はな》をふくらまして、おまわりさんたちに突進《とっしん》していった。まるでいかりくるった恐竜《きょうりゅう》みたいに。

ドドドドド……。

「ギ、ギリコ」ナガレさんがさけんだ。「やめろーっ」

おどろいたのは、おまわりさんたちだ。頭《あたま》がぼさぼさのへんな女《おんな》が、いきなり自分《じぶん》たちにむかってつっこんできたんだから。おまわりさんはギリコさんとぶつかる直前《ちょくぜん》に、さっとよけた。

と、ギリコさんはいきおいあまって、そのまま頭《あたま》から壁《かべ》につっこんでしまった。ゴチン――やばい音《おと》がした。一《いっ》、二《に》、三秒後《さんびょうご》、ギリコさんはゆっくりとたおれた。

「だ、だいじょうぶですか」おまわりさんが助《たす》け起《お》こした。「しっかりしてください」

たいへん。ギリコさんの頭《あたま》から、ケチャップみたいに血《ち》がだらだら流《なが》れている。ぼくは背中《せなか》の毛《け》をさかだてて、ギリコさんにかけよった。

ナオ、ギリコさん、死《し》なないで。

ギリコさんはまぶしそうにまばたきすると、ぼくの顔《かお》をぼんやり見《み》た。そのとき、ぼくはなんだかへんな感《かん》じがしたんだ。目《め》も、鼻《はな》も、口《くち》もギリコさんなのに、ぜんぜん別《べつ》の人《ひと》みたい。

「ここ……どこ？」ギリコさんはいった。

「な、なんだって？」おまわりさんがいった。

「わたし……駅《えき》の階段《かいだん》から落《お》っこちて……早《はや》く『風《かぜ》の町《まち》』に帰《かえ》らなきゃ。ヒロユキがおうちで待《ま》ってるのに。おみやげのイチゴケーキ、つぶれちゃったかしら？」

ひゃあああ、ギリコさん、とうとう思《おも》い出《だ》したんだ。頭《あたま》のチューブにつまっていた記《き》憶《おく》が、さっきの激突《げきとつ》で、ポンととび出《だ》したらしい。

それじゃあ、今《いま》までのことは、みんなわすれてしまったの？

「そういえば……」ギリコさんはぼくを見《み》ていった。「アナンはどこ？」

ぼくははっとして後《うし》ろをふりむいた。

遠《とお》くのほうに、駅《えき》にむかって必死《ひっし》に走《はし》っているナガレさんが見《み》えた。ギリコさんがさわぎを起《お》こしてくれたおかげで逃《に》げ出《だ》せたんだ。その胸《むね》には、アナンがコアラみたいにひっついている。

ナオ。待《ま》って、ぼくもいく。ナガレさん、ずっといっしょだっていったじゃない。

ぼくはあわてて、ナガレさんとアナンのあとを追《お》いかけた。階段《かいだん》をあがって、さがって、またあがる。やっと駅《えき》の改札口《かいさつぐち》のところで、ナガレさんにおいついた。

『森《もり》の町行《まちい》き、もうすぐ発車《はっしゃ》しまーす』スピーカーからアナウンスがひびいている。

『おのりの方《かた》はー、二番線《にばんせん》まで、おいそぎくださーい』

ナガレさんはあたふたと自動販売機《じどうはんばいき》にコインをつっこんだ。新《あたら》しい世界《せかい》へのキップが、にょろっととび出《だ》した。

さあ、逃《に》げよう、ナガレさん。だれもこない遠《とお》くへ。アナンといっしょに。

「そこの男《おとこ》、待《ま》てーっ」

そのとき、後《うし》ろからするどい声《こえ》がした。さっきのおまわりさんたちがおいつてきたんだ。つかまったら、もう、おしまいだ。

早《はや》く、早《はや》くナガレさん、ダッシュ。

「止《と》まれ、止《と》まるんだっ」

ひとりのおまわりさんがすぐ後《うし》ろにやってきた。ナガレさんはあわてて改札口《かいさつぐち》を通《とお》りぬけようとして、出《で》てきた人《ひと》とぶつかった。

「うわっ」

まったく、ほんとうに運《うん》の悪《わる》い男《おとこ》だ。このだいじなところで、ナガレさんはしっかりこけてくれた。その胸《むね》にアナンは必死《ひっし》にしがみついている。

じたばたしているナガレさんの足《あし》に、ああ、おまわりさんの手《て》が――。

ウニャニャニャッ。こうなったら、ぼくがたたかうぞ。ぼくはおまわりさんの手《て》にとびつき、歯《は》をたてた。かたい魚《さかな》の骨《ほね》にかじりつくみたいに。

「イテテッ、こら、はなせっ」

おまわりさんは顔《かお》をまっ赤《か》にしてとびあがった。

そのすきに、ナガレさんは立《た》ちあがって、駅《えき》の中《なか》へと走《はし》りこんだ。

「はなせ、このネコっ」おまわりさんは、思《おも》いっきりぼくをふり回《まわ》した。

もうダメ。ぼくは改札口《かいさつぐち》の上《うえ》をこえて、ひゅーんととんでいった。ホームランをうたれた野球《やきゅう》のボールみたいに。

しまった——くるりと体《からだ》を回転《かいてん》させようとしたけど、できなかった。ぼくは頭《あたま》から石《いし》の壁《かべ》にぶちあたってしまった。

ずるずるずる……体《からだ》が床《ゆか》に落《お》ちていく。ああ、まるで死《し》んだ毛皮《けがわ》の気分《きぶん》。頭《あたま》がくらくらして、立《た》ちあがれない。かすんだ目《め》に、おまわりさんが駅《えき》に走《はし》りこんで、ナガレさんを追《お》いかけていくのが見《み》えた。

ああ、役《やく》に立《た》たなくてゴメン、アナン、ナガレさん——。

「こら、待《ま》ちやがれっ」そのとき、ガラガラ声《ごえ》がきこえた。「アナーンっ」

陸上選手《りくじょうせんしゅ》のようにすばらしいジャンプで、ひとりの男《おとこ》が改札口《かいさつぐち》をとびこえてくる。

その顔《かお》を見《み》たぼくは、頭《あたま》がくらくらした。

え、なんで？　ゲンさんじゃない。おいおい、この人《ひと》ったらもう、すっかりだまされちゃったよ。さっきのはタヌキねいりだったんだ。

「アナン、早《はや》く逃《に》げろっ」

ゲンさんはおまわりさんを後《うし》ろからがっちり、はがいじめにした。ジャンケンはよわいけど、本気《ほんき》を出《だ》したら力《ちから》は強《つよ》いんだ。

「おいこらっ、はなせ」おまわりさんはさけんだ。

「タイホするぞっ」

「たのむ、見《み》のがしてくれえっ」ゲンさんはわめいた。

ナガレさんはホームへの階段《かいだん》をかけあがりながら、ちらりとゲンさんをふり返《かえ》った。その目《め》には涙《なみだ》が光《ひか》っていたけど、お礼《れい》なんかいっているひまはない。

ナォ、待《ま》って、ぼくもつれてって。ぼくをおいていかないで。

ナガレさん、アナン。ぼく、もう、はなれたら生《い》きていけないよ。

ぼくは力《ちから》をふりしぼり、よたよたと階段《かいだん》をよじのぼっていった。

ジリリリ……二番《にばん》ホームには、運命《うんめい》の発車《はっしゃ》ベルがなりひびいている。

『森《もり》の町《まち》行《い》きー、発車《はっしゃ》しまーす』

アナンをしっかりとだいて、電車《でんしゃ》にかけこんでいくナガレさんの背中《せなか》が見《み》えた。ドアはもう、しまろうとしている。

ぼくは力《ちから》いっぱいホームをけった。

アナン、ぼくのアナン――。

ガシャーン――耳《みみ》のすぐ後《うし》ろで、ドアのしまる音《おと》がした。ふりむくと、ぼくの黄色《きいろ》い毛《け》が、きらきら光《ひか》りながらまい落《お》ちていた。

電車《でんしゃ》がガタン、と動《うご》きはじめた。ナガレさんはアナンをだきしめ、こわれたロボットみたいに床《ゆか》にすわりこんだ。ぼくたちはすれすれのところで間《ま》にあったんだ。

「ボウズーっ」

そのとき、ぼくをよぶ小《ちい》さな声《こえ》がした。

「あ、ネズミさん」

窓《まど》から顔《かお》を出《だ》したぼくは、ホームをチョロチョロ走《はし》っているネズミさんを見《み》つけた。

「ボウズ、よくきけ」ネズミさんはさけんだ。「赤黒《あかくろ》トカゲが、冬眠《とうみん》からさめたんだよぉ」

「なんだって」

「あいつは『噴水公園《ふんすいこうえん》』にいたんだ――」

『噴水公園《ふんすいこうえん》』――それを頭《あたま》にたたきこみながら、ぼくはちぎれるほど手《て》をふった。

「ありがとう、ありがとうネズミさん」

「ボウズ、元気《げんき》でなあーっ」

さようなら、デンパちゃん。
さようなら、ゲンさん。
さようなら、ギリコさん。
さようなら、フェレット先生《せんせい》。
さようなら、ネズミさん。
みんな、みんな、ありがとう。
きらきら光《ひか》る『夢《ゆめ》タワー』がどんどん遠《とお》くなっていく。
でも、思《おも》い出《で》は遠《とお》くならない。それはぼくのココロにどんどんせまってくる。
もう二度《にど》と、おんなじことはできないから。おんなじ時《とき》は流《なが》れないから。
だから、みんな、ぜったいにわすれないよ――。
ふりむくと、アナンの黒《くろ》い星《ほし》の目《め》が、じっとぼくを見《み》つめていた。

森《もり》の町《まち》

1　新《あたら》しいくらし

緑《みどり》、緑《みどり》、どこを見《み》ても、緑《みどり》の葉《は》っぱだらけ。

こんなにたくさんの葉《は》っぱ、どうやって生《う》まれたんだろう？

『森《もり》の町《まち》』にきたぼくたちは、まず、どこまでも続《つづ》く木《き》にびっくりした。

道《みち》だってちがう。『夢《ゆめ》の都《みやこ》』みたいなアスファルトの道路《どうろ》じゃなくて、やわらかい土《つち》の道《みち》だ。建物《たてもの》だって、ぜんぜんちがう。ビルみたいに背《せ》の高《たか》くない、すてきな木《き》の家《いえ》ばかりだった。

「はあ」ナガレさんはため息《いき》をついた。「きれいなところだなあ。でも、これから、どうしたらいいんだろう」

あてのない旅《たび》だった。どこにいっても、いくら歩《ある》いても、まだおまわりさんが追《お》いかけてくるような気《き》がする。でも、ぼくはだんだんこの森《もり》の町《まち》が好《す》きになっていった。

葉《は》っぱのにおいとか、小鳥《ことり》の歌《うた》とか、小川《おがわ》のせせらぎは、ココロと体《からだ》をどんどん軽《かる》くしてくれる。住《す》む家《いえ》がなくても、森《もり》はぼくたちの味方《みかた》をしてくれるような気《き》がした。

夜《よる》になると、ぼくたちは仲《なか》よくよりそって、大《おお》きな木《き》の下《した》でねむった。フクロウが鳴《な》く声《こえ》や、葉《は》っぱのさらさらなる音《おと》は、アナンのやさしい子守歌《こもりうた》だった。

「まあ、かわいい赤《あか》ちゃんだこと。今《いま》、何《なん》ヵ月《げつ》？」

ある雨《あめ》の日《ひ》、バス停《てい》のベンチにすわっていると、やさしそうなおばあさんが声《こえ》をかけてきた。まっ白《しろ》な髪《かみ》で、カゴいっぱいに赤《あか》い木《き》の実《み》を持《も》っている。そして、大《おお》きな白《しろ》い犬《いぬ》をつれていた。

やれやれ、まただ。こんなにこそこそと生《い》きているのに、どういうわけ？　アナンときたら、いつもだれかに話《はな》しかけられるんだ。

アナンはおばあさんの目《め》を見《み》つめて、にこにこっとわらった。もちろん、アナンは動物《どうぶつ》にだって人気《にんき》バツグンだ。白《しろ》い犬《いぬ》も、まるで小《ちい》さな太陽《たいよう》を見《み》つけたみたいにかけよってきた。

「このお手々《てて》、なんて小《ちい》さいんでしょ。どれどれ、手相《てそう》を見《み》てあげましょうか」

おばあさんはアナンの手《て》をとると、目《め》を近《ちか》づけて、手《て》のひらのシワをしらべた。

「おやあ、この子《こ》は、すごい金運《きんうん》があるね」おばあさんはいった。「お金《かね》には、こまらないよ」

ナォ。ウソばっかり。ぼくは思《おも》わず白《しろ》い犬《いぬ》にむかっていった。

「ねえ、ぜんぜんあたってないよ。ナガレさんたら、もうポケットにコインが一枚《いちまい》もないんだ。きのうから、なんにも食《た》べてないから、ぼくたちハラペコだし」

「フン」犬《いぬ》はぼくをじろりと見《み》た。「そりゃあ、未来《みらい》のことかもしれないな」

「未来《みらい》って？」

「明日《あす》よりも、もっと先《さき》のことさ」

ナォ。そんなに先《さき》のことが、どうしてわかるんだろう？　でも、ぼくが今《いま》、知《し》りたいのは、そんなに遠《とお》い未来《みらい》じゃない。今夜《こんや》はゴハンが食《た》べられるか、ってことだ。

「それからね、石《いし》のことをわすれちゃいけないよ」おばあさんはいった。「きれいな石《いし》が、幸《しあわ》せを運《はこ》んでくるからね」

「はあ……？」ナガレさんはぼけた返事《へんじ》をした。

だって、石《いし》なんか、そこらじゅうに落《お》ちているじゃない。だけど、おばあさんは大《おお》まじめだった。

「ねえねえ、きみのご主人《しゅじん》て」ぼくは犬《いぬ》にきいた。「もしかして、魔女《まじょ》？」

「はっはっは」犬《いぬ》はわらった。「まあ、魔女《まじょ》みたいなもんかな。ところで、この赤《あか》ちやん、おまえのご主人《しゅじん》か？」

「兄弟《きょうだい》みたいなもんさ。ゴミといっしょにすてられてるのを、ぼくが見《み》つけたんだ。ぼくたち、『夢《ゆめ》の都《みやこ》』からきたんだよ」

「ふうん。おまえも、なかなかラッキーなネコだぜ」

「ぼく、バケツっていうんだ」

「そうか、おれはリュウノスケだ。バケツ、この子《こ》のこと、だいじにするんだぞ」

リュウノスケったら、ちょっとうらやましそうにいった。

それをきいて、ぼくは胸《むね》があったかくなった。ぼくたちには、なんにもない。ぼくたちは、ハラペコ。だけどぼくたちには、アナンがいるんだ。これって、すごいことじゃない？

パッパー――森《もり》のむこうからクラクションがひびき、黄色《きいろ》いバスが水《みず》しぶきをあげながらやってきて、ぼくたちの前《まえ》に止《と》まった。

「それじゃあ、また、どこかで」おばあさんは、なごりおしそうに立《た》ちあがった。

「そうそう、これをどうぞ」

おばあさんはナガレさんに赤《あか》い木《き》の実《み》をわたすと、アナンからはなれようとしないリュウノスケをひっぱった。

「じゃあなバケツ、がんばれよ。ふん」

リュウノスケはバスにのりこみながら、ぼくにむかってシッポをふった。

バスが森《もり》の中《なか》に消《き》えていくと、赤《あか》い実《み》を見《み》つめながら、ナガレさんがぽつんといった。

「……イエナシビトだって、わかったんだな。髪《かみ》の毛《け》を切《き》ったのに」

そう、ナガレさんが森《もり》の町《まち》にきて、一番《いちばん》にやったのは、髪《かみ》の毛《け》を切《き》ることだった。ぼさぼさの頭《あたま》は、広場《ひろば》に食《た》べ物《もの》をひろいにいくとき、ひと目《め》でイエナシビトだとわかるからね。

ナオ、でも、そのヒゲがいけないんじゃないの、ナガレさん？

「いやいやダメだ、このヒゲは」ナガレさんはヒゲをなでた。「むかしの顔《かお》に、もどってしまう」

ナガレさん、むかしの顔《かお》がきらいなの？　それとも、むかしの自分《じぶん》がきらいなの？

ナガレさんは赤《あか》い実《み》を手《て》でこすると、がぶり、とかぶりついた。かわいそうに、すごくおなかがすいてたんだ。

ナオ。ぼくもちょうだい。

「ゴメン、バケツ。これはネコには食《た》べられないよ」

ナガレさんはため息《いき》をついて、木《き》の実《み》のタネを投《な》げすてた。

ポツ……タネはさびしい音《おと》をたてて、ゴミ箱《ばこ》の底《そこ》にころがった。


「あー、あうあう」

雨《あめ》あがりの道《みち》を歩《ある》いていくと、ナガレさんにおんぶされていたアナンが、突然《とつぜん》、声《こえ》をあげた。小《ちい》さな手《て》をいっぱいにのばして、なにかをつかもうとしてるみたいに、ひらいたりとじたりしている。

「なんだ、アナン……?」ナガレさんは立《た》ち止《ど》まった。

森《もり》は銀《ぎん》のしずくできらきらかがやいている。だけど、アナンが見《み》ているのは地面《じめん》のほうだ。ぬれた土《つち》の上《うえ》で、なにか金色《きんいろ》のものが光《ひか》っていたんだ。

ナオ、コインだ。

ぼくは前足《まえあし》で、パッとコインにとびついた。やったぁ、これがあれば晩《ばん》ゴハンが食《た》べられる。ああ、よかったね、ナガレさん。やっぱりアナンはお金《かね》にこまらないんだ。

「おやあ?」

ナガレさんはかがんで、金色《きんいろ》のものをひろいあげた。

「こいつは、タイルだ」

タイルだって？　タイルって、あれでしょ、お風呂場《ふろば》やキッチンの壁《かべ》にはってある、石《いし》みたいなもん。そんなもん食《た》べられないし、なんにも買《か》えないよ。もうダメ、ぼく、おなかがすいて死《し》にそう。

「あう」アナンはタイルに手《て》をのばした。

ナガレさんがタイルをわたしてやると、アナンは目《め》をかがやかせて、宝物《たからもの》みたいにうけとった。

きらきら、きらきら、丸《まる》いもの。アナンの目《め》と同《おな》じ、星《ほし》みたい。

「ほら、あそこにもあるぞ」

見《み》ると、小道《こみち》にポツリ、ポツリとタイルが落《お》ちている。ナガレさんはエサをみつけたハトみたいに、つぎつぎとタイルをひろっていった。

「ん？」

やがて、ナガレさんはふと、顔《かお》をあげた。

ぼくたちはいつのまにか、たてかけの家《いえ》の前《まえ》にきていた。赤《あか》い屋根《やね》で、まだ壁《かべ》のぬっていない家《いえ》が三《さん》げんならんでいたんだ。

『工事中《こうじちゅう》・入《はい》るな危険《きけん》』

木《き》の立《た》てフダに、白《しろ》い紙《かみ》がひらひらゆれていた。ナガレさんはそれをじいっと見《み》ていたかと思《おも》うと、いきなり、手《て》をのばして紙《かみ》をはがしてしまった。
ダ、ダメだよ、そんなことしちゃ、ナガレさん。
「これだ」ナガレさんはさけんだ。「ほんとに、石《いし》が幸《しあわ》せを運《はこ》んできたぞ」

はあ？　ナガレさん、おなかがすきすぎて頭《あたま》もおかしくなったの？

「きいてくれ、アナン。ここに、こう書《か》いてある。『さがしています！　タイルをはれる人《ひと》……ご連絡《れんらく》は、竜《りゅう》の森《もり》タイルまで』」

2　竜《りゅう》の森《もり》タイル

無理《むり》だよ、ナガレさん。タイルをはるなんて、そんなむずかしいことできるわけないじゃない。

でも、ぼくのいうことなんか、ナガレさんはぜんぜんきいていなかった。アナンを背《せ》おって、竜《りゅう》の森《もり》へと続《つづ》く道《みち》をずんずん歩《ある》いていった。すごく遠《とお》かったけど、バスにはのれない。なにしろぼくたちは、もうスッカラカンだったんだから。

やっと森《もり》についたころには、すっかり夜《よる》になっていた。ぼくたちはへとへとになって、一《いっ》けんの小《ちい》さな家《いえ》の前《まえ》に立《た》った。ほんのりと黄色《きいろ》い明《あ》かりがともり、えんとつからは細《ほそ》いけむりがたちのぼっている。

ナォ、のどかな家《いえ》。ここが、『竜《りゅう》の森《もり》タイル』らしい。

ナガレさんは木《き》のドアの前《まえ》に立《た》つと、ためらいもしないでベルをならした。きっともう、ヤケクソなんだ。ああ、ぼく、もうどうなっても知《し》らないからね。

「こんばんは、お願《ねが》いしまーす」

ドアがひらいて、ひとりの女《おんな》の人《ひと》が顔《かお》を出《だ》した。髪《かみ》が長《なが》くてやさしそう。だけど、ぼくたちと同《おな》じくらいつかれているみたいだった。

「はい？」女《おんな》の人《ひと》はいった。「ご注文《ちゅうもん》ですか？」

「あ、あの……」ナガレさんは勇気《ゆうき》をふりしぼっていった。「は、はり紙《がみ》を見《み》て、きたんですけど」

つかれていた女《おんな》の人《ひと》の顔《かお》が、ぱっとかがやいた。

「まあ、すごくこまっていたんです。タイルをはる人《ひと》が急《きゅう》にやめてしまって――」

女《おんな》の人《ひと》はそこで、口《くち》をぽかんとあけた。

ナガレさんの背中《せなか》から、アナンがにこにこして女《おんな》の人《ひと》を見《み》つめていたんだ。今《いま》、このときに、ぼくたちの晩《ばん》ゴハンがかかっているとも知《し》らずに。

「あうあう」アナンはあいさつした。

「まあ」女《おんな》の人《ひと》は声《こえ》をあげた。「かわいい赤《あか》ちゃん。でも、これじゃあ、はたらけないでしょう？」

「だ、だいじょうぶです」ナガレさんはあわてていった。「それに、おれは経験者《けいけんしゃ》ですから。タイルはりは、十年《じゅうねん》やってました」

ええっ、そうだったの？

ナガレさんにできる仕事《しごと》なんて、あったの？　いやいや、しつれい。

「どうしようかしら」女《おんな》の人《ひと》はいった。「こっちは、とても急《いそ》いでいるんです」

「明日《あす》から、はたらかせてください」ナガレさんはたのみこんだ。「ただ……ひとつだけ、お願《ねが》いがあるんです。じつは、おれたち、住《す》む所《ところ》がなくて」

それをきいたとたん、女《おんな》の人《ひと》はまた暗《くら》い顔《かお》になった。

「それはこまったわ。うちはとてもせまくて、それに子《こ》どももいるし」

「や、そうじゃなくて、ええと……」

ナガレさんはもじもじと、庭《にわ》のほうをゆびさした。

「あそこにある、小《ちい》さな家《いえ》をかしてくれませんか？」

「小《ちい》さな家《いえ》って？　そんなもの、うちにはありませんけど……？」

けげんそうな顔《かお》で庭《にわ》のほうをふりむいた女《おんな》の人《ひと》は、ええっとおどろきの声《こえ》をあげた。

「ま、まさか、あれのこと？　あれは、物置小屋《ものおきごや》よ」

ああ、なんて、いいおうち。

ぼくはバリバリと木《き》の壁《かべ》でツメをといで、ごろんとひっくり返《かえ》った。ちゃんと屋根《やね》もある。床《ゆか》もある。中《なか》で大人《おとな》がまっすぐに立《た》てる。これにくらべたら箱《はこ》の家《いえ》なんて、粗大《そだい》ゴミみたいなもんだ。

「おや？　人間《にんげん》がここに住《す》むのかい？」

そのとき、部屋《へや》のすみで声《こえ》がした。古《ふる》いオルゴールのフタが細《ほそ》くあいて、中《なか》からきょときょと動《うご》く目《め》がこっちを見《み》ている。

「こんにちは、あの……」ぼくはそっと近《ちか》づいていった。

こわい動物《どうぶつ》じゃないといいな。毛《け》むくじゃらの手《て》がフタをおしのけると、耳《みみ》の丸《まる》い、大《おお》きなリスみたいな動物《どうぶつ》があらわれた。

「おいこぞう、こぞうだけだったら、悪《わる》いが、ここはゆずらないぜ」

「あの……あなた、なんていう動物《どうぶつ》？」

「モモンガだぜ。おれさまを知《し》らないなんて、おまえ、この森《もり》の生《う》まれじゃないな」

「ぼくたち、『夢《ゆめ》の都《みやこ》』からきたんだ。お願《ねが》い、モモンガさん、ぼくたち、ほかに住《す》む所《ところ》がなくって――」

「あまえるんじゃねえ」

「おまけに、人間《にんげん》の赤《あか》ちゃんが、いっしょにいるんだ」

「赤《あか》ちゃんだと?」

「あうあう」

そのとき、マットにねころがっていたアナンが返事《へんじ》をした。モモンガさんを見《み》つけたんだ。おおよろこびで、手足《てあし》をバタバタさせている。

「……あれか」

モモンガさんはじっとアナンを見《み》つめた。丸《まる》い鼻《はな》がヒクヒクとふるえた。

「へん、このモモンガさまが、そんなにココロのせまい動物《どうぶつ》だと思《おも》ったら、大《おお》まちがいだぜ。おれたちは、森《もり》の洞穴《ほらあな》にだって住《す》めるんだ。いや、泣《な》いて止《と》めても、むだだぜ」

「止《と》めてないよ」ぼくはいった。

「そのかわり、このオルゴールだけは、ミヤゲにもらっていくぜ。このピンポロいう音楽《おんがく》が、やけに気《き》にいってるんだ」

　モモンガさんは目《め》をつぶって、トララーと歌《うた》いはじめた。

　うわっ、ひどい音痴《おんち》。なんの歌《うた》だか、ぜんぜんわかんない。

「すごくいい歌《うた》だね」ぼくはいった。

「こぞう、見《み》かけによらず、センスがあるな」

　モモンガさんはすっかりきげんをよくして、オルゴールからのこのこ出《で》てきた。ずんぐりむっくりの体《からだ》が、ちょっとかわいい。

「じゃ、そうと決《き》まったら、さっそくひっこしだぜ——ドッコラショ」

　モモンガさんは、自分《じぶん》より大《おお》きなオルゴールを背中《せなか》にしようと、よろよろしながら出口《でぐち》にむかっていった。

「ごめんね、モモンガさん、めいわくかけちゃって」ぼくはあやまった。

「なあに、泣《な》いて止《と》めても、むだだぜ。おっと、いけねえ」モモンガさんはふりむいた。「わすれるところだったぜ。ここに住《す》むなら、ひとつ、いいこと教《おし》えてやるぜ」

「いいことって？」

「ほら、あそこに、古《ふる》いタンスがあるだろ。その二番目《にばんめ》のひき出《だ》しに、黒《くろ》いツボがある。その黒《くろ》いツボの中《なか》に、お宝《たから》がある……らしい」

「らしい？」

「おいら、前に住んでたムササビから、そうきいたんだ。そのムササビは、その前に住んでたリスザルから。その前の前は……わすれちまった」

「そんなに大事《だいじ》なもんなら、モモンガさんが持《も》っていけば？」

「おいおいこぞう、このモモンガさまが、そんなに欲《よく》ばりな動物《どうぶつ》だと思《おも》ったら、大《おお》まちがいだぜ。宝石《ほうせき》だって、金《かね》だって、自由《じゆう》に生《い》きるこのおれさまにとって、なんの価《か》値《ち》があるっていうのかい？」

「はあ、そういうもん？」

「じゃあ、おれさまはいくぜ。いや、泣《な》いて止《と》めても、むだだ。いっとくがよ、この小屋《こや》の冬《ふゆ》は寒《さむ》いぜ。あばよ」

なんだかカッコつけすぎだけど、悪《わる》い動物《どうぶつ》じゃないみたい。モモンガさんはなごりおしそうに庭《にわ》を出《で》ていくと、ガサゴソと草《くさ》の中《なか》に消《き》えていった。

ほんとうに、お宝《たから》なんてあるのかな。ぼくはボロボロのタンスを見《み》あげた。よく見《み》ると、ひき出《だ》しにはひっかき傷《きず》がいっぱいついていた。

ははあ、あんなこといってたけど、モモンガさん、あけられなかったんだ。

「よしよし、ミルクができたぞ、アナン」

家《いえ》のほうにいっていたナガレさんが、いそいそとほにゅうびんを持《も》ってきた。この人《ひと》は今《いま》、お宝《たから》どころじゃない。ぼくだって、宝石《ほうせき》より晩《ばん》ゴハンがほしい。

ナォ、おなかがすいたよお。ぼく、もうダメ。

「こんばんは」

そのとき、入《い》り口《ぐち》から、ぴょこんと小《ちい》さな顔《かお》がとび出《だ》した。

わあ、コケシみたいにかわいい女《おんな》の子《こ》。ぼく、こんなに近《ちか》くで女《おんな》の子《こ》を見《み》たの、はじめてだ。それに、なんだかいいにおいがする。ていうよりか、おいしそうなにおいが――。

「これ、お母《かあ》さんが、よかったらどうぞって」

女《おんな》の子《こ》は後《うし》ろから、お皿《さら》をひょい、と出《だ》した。

ナォ、オカカのオニギリじゃないか。ありがとう、きみは、ぼくの女神《めがみ》さまだ。

ぼくとナガレさんは、しばらく、ものもいわないでオニギリにがっついた。女《おんな》の子《こ》はそのようすを、めずらしそうにじろじろ見《み》ていた。

「おじさんて……ビンボなの？」

ブブッ――ナガレさんはゴハンをふき出《だ》した。

「う、うん、そうだなあ」ナガレさんはいった。

「なんて名前《なまえ》？」女の子《おんなこ》はいった。

「原野《はらの》ナガレです」

あれ、いつのまに、『原野《はらの》』なんて名前《なまえ》になったんだ？　ぼく、知《し》らないよ。

「そうじゃなくて、この赤《あか》ちゃん」

「あ、そうか、アナンていうんだよ。だっこしてみるかい？」

ナガレさんはそういって、アナンを女の子《おんなこ》にわたした。うす暗《ぐら》い小屋《こや》の中《なか》で、女《おんな》の子《こ》の顔《かお》がぽっと赤《あか》くなった。

「はじめまして。あたし、坂《さか》ノ上《うえ》千草《ちぐさ》っていうの。あたしは小学校四年生《しょうがっこうよねんせい》。アナンちゃん、お誕生日《たんじょうび》いつ？」

うへっ、アナンの誕生日《たんじょうび》なんて、わかるわけない。だって、すてられていたんだから。

「クリスマス・イヴだよ」ナガレさんはさらりといった。「母親《ははおや》は、死《し》んだんだ」

うわあ、ナガレさんて、すごいウソつき。

「ふうん。うちはね、お父《とう》さんが病気《びょうき》で死《し》んじゃったんだ」千草《ちぐさ》ちゃんがいった。

「わたしがまだ、小《ちい》さいときに」

「じゃあお母《かあ》さん、たいへんだったんだな」

「みんな、早苗《さなえ》さんってよんでるよ。まあね、いろいろ苦労《くろう》はあるけど、あたしがしっかりしてるから」

千草《ちぐさ》ちゃんは急《きゅう》にまじめな顔《かお》になって、ぺこりと頭《あたま》をさげた。

「おじさん、どうか、早苗母《さなえかあ》さんをよろしくお願《ねが》いします——ほらね、しっかりしてるでしょ？」

ナガレさんがわらった。『夢《ゆめ》の都《みやこ》』を出《で》てから、ぼくははじめてナガレさんのわらい顔《がお》を見《み》た。

ああ、おなかがいっぱいになるって、幸《しあわ》せだなあ。わらえるって、幸《しあわ》せだなあ。

アナンも幸《しあわ》せそうに、千草《ちぐさ》ちゃんのうでの中《なか》でうとうとねむりはじめた。

「アナンちゃん、おやすみなさい。こんど、いっしょに森《もり》へおさんぽにいこうね」

千草《ちぐさ》ちゃんは手《て》をふりながら、家《いえ》にもどっていった。

ポタン……ポタン……竜《りゅう》の森《もり》に、また雨《あめ》がふってきた。

でも、もうだいじょうぶ。ぼくたちにはちゃんと屋根《やね》のある家《いえ》があるんだ。

3　ナガレさん、がんばる

正直《しょうじき》にいうと、ぼくはすごく心配《しんぱい》だった。

あのナガレさんに、ほんとうにタイルはりなんか、できると思《おも》う？

よく考《かんが》えたら、ちゃんと仕事《しごと》をしてるところなんて一度《いちど》も見《み》たことがないんだ。もしダメだったら、ぼくたちはまた、イエナシビトにもどらなきゃいけない。

ナォ。ぼくは、ここが好《す》きだよ。おなかがすくのは、もういやだよ。

「こちらは、新《あたら》しく入《はい》ったナガレさんです」早苗《さなえ》さんは仲間《なかま》たちに紹介《しょうかい》した。「今日《きょう》から、この家《いえ》のタイルはりをしてもらいます」

家《いえ》を作《つく》っていたみんなは、きびしい目《め》でナガレさんをにらみつけた。

「なんだよ、おまえ、子連《こづ》れオオカミか？」ひとりがいった。「そんな赤《あか》ちゃん連《づ》れで、仕事《しごと》になるのかい？」

まずい、最初《さいしょ》から、この雰囲気《ふんいき》。ナガレさんの背中《せなか》には、しっかりとアナンがおんぶされていたんだ。

「だ、だいじょうぶです」ナガレさんはぺこんと頭《あたま》をさげた。「よろしくお願《ねが》いします」

「あうあう」アナンはなにも知《し》らないで、にこにこあいさつした。

仲間《なかま》たちは、冷《つめ》たい目《め》でぼくたちを見《み》ている。ナガレさんはだまって自分《じぶん》の仕事《しごと》にとりかかった。白《しろ》いモルタルをバスルームに運《はこ》ぶと、バケツの中《なか》でぐるぐるこねはじめた。

なるほど、これが、タイルをはるノリみたいなものらしい。

「ああ」アナンがぐずぐずいった。「あうーあうー」

アナン、たのむよ、ちょっと静《しず》かにしてて。こまったぞ、どうしよう？

「やっぱりダメに決《き》まってるさ。そんな赤《あか》んぼうなんかつれてちゃ」仲間《なかま》のひとりがぶつぶついった。「だれか、ほかのやつをさがさなきゃ――」

「わからないじゃないの、やらせてみなきゃ」

早苗《さなえ》さんはそういって、タイルの箱《はこ》をドサッとおいた。よく見《み》ると、その顔《かお》もひきつっている。

「時間《じかん》がないんだぞ」仲間《なかま》がこわい声《こえ》でいった。「この仕事《しごと》は、明日《あす》までにしあげなきゃならないんだ。もしできなかったら、さっさとやめてもらうからな」

「もちろん、そのくらいできるわよ」早苗《さなえ》さんはいった。

「あうー、あうー」アナンは泣《な》き出《だ》しそうになった。

たいへんなことになった。なんとかして、アナンのごきげんをとらなくちゃ。

ぼくはタイルの箱《はこ》をのぞきこんだ。赤《あか》、白《しろ》、黄色《きいろ》のつやつやタイルがどっさり、まるでオモチャ箱《ばこ》みたいだ。

そうだ、これだ。

ぼくはいそいで一番《いちばん》きれいな赤《あか》いタイルをころがした。キャンディみたいに、おいしそうなやつ。

ナオ、ナオ、ナガレさん、早《はや》くこれをアナンにわたして。

「おお」

ナガレさんが気《き》づいて、アナンにタイルをわたした。そのとたん、泣《な》いていたアナンの目《め》がぱっちりとひらいた。

「キャッ、キャッ」タイルをにぎりしめ、アナンは声《こえ》をあげてわらった。

「まあ」早苗《さなえ》さんは目《め》をぱちくりさせた。「この子《こ》ったら、タイルが大好《だいす》きなんだわ。まるでタイルとお友《とも》だちみたい」

そのとおり。アナンはタイルを持《も》たせておけばだいじょうぶ。さあ、ナガレさん、たのむよ。

ナガレさんはふるえる手《て》で、パンにバターをぬりつけるみたいに、タイルの裏《うら》にモルタルをぬった。このたよりない手《て》にぼくたちの生活《せいかつ》がかかっているんだ。

「あ、しまった」ナガレさんはつぶやいた。

うっ、はみ出《で》たところを、あわててぞうきんでふいている。

仲間《なかま》たちがじろっとナガレさんをにらんだ。

「ほらみろ。こんなやつには、どうせできっこないと思《おも》ってたんだ」

ナガレさんはその言葉《ことば》を無視《むし》して、最初《さいしょ》のタイルをペタッとはった。

あれ？　思《おも》ったよりうまくはれたぞ。でも、偶然《ぐうぜん》かも。そら、もう一枚《いちまい》。

ペタッ——ナガレさんはすごくじょうずにはって、しげしげと自分《じぶん》の手《て》をながめた。

「体《からだ》がおぼえているのよ」早苗《さなえ》さんがはげました。「休《やす》まないで、どんどんはって」

ペタ、ペタ、ペタ……早苗《さなえ》さんのいうとおりだった。ナガレさんの手《て》はどんどん早《はや》くなって、まるで機械《きかい》みたいにタイルをきちんとならべていった。まったく、この人《ひと》がこんなに役《やく》に立《た》つなんて信《しん》じられない。ぼくはうれしくなって、ネコおどりをしそうになった。

「前《まえ》の人《ひと》よりも、ずっとじょうずだわ」早苗《さなえ》さんは満足《まんぞく》そうにいった。
もうだれも、文句《もんく》をいう仲間《なかま》はいなかった。ナガレさんは汗《あせ》をいっぱいかきなが
ら、どんどんタイルをはっていった。
そして、とうとう最後《さいご》の一枚《いちまい》を、ペタッ。
ナガレさんは目《め》を細《ほそ》くして、できあがったバスルームを見《み》た。その背中《せなか》で、アナン
はいつのまにかすやすやねむっていた。
やったあ。ぼく、ナガレさんを見《み》なおしたよ、すごいじゃん——。
「いいうでだ」仲間《なかま》がほめた。「いろいろいって、悪《わる》かったな」
仲間《なかま》はポン、とナガレさんの肩《かた》をたたいた。そのとたん、ナガレさんの体《からだ》がぐらり
とゆれた。
「あ、どうしたの、ナガレさん」早苗《さなえ》さんがさけんだ。「しっかりしてっ」
ナガレさんは自分《じぶん》がタイルをはったばかりのバスルームにぶったおれた。電池《でんち》が切《き》
れたロボットみたいに。
人間《にんげん》、なれないことはやるもんじゃないね。もしかしたらナガレさん、はたらくの
にむいてないんじゃない？

小屋《こや》の中《なか》でぐったりねているナガレさんを見《み》て、急《きゅう》にはりきり出《だ》したのは、学校《がっこう》から帰《かえ》ってきた千草《ちぐさ》ちゃんだった。

「アナンのことだったら、千草《ちぐさ》にまかせといてね。ほら、アナン。これにのって、おさんぽにいこう」

「だー」アナンはよろこんで、両手《りょうて》に持《も》ったタイルをカチカチたたいた。

おお、ベビーカーじゃないか。ぼく、一度《いちど》でいいからこれにのってみたかったんだよ。

「じゃ、いってきます」

千草《ちぐさ》ちゃんはぼくとアナンをベビーカーにのせると、竜《りゅう》みたいにくねくねした道《みち》を歩《ある》いていった。しばらくすると、木《き》のカーテンがとぎれて、ぼくたちの目《め》の前《まえ》にものすごいお花畑《はなばたけ》が広《ひろ》がった。

わあ、ここは天国《てんごく》？　白《しろ》、ピンク、やまぶき色《いろ》。ぼくは名前《なまえ》も知《し》らない野《の》の花《はな》の中《なか》をかけ回《まわ》った。夢中《むちゅう》になって、チョウチョを追《お》っかけた。やわらかい草《くさ》の上《うえ》にねそべった。空《そら》があんまり青《あお》くて、ネコ目《め》にしみた。

ああ、幸《しあわ》せ。あのごみごみした『夢《ゆめ》の都《みやこ》』にくらべたら、ここはなんて平和《へいわ》なんだろう。イエナシビトが死《し》んだり、赤《あか》ちゃんがすてられたり、そんな悲《かな》しいことは、ここにはないんだ。

そう思《おも》ったとき、その泣《な》き声《ごえ》がきこえてきたんだ。

「ぐすん……ぐすん……」

だれだ、こんな天国《てんごく》で泣《な》いているのは？

ぼくはびっくりして、あたりを見回《みまわ》した。泣《な》き声《ごえ》は風《かぜ》にのって、ぼくの耳《みみ》に運《はこ》ばれてきた。

「だれも、千草《ちぐさ》の味方《みかた》になってくれないの……」

大《おお》きなカシの木《こ》かげに、千草《ちぐさ》ちゃんがぽつんとすわって、泣《な》いていた。

そのひざの上《うえ》に、アナンがちょこんとのっかっている。どうしたんだろう？　ぼくは得意《とくい》のしのび足《あし》で、ふたりに近《ちか》づいていった。

「毎日《まいにち》いじめられるの……仲間《なかま》はずれなの。はじめはかばってくれる男《おとこ》の子《こ》もいたんだけど、千草《ちぐさ》がイジワルしたってウワサをたてられて、口《くち》もきいてくれなくなったの。ううん、先生《せんせい》になんかいえないよ。ぜったいし返《かえ》しされるもん。お母《かあ》さんはお仕《し》事《ごと》でたいへんだし……」

ゆ、ゆるせないっ。こんなかわいい千草《ちぐさ》ちゃんをいじめるなんて。でも、ぼくがどんなにいかりくるっても、こればっかりはどうしようもない。

アナンのやわらかい髪《かみ》の毛《け》が、さらさらと風《かぜ》になびいた。アナンはタイルを口《くち》にくわえて、じっと千草《ちぐさ》ちゃんの顔《かお》を見《み》つめていた。あの、黒《くろ》い星《ほし》のような目《め》で。

「アナン、こうして、きいてくれるだけでいいの」千草《ちぐさ》ちゃんは泣《な》いた。「アナン、ずっとずっと、千草《ちぐさ》と仲《なか》よくしてね」

千草《ちぐさ》ちゃんのココロからアナンへと、たしかに、なにかがつたわっていく。だれにもいえなかった苦《くる》しい秘密《ひみつ》は、やっと行《い》き場所《ばしょ》を見《み》つけたんだ。ぼくのヒゲが、びりびりふるえた。ぼくのココロも、びりびりふるえた。

そのとき、どこかから、フシギな音《おと》がきこえてきた。

ナォ？　これはなんの音《おと》？　ぼくの高性能《こうせいのう》の耳《みみ》は、どんなかすかな音《おと》もキャッチする。まるで羽虫《はむし》の羽《はね》がふるえているみたいな音《おと》。

上《うえ》だ。ぼくは目玉《めだま》だけ、そろっと上《うえ》に動《うご》かした。

木《こ》の葉《は》の間《あいだ》に、なにか銀色《ぎんいろ》のものが動《うご》いていた。虫《むし》じゃない。トンボのような、すきとおった羽《はね》がはえてる。だけどその顔《かお》は美《うつく》しい少女《しょうじょ》だった。

うわ、妖精《ようせい》だ。

気《き》づいた瞬間《しゅんかん》、すい、と妖精《ようせい》はとびたった。銀《ぎん》の粉《こな》のようなものをまきちらしながら。

妖精《ようせい》って、ほんとうにいたんだ。どこに住《す》んでるの？

いったいなにを見《み》てたんだろう……？

4 フシギな青《あお》い砂《すな》

次《つぎ》の日《ひ》、ナガレさんはやっと起《お》きあがれるようになった。だけど、まだ足《あし》はふらふらして、熱《ねつ》もないのに顔色《かおいろ》はものすごく悪《わる》い。肌《はだ》は年寄《としよ》りみたいにカサカサしていた。

「ああ、どうしよう、たいへんな病気《びょうき》だったら」ナガレさんはうめいた。「おれが今《いま》死《し》んだら、のこされたアナンは……」

「なにいってるの」早苗《さなえ》さんはあきれていった。「ナガレさん、あなた、栄養失調《えいようしっちょう》よ」

ナォ？　ナガレさん、栄養《えいよう》がたりなかっただけ？　そういえば、リスみたいに木《き》の実《み》ばっかり食《た》べてたよね。

「さあ、今日《きょう》からは、うちでお食事《しょくじ》をしましょ」早苗《さなえ》さんはいった。「ちゃんと食《た》べて、しっかりはたらいてもらわなきゃ。アナンちゃんだってそろそろ離乳食《りにゅうしょく》でしょ」

いやあ、おどろいたね、ぼくは。赤《あか》ちゃんて、いつまでもミルクやジュースだけを飲《の》んでるわけじゃないんだ。千《ち》草《ぐさ》ちゃんがどろどろしたおかゆを作《つく》って、スプーンでさし出《だ》したら、アナンは小《こ》鳥《とり》のヒナみたいに首《くび》をのばして食《た》べたんだ。

「い、いただきます」

ナガレさんはきんちょうして、栄養《えいよう》たっぷりのシチューに手《て》をのばした。無理《むり》もない。そこはふつうの家《いえ》の、ふつうのキッチンだ。ガス台《だい》では青《あお》い火《ひ》がもえていて、水《すい》道《どう》からはお湯《ゆ》が出《で》て、すごくいいにおいがしている。ぼくたち、こんなきれいなところでなにかを食《た》べるのは、はじめてだ。ぼくのおなかは感激《かんげき》とオカカゴハンでいっぱいになった。

「次《つぎ》は、お風呂《ふろ》ですよ」

晩《ばん》ゴハンがすむと、千《ち》草《ぐさ》ちゃんはいそいそとアナンをバスルームに運《はこ》んでいった。のぞいてみると、古《ふる》い洗面器《せんめんき》にお湯《ゆ》をくんでいる。

ちょっとちょっと、千《ち》草《ぐさ》ちゃん。これじゃ、アナンには小《ちい》さいよ。

「さあ、バケツもどうぞ」千《ち》草《ぐさ》ちゃんはいった。

ややっ、どうやらこれ、ぼくのみたい。でも、ぼくはお風呂《ふろ》にはいったことないんだ。お湯《ゆ》なんかにはいったら、ネコスープになっちゃわない？

「ふう、いい気持《きも》ち」

白《しろ》い湯気《ゆげ》のむこうに、アナン、千草《ちぐさ》ちゃん、早苗《さなえ》さんの首《くび》が、お湯《ゆ》の中《なか》からキノコみたいににょっきりはえているのが見《み》えた。アナンはうっとりと目《め》をつぶっている。

ぼくも勇気《ゆうき》を出《だ》して、洗面器《せんめんき》にとびこんでみた。

うわあ、時間《じかん》がびよよーんとのびていくみたい。ぼく、お風呂《ふろ》にやみつきになりそう。

「さあ、アナンちゃん、きれいきれいにしましょうね」

早苗《さなえ》さんはせっけんのあわをたてて、楽《たの》しそうにアナンをあらいはじめた。

「……あら？」

「どうしたの、お母《かあ》さん？」千草《ちぐさ》ちゃんがいった。

「ねえ、これ、なにかしら」

ぼくたちはアナンの小《ちい》さな手《て》を見《み》た。手《て》のひらに、なにか光《ひか》るものがいっぱいくっついている。細《こま》かくて、青《あお》いもの。

「砂《すな》？」早苗《さなえ》さんはいった。「まあ、青《あお》い砂《すな》よ。こんな砂《すな》、どこでひろってきたの？」

「知《し》らない。今日《きょう》も森《もり》にいっただけだよ」千草《ちぐさ》ちゃんはいった。

そう、今日《きょう》もぼくたちは、おさんぽにいった。今日《きょう》も千草《ちぐさ》ちゃんは泣《な》いたけど、きのうより涙《なみだ》はちょっぴりだった。そして、今日《きょう》もなぞの妖精《ようせい》はあらわれて、なにもいわないで消《き》えていったんだ。

「この砂《すな》、すっごくきれいだねえ」千草《ちぐさ》ちゃんがいった。

ぼくこれ、どこかで見《み》たことある。そう、あれだ、『夢《ゆめ》の都《みやこ》』でアナンがはき出《だ》した、あの青《あお》い石《いし》。あれを粉《こな》にしたら、こんな感《かん》じじゃない？

「おかしいわねえ。ゴハンの前《まえ》にも、ちゃんと手《て》をあらったのに」

早苗《さなえ》さんは首《くび》をかしげながら、アナンの手《て》にお湯《ゆ》をかけた。

青《あお》い砂《すな》がバスルームの白《しろ》いタイルの上《うえ》を流《なが》れていく。ぼくには、そのくねくねした青《あお》い線《せん》がまるで生《い》き物《もの》みたいに見《み》えた。

すばらしい日《ひ》っていうのは、あっというまにすぎていく。

楽《たの》しいと時間《じかん》のことなんかわすれちゃうんだ。明日《あす》が楽《たの》しみになって、ねたと思《おも》ったら、もう朝《あさ》になっている。あの『夢《ゆめ》の都《みやこ》』のできごとは、いつのまにか夢《ゆめ》みたいになっていた。

「よう、こぞう。元気《げんき》でやってるかい」

「あ、モモンガさん、ひさしぶり」

森《もり》から出《で》てきたモモンガさんは、ぼくを見《み》て目《め》をぐりぐりさせた。

「いや、こぞう、しばらく見《み》ないうちにリッパになったねえ。すらりとしたボディー、つやつやの毛《け》、きりっとした顔《かお》。こんなオスネコ、このへんの森《もり》じゃ見《み》かけねえぜ」

「いやあ、それほどでも」ぼくはてれた。「大人《おとな》に変身《へんしん》したんだよ」

「で、どうだい、こっちの生活《せいかつ》には、もうなれたかい？」

「うん、ナガレさんも元気《げんき》になって、ちゃんと仕事《しごと》してるよ。アナンなんかすごく大《おお》きくなって、歯《は》がはえたし、ハイハイもできるようになったんだ。ほんとにここにきてよかったよ。みんな、モモンガさんのおかげだ」

かわったのは、ぼくたちだけじゃない。千草《ちぐさ》ちゃんも、早苗《さなえ》さんも、前《まえ》よりずいぶん明《あか》るくなった。『竜《りゅう》の森《もり》タイル』ははんじょうして、なにもかもうまくいっていた。

いや、なにもかもっていうのは、ウソかな。

「ところで、その、アナンっていう赤《あか》んぼうのことだけどよ」モモンガさんはいった。「手《て》から青《あお》い砂《すな》が出《で》るって、ほんとかい？」

「な、なんでそんなこと知《し》ってるの？」

ぼくはびっくりした。そんなこと、だれにも話《はな》していないのに。

「なあに、風《かぜ》のウワサさ」

モモンガさんはすずしい顔《かお》でいったけど、なんだかあやしい。風《かぜ》がウワサなんかするもんか。

「それって、まだつづいてるのかい？」

「うん。毎日《まいにち》ね」ぼくはいった。「みんなは知《し》らないけど、アナンの体《からだ》の中《なか》からわいてくるんだよ」

「でよ、その青《あお》い砂《すな》ってのは、いったいなんなんだい？」

「それは……」

ぼくは口《くち》ごもった。説明《せつめい》するのはむずかしい。だいたい信《しん》じてくれるかどうか。

「だれにもいわないからよ、教《おし》えてくれよ」モモンガさんはぼくにすりよってきた。

「おれだって、お宝《たから》の秘密《ひみつ》、教《おし》えてやったじゃねえか」

そういえば、そんなこと、すっかりわすれていた。

「しょうがないな、ナイショだからね」ぼくはいった。

「おいおいこぞう、このモモンガさまが約束《やくそく》をやぶる男《おとこ》に見《み》えるかい？」

「あの砂《すな》はね、悲《かな》しみのかたまりなんだ」

そう、ぼくにはわかっている。いつかの青《あお》い石《いし》のように、あの青《あお》い砂《すな》は悲《かな》しみの結《けつ》晶《しょう》なんだ。

ぼくにわからないのは、人間《にんげん》のことだ。どうして、人間《にんげん》はイジメなんかするんだろう？　そんなことして、なにがおもしろいんだろう？

「か、悲《かな》しみのかたまりだと？」モモンガさんは目《め》を丸《まる》くした。

「千草《ちぐさ》ちゃんのだよ。ずっと、学校《がっこう》でイジメられてるんだ。悲《かな》しみはアナンの中《なか》で、青《あお》いものになるんだ」

モモンガさんはひょえーっ、といって、ぼくの顔《かお》をしげしげと見《み》た。なにを考《かんが》えているか、いわなくてもわかる。

「と、ところでよ」モモンガさんはすっかり話《はなし》をかえた。「あのお宝《たから》のことなんだが」

「モモンガさん、今《いま》、ぼくのこと、おバカだと思《おも》ったでしょ」

「いやいや、とんでもねえ。おれはただ、ふと、たまたま、お宝《たから》のことを思《おも》い出《だ》しただけさ。べつに、ぜーんぜんほしいわけじゃねえぜ」

モモンガさんはそういいながら、ものほしそうな目《め》でタンスを見《み》あげた。

「まだ、お宝《たから》があるかどうかわかんないよ」ぼくはいった。「一度《いちど》もあけてないもん」

「チクショウ、まったくこの役《やく》たたずのネコめっ……いやいや」

もんね。

モモンガさんはこわい顔《かお》を、さっともとにもどした。でも、ぼく、もう見《み》ちゃった

「いいか、こぞう」モモンガさんはネコなで声《ごえ》でいった。「今度《こんど》くるまでに、かならず、あのひき出《だ》しを人間《にんげん》にあけさせるんだ。おまえならできるだろ？」

まったくずるいんだから。モモンガさんたら、お宝《たから》がほしかったらほしいって、正直《しょうじき》にいえばいいのに。

その夜《よ》、ぼくはじっとボロダンスを見《み》ていた。これをどうやってあけるかなんて、ぼく、わかんない。だいたいほんとうにこの中《なか》にお宝《たから》なんかあるのかな。

「ダー、ダー」

そこへ、アナンがハイハイしてやってきた。動《うご》けるようになってから、どんなものにもさわりたがるんだ。アナンはタンスに手《て》をかけて、うんっと足《あし》をふんばった。あ、あぶない。アナンはまだ立《た》てないのに。ころんじゃうよ——。

「あっ」ナガレさんがさけんだ。

「た……立《た》った」千草《ちぐさ》ちゃんもさけんだ。「アナンが立《た》ったよ」

ナオ、感動《かんどう》。まるで、人類《じんるい》がはじめて月《つき》に立《た》ったみたい。アナンはにこにこして、いつもよりちょっぴり高《たか》いところからぼくたちを見回《みまわ》していた。

ぼくにできないことが、アナンにできるようになったんだ。赤《あか》ちゃんから人間《にんげん》になったんだ。

「アウ」

そのとき、アナンがしりもちをついて、ウワーンと泣《な》き出《だ》した。ぼくたちはあわてでだき起《お》こした。

「うわっ、血《ち》が出《で》てる」ナガレさんがわめいた。「たいへんだ」

大《おお》きなトゲが、アナンのやわらかい手《て》につきささっていた。血《ち》といっても、針《はり》の先《さき》っぽぐらい。だけど、ナガレさんは大《おお》げさにさわいで、ボロダンスをにらみつけた。

「見《み》ろ。タンスも、壁《かべ》も、そっこら中《じゅう》トゲだらけじゃないか。このままにしとくと、アナンがあぶないぞ」

この人《ひと》ったら、自分《じぶん》のことはいいかげんなくせに、アナンのこととなると急《きゅう》にまとも人間《にんげん》になるんだ。たしかに、このボロボロ小屋《ごや》をよろこぶのは、ツメがとげるネコぐらいかも。

「でも、なにしろ金《かね》がないからなあ」ナガレさんはいった。「ひっこすわけにもいかないし」

「ほらほら、アナン、もう泣《な》かないで」

千草《ちぐさ》ちゃんはトゲの手当《てあ》てをすると、アナンのお気《き》に入《い》りのタイルをわたしてあげた。

カチン……カチン……。アナンはすぐにごきげんをなおし、タイルをたたいてあそびはじめた。タイルはいつだって、アナンの友《とも》だちだ。ナガレさんはバケツにタイルを入《い》れて、アナンがならべたり、たたいたりして遊《あそ》べるようにしていた。

「そうだ」

それを見《み》ていたナガレさんが、パチンと手《て》をうった。そのひょうしに自分《じぶん》も壁《かべ》に手《て》をぶっつけた。

「アイタタ……おれ、いいことを思《おも》いついたぞ」

5　タイルの部屋《へや》

つぎの日曜日《にちようび》、ナガレさんはさっそくその『いいこと』をはじめた。

まず最初《さいしょ》に、小屋《こや》の中《なか》にあったガラクタを、全部《ぜんぶ》外《そと》に出《だ》した。古《ふる》い扇風機《せんぷうき》、古《ふる》いつくえ、古《ふる》い本《ほん》。お宝《たから》のはいったボロダンスもガタガタ運《はこ》ばれていったけど、ひき出《だ》しはびくともしなかった。

つぎに、ナガレさんは、庭《にわ》のすみにつんであったタイルのカケラを、えっちらおっちら小屋《こや》の前《まえ》に運《はこ》んできた。

ナォ？　そんなゴミのタイルで、いったいなにをするつもり、ナガレさん？

「まあ、見《み》てろって」

ナガレさんはモルタルをこねて、ボロボロの壁《かべ》の前《まえ》にすわった。そして、すみっこからタイルのカケラをはりはじめたんだ。色《いろ》も、形《かたち》も、バラバラのまんま。

「おじさん、あったまいい」千草《ちぐさ》ちゃんがいった。「これって、リサイクルじゃん」

そのとおりだ。さすが、元《もと》イエナシビト、タダでできることだったらなんでも思《おも》いつくんだね。これなら、壁《かべ》もつるつるになるし、きれいだ。

「あら、すてき。モザイクね」

早苗《さなえ》さんがやってきて、ナガレさんのしていることを感心《かんしん》してながめた。

「モザイクって？」ナガレさんはいった。

「知《し》らなかったの？」早苗《さなえ》さんはいった。「こうやって、小《ちい》さいカケラを集《あつ》めて作《つく》る、芸術《げいじゅつ》のことよ」

ゲ、ゲージュツ？　こういっちゃなんだけど、ナガレさんはゲージュツから一番遠《いちばんとお》い所《ところ》にいる男《おとこ》だ。

「アイディアはすごくいいわね」早苗《さなえ》さんはうなずいた。「でも……もうちょっと、なんとかならない？」

「なんとかって？」ナガレさんはいった。

「これ、ぜんぜんセンスないんだけど。ア、ごめんなさい」

ナォ、はっきりいってくれたよ。そうなんだ、めちゃめちゃで、まるっきりセンスがない。これがゲージュツなら、道《みち》ばたにころがってる石《いし》コロだって、りっぱなゲージュツだ。

「うーむ、どうしようかなあ」ナガレさんはうでを組《く》んだ。

カラン……カラン……。

ぼくたちの後《うし》ろからは、かわいい音《おと》がひびいていた。アナンがなにかをやっていると、音《おと》までかわいいんだ。ふりむいたぼくは、そこに思《おも》いがけない光景《こうけい》を見《み》た。

アナンの手《て》の上《うえ》に、あの妖精《ようせい》がいたんだ。まるでそこにいるのがあたりまえみたいに。妖精《ようせい》は顔《かお》をしかめて、アナンの手《て》についた青《あお》いものを、パッパッとはらっていた。

またただ。またあの青《あお》い砂《すな》が出《で》てるんだ。妖精《ようせい》はアナンの手《て》をおそうじすると、すーいとんで、どこかから赤《あか》い花《はな》びらを一枚《いちまい》とってきた。アナンはじっと花《はな》びらを見《み》つめた。

アナンには、この妖精《ようせい》がちゃんと見《み》えているらしい。だけど、ふたりはいったいなにをしてるんだろう？

と、アナンがごちゃごちゃのタイルの中《なか》から、赤《あか》いタイルをひとつえらび、バケツの中《なか》にほうりこんだ。そして、もうひとつ、またひとつ。

カラン……カラン……カラン。

「あら？」早苗《さなえ》さんがその音《おと》で、アナンをふりむいた。「まあ、それアナンがやったの？」

早苗《さなえ》さんはさけび声《ごえ》をあげ、ふたつのバケツを手《て》にとった。

妖精《ようせい》はぱっと空《そら》へとびたった。早苗《さなえ》さんの目《め》には、妖精《ようせい》なんかぜんぜん見《み》えてなかったんだ。

「こっちは青《あお》いの、こっちは赤《あか》いのばっかりよ」早苗《さなえ》さんはいった。「信《しん》じられない、あったかい色《いろ》と、寒《さむ》い色《いろ》をわけてるわ。赤《あか》ちゃんのときから色《いろ》がわかるなんて、アナンはもしかしたら、天才《てんさい》かも」

ナオ、天才《てんさい》？　みんなはいそいでバケツをのぞきこんだ。青《あお》と赤《あか》。まるで、空《そら》とお花畑《はなばたけ》みたいだ。

「すごーい、まだ一歳《いっさい》にもならないのに」千草《ちぐさ》ちゃんがとびあがった。

「て、天才《てんさい》？」ナガレさんは目《め》を白黒《しろくろ》させた。「アナンが天才《てんさい》だと……？」

えへん、そりゃ、このぼくがひろった赤《あか》ちゃんだからね。でも、たったこれだけのことで、こんなにわくわくするなんて、みんなそろって親《おや》バカ？

「そうだ、ナガレさん」早苗《さなえ》さんがいった。「これよ」

「え？」ナガレさんがいった。

「こうやって、色《いろ》わけするっていうのはどう？　たとえば……右《みぎ》の壁《かべ》は赤《あか》やオレンジ、左《ひだり》の壁《かべ》は青《あお》や緑《みどり》、ドアは黄色《きいろ》とか。ね、かわいいと思《おも》わない？」

「それいいっ」千草《ちぐさ》ちゃんがさけんだ。

まるで、おもちゃのびっくりハウス、そんな家《いえ》に住《す》めるなんて、なんだか楽《たの》しいじゃない。ぼくはうきうきしてアナンを見《み》た。

アナンはきれいな目《め》で、空《そら》を見《み》ていた。妖精《ようせい》がまたもどってきたんだ。その手《て》に、こんどは黄色《きいろ》い葉《は》っぱを持《も》っていた。妖精《ようせい》はからっぽのバケツに、ひらりとその葉《は》っぱをほうりこんだ。

「ん？」

ナガレさんがちょっとふりむいた。でも、きっとナガレさんの目《め》には、風《かぜ》で葉《は》っぱがとんできて、たまたまバケツにはいったようにしか見《み》えなかったと思《おも》う。妖精《ようせい》はそっと、アナンの手《て》の上《うえ》にとまった。そして、さあ、というように顔《かお》を見《み》つめた。

アナンは黄色《きいろ》い葉《は》っぱを、じいっと見《み》ていた。と思《おも》ったら、ごちゃごちゃのタイルの中《なか》から、こんどは、黄色《きいろ》いタイルをひとつえらんだ。

そうよ、と妖精《ようせい》はうなずいた。

カラン……きれいな黄色《きいろ》のタイルが、葉《は》っぱのとなりにころがった。

ナォ、わかったよ。妖精《ようせい》はアナンに、森《もり》の美《うつく》しい色《いろ》を教《おし》えていたんだ。

6　お宝《たから》タンス

「よし、壁《かべ》は全部《ぜんぶ》おわったぞ」

ある日《ひ》、とうとうナガレさんが宣言《せんげん》した。

ナォ、やった。ぼくはピカピカになった小屋《こや》の中《なか》を見回《みまわ》した。まるで、新《あたら》しい部屋《へや》みたい。アナンは大《おお》よろこびで、部屋《へや》の中《なか》をヨチヨチ歩《ある》きはじめた。どんなに壁《かべ》につかまったって、もうトゲをさす心配《しんぱい》はないんだ。

あれれ？　ところで、なにしてるの、ナガレさん？

「つぎは、タンスをやらなきゃな。新品《しんぴん》にしてやるぞ」

げげっ。まだやるつもり？　ナガレさんははりきって、庭《にわ》にほったらかしにしてあったあのボロダンスを運《はこ》んできた。

「なんだこりゃ、ずいぶん重《おも》いな。中《なか》になんか入《はい》ってるのかな？」

やった、チャンスだ。ここでがんばらなきゃ、モモンガさんになにをいわれるかわからない。ぼくは背《せ》のびをして、ひき出《だ》しをガリガリひっかいた。

ナォ、ナガレさん。ここをあけてよ。ほら、ここほれ、ナォナォ。

「なにやってるんだ、バケツ？」ナガレさんはいった。「もしかして、これをあけろ、っていってるのかな」

ナガレさんはさっそく、一番上《いちばんうえ》のひき出《だ》しをあけた。中《なか》はかびくさい本《ほん》でいっぱいだった。

「こんなもの、いらないな」

ナガレさんは本《ほん》をバサバサすてた。そしていよいよ、二番目《にばんめ》のひき出《だ》しに手《て》をかけたんだ。

ああ、お宝《たから》がなんなのか、とうとうわかるときがきたのだ。

「な、なんだこりゃあ」ナガレさんはさけび、黒《くろ》いツボをとり出《だ》した。

ピンポーン、やった。それにお宝《たから》が入《はい》っているんだ。モモンガさんがいってたことは、ほんとうだったんだ。

「きったないツボだな」ナガレさんはいった。「おや、フジツボがついてるぞ。きっと海《うみ》の底《そこ》にしずんでたんだな」

わあ、ますますお宝《たから》っぽいじゃない。いったい、どんなすごいものが入《はい》っているんだろう。金《きん》のコインかな？　それとも宝石《ほうせき》かな？

「あれ、フタがやけに固《かた》いぞ」ナガレさんは力《ちから》を入《い》れた。「この、このーっ」

カパッと音《おと》をたてて、ついにフタがひらいた。

ああ、これでぼくたちは大金持《おおがねも》ち。アナンになんでも買《か》ってやれる。早苗《さなえ》さんと千草《ちぐさ》ちゃんにも、恩《おん》がえしできる。おなかいっぱいごちそうを食《た》べて、そして、新《あたら》しい小《ちい》さな家《いえ》を作《つく》って――。

「なんだ、ゴミか」

ナガレさんは黒《くろ》いツボをポイッと庭《にわ》にすてた。ツボはころころと草《くさ》の中《なか》をころがっていった。

ちょ、ちょっとナガレさん、なにするの。やっと見《み》つけたお宝《たから》なのに。ぼくはあわ

てて ツボを追《お》いかけ、中《なか》をのぞきこんだ。

あれ？　なにこれ。紙《かみ》じゃない。くるくるまいてあるけど、トイレットペーパー？

ミミズがよっぱらったみたいな、ものすごいへたくそな字《じ》がいっぱい書《か》いてある。

チクショウ、なにがお宝《たから》だ、こんなものいらない——。

ぼくが紙《かみ》をけとばそうとした、そのときだった。草《くさ》むらからにゅっと、茶色《ちゃいろ》い毛《け》のはえた手《て》がのびてきた。

「やったぁ、いっただきーっ」

紙《かみ》をずるずるひきずって、森《もり》に逃《に》げこもうとしているのは、あのモモンガさんだ。もう、お宝《たから》なんか興味《きょうみ》ないってふりをして、どっかからぼくたちのことを見《み》はっていたんだ。

「やーい。お宝《たから》はおいらのもんだぁ」

バッカバカしい。あんな紙《かみ》きれなんか、アナンのおしりふきにもならないよ。

「アッハッハー」モモンガさんはさけんだ。「こいつはなあ、宝《たから》の地図《ちず》なんだぜ」

庭《にわ》であそんでいたアナンが、走《はし》っていくモモンガさんを見《み》つけて、キャッキャと声《こえ》をあげてわらった。赤《あか》ちゃんていうのは、動物《どうぶつ》ならなんだって大好《だいす》きなんだ。たとえそいつが大《おお》ウソつきでもね。

ふん、宝《たから》の地図《ちず》だって？　そんなのどうせでたらめに決《き》まってる。

ああ、モモンガさん、おつかれさま。

ナガレさんはゲージュツの天才《てんさい》じゃないけれど、リサイクルの名人《めいじん》かもしれない。きれいにタイルをはられたボロダンスは、ぴっかぴっかの新品《しんぴん》になった。

それから、つくえも、天井《てんじょう》も。ナガレさんたら、もう手《て》が止《と》まらなくなっちゃったんだ。モザイクにとりつかれたみたいに、ねる時間《じかん》もけずって、せっせとタイルをはり続《つづ》けた。

「きれいなタンスね」早苗《さなえ》さんが感心《かんしん》していった。「これなら、町《まち》で売《う》れるかもしれないわ」

「おじさん、けっこうセンスいいじゃん。千草《ちぐさ》、見《み》なおしちゃった」

なんてみんながほめるもんだから、ナガレさんはますます調子《ちょうし》にのった。天井《てんじょう》を黒《くろ》いタイルではって、ぽつんぽつんと白《しろ》いタイルをまぜて、「こいつは『夜空《よぞら》と星《ほし》』だ」、なんてイッチョマエのことをいっている。ぼくには鼻《はな》の穴《あな》にしか見《み》えないけどね。

でも、ある日《ひ》、とうとうどこもはる所《ところ》がなくなってしまった。部屋《へや》はすみからすみまで、ぎっちりタイルだらけだ。

ナォ、もう、これでおしまいにしようよ。気《き》がすんだでしょ、ナガレさん。

「うむ……」ナガレさんはうでを組《く》んだ。「まだ、小屋《こや》の外《そと》がきたないな。ひとつおれのタイルできれいにしてやるか」

ナガレさんはいそいそと外《そと》に出《で》ていって、小屋《こや》の前《まえ》にどっかりとすわりこんだ。その顔《かお》は、タイルみたいにぴっかぴっかにかがやいていた。

うーん、まいった。ナガレさん、もう勝手《かって》にしてちょうだい。


「ちょっときいて、あのタンスが売《う》れたのよ」

ある日《ひ》、早苗《さなえ》さんが金《きん》のコインを持《も》って、よろこんでやってきた。

「え、まさか」ナガレさんはおどろいた。

「ほんとうよ。このお金《かね》は、あなたのものよ」

早苗《さなえ》さんはコインをナガレさんにわたそうとした。だけど、ナガレさんはあわてて首《くび》を横《よこ》にふった。

「そんな、それはうけとれないよ」

「でも、『竜《りゅう》の森《もり》タイル』の、とってもいい宣伝《せんでん》になったのよ。町《まち》でいろんな人《ひと》にいわれたわ、『おたくのモザイクハウス、なかなかすてきですね』って。まさか、わたしもここまでやるなんて、思《おも》ってもいなかった」

早苗《さなえ》さんはそういって、完成《かんせい》したモザイクハウスをまぶしそうに見《み》あげた。

まるででっかいオモチャ箱《ばこ》。ハデハデ、ピカピカのタイルがぎっしりならんでいる。この中《なか》に人《ひと》が住《す》んでるなんて、だれが思《おも》うだろう。

「そのうち、もしかしたらモザイクハウスの注文《ちゅうもん》もくるかもよ」千草《ちぐさ》ちゃんがいった。「アナンも、すごくよろこんでるし」

カラン……カラン……。アナンはいつものようにタイルの色《いろ》わけをしてあそんでいた。ずらっとならんだ十五《じゅうご》コのバケツの上《うえ》には、あの妖精《ようせい》が、まるで先生《せんせい》のようにとび回《まわ》っていた。

妖精《ようせい》は毎日《まいにち》、アナンに会《あ》いにくる。アナンに世界中《せかいじゅう》の色《いろ》を教《おし》えるために。アナンはタイルに夢中《むちゅう》で、妖精《ようせい》はアナンに夢中《むちゅう》なんだ。

「そんなモノズキが、いるもんか」ナガレさんはわらった。「おれはただ、アナンがよろこんでくれればいいんだ」

モノズキってどういう人《ひと》か、ぼくわかんない。このモザイクハウスが好《す》きな人《ひと》なら、アナンもモノズキなのかな。

リリリーン——そのとき、玄関《げんかん》のベルがなった。

「こんにちは」男《おとこ》の人《ひと》の声《こえ》がした。

「はい、いらっしゃい、ま……せ」

千草《ちぐさ》ちゃんはノドにタイルがつまったみたいな声《こえ》を出《だ》した。ひょこひょこと入《はい》ってきたのは、見《み》たことのない若《わか》い男《おとこ》だった。

だけど、この人《ひと》ほんとうに、人間《にんげん》？　それともトカゲの仲間《なかま》かな？　髪《かみ》の毛《け》は緑《みどり》色《いろ》、セーターはむらさき色《いろ》。それに、ピンクのパンツと、金色《きんいろ》のブーツをはいているんだ。

「あの、ちょっとうかがいたいんですけど」男《おとこ》の人《ひと》はいった。「あちらの作品《さくひん》を作《つく》った先生《せんせい》は、どなたですか？」

みんな、ぽかんと口《くち》をあけてしまった。

作品《さくひん》？　作品《さくひん》て、まさか——。

「ええと、もし、あのモザイクハウスのことだったら……」ナガレさんはおそるおそるいった。「作《つく》ったのは、おれだけど」

「すばらしいっ」

男《おとこ》の人《ひと》はまるで有名《ゆうめい》な人《ひと》にあったみたいにナガレさんに走《はし》りよって、モルタルのくつかいた手《て》をぐっとにぎりしめた。

「あのゴージャスな色《いろ》づかい。だれにもマネはできない。あなたは、芸術家《げいじゅつか》です」

「ゲージュツカ……？」早苗《さなえ》さんが頭《あたま》をおさえ、よろめいた。

「ぼく、伊東《いとう》B太《た》といいます。もうすぐ、コーヒーショップをひらくんです。先生《せんせい》、コーヒーはお好《す》きですか？」

「いや、おれはコーヒーは作《つく》れないが……」ナガレさんはもごもごいった。

「そうじゃなくて、先生《せんせい》にぜひ、モザイクをはってほしいんです。ええ、うちのお店《みせ》の中《なか》も外《そと》も全部《ぜんぶ》、すみからすみまでですよ」

ナオ、信《しん》じられない、特別注文《とくべつちゅうもん》だあ。

世《よ》の中《なか》にはモノズキって、いるんだね。

7　幽霊《ゆうれい》コーヒーショップ

『竜《りゅう》の森《もり》』からゴトゴトとバスにのって、ずいぶん遠《とお》くまでやってきた。バスからおりると、風《かぜ》にのって音楽《おんがく》がきこえてきた。

「ここは、『森《もり》の町《まち》』のまん中《なか》です。にぎやかでしょう」伊東《いとう》くんはいった。

ナォ、今《いま》までより広場《ひろば》や店《みせ》が近《ちか》い。さんぽしている人《ひと》もたくさんいる。ナガレさんは顔《かお》をかくすように、ボウシを深《ふか》くかぶった。

「コーヒーショップは、ぼくのひいおじいちゃんが作《つく》ったんです」伊東《いとう》くんがいった。「今《いま》は空《あ》き家《や》で、だれも住《す》んでいません」

「ほんとにモザイクハウスにして、いいのかい？」ナガレさんはいった。

「じつは、ぼく、あんまりお金《かね》がないんです。でも、すてるタイルなら安《やす》あがりですよね」

「そのかわり、すごくいっぱい時間《じかん》がかかるんだよ」

「こまったですね、お給料《きゅうりょう》は、そんなにたくさんはらえないし……あ、ここです」

伊東《いとう》くんはスミレ色《いろ》のレンガで作《つく》った、一《いっ》けんの家《いえ》の前《まえ》に立《た》ちどまった。

ナォ、すごい。今《いま》にも、中《なか》から鼻《はな》のまがった魔女《まじょ》が出《で》てきそう。ちょっとひしゃげて、窓《まど》ガラスもわれている。つかっていないえんとつには、カラスが巣《す》を作《つく》っていた。

おや、でもあの看板《かんばん》、ちょっとへんじゃない？　まん中《なか》の二文字《ふたもじ》がぬけてるよ。

コーヒーショップ〈リュウの　あな〉

「また竜《りゅう》か」とナガレさんはつぶやいた。「あそこ、なんて書《か》いてあったんだ？」

「〈リュウの鼻《はな》のあな〉」伊東《いとう》くんはいった。「お客《きゃく》さんが、『自分《じぶん》がハナクソになったような気分《きぶん》になる』っていうんで、名前《なまえ》をかえたんだそうです」

やれやれ、さすがは伊東《いとう》くんのひいおじいちゃん。かなりかわった人《ひと》だったみたい。ナガレさんはさびたドアノブに手《て》をかけ、そっとおしてみた。

ギギギギ……不気味《ぶきみ》な音《おと》をたて、ドアがあいた。やぶれたソファ、われたコーヒーカップ。壁《かべ》のカガミもひびわれていて、まるで幽霊屋敷《ゆうれいやしき》みたいだ。こんなところにタイルをはって、ほんとうにきれいになるのかなあ？

そのとき、ぼくはナガレさんの指《ゆび》が、むずむずっと動《うご》くのを見《み》たんだ。

「うおお……」ナガレさんは幽霊《ゆうれい》みたいにうめいた。「はりたい……タイルがはりたい」

しまった。また悪《わる》いビョウキがはじまっちゃったみたい。

「ここがキッチンです」

伊東《いとう》くんはカウンターの奥《おく》のドアをあけた。レンガでかこったオーブンは、いかにもおいしそうな料理《りょうり》ができそうだ。伊東《いとう》くんはポンプをキコキコおして、井戸水《いどみず》を出《だ》した。

「ここらへんの水《みず》は、すごくおいしいんですよ。だから、おいしいコーヒーができるんです」

「こっちのドアはなんだ？」ナガレさんは廊下《ろうか》に出《で》ていった。

「そっちはお風呂《ふろ》。マキをもやさなきゃなりませんけどね」

ナォ、すごいじゃない。壁《かべ》や床《ゆか》は古《ふる》いタイルばりで、木《き》のお風呂《ふろ》。ぼくはなんだか、いや、かなりこの店《みせ》が気《き》にいってきた。

「ほお、二階《にかい》があるのか」

ナガレさんはせまい階段《かいだん》の下《した》から、上《うえ》を見《み》あげた。

「屋根裏部屋《やねうらべや》みたいなものですけど」伊東《いとう》くんはいった。「そうだ、もしよかったら、住《す》んでもいいですよ。モザイクをはってもらうのは一階《いっかい》だけですから」

へ？　ぼくたちは伊東《いとう》くんを見《み》た。

「そ、それ、ほんとうかい？」ナガレさんはいった。

「うん、かまわないですよ。そのほうが工事《こうじ》もしやすいし。アナンといっしょに、ここにひっこしてきたらどうですか？」

「うむ、そりゃあ、ありがたい」

ナガレさんの顔《かお》がぱっとかがやいた。

今《いま》のモザイクハウスはかわいいけど、せまくて、それに寒《さむ》い。あそこにくらべたら、ここはゴージャスなお城《しろ》だ。

「でもね、ひとつだけ、問題《もんだい》があるんです」伊東《いとう》くんはいった。

「問題《もんだい》って？」ナガレさんはたずねた。

「この店《みせ》ね、幽霊《ゆうれい》が出《で》るんですよ。ははは」

やめよう、ぜったいダメ、お願《ねが》いナガレさん。幽霊《ゆうれい》なんて、ぼくこわい。第一《だいいち》、体《からだ》に悪《わる》いよ。

いくらぼくが泣《な》きわめいても、もうナガレさんの頭《あたま》はあのコーヒーショップのことでいっぱいだった。そりゃあ無理《むり》もないよね、タダで、ちゃんとした家《いえ》に住《す》めるすごいチャンスなんだから。

「ねえ、おじさん」千草《ちぐさ》ちゃんがいった。「ほんとにいいの？　幽霊《ゆうれい》といっしょだよ」

「おバカだな。幽霊《ゆうれい》なんか、いるわけないだろ」ナガレさんはいった。「だいたい、おれはどんな怪物《かいぶつ》よりこわいもんがある」

「なあに？」

「アナンが熱《ねつ》を出《だ》すことだ」

ナオ、たしかに。アナンの病気《びょうき》だけは、ぼくももうごめんだ。モモンガさんがいっていたとおり、このモザイクハウスの冬《ふゆ》のさむさは、はんぱじゃなかった。アナンがカゼをひいたらどうしようって、ナガレさんはいつも心配《しんぱい》していたんだ。

「しょうがないんだね……」千草《ちぐさ》ちゃんはさびしそうにうつむいた。

ごめんね、千草《ちぐさ》ちゃん。ぼくだって、幽霊《ゆうれい》より千草《ちぐさ》ちゃんとくらしたい。だけど、ぼくはナガレさんに一生《いっしょう》ついていくって約束《やくそく》したんだよ。

こうして、ぼくたちのひっこしは決《き》まった。荷《に》づくりもすんでしまうと、もうここにいる理由《りゆう》もなくなった。

「いよいよ明日《あした》、出発《しゅっぱつ》ね。今夜《こんや》はいっぱい食《た》べてちょうだいね」

夕《ゆう》ゴハンのとき、早苗《さなえ》さんはやけにわらってばかりいた。千草《ちぐさ》ちゃんはぶすっとしてだまったまま。ナガレさんは悪《わる》いことをしているみたいに、ずっと下《した》をむいてゴハンを食《た》べた。

それから、ぼくと千草《ちぐさ》ちゃんとアナンは、いつものようにお風呂《ふろ》にはいった。

ホウ……ホウ……森《もり》の奥《おく》からきこえるフクロウの声《こえ》が、今夜《こんや》はさびしくひびくのは、みんなのココロがさびしいから？

「……アナン、今《いま》まで、ありがとうね」

千草《ちぐさ》ちゃんはささやいて、そっとアナンの手《て》をひらいた。そこには、あの青《あお》い砂《すな》があった。

「千草《ちぐさ》、わかったの。この砂《すな》はアナンの体《からだ》から生《う》まれてくるんだって。これは悲《かな》しみのつぶ、そうなんでしょう？」

ナォ、大正解《だいせいかい》。よくわかったね、千草《ちぐさ》ちゃん。

「アナン、ずっと千草《ちぐさ》の話《はなし》をきいてくれて、ありがとう。イジメられても、アナンに話《はな》したらココロがかるくなったよ」

アナンはあの黒《くろ》い星《ほし》の目《め》で、じっと千草《ちぐさ》ちゃんを見《み》つめていた。

「楽《たの》しいことばっかりだったらいいのに、どうしても苦《くる》しいことって、あるよね。だから、千草《ちぐさ》のところにアナンがきてくれたんだ。でも、もうだいじょうぶ、千草《ちぐさ》、ひとりでもやっていけるよ。イジメなんかはね返《かえ》してやる。だけど……」

千草《ちぐさ》ちゃんは泣《な》いた。お風呂《ふろ》の中《なか》にぽたぽたと涙《なみだ》が落《お》ちて、とけていった。

「ぜったい、これだけはおぼえといて。ずっと、ずっと、アナンは千草《ちぐさ》のイノチだからね」

8　さようなら、『竜《りゅう》の森《もり》』

お別《わか》れって、さびしい。

ぼくはモザイクハウスの前《まえ》に立《た》って、ひっそりと森《もり》の上《うえ》にかかる月《つき》を見《み》ていた。
この家《いえ》も、この森《もり》も大好《だいす》きだった。だけど、なんだって、いつかはお別《わか》れの日《ひ》がくるんだ。

「よお、こぞう。いい月《つき》だな」

モモンガさんの声《こえ》だ。ふり返《かえ》ると、はずかしそうに草《くさ》むらから半分顔《はんぶんかお》を出《だ》していた。

「なんの用《よう》だよ」ぼくはいった。

「こぞうにあやまろうと思《おも》ってな。この前《まえ》の、お宝《たから》のことだぜ」

「あんなもん、いらないよ」

「まあ、よくきけって。あれ、ほんとに宝《たから》の地図《ちず》なんだぜ。あのミミズみたいな字《じ》のなぞをとける、魔女《まじょ》がいるそうだ」

「ほんとかなあ」

「ほんと、ほんとだって。たしかカエルの一族《いちぞく》とかいうんだ。あの紙《かみ》はおまえに返《かえ》してやるぜ。こいよ、すぐそこにうめてあるんだ」

モモンガさんはぼくをさそうように、森《もり》の中《なか》に入《はい》っていった。

ぼくは小屋《こや》をふり返《かえ》った。アナンはぐっすりとねむっている。ナガレさんはどこかにいって、いなかった。

「ほら、こぞう、早《はや》くこいよ」

あとでよく考《かんが》えてみると、こんな夜中《よなか》にモモンガさんがお宝《たから》の地図《ちず》をくれるなんて、すごくあやしかったんだ。だけど、ぼくは、うたがうってことを知《し》らなかった。

「ほら、このヤブの中《なか》だぜ」モモンガさんはからまったツル草《くさ》の中《なか》に入《はい》っていった。

「手伝《てつだ》ってくれ、こぞう」

ぼくはヤブの中《なか》に足《あし》をふみ入《い》れた。暗《くら》いところは得意《とくい》だけど、ツルがごちゃごちゃで、よく見《み》えない。

「もっとこっちにこいよ、ここだってば」モモンガさんはいった。

「どこ?」

ぼくはもう一歩《いっぽ》、ヤブの中《なか》に進《すす》んだ。その瞬間《しゅんかん》、右足《みぎあし》のところで、ガキッと冷《つめ》たい音《おと》がした。

「いたいっ」ぼくは悲鳴《ひめい》をあげた。「ワナだ。足《あし》がはさまれた、助《たす》けてっ」

「うわあああっ」

モモンガさんはわめきながらヤブからとび出《だ》していった。体中《からだじゅう》の毛《け》が針《はり》みたいにさかだっている。

「わ、悪《わる》く思《おも》うなよ」モモンガさんはぜいぜいと息《いき》をしながらいった。「妖精《ようせい》さまの命令《めいれい》なんだ、おいらはさからえねえ」

「妖精《ようせい》？」

「か、か、かんねんしなっ、こぞう」

モモンガさんはびびりながらすてゼリフをいうと、あわてて森《もり》の中《なか》に逃《に》げていった。

どうして？　なんだって、こんなイジワルをするんだ。なんのうらみがあるんだ。

ぼくは必死《ひっし》に鉄《てつ》のワナに歯《は》をたてた。

ガシッ、ガシッ。口《くち》から血《ち》が出《で》ても、ワナははずれない。

「アナン、アナーン」

そのとき、ぼくは草《くさ》の上《うえ》を走《はし》ってくる足音《あしおと》をききつけた。

ナオッ、ナガレさん、ここだよ、早《はや》くきて――。

「バケツっ」ナガレさんがヤブをのぞきこんだ。「おまえ、なんでそんな所《ところ》に――」

ナガレさんはそこで、ぼくの血《ち》だらけの足《あし》に気《き》づき、月《つき》みたいに青白《あおじろ》い顔《かお》になった。

「バケツ、アナンはどこだ？　アナンがいないんだ。まさか――」

ああ、そうだったんだ。ぼくは体中《からだじゅう》の血《ち》が、流《なが》れ出《で》てしまうような気《き》がした。

あいつらの目的《もくてき》は、アナンだったんだ。

ぼくは、まんまとアナンからひきはなされたんだ。

ナガレさんにワナをはずしてもらうと、ぼくは足《あし》をひきずりながら森《もり》にかけこんだ。足《あし》はすごくいたかったけど、ココロはもっとズキズキしていた。

アナン、どこ、どこにつれていかれたの？

「バケツ、どこにいくんだ？」

ナガレさんも追《お》っかけてきたけど、ぼくのほうがすばやい。ぼくはアナンのにおいを追《お》った。やわらかい土《つち》の上《うえ》に、何《なん》びきものモモンガの足《あし》あとがつづいていた。

どうして？　どうして、アナンをつれていったの？

森《もり》が大《おお》きくゆれた。風《かぜ》もないのに、ぼくをおどかすように。

「アナンはいかせない、アナンはいかせない」森《もり》がざわめいた。「アナンは、この森《もり》のものだ」

ああ、どうしてイジワルをするの。ぼくはこの森《もり》が大好《だいす》きだったのに。

頭《あたま》の上《うえ》から、たくさんの葉《は》っぱが落《お》ちてきて、ぼくをじゃまするようにうずまいた。

「アナンはいかせない」森《もり》たちはくりかえす。「帰《かえ》れ、帰《かえ》れ」

ひきかえすもんか。ぼくは葉《は》っぱをかきわけ、森《もり》の中《なか》を進《すす》んでいった。だけど、なにもきこえない。なにも見《み》えない。

「妖精《ようせい》さん」ぼくはさけんだ。「いるんだろ？　アナンを返《かえ》して、お願《ねが》い——あっ」

足《あし》もとをすくわれ、ぼくはかれ葉《は》の上《うえ》にたおれた。このまま血《ち》がいっぱい出《で》て、死《し》んでしまうかもしれない。

そう思《おも》ったとき、ふっとあの妖精《ようせい》があらわれた。

銀色《ぎんいろ》の髪《かみ》の毛《け》をなびかせ、冷《つめ》たい目《め》でじっとぼくを見《み》おろしている。氷《こおり》の鈴《すず》をならすような美《うつく》しい声《こえ》がひびいた。

「アナンは人間《にんげん》より、あたしたちに近《ちか》い。人間《にんげん》なんかに、うまく育《そだ》てられっこない。おまえも知《し》っているでしょ？　千草《ちぐさ》だって、アナンに悲《かな》しみをぶつけている。人間《にんげん》なんてそんなおろかなもの。いつか、森《もり》の木《き》をひっこぬくみたいに、あの子《こ》の力《ちから》をダメにしてしまうのよ」

「アナンはいかせない」森《もり》がその後《うし》ろでざわめいた。「いかせなーい」

妖精《ようせい》は自分《じぶん》が正《ただ》しいと思《おも》っていた。アナンのことが好《す》きだから、まもろうとしているのだ。それはわかるけど、ぼくはなんかむらむらした。

だって、それって、自分《じぶん》たちのことしか考《かんが》えてないじゃないか。

「アナンの気持《きも》ちはきいたのか？」ぼくは必死《ひっし》に声《こえ》をあげた。「千草《ちぐさ》ちゃんは、自分《じぶん》のことよりアナンのことを考《かんが》えたよ。アナンの幸《しあわ》せを」

妖精《ようせい》の顔《かお》がみにくくゆがんだ。森《もり》たちがぴたりとしずまった。

その瞬間《しゅんかん》、ぼくの高性能《こうせいのう》の耳《みみ》に、アナンの泣《な》き声《ごえ》がきこえた。それと、どうしようもなく音痴《おんち》なモモンガさんの子守歌《こもりうた》が。

あっちだ。ぼくはよたよた起《お》きあがり、走《はし》り出《だ》した。もう、後《うし》ろをふりむかずに。

森《もり》たちはぼくをじゃましなかった。どこかで妖精《ようせい》のすすり泣《な》きがきこえたような気《き》がしたけど、ぼくは止《と》まらなかった。

へろへろの子守歌《こもりうた》は、大《おお》きなシイの木《き》の洞《ほら》からきこえていた。

「アナン――」

ぼくは中《なか》にとびこんだ。そこにいたのは、五《ご》ひきのモモンガと、葉《は》っぱの上《うえ》で泣《な》いているアナンだった。

「うわ」モモンガさんは泣《な》きそうな顔《かお》でとびすさった。「こぞう、生《い》きてたか」

「アナンをよこせ」ぼくはツメをたて、うなり声《ごえ》をあげた。

「お、おれさまが悪《わる》かった。かんべんしてくれ、こぞう。森《もり》の妖精《ようせい》にたのまれたら、いやとはいえねえんだ。でもまいったぜ、こいつ、ぜんぜん泣《な》きやまねえ」

「あたりまえだろ。こんな所《ところ》につれてこられたら、こわいに決《き》まってるよ」

アナンはおびえて、大声《おおごえ》で泣《な》いていた。ぼくを見《み》つけると、涙《なみだ》をぽろぽろ流《なが》して、手《て》をのばしてきた。

「ダーダ……ダーダ」

ぼくはその手《て》に、しっかりとナガレさんの手袋《てぶくろ》がにぎられているのを見《み》た。

アナンがさがしているのは、ぼくじゃない。ナガレさんなんだ。

「アナンーっ、アナンっ」

そのとき、風《かぜ》にのってナガレさんの声《こえ》がきこえた。

そのとたん、アナンのノドがヒクッと音《おと》をたてた。そして、声《こえ》のきこえたほうをむいて、ぴたりと泣《な》きやんだんだ。おろおろしていたモモンガたちは、魔法《まほう》でも見《み》せられたようにおどろいた。

「こりゃあ、しょうがねえ。妖精《ようせい》の負《ま》けだぜ」モモンガさんがいった。「そうとわかったら、ぐずぐずしちゃいられねえ——あばよ」

モモンガさんたちはアナンをおいて、とっとと逃《に》げ出《だ》した。とたんにぼくは体中《からだじゅう》から力《ちから》がぬけて、葉《は》っぱの上《うえ》にたおれてしまった。

「おっと、いけねえ」

モモンガさんがひょい、と顔《かお》を出《だ》した。

「こいつは、ほんのおわびのしるしだ。なあに、えんりょはいらねえぜ」

そういってなにかを投《な》げてきた。アナンの涙《なみだ》もふけない、ぼくの傷《きず》の包帯《ほうたい》にもならない、くしゃくしゃの紙《かみ》を。

それは、あのお宝《たから》の地図《ちず》だった。

9　白《しろ》ネコちゃんとぼく

「ようこそ、アナン、〈リュウのあな〉へ」

ひっこしのトラックが店《みせ》の前《まえ》でとまると、待《ま》ちかまえていた伊東《いとう》くんは、いそいそとアナンを助手席《じょしゅせき》からだきあげた。

「あれ、バケツ、その足《あし》どうしたんです？」

まったく、すらっとしたスタイルがだいなしだ。ぼくの右足《みぎあし》は包帯《ほうたい》でぐるぐるまき、まるでイモ虫《むし》みたいになっていた。

モモンガさんたら、あんな宝《たから》の地図《ちず》なんかもらったって足《あし》の傷《きず》はなおらないよ。きのうはいたくていたくて、ねむれなかった。いちおう地図《ちず》は荷物《にもつ》の中《なか》にてきとうにつめこんできたけど。ぼくはもう、お宝《たから》なんてどうだっていい気分《きぶん》だった。

「アナンがあぶない目《め》にあってな、このネコが助《たす》けたんだ」ナガレさんはいった。

「ふたりは兄弟《きょうだい》みたいにつながっているんだな」

ナオ、さすがはナガレさん、よくわかってるね。ナガレさんはやさしくぼくをだっこして、新《あたら》しい家《いえ》に入《はい》っていった。

シャラン……天井《てんじょう》のシャンデリアがゆれて、ちょっと不気味《ぶきみ》な音《おと》をたてた。階段《かいだん》のところでは、白《しろ》いエプロンをかけた女《おんな》の人《ひと》が長《なが》いホウキでせっせとそうじをしている。とってもきれいな人《ひと》だけど、伊東《いとう》くんの妹《いもうと》かな。

ナオ、ゆ、幽霊《ゆうれい》はどこにもいないよね。

「まず、大《おお》そうじをしなきゃなりません」伊東《いとう》くんはいった。「それから、こわれた所《ところ》をなおすんです」

「モザイクは壁《かべ》にも天井《てんじょう》にもはるんだな」ナガレさんはうれしそうにヒゲをなでた。

「こりゃあ、何年《なんねん》もかかるぞ」

ん？　あの白《しろ》いものはなんだ？　階段《かいだん》の一番上《いちばんうえ》の所《ところ》。

ぼくの目《め》に、白《しろ》いマシュマロみたいなものが見《み》えた。と思《おも》ったら、それはネコの足《あし》だった。それから、雪《ゆき》のようにまっ白《しろ》いネコの体《からだ》があらわれた。そして、最後《さいご》に顔《かお》が

——そのとたん、ぼくの目玉《めだま》はピョーンととび出《だ》しそうになった。

うわあ、なんてかわいい白《しろ》ネコちゃん。スミレ色《いろ》の大《おお》きなネコ目《め》がとってもチャーミング。まるでネコのおひめさまだ。この家《いえ》がボロだって、幽霊《ゆうれい》が出《で》たって、ぼくはもうかまわない。

ああ、きみさえいれば。

「それじゃあ、まず、二階《にかい》のそうじからはじめよう」ナガレさんはいった。「今夜《こんや》までに、アナンをねかす所《ところ》を作《つく》らなきゃな」

それをきくと、お手伝《てつだ》いの女《おんな》の人《ひと》はうなずいて、すーっと二階《にかい》にあがっていった。

そのあとを白《しろ》ネコちゃんもついていく。

「ま、待《ま》って」

ぼくは足《あし》がいたいのもわすれ、あわててナガレさんのうでからとびおりた。

「イテッ……ぼ、ぼく、バケツっていうんだ。お友《とも》だちになろうよ」

ぼくは足《あし》をひきずりながら、いそいで白《しろ》ネコちゃんを追《お》いかけていった。

二階《にかい》には、古《ふる》い木《き》のドアがひとつだけあった。ぼくは中《なか》に入《はい》ろうとして、ドアをおした。

あれ？　ひらかない。ナオ、白《しろ》ネコちゃん、ここをあけてよ。

「バケツ、いくらひっかいても、ダメですよ」

後《うし》ろから伊東《いとう》くんがやってきて、ポケットからカギをとり出《だ》した。

「そこは、カギがかかってるから」

え、そんなはずないよ。だって今《いま》、女《おんな》の人《ひと》と白《しろ》ネコちゃんが入《はい》っていったんだから。伊《い》東《とう》くんがカギを回《まわ》してドアをあけると、ぼくはいそいで中《なか》にとびこんだ。

「白《しろ》ネコちゃーん……あれ？」

だれもいない。部屋《へや》はがらんとして、ほこりひとつなかった。おかしい。さっきの女《おんな》の人《ひと》と白《しろ》ネコちゃん、どこにいったんだ？

「ギャアッ」伊東《いとう》くんがさけび声《ごえ》をあげた。「ど、どうなってるんだ、この部屋《へや》？　きれいになってるっ」

いったい、なにをそんなにびっくりしてるんだ？　さっきの女《おんな》の人《ひと》がそうじしてくれたに、決《き》まってるでしょ。

「きのうまで、ゴミだらけだったんです」伊《い》東《とう》くんの顔《かお》は、ほんとうにまっ青《さお》だった。「ま、まさか……幽霊《ゆうれい》がやったんじゃ――」

「おいおい」ナガレさんがわらいながら、階段《かいだん》をのぼってきた。「幽霊《ゆうれい》なんて、ほんとにいるわけないだろ。そうじ好《ず》きの幽霊《ゆうれい》なら大《だい》かんげいだけどな」

「え、信《しん》じてなかったんですか？　ここ、ほんとうに出《で》るんですよ。若《わか》い女《おんな》の幽霊《ゆうれい》が」

「どうせ美人《びじん》だっていうんだろ」ナガレさんはからかうようにいった。「むかしっから、幽霊《ゆうれい》は美人《びじん》だって決《き》まってるからな」

「ほんとなんですよ。この店《みせ》ができたころ、ここに、みんなのあこがれのマドンナがいたんです」

「マドンナ？」

「はたらき者《もの》のいい子《こ》だったんで、『結婚《けっこん》してくれ』っていう男《おとこ》の人《ひと》がたくさんいたそうですよ。でも、若《わか》いうちに死《し》んでしまって……。それから、ときどき、女《おんな》の幽霊《ゆうれい》が出《で》るんです。今《いま》でもはたらいてるみたいに、白《しろ》いエプロンをちゃんとかけて」

ナォ？　ぼくの背中《せなか》がぞくりとした。白《しろ》いエプロン？　きれいなウェイトレス？　ま、まさか――。

「伊東《いとう》くん、それ見《み》たことあるのか？」ナガレさんはいった。

「ううん、ぼくは一度《いちど》もありません」伊東《いとう》くんは首《くび》をふった。

「ほらみろ」

「でも、見《み》たって人《ひと》はいっぱいいるんですよ」

「そりゃあ、おれだって、この目《め》で見《み》たら信《しん》じるけど。ははは」

ぼくは腰《こし》をぬかしそうになった。ということは、あの女《おんな》の人《ひと》はぼくにしか見《み》えてなかったってこと？　足《あし》もあったよ、体《からだ》もすきとおってなかったよ。

ナォッ、ぼく、もう幽霊《ゆうれい》に会《あ》っちゃったんだ。信《しん》じて、ナガレさん、ここにはほんとにマドンナの幽霊《ゆうれい》がいるんだよ。

「バケツ、さっきから、なにさわいでるんだ」ナガレさんはぼくを見《み》ていった。「新《あたら》しい家《いえ》にきて興奮《こうふん》してるのかな？」

やっぱり、カンジンなことは、人間《にんげん》にはつうじないのだった。

その夜《よ》、アナンは新《あたら》しい部屋《へや》で、さっそくタイルあそびをしていた。きれいな部屋《へや》は、まるで小《ちい》さなホテルみたいだ。

いやあ、こんなにきれいにしてもらっちゃって、なんだか悪《わる》いみたい。ぼくたち、マドンナに歓迎《かんげい》されてるのかな？　それにしても、あの白《しろ》ネコちゃんは、どこ？

「バケツ、風呂《ふろ》をわかしてくるからな。アナンを見《み》ててくれ」

ナガレさんはいそがしそうに、一階《いっかい》へおりていった。

アナンとふたりきりになったぼくは、そっとおし入《い》れの中《なか》をのぞきこんだ。

白《しろ》ネコちゃんは、いない。

ナォ、どこいっちゃったんだろう。まさか、あの白《しろ》ネコちゃんまで幽霊《ゆうれい》なんてこと、あるわけないよねえ——。

そのうち、下《した》の方《ほう》からパチパチパチパチとききなれない音《おと》がしてきた。煙《けむり》といっしょに、ほんのりいい香《かお》りもたちのぼってくる。クンクン、これはマキのもえるにおい。

ナガレさんがお風呂《ふろ》をたいているんだ。

あれれ？　ちょっとアナン、どこいくの？

アナンはタイルをポイとほうり投《な》げると、ふわふわした雲《くも》のような煙《けむり》に手《て》をのばした。上《うえ》をむいたまま、階段《かいだん》のほうに歩《ある》いていく。

アナン、階段《かいだん》はあぶないよ。いっちゃダメだ。

ぼくは急《いそ》いでアナンの前《まえ》に回《まわ》りこんだ。でも、アナンは止《と》まらない。

あ、あぶないっ。落《お》ちる――。

ぼくは必死《ひっし》にアナンの足《あし》にしがみついた。いっしょにころがり落《お》ちても、ぼくがアナンのクッションになるつもりで。そのとき、目《め》をとじているぼくの背中《せなか》が、ぞわっとさかだった。まるで後《うし》ろから雪《ゆき》をふきかけられたみたいに。

気《き》がつくと、アナンがぴたりと立《た》ち止《ど》まっていた。その足《あし》は階段《かいだん》すれすれのところにあった。

ああ、よかった、助《たす》かった。でも……アナン、そんなにまじまじと、いったいなにを見《み》てるの？

ま、さ、か――ぼくは首《くび》をまげて、こわごわと後《うし》ろをふりむいた。

と、目《め》の前《まえ》に、かわいいかわいい白《しろ》ネコちゃんの顔《かお》があった。鼻《はな》と鼻《はな》がくっつくほど近《ちか》くに。ぼくの頭《あたま》の中《なか》にピンク色《いろ》の花《はな》ふぶきがまった。

『こんばんは』頭《あたま》の中《なか》であまい声《こえ》がした。『あたし、おゆき。きこえてる？』

「あ、ぼ、ぼく、きみをさがしてたんだ、おゆきちゃん――ギャオオッ」

ぼくはそのとき、ほんとうに腰《こし》がぬけてしまった。

だって、その後《うし》ろに、マドンナが立《た》っていたんだ。ううん、立《た》っていたんじゃない。マドンナは白《しろ》ネコちゃんをだっこして、ふわふわと空中《くうちゅう》にういていたんだ。

「アー」アナンはよろこんで手《て》をパチパチたたいた。

マドンナは白《しろ》い手《て》でアナンにおいでおいでをすると、まるでお母《かあ》さんみたいに安全《あんぜん》な部屋《へや》の中《なか》に連《つ》れていった。その間《あいだ》、両足《りょうあし》は床《ゆか》から十《じっ》センチういたままだった。

ああ、もうダメ——ぼくは目《め》を回《まわ》してぶったおれた。夢《ゆめ》の中《なか》にひびく、おゆきちゃんの声《こえ》をききながら。

『ようこそ、幽霊《ゆうれい》のお店《みせ》に。うふふっ』

10 マドンナの涙《なみだ》

いったい、ぼくはなにを信《しん》じたらいいんだろう。

つぎの日《ひ》、ぼくは屋根《やね》の上《うえ》にいる、ヌイグルミみたいにかわいいおゆきちゃんを見《み》つめていた。このおゆきちゃんが、まさかバケネコだなんて。

『バケツさーん』

おゆきちゃんはぼくを見《み》つけると、はずかしそうにシッポをふった。

「お、おゆきちゃーん」ぼくはさけんだ。

『今《いま》、そっちにいくわー』

おゆきちゃんはそういうと、いきなり、空《そら》にむかってジャンプした。

「ひええーっ、あぶないよ、おゆきちゃん」

でも、おゆきちゃんは音《おと》もなく地面《じめん》に着地《ちゃくち》して、にっこりとわらったんだ。

『だいじょうぶよ。だって、あたし、もうとっくに死《し》んでるんだから』

「そ、そうだったよね、ははは」

『バケツさん、あたしがバケネコで、悲《かな》しい？』

「そ、そんなことないさ」

『よかった』

おゆきちゃんはうれしそうに、ぼくの体《からだ》にすりすりしてきた。

ぞくぞく——そのとたん、ぼくの背中《せなか》の毛《け》がさかだった。まるで氷《こおり》を体《からだ》にくっつけられたみたいに。

とほほ、やっぱりおゆきちゃんは、バケネコだ。

トントン、ガンガンガン……。

それから毎日《まいにち》、〈リュウのあな〉には朝《あさ》から晩《ばん》までハンマーの音《おと》がひびいた。ナガレさんと伊東《いとう》くんは、いっしょうけんめいにお店《みせ》を修理《しゅうり》したんだ。

それには、長《なが》い時間《じかん》がかかった。やがて、ボロだったお店《みせ》もずいぶんりっぱになってきた。まるでよぼよぼのおじいさんが若《わか》がえるみたいに。

「もう幽霊屋敷《ゆうれいやしき》には見《み》えませんね」伊東《いとう》くんがいった。

「でも、ほら、やっぱりいなかったじゃないか」ナガレさんはいった。

「なにがです？」

「美人《びじん》の幽霊《ゆうれい》だよ。おれたち、今《いま》まで一度《いちど》も見《み》たことないじゃないか」

「そうですね。ウワサだけだったんですね。ようするに、幽霊《ゆうれい》なんかいないんだ」

「だから、最初《さいしょ》からいってただろ。そんなに美人《びじん》の幽霊《ゆうれい》なら、一度《いちど》会《あ》ってみたいくらいだ。ははは」

ああ、まったく、なんてドンカンな人《ひと》たち。

ここ、すぐ目《め》の前《まえ》にいるっていうのに。ほら、タイルであそんでいるアナンの横《よこ》だよ。どうして見《み》えないの？

「あい」

アナンはタイルをひとつ、マドンナにわたした。マドンナのまっ白《しろ》い手《て》の上《うえ》で、タイルはふわふわうかぶんだ。アナンはキャッキャッと声《こえ》をあげてわらった。

「ん？」ナガレさんがその声《こえ》にふりむいた。

タイルはもう、床《ゆか》に落《お》ちている。マドンナは楽《たの》しそうにほほえんだ。

「マドンナって、やさしいお母《かあ》さんみたいだね」ぼくはおゆきちゃんにいった。

『マドンナは、わたしのこともすごくかわいがってくれたのよ』おゆきちゃんはいった。『だから、マドンナが死《し》んだときにはみんな悲《かな》しんだわ。もう百年《ひゃくねん》も前《まえ》のことだけど』

「マドンナって、どうして死《し》んだの？」

『悲《かな》しいことがあって、病気《びょうき》になってしまったのよ』

「え、なんかあったの？」

『そりゃあ、悲《かな》しい思《おも》い出《で》のひとつぐらいあるわよ。なんたって幽霊《ゆうれい》になってるくらいだから……あ、あぶない』

ころがったタイルを追《お》っかけて、アナンがドアのほうに走《はし》っていった。外《そと》にはノコギリがおきっぱなしだ。あのするどい刃《は》にさわったら、アナンの指《ゆび》なんかあっというまに切《き》れてしまう。

「あぶないよっ」ぼくはさけんだ。「ナガレさん、ドアをしめて」

でも、ハンマーをガンガンやっているナガレさんたちは、ぜんぜん気《き》づかない。マドンナがすーっと空中《くうちゅう》をとんでいった。

バタ……ン。

「ん？」ナガレさんがふりむいた。「おかしいな。風《かぜ》もないのに」

「ドアの調子《ちょうし》が悪《わる》いんでしょ」伊東《いとう》くんがいった。「それにしても、アナンは手《て》がかかりませんよね。いつもおとなしくひとりでタイルであそんでて」

ああ、なんておボケな人《ひと》たち。今《いま》までだって、何度《なんど》こんなことがあったことか。

アナンがクギを口《くち》に入《い》れようとしたとき、クギを全部《ぜんぶ》かくしてしまったのは、マドンナだ。ナガレさんたちはこまって、町《まち》で新《あたら》しいクギを買《か》ってこなきゃならなかった。

アナンが布団《ふとん》といっしょに二階《にかい》の窓《まど》からずり落《お》ちたとき、空中《くうちゅう》でうけとめたのは、マドンナだ。ナガレさんなんか、布団《ふとん》をほしたこともわすれていたんだ。

それから、アナンがあちあちのヤカンにさわりそうになったとき、見《み》えない力《ちから》でヤカンを持《も》ちあげたのは、マドンナだ。そのときのナガレさんときたら、後《うし》ろでふわふわヤカンがとんでるのに、ぼーっとしてゴハンを食《た》べていたっけ。

「ナオ。マドンナ、いつもありがとう」ぼくはお礼《れい》をいった。「あなたがいなかったら、はっきりいって、アナンはぶじに育《そだ》たなかったよ」

マドンナは冷《つめ》たい手《て》をのばして、ぼくの頭《あたま》をそっとなでてくれた。うわあ、びりびりと電気《でんき》が走《はし》るみたいな、フシギな感《かん》じ。冷《つめ》たくて、やさしくて、ちょっぴり悲《かな》しい。

「そういえば、今夜《こんや》は満月《まんげつ》――」ぼくはいいかけた。

『しいっ』おゆきちゃんがいった。『それは、いわないで。雨《あめ》かもしれないんだから』

でも、もうおそかった。マドンナはさびしそうな目《め》で空《そら》を見《み》あげた。

しく……しく……しく……。

満月《まんげつ》の真夜中《まよなか》、家中《いえじゆう》にマドンナの泣《な》き声《ごえ》がひびいていた。

青白《あおじろ》い月《つき》の光《ひかり》が窓《まど》からさしこんで、おゆきちゃんの毛《け》が銀紙《ぎんがみ》みたいにかがやいている。でも、その顔《かお》はしょんぼりしていた。

『マドンナが泣《な》くと、あたしも悲《かな》しくなっちゃうのよ』

おゆきちゃんが元気《げんき》がないと、ぼくだってしおしおになる。そして、ぼくたちが落《お》ちこむと、〈リュウのあな〉もなんだか暗《くら》くなってしまうみたいだった。

だけど、ドンカンな人間《にんげん》の耳《みみ》に、幽霊《ゆうれい》の泣《な》き声《ごえ》はきこえない。

「なんだか、今夜《こんや》は風《かぜ》が冷《つめ》たいな」ナガレさんはつぶやいた。「おや？」

チカチカッと電気《でんき》がまばたいたかと思《おも》うと、消《き》えてしまった。悲《かな》しみだらけの夜《よる》は、へんなことばかり起《お》きるんだ。急《きゅう》に花《はな》がしおれたり、お風呂《ふろ》の火《ひ》が消《き》えたり。

「おかしいな、電球《でんきゅう》をかえたばっかりなのに」

ナガレさんはちょっと首《くび》をかしげ、手《て》さぐりで階段《かいだん》をおりていった。

まっ暗《くら》になった部屋《へや》の中《なか》に、あわい月《つき》の光《ひかり》がさしこんでいる。その中《なか》にすうっと、マドンナがあらわれた。ほっぺには真珠《しんじゅ》みたいな涙《なみだ》がくっついていた。

しく……しく……しく……。

「ああ、かわいそう」ぼくはいった。「おゆきちゃんは知《し》ってるんだろ？　マドンナの涙《なみだ》のわけを」

『ううん、わかんない』おゆきちゃんはいった。『マドンナは悲《かな》しみのあまり、言葉《ことば》をうしなってしまったの。でも、きっと、だれかを待《ま》ってるんだと思《おも》うわ』

「だ、だれかをって……百年《ひゃくねん》も？」

『マドンナの時間《じかん》は、死《し》んだとき、止《と》まったままなのよ』

ううむ、幽霊《ゆうれい》の世界《せかい》って、むずかしい。

アナンはマドンナのそばに近《ちか》づいていくと、悲《かな》しそうな顔《かお》をじっと見《み》つめた。あの黒《くろ》い、星《ほし》のような目《め》で。

そのとき、マドンナのくちびるが、なにかいいたそうに小《ちい》さくふるえた。

「教《おし》えて、マドンナ」ぼくはいった。「あなたの話《はなし》をアナンにきかせてよ。そしたら、きっとココロがかるくなれるんだよ」

『無理《むり》よ』おゆきちゃんはいった。『あたしたちは、ずっとこのままなのよ』

「そんなのかわいそうだよ」

『しょうがないの。あたし、マドンナが大好《だいす》きだった。だから、マドンナが死《し》んだとき、いっしょについてきたの。バケネコになったってかまわない。ずっとマドンナといっしょにいるって、決《き》めたのよ』

じゃあ、マドンナの悲《かな》しみは、ずっと続《つづ》くの？　このまま消《き》えないの？

「あい」

そのとき、アナンが小《ちい》さな手《て》をのばした。まるでなにかをつかまえようとするみたいに。

と、月《つき》の光《ひかり》の中《なか》で、チカリとマドンナの涙《なみだ》が光《ひか》った。

『あ……』おゆきちゃんが声《こえ》をあげた。『あれはなに？』

アナンの手《て》の中《なか》に、なにかがきらめきながらころがり落《お》ちた。ぼくたちはあっけにとられてそれを見《み》た。幽霊《ゆうれい》にも、バケネコにも、まだおどろくことがあるなんて。

そう、マドンナの涙《なみだ》は、あの青《あお》い石《いし》になっていたんだ。

11 アナンとモザイク

アナン、きみは幽霊《ゆうれい》のココロもうけとれるの?

大人《おとな》になってもそうなのかな?

お願《ねが》いだからアナン、そのまま大《おお》きくなって。いつまでも今《いま》のアナンでいて。


「おっはよーございまーす」

つぎの朝《あさ》、鼻歌《はなうた》を歌《うた》いながら、伊東《いとう》くんがやってきた。店《みせ》の中《なか》はすっかりかたづいて、修理《しゅうり》も全部《ぜんぶ》すんでいた。いよいよモザイクにとりかかるときがきたんだ。

「あ、あれ? なんですか、これ? ――うわっ」

伊東《いとう》くんは店《みせ》のまん中《なか》で幽霊《ゆうれい》にあったみたいにとびあがり、そのひょうしにイスをたおして、床《ゆか》にしりもちをついた。

ナオ、ひとりでなにあそんでんの?

「だいじょうぶか」

ナガレさんがその音《おと》をききつけてやってきて、ころがっている伊東《いとう》くんを見《み》ると、あわててかけよろうとした。

「あ、ナガレさん、ダメッ。ふまないでくださいっ」

伊東《いとう》くんはあわててはね起《お》き、床《ゆか》の上《うえ》にはいつくばった。親《おや》ネコが子《こ》ネコをまもろうとするように。

「こ、これ、だれが作《つく》ったんですか？　まさか、ナガレさんじゃないですよね」

近《ちか》づいてみると、床《ゆか》の上《うえ》に、白《しろ》いタイルがまあるくなっていた。それから、スミレ色《いろ》や、青《あお》い石《いし》がてんてんと。ただ、それだけだ。なのにひと目見《めみ》たとたん、ぼくのヒゲはじーんとしびれたんだ。

こんなにきれいなもの、今《いま》まで見《み》たことない。いや、おゆきちゃんは別《べつ》だけど。

『すてきねえ』おゆきちゃんもぼくの横《よこ》にあらわれ、うっとりとしていった。

「ううむ、おどろいたな」ナガレさんはいった。「こいつを作《つく》ったのは、きっとアナンだよ」

「アナンだって？」伊東《いとう》くんはとびあがった。「アナン、どこにいるんだ？」

「バア」

アナンがソファのかげから、ぴょこんと顔《かお》を出《だ》した。その手《て》には、しっかりと白《しろ》いタイルがにぎられている。後《うし》ろの壁《かべ》から、マドンナもすーっと姿《すがた》をあらわした。

「アナン、このモザイクを作《つく》ったの？」伊東《いとう》くんはいった。「きみは天才《てんさい》か？」

「まあな、おれの子《こ》だからな」ナガレさんが頭《あたま》をかいた。

アナンはとことことやってくると、自分《じぶん》がならべたタイルのそばにしゃがみこんだ。みんなは息《いき》をつめて、アナンがまたひとつ、モザイクに白《しろ》いタイルをくわえるのを見《み》た。

フシギな気持《きも》ちだった。朝日《あさひ》がのぼるところとか、わき水《みず》が流《なが》れるところとか、そんなきれいなものを見《み》た感《かん》じ。アナンはタイルをおくと、たしかめるようにマドンナを見《み》あげた。

すると、マドンナはそっと、アナンの頭《あたま》に手《て》をおいたんだ。ありがとう、っていうように。

ナオ、なるほどわかったぞ。アナンが作《つく》ったのは、マドンナだ。きのうの夜《よる》の、やさしくて、きれいで、悲《かな》しいマドンナだ――。

「バイバーイ」アナンはモザイクにむかってつぶやいた。

と思《おも》ったら、あっというまにタイルを手《て》でバラバラにしてしまったんだ。

「ああっ」みんながいっせいにさけんだ。

ナォ、なんてことをするんだ。こんなにきれいなもの、もう作《つく》れないのに。

「やっぱり、ただの子《こ》どものあそびだったんですね」伊東《いとう》くんが残念《ざんねん》そうにいった。

「もし、あんなものが作《つく》れるなら、アナンにもモザイクを手伝《てつだ》ってもらおうか、なんて思《おも》ったんですけど」

「ただの偶然《ぐうぜん》だったんだな」

ナガレさんもため息《いき》をついて、ちらばったタイルをひろいはじめた。

「おや……？　このきれいな青《あお》い石《いし》、どうしたのかな？」

それは、きのうの夜《よる》に石《いし》になった、マドンナの涙《なみだ》だった。きらきら光《ひか》る、悲《かな》しみの結晶《けっしょう》。ナガレさんはそっと青《あお》い石《いし》をつまみあげた。

「冷《つめ》たい……まるで氷《こおり》みたいだ」

マドンナがその後《うし》ろにすうっとやってきて、自分《じぶん》も青《あお》い石《いし》にさわった。ぼくの目《め》には、ナガレさんとマドンナが半分《はんぶん》かさなって見《み》えた。

「うわあ」ナガレさんは石《いし》を落《お》としそうになって、ふりむいた。「今《いま》、な、なんか冷たーい息《いき》が、首《くび》のところに」

「カゼでもひいたんじゃないですか」伊東《いとう》くんがいった。

ああ、あいかわらずドンカンな人《ひと》たち。

その日《ひ》の午後《ごご》、なんにもない壁《かべ》の前《まえ》に立《た》ってぼくたちはみんな緊張《きんちょう》していた。緊張《きんちょう》ってピリピリして、ちょっと気持《きも》ちいい。ヒゲの先《さき》っぽからココロのまん中《なか》まで、しゃきっと一本《いっぽん》、線《せん》がとおる感《かん》じ。

ぼくたちのそばには、われたタイルと、モルタルがはいったバケツがならんでいた。準備完了《じゅんびかんりょう》。まるでいつ帰《かえ》れるかわからない、長《なが》い旅《たび》に出《で》るような気分《きぶん》だった。

ナォ、ここに、どんなにすばらしいモザイクができるんだろ？

「ああ、とうとう、このときがきた」ナガレさんの指《ゆび》がむずむずっと動《うご》いた。「はりたい……タイルがはりたい……」

「じゃあ、まず、ぼくが下絵《したえ》をかきますよ」伊東《いとう》くんがチョークを一本《いっぽん》、手《て》にとった。

いよいよだ。みんなはツバをごくりと飲《の》みこんだ。伊東《いとう》くんは目《め》をギラギラさせて、ものすごいいきおいで壁《かべ》に絵《え》をかきはじめた。

しばらくの間《あいだ》、ぼくとナガレさん、それからマドンナとおゆきちゃんは、ぽかんとして伊東《いとう》くんの絵《え》を見《み》ていた。だけどそのうち、どの顔《かお》もどんよりとしてきたんだ。

だって……これって、絵《え》なの？

「どうです」伊東《いとう》くんは胸《むな》をはった。「傑作《けっさく》でしょう？」

『なによこれ』おゆきちゃんがずけずけといった。『子《こ》どものイタズラがきだって、もうちょっとうまいわよ』

マドンナなんか、よっぽどひどいと思《おも》ったのだろう、ものかげでそっと涙《なみだ》をぬぐっている。

「あのお……」ナガレさんがえんりょしながらいった。「ほんとに、ほんとーに、この絵《え》でいいんだな？」

「ナガレさん、わかってないですねえ、芸術《げいじゅつ》ってもんが」伊東《いとう》くんはいった。「芸術《げいじゅつ》は、わけのわかんないものなんです」

ナォ？　でも、わけのわかんないものが、みんな、ゲージュツじゃないよね？

「ま、おれはいいけどね、タイルさえはれれば」

ナガレさんもいいかげんなことをいって、タイルをつかんだ。そのとたん、急《きゅう》に顔《かお》が真剣《しんけん》になった。まるで本物《ほんもの》の芸術家《げいじゅつか》みたいに。

ペタ……最初《さいしょ》の一枚《いちまい》が壁《かべ》にくっついた。

やった。そばで見《み》ていたアナンが、パチパチと手《て》をたたいた。

「うわあ」伊東《いとう》くんは緑色《みどりいろ》の髪《かみ》の毛《け》をかきむしった。「気《き》が遠《とお》くなってきた。あと、何万枚《なんまんまい》はればいいんですか？」

「あきれたな。まだ、はじまったばっかじゃないか」

ペタ、ペタ、ペタ……ナガレさんの手《て》が、生《い》き返《かえ》った動物《どうぶつ》みたいに動《うご》いた。はればはるほど、早《はや》くなる。こうなるともうこの人《ひと》は止《と》まらないんだ。ほかのことはすっかりわすれて、頭《あたま》の中《なか》はモザイクだけになってしまう。

『ナガレさんて、集中力《しゅうちゅうりょく》だけはすごいわね』おゆきちゃんは感心《かんしん》していった。

マドンナは幽霊《ゆうれい》のくせに、とても勉強熱心《べんきょうねっしん》だった。その日《ひ》一日《いちにち》、ナガレさんの後《うし》ろにずっと立《た》って、タイルのはり方《かた》を見《み》ていたんだ。ナガレさんはときどき、みぶるいして後《うし》ろをふり返《かえ》った。

「おかしいな、ぞくぞくするぞ。ほんとにカゼでもひいたかな」

モザイク作《づく》りがはじまって、〈リュウのあな〉はなんだかうれしそうだった。でも、もっとすばらしいことがあったのは、つぎの日《ひ》だった。

『バケツさん、早《はや》くきて』おゆきちゃんがよんだ。『アナンがまた、なにか作《つく》ってる』

ぼくの心臓《しんぞう》がドキン、とした。とってもいいことがはじまる前《まえ》みたいに。

いそいで店《みせ》にいくと、アナンがカウンターの上《うえ》に、またタイルをならべているところだった。

白《しろ》いマドンナだ。前《まえ》のとにているけど、もっともっとうまくなっている。ぼくはわくわくしながら、アナンの手《て》もとを見《み》ていた。

『気持《きも》ちいいわぁ』おゆきちゃんがとろんとしていった。『見《み》てるだけで、いい気持《きも》ち』

そのとおりだ。アナンのモザイクって、なにかがちがう。どうしてかわかんないけど、ココロにぐっとくるんだ。これが才能《さいのう》ってもんなの？

ゆっくりと、ゆっくりとマドンナの顔《かお》ができていく。ぼくと、おゆきちゃんと、マドンナはそれをとりかこみ、時間《じかん》もわすれて見《み》つめていた。

ナォ、すごい傑作《けっさく》だ。

「バイバーイ」アナンがつぶやいた。

『あっ、ダメ』

おゆきちゃんがさけんだときには、もうおそかった。つぎの瞬間《しゅんかん》、アナンはできあがったモザイクをクシャッ、とこわしていたんだ。

ナォ、もったいない。なんてことするんだ、アナン。自分《じぶん》が作《つく》ったものの美《うつく》しさがわかんない？　うーん、わかるわけないか。

『ああ、残念《ざんねん》。あんなのより、アナンのモザイクのほうが百倍《ひゃくばい》もすてきなのに』

おゆきちゃんはくやしそうにそういって、ナガレさんの作《つく》っているモザイクのほうを見《み》た。伊東《いとう》くんたちは、なんにも気《き》づかないで、あのへんなモザイクを壁《かべ》にいっしようけんめいはっていた。

『このままじゃ、あたしたちの〈リュウのあな〉が、めちゃくちゃになっちゃう。そうなったら、あたし、バケて出《で》てやるから』

いやいやおゆきちゃん、きみはもう、バケネコだってば。

だけど、まだ、あきらめるのは早《はや》かったんだ。つぎの日《ひ》、アナンはまたまたモザイクを作《づく》りはじめた。そのときのぼくたちが、もうどんなにうれしかったことか。

「信《しん》じられない」ぼくはとびあがった。「アナンは何度《なんど》でも作《つく》れるんだ」

『しかも、どんどんうまくなってるわ』おゆきちゃんも目《め》をかがやかせた。

カウンターの上《うえ》には、モザイクのマドンナがどんどんできあがっていく。すごくいい感《かん》じ。ぼくたちはもう、たまらなくなった。

このモザイクを、もう、ぜったいにこわしてほしくない。どうしてものこしたいんだ。

「バイバーイ」アナンがつぶやいた。

「うわああっ、アナン、やめて」

ぼくはあわててアナンの手《て》にかじりついた。アナンはびっくりして、ぼくの顔《かお》を見《み》た。

ごめん、アナン、イジワルしてるんじゃないんだ。ええい、どういえばわかってくれるんだ。

『あれ、マドンナ？』おゆきちゃんがいった。『なにするつもり？』

そのとき、マドンナがなにかを決意《けつい》したみたいに、ナガレさんのところにとんでいったんだ。いつもやさしい顔《かお》がすごく真剣《しんけん》だった。幽霊《ゆうれい》がそんな顔《かお》をすると、やっぱりちょっとこわい。マドンナはそっとパテを手《て》にとり、モルタルをすくった。

ま、まさか、マドンナ、あなた——。

「ん？」ナガレさんがふりむいた。

頭《あたま》の上《うえ》にふわふわモルタルがういているのに、気《き》づかない。ナガレさんはまた壁《かべ》にむきあい、自分《じぶん》のモザイクをはりはじめた。

マドンナはアナンのそばにもどってくると、タイルの裏《うら》にモルタルをぬった。ぼくとおゆきちゃんは息《いき》をのんで見《み》まもった。

タイルをはる幽霊《ゆうれい》なんて、きいたこともない。でも、たのむよ、マドンナ、がんばって。手伝《てつだ》いたくても、ぼくの手《て》はネコの手《て》なんだから——。

ぺたん。マドンナはタイルをはった。

わあ、マドンナ、うまい。

『マドンナって、とっても器用《きよう》なのよ』おゆきちゃんはいった。『そういえば、チョコレートケーキを作《つく》るのもじょうずだったわ』

マドンナはケーキにクリームをぬるみたいに、つぎつぎとモルタルをぬっていった。アナンも目《め》を丸《まる》くして、マドンナがタイルはりをするのを見《み》つめていた。

あと、最後《さいご》の一枚《いちまい》だけ。

「ふわー、つかれた。そろそろやめましょうか」

そのとき、伊東《いとう》くんがあくびをしながらふりむいた。

「あん？」

伊東《いとう》くんの口《くち》がカバみたいにあいたままになった。最後《さいご》のタイルが、ひゅーんと宙《ちゅう》をとんでいって、カウンターにはりつくのを見《み》てしまったんだ。

「うわああっ」伊東《いとう》くんはものすごい声《こえ》をあげた。

「ど、どうした」ナガレさんがおどろいていった。

「い、今《いま》、タイルがひとりでに、とんだんです」

「なんだよ、そんなにつかれてたのか」

「ちがいますってば、たしかに、ここんとこに――」

伊東《いとう》くんはカウンターにかけよって、信《しん》じられないように自分《じぶん》の目《め》をこすった。おかげで顔《かお》にモルタルがすじになってくっついてしまった。

「ウ、ウソだ。いつのまにこんなものが……」

「どうしたんだ？」

近《ちか》づいてきたナガレさんの足《あし》が、ゆっくりと止《と》まった。まるで自分《じぶん》に足《あし》があるのをわすれたように。

そこには、美《うつく》しい幽霊《ゆうれい》の顔《かお》ができあがっていた。ふたりの男《おとこ》はしばらく声《こえ》も出《で》ないで、アナンのモザイクを見《み》つめていた。

「……芸術《げいじゅつ》です」伊東《いとう》くんが涙《なみだ》ぐんだ。「これが、芸術《げいじゅつ》ですよ」

ぼく、今《いま》まで、ゲージュツってわかんなかった。

そうか、ゲージュツって、ココロだったんだ。

つぎの日《ひ》から、ナガレさんはアナンのお手伝《てつだ》いをすることになった。

「アナンのタイルは、おれがはる」ナガレさんはいった。「こいつは、親《おや》の仕事《しごと》だ」

「降参《こうさん》です」伊東《いとう》くんもうなずいた。「はっきりいって、ぼくたちのモザイクより、アナンのほうがうまい。アナンを見《み》ならって、ぼくも絵《え》をかきなおしますよ」

気《き》づくのが、ちょっとおそいんだってば。でも、よかった。これで〈リュウのあな〉がめちゃくちゃにならないですんだんだ。

「あい」

アナンはなんにもわからない。アナンはただ、作《つく》るだけ。アナンはただ、楽《たの》しんでいるだけ。だから、きっといいものができるんだ。

タイルをつかんだアナンは、また、カウンターのマドンナをいじりはじめた。まだまだこの作品《さくひん》は大《おお》きくなるみたい。マドンナは目《め》を細《ほそ》くして、やさしくアナンを見《み》まもった。

「それにしても、なぞだ」ナガレさんはいった。「このタイルは、いったいだれがはってくれたんだ？」

「まさか……」伊東《いとう》くんはぼくをちらりと見《み》た。「バケツとか」

「このバカネコが、そんなことできるわけないだろ」ナガレさんはわらった。「幽霊《ゆうれい》だったりして、ははは」

「幽霊《ゆうれい》にだって、そんなことできるわけありませんよ、ははは」

ガッチャーン――そのとき、戸《と》だなの上《うえ》からコーヒーカップがひとりでに落《お》ちた。伊東《いとう》くんとナガレさんは、ぎくりとしてふり返《かえ》った。その顔《かお》はかわいたモルタルみたいに固《かた》まっていた。

『しつれいね。ふたりとも、いいかげんに目《め》をさましなさいよ』

カップを落《お》としたのは、もちろん、おゆきちゃんだった。

12　マドンナの秘密《ひみつ》

風《かぜ》の冷《つめ》たい、寒《さむ》い日《ひ》だった。

でも、アナンは朝《あさ》からモザイク作《づく》り。休《やす》む日《ひ》なんか一日《いちにち》もないんだ。まるで息《いき》をするみたいに、ゴハンを食《た》べるみたいに、アナンはいつもモザイクを作《つく》っていた。

カウンターの上《うえ》のマドンナは、もうすっかりできあがっていた。全部《ぜんぶ》できあがるまで、なんと一年《いちねん》もかかったんだ。

くる日《ひ》もくる日《ひ》も、アナンとナガレさんは、ココロをひとつにしてモザイクを作《つく》った。まるで、この世《よ》にそれしかすることがないみたいに。長《なが》い髪《かみ》の毛《け》、白《しろ》いエプロン、そして、きらきらちらばっている涙《なみだ》。満月《まんげつ》の夜《よる》、マドンナが泣《な》いた数《かず》だけ、青《あお》い涙石《なみだいし》もふえていったんだ。

そして今《いま》、アナンが作《つく》っているのは、おゆきちゃんだ。ぼくは、窓《まど》ぎわでモデルをしている、すまし顔《がお》のおゆきちゃんにいった。

「おゆきちゃん、もうすぐできあがるよ」

でも、おゆきちゃんはぴくりとも動《うご》かない。まるでガラスの置《お》き物《もの》みたいにすわっている。なんたって、ぼくみたいにおなかがすいたり、トイレにいったりすることがないんだから。

きれい、おゆきちゃん、とってもきれいだ。

アナンの魔法《まほう》のような手《て》が、ゆっくりと動《うご》いて、もうひとりのおゆきちゃんが生《う》まれていく。ドキドキする。わくわくする。ぼくはフシギな気持《きも》ちで、アナンのモザイクを見《み》つめていた。

あれ、アナンの手《て》が止《と》まった。

アナンはナガレさんをさがして、ちょっとふりむいた。ナガレさんはべつの所《ところ》でモザイクを作《つく》っていたけど、アナンが見《み》ただけで、よばれもしないのに立《た》ちあがった。

「ふうむ」

ナガレさんは白《しろ》ネコのモザイクを見《み》ると、だまって水色《みずいろ》のタイルをカシン、カシンとくだいた。アナンはうなずいて、その水色《みずいろ》のタイルをならべはじめた。つうじてる。ふたりのココロはぴったりよりそっているんだ。

「おお」ナガレさんが窓《まど》の外《そと》に目《め》をやった。「今夜《こんや》は満月《まんげつ》だな」ほんとうだ。おゆきちゃんのむこうに、まん丸《まる》い月《つき》がかがやいている。おゆきちゃんはちょっとさびしそうな顔《かお》をした。

「おや、この大時計《おおどけい》、カギがかかってますよ」

伊東《いとう》くんがガタガタと時計《とけい》のガラスのフタをひっぱった。お店《みせ》のモザイクのことはアナンとナガレさんにまかせ、伊東《いとう》くんはつくえや戸《と》だなにタイルをはって、自分《じぶん》をなぐさめていた。

ナォ、古《ふる》い、すてきな大時計《おおどけい》。さびついたフリコが動《うご》いたら、どんな音《おと》がするのかな。

「店《みせ》にかざるのに、ちょうどいいじゃないか」ナガレさんがいった。

「でも、こわれてるかもしれません」

さびついたカギ穴《あな》に、伊東《いとう》くんはドライバーをつっこんだ。

と、時計《とけい》のフタは、まるでそれを待《ま》っていたように、素直《すなお》にカチンとあいたんだ。

「なんだ、簡単《かんたん》にあきましたよ。あれ……なにか入《はい》ってます」

伊東《いとう》くんは黄《き》ばんだ紙《かみ》をとり出《だ》した。

写真《しゃしん》だ。ぼくたちは古《ふる》い写真《しゃしん》をのぞきこんだ。カッコいい男《おとこ》の人《ひと》と、きれいな女《おんな》の人《ひと》がならんでうつっていた。

『マドンナだわ』おゆきちゃんがいった。『だっこされてるのは、あたしよ』

「へえ、幽霊《ゆうれい》って、ほんとに年《とし》をとらないんだね」ぼくはいった。

「この男《おとこ》の人《ひと》、ぼくのひいおじいちゃんです」伊東《いとう》くんはいった。

『幸吉《こうきち》さんていうのよ』おゆきちゃんがいった。『すごくかっこよかったわ。あたし、ファンだったもん』

「でも、この女《おんな》の人《ひと》は……」伊東《いとう》くんは首《くび》をひねった。「ぼくのひいおばあちゃんじゃないですよ」

「もしかして、マドンナってこの人《ひと》か？」ナガレさんがいった。「ひゃあ、こんなに美人《びじん》の幽霊《ゆうれい》なら、一度《いちど》会《あ》ってみたいなあ」

だから、目《め》の前《まえ》にいるじゃない。そういってるナガレさんの横《よこ》で、マドンナはじっと写真《しゃしん》を見《み》つめていた。なんだかせつない顔《かお》で。

「あれ、まだなにか……手紙《てがみ》が入《はい》ってますよ」

伊東《いとう》くんは黄色《きいろ》いふうとうをとり出《だ》した。虫《むし》の羽《はね》みたいにパサパサになって、今《いま》にもやぶれてしまいそうだ。

「なになに……」伊東《いとう》くんはそっと手紙《てがみ》をひらいた。「『愛《あい》シテマス』」

ブッ——ナガレさんがふき出《だ》した。

「なに、顔《かお》ににあわないこといってんだ」

「ぼくがいってるんじゃありませんよ。ここに書《か》いてあるんです。『デモ　リョウシンニ　結婚《けっこん》ヲ　ハンタイサレテイマス。モウ少《すこ》シ　マッテイテクダサイ。カナラズコンドノ満月《まんげつ》ノ夜《よる》ニ　ムカエニイキマス』……へえ、ロマンティックですねえ」

『知《し》らなかった』おゆきちゃんがいった。『マドンナ、幸吉《こうきち》さんと結婚《けっこん》の約束《やくそく》をしてたの？』

マドンナの白《しろ》い顔《かお》が、もっともっと白《しろ》くなって、青白《あおじろ》い月《つき》みたいにすきとおった。

「それで、このふたりはいったいどうなったんだ？」ナガレさんがいった。

「ひいおじいちゃんは、親《おや》の決《き》めた人《ひと》と結婚《けっこん》して」伊東《いとう》くんがいった。「それから戦《せん》争《そう》にいって、死《し》んだんです……あっ」

ふわり。写真《しゃしん》が風《かぜ》にとばされた。

それは、マドンナの手《て》の中《なか》に落《お》ちた。マドンナはぶるぶるふるえていた。

『マドンナ、もしかして、幸吉《こうきち》さんを待《ま》ってたの？』おゆきちゃんがいった。『今《いま》も、満月《まんげつ》の夜《よる》に待《ま》ってるの？』

マドンナはぎゅっと写真《しゃしん》を胸《むね》にだきしめた。

そのとたん、ぐらりと家《いえ》がゆれた。まるでみぶるいするように。

「わあっ、地震《じしん》だ」

ナガレさんはあわててアナンをひっつかむと、カウンターの下《した》にもぐりこんだ。タイルがバラバラと上《うえ》からふってくる。ならべてあったコーヒーカップが、ひとりでにびゅんびゅんとんだ。

ピシッ、ピシッ——明《あ》かりのついていた電球《でんきゅう》がつぎつぎとわれて、家《いえ》はたちまちまっ暗《くら》けになった。

「ど、どうなっちゃったの？」ぼくはさけんだ。

「こ、これは地震《じしん》じゃありませんよ」伊東《いとう》くんがテーブルの下《した》からさけんだ。「ポルターガイストですっ」

「ポルターガイスト？」ナガレさんがいった。

「もしかして、幽霊《ゆうれい》がおこってるんじゃありませんか？」

ぼくはコーヒーカップを頭《あたま》にかぶって、あわててマドンナをさがした。

うぁぁぁ……。

天井《てんじょう》の近《ちか》く、シャンデリアのそばで、マドンナははげしく泣《な》いていた。ふわふわとうきながら。その顔《かお》はまぶしいくらい光《ひか》っていた。

『マドンナ、しっかりして』おゆきちゃんがさけんだ。『もうわかったでしょ、幸吉《こうきち》さんは、死《し》んだのよ。いつまで待《ま》っていてもこないのよ。お願《ねが》いだから、そんなに悲《かな》しまないで』

バシッ──火花《ひばな》がちるような音《おと》がして、シャンデリアがわれた。ナガレさんと伊東《いとう》くんが、はっと上《うえ》を見《み》あげた。

「うわああっ、出《で》た」伊東《いとう》くんが腰《こし》をぬかした。

「信《しん》じられない」ナガレさんもさけんだ。「幽霊《ゆうれい》だ、すごい美人《びじん》だぞ」

おめでとう、ふたりとも。ついに、見《み》えるようになったんだね。

うぁぁぁ……。

でも、嵐《あらし》のような泣《な》き声《ごえ》は、止《と》まらない。ぼくのココロに、マドンナの悲《かな》しい声《こえ》がなだれこんできた。

死《し》んだの？　ほんとうにあの人《ひと》は、幸吉《こうきち》さんは、死《し》んだの？

満月《まんげつ》の夜《よる》に、むかえにきてくれるって約束《やくそく》したのに。待《ま》ってたのに。

あの人《ひと》は、もういないの……？

家《いえ》はゴウゴウゆれた。マドンナのココロのように。

「マドンナ」ぼくはさけんだ。「だけど、きみも死《し》んでるんだよ」

え、とマドンナはぼくを見《み》た。

きっと、マドンナはよく知《し》らなかったんだ。自分《じぶん》が幽霊《ゆうれい》になっていることを。まるで夢《ゆめ》の続《つづ》きみたいに、死《し》のむこうがわをさまよっていたんだ。

「ふたりとも死《し》んでるんだったら、もしかしたら幸吉《こうきち》さんに会《あ》えるんじゃない？」ぼくはいった。

『そういわれてみれば、そうだわ』おゆきちゃんがいった。

そのとたん、ぴたりと地震《じしん》がやんだ。マドンナは涙《なみだ》をためた目《め》で、幸吉《こうきち》さんの写真《しゃしん》を見《み》た。

あの人《ひと》に、会《あ》いたい……。

『でも、どこにいけばいいの、あたしたち？』おゆきちゃんが困《こま》ったようにいった。

ナオ、ぼくは死《し》んだことないから、わかんない。マドンナたちはきっと、あの世《よ》でもこの世《よ》でもない、ハンパなところにいるんだ。

うあぁ……。

あの人《ひと》に、会《あ》いたい。幸吉《こうきち》さんに、会《あ》いたいのに。

「あ、アナン。いっちゃいかん」ナガレさんがさけんだ。

そのとき、アナンがカウンターの下《した》からすべり出《で》て、とことこと歩《ある》き出《だ》した。ナガレさんはあわててつかまえようとしたけど、あらら、腰《こし》がぬけている。アナンはまるでお月《つき》さまを見《み》あげるように、マドンナの下《した》に立《た》った。

「おいで、おいで」

アナンはいっしょうけんめい背《せ》のびをして、小《ちい》さな手《て》をさしのべた。いつもみたいにマドンナの涙《なみだ》にむかって、その悲《かな》しみをつかまえようとするみたいに。

『アナン……？』

そのとき、おゆきちゃんのスミレ色《いろ》の目《め》がきらりと光《ひか》った。

『信《しん》じられないわ、そんな』

「お、おゆきちゃん？」ぼくはいった。「どうしたの？」

おゆきちゃんはぼくをふりむいた。さびしい、でもぼくをつつみこむような目《め》で。

『……さようならバケツさん、あたし、いかなくちゃ。あなたに会《あ》って幸《しあわ》せだった。だけどあたし、ずっとマドンナといっしょだって決《き》めたのよ』

「いくって、ど、どこに？」

『だって、窓《まど》があいてるから』

「なんだって？　なにが……？」

『バケツさん。ありがとう、また、いつか……さようなら』

ぼくのココロの中《なか》に、悲《かな》しい、最後《さいご》の言葉《ことば》がひびいた。

そして、おゆきちゃんはいきなり走《はし》り出《だ》した。しなやかに、まっすぐに、アナンにむかって。

待《ま》って、どうしてアナンのところへ？　いやだ、いかないで——。

「おゆきちゃんっ」ぼくはさけんだ。

そのとき、マドンナがおゆきちゃんを追《お》っかけて、すっとおりてきた。ふたりの姿《すがた》はきらきら光《ひか》り、とけるようにひとつになった。

そして、そのままアナンにかさなったんだ。

ぼくも、ナガレさんも、伊東《いとう》くんも、なにが起《お》こったかぜんぜんわからなかった。

ただ、アナンの胸《むね》のところで、なんか光《ひか》ったような気《き》がしたけれど。

「消《き》えた……」ナガレさんがあぜんとしていった。

満月《まんげつ》の青《あお》い光《ひかり》が、ふたりのいなくなった部屋《へや》を静《しず》かにてらしていた。

マドンナとおゆきちゃんは、それっきり消《き》えてしまった。アナンの足《あし》もとにひとつ、最後《さいご》の青《あお》い涙石《なみだいし》をのこして。

13　悪魔《あくま》のような男《おとこ》

コーヒーショップ〈リュウのあな〉明日《あす》、オープン！
美《うつく》しい幽霊《ゆうれい》が　あなたをお待《ま》ちしています。
フシギなモザイクの世界《せかい》で　香《かお》り高《たか》いコーヒーをどうぞ――。

「おおい、こんな感《かん》じでいいかな？」

はしごの上《うえ》で、ナガレさんがみんなをよんだ。店《みせ》の表《おもて》に、新《あたら》しい看板《かんばん》を作《つく》ったんだ。

〈リュウのあな〉――。

モザイクで作《つく》った文字《もじ》がきらきらと光《ひか》っている。これで、なにもかも全部《ぜんぶ》できあがり。

ナオ、感動《かんどう》。やっとここまできたね。

「長《なが》かったですねえ」伊東《いとう》くんがぽつりといった。「だけど明日《あした》、お客《きゃく》さんはきてくれるでしょうか？　あの幽霊《ゆうれい》のモザイクを見《み》たらなんていうでしょ？」

「あの上《うえ》でコーヒーを飲《の》むのは、勇気《ゆうき》がいるかもしれんな」ナガレさんはいった。

「ちょっと、ぞくりとするんだ」

「じつは」伊東《いとう》くんがいった。「ぼくもです」

ふたりはいけないことを話《はな》したみたいに、だまってしまった。

あれから、ナガレさんも、伊東《いとう》くんも、マドンナのことはひと言《こと》もいわない。まるでなにも見《み》なかったみたいに。きっと頭《あたま》のどっかがこんがらがっているんだ。

さすがのぼくも、わかんない。

窓《まど》ってなに？　ふたりはどこにいったの？

いくらきいても、モザイクのおゆきちゃんは答《こた》えてくれなかった。

ぼくはさびしくなると、おゆきちゃんのモザイクのそばでねむった。おゆきちゃんはひと晩中《ばんじゅう》、やさしい目《め》でぼくを見《み》つめてくれる。ぼくのココロにぽっかりあいた穴《あな》は、アナンのモザイクのおかげで少《すこ》しずつうまっていったんだ。

おゆきちゃん、もうきみはバケネコじゃない。きっと今《いま》、どこかで幸《しあわ》せになっているんだよね？

「ナガレさん、ほんとにありがとうございます」伊東《いとう》くんはいった。「この店《みせ》がオープンできるなんて、夢《ゆめ》のようです。アナンもありがとう……あれ？」

伊東《いとう》くんはきょろきょろあたりを見回《みまわ》した。

「そういえば、アナン、どこにいったんでしょ？」

「おかしいな、さっきまでここにいたのに」ナガレさんはうえこみをかきわけた。

「……アッ」

やってる。アナンがしゃがみこんで、店《みせ》の前《まえ》にまたタイルをならべてたんだ。

「なんて子《こ》なんでしょう、アナンは」伊東《いとう》くんはいった。「もうつぎの作品《さくひん》ですよ」

「じゃあ、こんどは店《みせ》の前《まえ》にもモザイクをはるか」ナガレさんがうきうきした声《こえ》でいった。

そのときだ。道《みち》のむこうから黒《くろ》い車《くるま》がやってきて、ぼくたちのすぐそばに止《と》まった。キキキーッ――。

「あぶないっ」

ナガレさんはアナンをさっとだきかかえ、らんぼうな車《くるま》をにらんだ。黒《くろ》いドアがあいて、黒《くろ》っぽいスーツをきた男《おとこ》がおりてきた。

なんだか、ぎすぎすした虫《むし》みたいな男《おとこ》。男《おとこ》はいやな目《め》で〈リュウのあな〉を見回《みまわ》した。

「やれやれ、幽霊屋敷《ゆうれいやしき》をコーヒーショップにするとは、だいたんだな」

「あ、金《かね》かし屋《や》」

伊東《いとう》くんの顔《かお》が、みるみるまに青《あお》くなった。

「ひひひ、伊東《いとう》さん」金《かね》かし屋《や》はわらった。「明日《あした》がなんの日《ひ》か、わかってるだろうな」

「明日《あした》は……」伊東《いとう》くんはいった。「こ、この店《みせ》がオープンする日《ひ》」

「ちがうっ」

金《かね》かし屋《や》は首《くび》を横《よこ》にふって、一枚《いちまい》の紙《かみ》を出《だ》した。

「明日《あした》は、うちからかりた金《かね》を、全部《ぜんぶ》かえす日《ひ》だ。ひひひ」

「なんですって」伊東《いとう》くんはさけんだ。

「おやおや、とぼけてもらっちゃこまるな。もし、明日中《あしたじゅう》に金《かね》が返《かえ》せなきゃ、この店《みせ》はうちのもんになる約束《やくそく》だ」

「そ、そんな」ナガレさんはとびあがった。「ほんとなのか、伊東《いとう》くん」

「ごめんなさい」伊東《いとう》くんは頭《あたま》をかかえ、地面《じめん》にすわりこんだ。「工事《こうじ》が長《なが》くなったから、お金《かね》がぜんぜん足《た》らなくなったんです」

「いくらなんだ、かりたのは？」

「金《きん》のコイン、四百枚《よんひゃくまい》。ひひひひひ」金《かね》かし屋《や》がいった。ナォ。そんなお金《かね》、うちにあるわけがない。ナガレさんもまっ青《さお》になった。

「どうして、今《いま》までいわなかったんだ」

「アナンには話《はな》しました」伊東《いとう》くんはしょぼんとしていった。

「アナンに……？」

ナガレさんはおどろいて、アナンを見《み》た。アナンはじっとみんなの顔《かお》を見《み》ていた。

「ええ、アナンはなんでもきいてくれますから」伊東《いとう》くんはいった。「でも、ぼくが話《はな》したのは、なやみばっかじゃありません。どんなに長《なが》くかかっても好《す》きなものを作《つく》ってほしいって、アナンにたのんだんです」

うむ、りっぱりっぱ。でも、そのおかげで、ぼくたちは住《す》む家《いえ》がなくなりそうなんだけど。

「ひひひひ」金《かね》かし屋《や》は店《みせ》に入《はい》ろうとした。「もうこれは、うちのもんだな」

「おい、ここからは、一歩《いっぽ》も中《なか》にはいるな」ナガレさんがこわい顔《かお》でドアの前《まえ》に立《た》ちふさがった。「ここは、おれたちの大切《たいせつ》な店《みせ》だ。おまえなんかに――」

「おやぁ？　おまえ、どっかで見《み》たことがあるぞ」

そのとき、金《かね》かし屋《や》がへんなことをいい出《だ》した。ヘビみたいな目《め》で、じろじろとナガレさんの顔《かお》を見《み》ている。

ナォ、すっかりわすれてた。ナガレさんはおたずね者《もの》だったんだ。

「ひ、人《ひと》ちがいだよ」ナガレさんはあわててひっこんだ。

「どこだったかなあ」

金《かね》かし屋《や》は首《くび》をひねりながら店《みせ》に入《はい》っていくと、ぎょっとしたように立《た》ちすくんだ。

「なんだ、こりゃあ」

でむかえたのは、壁一面《かべいちめん》のモザイクだ。金《かね》かし屋《や》はぽかんと口《くち》をあけて、店《みせ》を見回《みまわ》した。

何千《なんぜん》、いや何万《なんまん》もの小《ちい》さなタイルでできた、みんなの汗《あせ》と涙《なみだ》の結晶《けっしょう》。これを見《み》たら、どんな人間《にんげん》だってきっと考《かんが》えがかわるだろう。

「どうです、すばらしいでしょう」伊東《いとう》くんはいった。「明日《あした》から、きっとこの店《みせ》にはお客《きゃく》さんがいっぱいきます。かりたお金《かね》は、ぜったいに返《かえ》しますから」

「なにねぼけたことをいってるんだ。ふん、こんなもの」

「なんですって」

「こんなくだらないものは、さっさとぶっこわして、ここにビルでもたてるさ。ひひひひ」

金《かね》かし屋《や》はそういって、おゆきちゃんのモザイクにさわろうとした。

そのとたん、ぼくの毛《け》がぞぞっとさかだった。

いやだっ、そんな手《て》でおゆきちゃんにさわるな。

「あ、バケツ」ナガレさんがさけんだ。

なんか考《かんが》えるひまなんか、なかったんだ。ぼくは夢中《むちゅう》で男《おとこ》の手《て》にかみついていた。

「イテエッ」金《かね》かし屋《や》はわめいた。「なにするんだっ、この――」

ぼくは思《おも》いきり壁《かべ》にたたきつけられ、ハエのようにぼとりと床《ゆか》に落《お》ちた。アナンの悲鳴《ひめい》が遠《とお》くにきこえた。目《め》の前《まえ》を星《ほし》がチカチカ回《まわ》っている。

「わかったか、おれにさからうやつは、手《て》かげんしないからな」金《かね》かし屋《や》はこわい声《こえ》でいった。「明日《あした》、またくるぞ。かくごしとけよ、ひひひひ」

黒《くろ》い車《くるま》は悪魔《あくま》のような男《おとこ》をのせて、らんぼうに走《はし》り去《さ》っていった。

しびれて動《うご》けないぼくの鼻《はな》に、なにか、あたたかいものがぽたぽたと落《お》ちてきた。

それは、アナンの涙《なみだ》だった。

ねえ、アナン。泣《な》かないで。ぼくのために泣《な》かないで。

だいじょうぶ、ネコは体《からだ》がやわらかいから、このくらいじゃ死《し》なないよ。

その夜《よ》、ぼくは何度《なんど》もへんな夢《ゆめ》を見《み》た。おゆきちゃんが泣《な》きながらぼくの体《からだ》をなめてくれる夢《ゆめ》。おまわりさんが百人《ひゃくにん》も追《お》っかけてくる夢《ゆめ》。金《かね》かし屋《や》がハンマーでモザイクをこわして、へらへらわらっている夢《ゆめ》。

ここをおい出《だ》されたら、ぼくたちはどうなるんだろう？　また、イエナシビトになるしかないの？

いやだ、アナンにあんなみじめなくらしは、もうぜったいにさせたくないよ。ああ、どうしよう——。

「みんな、早《はや》く起《お》きて。外《そと》を見《み》てください」

寝不足《ねぶそく》のぼくを起《お》こしたのは、伊東《いとう》くんのさけび声《ごえ》だった。

ナォ、いったい、なにごと？

ぶるん、と首《くび》をふって起《お》きあがってみると、ぼくの体《からだ》はもう、すっかりなおっていた。もしかしたらおゆきちゃんのおかげかもしれない。ぼくはジャンプして、窓《まど》わくにとびのった。

ナォ、なにこれ。ウソでしょ？

「ぎょ、行列《ぎょうれつ》だあ」ナガレさんがさけんだ。

おどろいた。〈リュウのあな〉の前《まえ》に、ずらっと長《なが》い行列《ぎょうれつ》ができていたんだ。ほとんどは町《まち》の子《こ》どもたちだった。子《こ》どもたちは大人《おとな》とちがって、おもしろいものをかぎつける能力《のうりょく》があるんだ。

「すてきなお店《みせ》、まるでほんとの幽霊屋敷《ゆうれいやしき》みたい」

「早《はや》く、幽霊《ゆうれい》が見《み》たいよお」

「早《はや》くあけて」

そんな子《こ》どもたちの興奮《こうふん》にさそわれて、大人《おとな》たちもなにごとかとやってきた。〈リュウのあな〉のまわりはもうお祭《まつ》りさわぎだ。それをもりたてるみたいに、空《そら》で金色《きんいろ》のフラッシュが光《ひか》った。

「あ、イナズマ」アナンが空《そら》をゆびさした。

ナォ、まっ黒《くろ》な雲《くも》がむくむくわいて、幽霊《ゆうれい》が出《で》そうないいムード。きっとマドンナたちも空《そら》から応援《おうえん》してくれているんだ。

「た、たいへんだ」ナガレさんはあわてた。「早《はや》めにオープンしよう」

「そうですね、とにかくアナンの芸術《げいじゅつ》をみんなに見《み》てもらわなくちゃ」伊東《いとう》くんはこぶしをにぎりしめた。「たとえ、今日《きょう》が最後《さいご》になってもね」

それから、ぼくたちは目《め》が回《まわ》りそうだった。大《おお》いそぎでお店《みせ》の用意《ようい》をして、伊東《いとう》くんがドアをあけたころには、待《ま》ちくたびれたお客《きゃく》さんの上《うえ》に、ポツポツと雨《あめ》がふりはじめていた。

「さあ、みなさん。ようこそ、〈リュウのあな〉へ――ウワッ」

「早《はや》く、早《はや》く幽霊《ゆうれい》が見《み》たいよう」

ドドドド……子《こ》どもたちは伊東《いとう》くんをふみつけて、恐竜《きょうりゅう》のむれみたいに店《みせ》の中《なか》になだれこんできた。そして、マドンナのモザイクを見《み》つけると、足《あし》をすくませて立《た》ち止《ど》まった。

「ゆ、幽霊《ゆうれい》だあ」

ほんとうのことをいうと、ぼくはちょっとだけ心配《しんぱい》だったんだ。本物《ほんもの》じゃなくて、モザイクの幽霊《ゆうれい》を見《み》たら、この子《こ》たちがなんていうかって。ぼくたちがアナンのモザイクをすごいと思《おも》っても、町《まち》の人《ひと》たちはわかってくれるかな？

子《こ》どもたちの声《こえ》がやんだ。大人《おとな》たちもみんな、目《め》をいっぱいに見《み》ひらいてモザイクを見《み》つめている。

モザイクのマドンナが、そしておゆきちゃんが、みんなを見《み》つめ返《かえ》していた。たくさんのため息《いき》がひとつになって、春風《はるかぜ》のように、店《みせ》の中《なか》をかけめぐった。みんなはだまったまま、じっと幽霊《ゆうれい》をとりかこんでいた。大人《おとな》も、子《こ》どもも、どうしてため息《いき》をついているか、自分《じぶん》でもよくわからないみたいだった。

「……これ、ただのタイルだよね？」男《おとこ》の子《こ》がいった。「でも、生《い》きてるみたい」

男《おとこ》の子《こ》はタイルのマドンナにさわり、はっと手《て》をひっこめた。

「どうしたの？」ほかの子《こ》どもたちがたずねた。

男《おとこ》の子《こ》は、まるで寒《さむ》い日《ひ》に雪《ゆき》にさわったような顔《かお》をしていたんだ。まねをしてマドンナにさわった女《おんな》の子《こ》が、キャアッ、と悲鳴《ひめい》をあげた。

「ゆ、幽霊《ゆうれい》よ。本物《ほんもの》の幽霊《ゆうれい》が、この中《なか》に入《はい》ってる」

たちまち大《おお》さわぎになった。子《こ》どもたちは手《て》に手《て》をのばし、幽霊《ゆうれい》をさわっては、ギャアギャアわめいた。

「幽霊《ゆうれい》だ、バケネコタイルだ」

「ええ、この幽霊《ゆうれい》は、ほんとに生《い》きてるんですよ」伊東《いとう》くんはまじめな顔《かお》でいった。

「真夜中《まよなか》になると、ここからすーっとぬけ出《だ》して、あのシャンデリアのまわりをふわふわと――」

ゴロゴロッ――そのとたん空《そら》が光《ひか》り、雷《かみなり》がとどろいた。子《こ》どもたちはもう悲鳴《ひめい》をあげまくって大《おお》よろこびだ。

ナオ。心配《しんぱい》なんかして、そんしちゃった。

アナンの作《つく》ったものって、どんな人《ひと》のココロもひきつけるんだ。作《つく》ったものなのにほんとうに生《い》きているんだから。

「すばらしい。いったいだれが、こんなすごい幽霊《ゆうれい》を作《つく》ったんです？」

そのとき、お客《きゃく》さんのひとりが、伊東《いとう》くんにたずねた。

みんなが伊東《いとう》くんに注目《ちゅうもく》した。もし、ここでアナンが作《つく》ったとわかったら、どうなるだろう？　アナンは店《みせ》のすみっこにすわって、だまってみんなの顔《かお》を見《み》あげていた。

「それは」伊東《いとう》くんはあっさりといった。「秘密《ひみつ》です」

「ど、どうして？」お客《きゃく》さんはがっかりした。

「えへん、芸術家《げいじゅつか》はデリケートなものです。できるだけそっとしといてあげなきゃなりません」

伊東《いとう》くんがあまりどうどうというものだから、お客《きゃく》さんたちもついついうなずいてしまった。でも、ほんとうは伊東《いとう》くんだって、みんなにいいたくってしょうがないんだ。

この小《ちい》さなアナンがモザイクを作《つく》ったんですよ。アナンの手《て》は、魔法《まほう》の手《て》なんです。アナンのココロはぴっかぴかだから、そこにうつったものを、みんなきれいにしてしまうんです――。

「まあ、あなた、もしかして……？」

そのとき、髪《かみ》の毛《け》の白《しろ》いおばあさんがやってきて、アナンに目《め》をとめた。

「やっぱりそうだわ。あのときの赤《あか》ちゃんね。まあまあ、こんなに大《おお》きくなって」

ナオ、いつか森《もり》のバス停《てい》であった、へんなおばあさんだ。その後《あと》から白《しろ》い犬《いぬ》のリュウノスケが入《はい》ってきた。

「よお、バケツ。また会《あ》ったな」

「やあ、きてくれてありがとう」ぼくはかけよった。

「ふん。それにしても、すごい幽霊《ゆうれい》じゃないか」

「まあね。あのとき、石《いし》が幸《しあわ》せを運《はこ》んでくる、ってきみのご主人《しゅじん》がいってたけど、ほんとにそのとおりになったんだよ」

リュウノスケを見《み》つけると、アナンも目《め》をかがやかせて近《ちか》づいてきた。リュウノスケはうれしそうにアナンのほっぺをなめた。

「ねえねえ、リュウノスケにだけは、秘密《ひみつ》を教《おし》えてあげようか」ぼくはいった。

「ふん、どうせ、たいしたことじゃないんだろ」リュウノスケはそういったけど、耳《みみ》はぼくのほうをむいていた。

「そんなことないさ、きいておどろくなよ。このモザイクはね、ほんとは、このアナンが作《つく》ったんだよ」

リュウノスケはじろっとアナンを見《み》た。どこからどう見《み》たって、まだ小《ちい》さな子《こ》どもだ。

「ふん、ウソなんかついたって、ダメだぜ。おれのご主人《しゅじん》さまは、なんだってお見《み》とおしだからな」

「まあ、ほんとにすばらしいモザイクね」

そこへ、おばあさんがにこにこしながらやってきて、アナンの頭《あたま》をなでた。

「これを作《つく》ったのは、あなたのお父《とう》さん？　……あら？」

おばあさんの顔《かお》から、ふっとわらいが消《き》えた。シワだらけの目《め》が、まぶしいものを見《み》るみたいに細《ほそ》くなった。

「……まさか、あなたなの？　信《しん》じられないわ」

えっ、なんでわかっちゃったの？　リュウノスケもぽかんと口《くち》をあけて、もう一度《いちど》アナンを見《み》た。

「ああ……あなたは、石《いし》とココロがつうじるのよ」おばあさんはアナンの手《て》をにぎった。「あの幽霊《ゆうれい》には、イノチがこもってる。この小《ちい》さな手《て》はなんという力《ちから》を天《てん》からいただいたのかしら。でも、天才《てんさい》っていうのは、特別《とくべつ》な人《ひと》じゃないのよ」

「どういうことだ？」リュウノスケがいった。

「だれだって天《てん》からさずかった力《ちから》を持《も》ってるの。でも、残念《ざんねん》なことに、大人《おとな》になるまでにだいぶなくしちゃうのね。どうか、あなたはその力《ちから》をだいじにしてね」

ぼく、このおばあさんが大好《だいす》きになった。

よおし、ぼくはアナンの力《ちから》をまもってやるぞ。いつまでも、大人《おとな》になっても。

「ひひひひ、金《かね》は用意《ようい》できたか？」

そのとき、悪魔《あくま》のような声《こえ》が店《みせ》にひびいた。まるで北風《きたかぜ》がふきこんできたみたいに、ぼくの体中《からだじゅう》の毛《け》がぞくっとさかだった。

金《かね》かし屋《や》が店《みせ》に入《はい》ってくると、はしゃいでた子《こ》どもたちの声《こえ》がやんだ。キッチンからナガレさんがとび出《だ》してきて、アナンをだいて戸《と》だなのかげにかくれた。

「さあ、約束《やくそく》だ」金《かね》かし屋《や》はタバコに火《ひ》をつけた。「ここから出《で》ていってもらおうか」

「そんな。せめて、店《みせ》がおわるまで待《ま》ってください」伊東《いとう》くんがいった。

「へっ、待《ま》ってれば、金《かね》がどっかからふってくるのかい？」

ざわざわとお客《きゃく》さんたちがさわぎはじめた。伊東《いとう》くんはもう、半分死《はんぶんし》んだような顔《かお》をしている。

くやしいけど、お金《かね》だけはどうしようもない。もうこれでおしまいだ。ぼくたちの夢《ゆめ》の店《みせ》も、アナンのモザイクも。ぼくはもう、だいじなアナンの力《ちから》をまもってあげられないの？

「けっ、なんだこんなもん」

金《かね》かし屋《や》はカウンターにこしかけ、モザイクのマドンナの顔《かお》にぎゅっとタバコをおしつけた。

ゴロゴロッ、ピシャーンッ——そのとたん、ものすごい音《おと》がして店《みせ》がぐらりとゆれた。男《おとこ》はカウンターからころげ落《お》ちた。

うわ、すごい雷《かみなり》。だけど、落《お》ちたのは、空《そら》からの雷《かみなり》だけじゃなかったんだ。

「やめなさいっ」

りん、とした声《こえ》が店《みせ》にひびいた。

おどろいたね、ぼくは。あのおばあさんが、いかりにもえる目《め》で金《かね》かし屋《や》をにらみつけていたんだ。

「なんだ、この、きたねえババアは」男《おとこ》はきすてるようにいった。「ひっこんでろ」

ところが、おばあさんはひっこむどころか、ずんずんと男《おとこ》にむかっていった。ぼ

く、こんなこわいもの知《し》らずの人《ひと》、見《み》たことがない。おばあさんは金《かね》かし屋《や》の耳《みみ》をつまみ、ぐいっとひっぱったんだ

「アタタッ。なにするんだ」男《おとこ》はわめいた。「このクソババアッ」

「リュ、リュウノスケ、早《はや》く、おばあさんをやめさせて」ぼくは心臓《しんぞう》が爆発《ばくはつ》しそうになった。「この男《おとこ》、ほんとにひどいことするんだよ」

「ふん、だいじょうぶさ」リュウノスケはいった。「なにかあったら、ご主人《しゅじん》さまはこのおれがまもるから。それに、うちのご主人《しゅじん》さまは強《つよ》いんだ」

え？　どう見《み》たって、おばあさんはケンカが強《つよ》そうには見《み》えないよ。

そのとき、おばあさんがひっぱった男《おとこ》の耳《みみ》にむかって、こしょこしょ、となにかをささやいた。高性能《こうせいのう》のぼくの耳《みみ》は、『ノエル』というひとことをキャッチした。

「なんだと」金《かね》かし屋《や》はおどろいて目《め》をむいた。

へんだ。急《きゅう》に男《おとこ》がおとなしくなった。まるで魔法《まほう》がかかったみたいに。

「わかったなら、今《いま》からあなたの会社《かいしゃ》にいきましょうか」おばあさんは低《ひく》い、魔女《まじょ》みたいな声《こえ》でいった。

「あ、ああ」

金《かね》かし屋《や》は汗《あせ》をふき、伊東《いとう》くんとナガレさんをくやしそうにふり返《かえ》った。

「チクショウ、おぼえてやがれ。このし返《かえ》しはきっといつかしてやるからな」

ウォンウォン――そのとたん、リュウノスケが金《かね》かし屋《や》にとびかかった。男《おとこ》をがっちり下《した》じきにして、びくともしない。

ナォ、リュウノスケ、かっこいい。

「うわあ、助《たす》けてくれっ」金《かね》かし屋《や》はわめいた。「この犬《いぬ》をどけてくれ」

「約束《やくそく》しなさい」おばあさんは男《おとこ》を見《み》おろしていった。「二度《にど》と、このお店《みせ》には近《ちか》づかないこと。もしまもらなかったら――」

「わ、わかりました、わかりましたよぉ」

金《かね》かし屋《や》はヒツジのようにおとなしくなって、おばあさんのあとにしたがい、こそこそと店《みせ》から出《で》ていった。

「ふん、またな」リュウノスケはちらっとぼくを見《み》た。「もう心配《しんぱい》はいらないぜ」

「ま、待《ま》って。これ、どういうことなの？」

なにがなんだかさっぱりわかんないまま、黒《くろ》い車《くるま》はおばあさんとリュウノスケをのせて、町《まち》のほうへ走《はし》り去《さ》っていった。

「た、助《たす》かった……」

ナガレさんはアナンをだきしめて、へなへなと床《ゆか》にすわりこんだ。

〈リュウのあな〉にまた子《こ》どもたちの明《あか》るい声《こえ》がひびきはじめた。

これからきっと、ここにはいろんな人《ひと》が集《あつ》まるだろう。いろんな人《ひと》がモザイクを見《み》て、ほっとしたココロで帰《かえ》っていくだろう。きっと、いつまでも。

「信《しん》じられません。ガケから落《お》っこちそうになって、もうダメだと思《おも》ったら、ガケがなくなったみたいだ」

伊東《いとう》くんは夢《ゆめ》でも見《み》たような顔《かお》で、ぼうっとつっ立《た》っていた。

「それにしても、あのおばあさん、いったい何者《なにもの》なんでしょう……？」

14　ノエルの秘密《ひみつ》

次《つぎ》の日《ひ》から、お客《きゃく》さんはぞくぞくとやってきた。〈リュウのあな〉は大《だい》はんじょう、中《なか》にはモザイクのウワサをきいて、『海《うみ》の町《まち》』からわざわざやってきた、なんていう人《ひと》までいたんだ。

ナガレさんたちは毎日《まいにち》、はたらきまくった。ネコの手《て》もかりたいって、このことだ。

もちろん、ぼくの手《て》だってかしたよ。

夜《よる》になって、お客《きゃく》さんが帰《かえ》ったあと、ドアにプレートをかけるのはぼくの仕事《しごと》だ。

〈おやすみなさい。リュウのあなは、明日《あす》また、あなたをお待《ま》ちしています
――〉

ああ、このときのいい気分《きぶん》といったら。なんだか安《やす》らぎのタネをまきおわったみたい。そして、最後《さいご》の明《あ》かりが消《き》えると、ぼくはおゆきちゃんのモザイクの上《うえ》で幸《しあわ》せなねむりにつくんだ。

ありがとう、今日《きょう》もお客《きゃく》さんがきてくれて。ありがとう、アナンのモザイクを見《み》てくれて。ありがとう、ぼくたちがイエナシビトにならないですんで。ありがとう、なんでもかんでも――。

朝《あさ》になると、ぼくはいそいそとまたプレートをはずす。そして、新《あたら》しい一日《いちにち》がはじまるってわけだ。

ナオ、ごきげん。

その朝《あさ》は、特別《とくべつ》な朝《あさ》だった。いつもとちがうプレートをくわえて外《そと》に出《で》たぼくは、ブルブルッとシッポの先《さき》までふるわせた。

寒《さむ》い、今《いま》にも雪《ゆき》がふりそうなくらい。だけど、ココロはルンルンだ。町《まち》のほうからは、楽《たの》しそうなクリスマス・ソングがきこえてきた。

ナォ、今日《きょう》はクリスマス・イヴだ。ってことは、つまり――。

ぼくは店《みせ》の前《まえ》にかざった大《おお》きなクリスマス・ツリーに、そのプレートをかけた。

〈**本日《ほんじつ》はパーティのため、かしきり**〉

「あ、きましたよ」伊東《いとう》くんがウサギのようにとび出《だ》してきた。「お待《ま》ちしてました」

その後《うし》ろから、アナンがころがるように走《はし》り出《で》てきた。白《しろ》い車《くるま》がとまって、本日《ほんじつ》のスペシャルゲスト、おばあさんとリュウノスケがおりてきた。

ぼくはリュウノスケを見《み》たとたん、ブブッとふき出《だ》した。だって、背中《せなか》にまっ赤《か》なリボンでプレゼントをくくりつけているんだ。

「かわいいよ、リュウノスケ」ぼくはくすくすわらった。

「ふん、中《なか》を見《み》ておどろくなよ」リュウノスケはいった。

「くんくん、チョコレートケーキだ」

「それだけじゃないさ」

きれいにお化粧《けしょう》してドレスをきたおばあさんが、花《はな》たばをアナンにさし出《だ》した。

「おたんじょう日《び》おめでとう、アナン」

そう、今日《きょう》はアナンのたんじょう日《び》。アナンが四歳《よんさい》になったなんて、信《しん》じられる？

ぼく、すごく幸《しあわ》せな気分《きぶん》だけど、これってだれにありがとうっていえばいいんだろう？

「アナン。プレゼントをあけてみて。きっと気《き》にいると思《おも》うわよ」

おばあさんはリボンをほどき、小《ちい》さな木《き》の箱《はこ》をアナンにわたした。

わあ、おとぎ話《ばなし》に出《で》てきそうな、すてきな箱《はこ》。もしかしたらこれ、宝箱《たからばこ》？　アナンはそっと箱《はこ》のフタをあけた。

「わあ、きれい」アナンがさけんだ。「すごいよ、すごいよっ」

それは、アナンにとって、まさにお宝《たから》だった。美《うつく》しく光《ひか》る、色《いろ》とりどりの小《ちい》さな石《いし》。ううん、石《いし》っていうよりは宝石《ほうせき》みたい。

「これ、なんていうもの？」アナンがいった。

「『ドリームストーン』っていうのよ」おばあさんがいった。

「『夢《ゆめ》の島《しま》』でしかとれない、めずらしい石《いし》ですよね」伊東《いとう》くんがいった。「ぼく、はじめて見《み》ました」

「ええ、ほんのちょっぴりしか見《み》つからないの」おばあさんはいった。「この石《いし》はね、伝説《でんせつ》の竜《りゅう》がはき出《だ》した、っていわれているのよ」

「竜《りゅう》が？」アナンは目《め》を丸《まる》くした。

「これだけしかプレゼントできないのが、ほんとに残念《ざんねん》」

きらきら、きらきら、箱《はこ》の中《なか》にはアナンの未来《みらい》が光《ひか》っている。ここからまた新《あたら》しいアナンのモザイクが生《う》まれるんだ。

「おや？」ナガレさんはそっと青《あお》い石《いし》をつまんだ。「なんだか、どっかで見《み》たことあるような……」

ナガレさんはふと思《おも》いついたように、二階《にかい》から古《ふる》いカバンを持《も》ってきた。

ナォ、なつかしい、ボロボロのカバン。もしかして、『夢《ゆめ》の都《みやこ》』から持《も》ってきたカバン？

「じつはな」ナガレさんがいった。「赤《あか》ちゃんのとき、アナンは青《あお》い石《いし》をはき出《だ》したことがあるんだ」

「まあ、アナンが？」おばあさんはおどろいた。

「たしか、ここに入《い》れといたはずなんだが……」

ナガレさんはさびついたチャックを、ぐいっとあけた。

わ、しまった。ぼく、すっかりわすれてた。やめて、ナガレさん――。

「うわあ、なんだこのゴミは」

カバンの中《なか》から、びっくり箱《ばこ》みたいに、ぐちゃぐちゃの紙《かみ》がとび出《だ》してきた。

そう、モモンガさんにもらったお宝《たから》の地図《ちず》。ひっこしのときつめこんで、そのまんますっかりわすれてたんだ。どうせニセモノに決《き》まってるけどね。

「あら、これは?」

おばあさんがおどろいて、紙《かみ》をひろいあげた。

「まあ……これはドリーム文字《もじ》じゃないの」

「ドリーム文字《もじ》?」ナガレさんはいった。

「むかしむかし、お宝《たから》をかくすのに使《つか》われていた特別《とくべつ》な字《じ》よ。これを読《よ》めるのは、ノエルの一族《いちぞく》の中《なか》でも、ほんの少《すこ》しの人《ひと》だけ」

え……?ノエルの一族《いちぞく》?カエルの一族《いちぞく》じゃなかったの?ああ、モモンガさんのおバカ。

「な、なんでそんなものが、おれのバッグの中《なか》に?」ナガレさんは首《くび》をひねった。

「いつのまにわいて出《で》たんだ?」

「やっぱりまちがいない、これ、お宝《たから》のことがかいてあるわ」おばあさんは紙《かみ》に目《め》を近《ちか》づけた。「ええと、『かくされし……竜《りゅう》の宝《たから》の秘密《ひみつ》』――」

「ええっ、おばあさん、これ、読《よ》めるんですか?」伊東《いとう》くんがさけんだ。

「フン、あたりまえだ」リュウノスケはいった。「うちのご主人《しゅじん》さまは、ドリーム文《も》字《じ》の専門家《せんもんか》だ」

「うちに帰《かえ》ると、ドリーム文字《もじ》の本《ほん》があるの。この地図《ちず》、さっそく読《よ》んでみましょう」

ウソ、やったあ、本物《ほんもの》だったんだ。モモンガさんって、なんていいお方《かた》。もしお宝《たから》のありかがわかったら、みんなに恩返《おんがえ》しができるじゃないか。

ナォ、こんなにごきげんなおたんじょう日《び》は、はじめてだよ。

「なあ、きみのご主人《しゅじん》さまって、何者《なにもの》だ？」ぼくはいった。「ノエルって、いったいなんなの？」

「さあな、フン」

リュウノスケはアナンのほっぺをなめた。でも、その鼻《はな》がむずむず動《うご》いている。ほんとうはいいたくってしょうがないんだ。

「なあ教《おし》えてくれよ。ぼくだって、アナンの秘密《ひみつ》を教《おし》えてあげたじゃないか」

「フン、しかたないな」リュウノスケはいった。「『森《もり》の町《まち》』には、森《もり》がいっぱいあるだろ」

「あたりまえじゃないか。でも、今《いま》は森《もり》の話《はなし》をしてるんじゃないよ」

「まあきけって。うちのご主人《しゅじん》さまは、この森《もり》を全部《ぜんぶ》、まもってるんだよ」

「しぇーっ。こんなでっかいもの、どうやってまもるわけ？」

「ノエルの一族《いちぞく》には、フシギな力《ちから》があるんだ。未来《みらい》をあてるだけじゃなくて、自然《しぜん》を動《うご》かす力《ちから》とか。それだけじゃない、こわい力《ちから》も」

「こわい力《ちから》？」

「それは、まもるときにだけ使《つか》うんだそうだ。きっとあのときも使《つか》ったと思《おも》う」

「あのときって……あっ」

ぼくは悪魔《あくま》のような金《かね》かし屋《や》のことを思《おも》い出《だ》した。なるほど、あの男《おとこ》がおばあさんをこわがったのは、そういうわけだったのか。

「でも、ご主人《しゅじん》さまがほんとうはなんの仕事《しごと》をしてて、どのくらい力《ちから》を持《も》ってるのか、そいつはおれもわからない。フン」

はあ、人間《にんげん》の世界《せかい》って、ほんとうにフクザツ。でも、このおばあさんが使《つか》うなら、どんな力《ちから》だっていい使《つか》い方《かた》ができるかもしれない。

「あのときは、ほんとうにありがとうございます」

伊東《いとう》くんはおばあさんにお礼《れい》をいった。ナガレさんもだまって頭《あたま》をさげた。

「わたしのほうこそ、お礼《れい》をいわなきゃいけないわ」おばあさんはほほえんだ。「まず、このお店《みせ》の、世界一《せかいいち》おいしいコーヒーに。それから、アナンに」

アナンはおばあさんをじっと見《み》た。あの、星《ほし》のような黒《くろ》い目《め》で。

ナオ、アナンは今《いま》、おばあさんのココロを感《かん》じている。でも、アナンがおばあさんからうけとってるのは、悲《かな》しみじゃない。それは、大《おお》きな大《おお》きなよろこびだった。

「こんなにすばらしいものを、わたしに見《み》せてくれて、ありがとう……この世《よ》に作《つく》ってくれて、ありがとう」

ナオ。アナン。ぼくもありがとう。

「おやぁ」ナガレさんが窓《まど》の外《そと》に目《め》をやった。「雪《ゆき》だ」

いつのまにか、ダイヤモンドのような雪《ゆき》がきらきら光《ひか》りながらふっていた。アナンは声《こえ》をあげ、窓《まど》ガラスに鼻《はな》をくっつけた。

「きれい……」

それを見《み》たナガレさんの目《め》が、ふっと思《おも》い出《で》を見《み》つめた。

ナオ、ぼくにも見《み》えるよ。あの四年前《よねんまえ》の、『夢《ゆめ》の都《みやこ》』の雪《ゆき》の日《ひ》が。生《う》まれたばかりで、ブルブルふるえていた、小《ちい》さなアナンが。

でも、今日《きょう》の雪《ゆき》は幸《しあわ》せだね、ナガレさん。

どんなに楽《たの》しい一日《いちにち》だって、いつかはおわってしまう。

おわらないのは、思《おも》い出《で》だけだ。夢《ゆめ》の中《なか》で何度《なんど》だって、ぼくは思《おも》い出《で》をとり出《だ》して、あじわえる。いい思《おも》い出《で》はぼくのココロのお宝《たから》なんだ。

雪《ゆき》の中《なか》をおばあさんとリュウノスケが帰《かえ》ってしまうと、アナンはさっそく木《き》の箱《はこ》をとり出《だ》した。

ドリームストーンだ。アナンはいそいそと、テーブルの上《うえ》に美《うつく》しい石《いし》をならべはじめた。うきうき色《いろ》、静《しず》か色《いろ》、かがやき色《いろ》。ナガレさんもそばにやってきて、モザイクを作《つく》るその手《て》をじっと見《み》つめた。

ナオ、きれい。アナンはココロの中《なか》のお宝《たから》を、外《そと》に出《だ》すことができるんだ。きっと思《おも》い出《で》をモザイクにかえているんだね。

「この雪《ゆき》で、電車《でんしゃ》もバスもストップしたそうですよ」

ラジオをきいていた伊東《いとう》くんがいった。

「これじゃあ、動《うご》けるのは、サンタクロースのソリぐらいですね。ははは」

ナオ、サンタクロースなんか、一度《いちど》もアナンのところにきたことないじゃない。ぼくたちはイエナシビトだったから、きっとアナンの住所《じゅうしょ》を知《し》らないんだ。

雪《ゆき》まじりの強《つよ》い風《かぜ》がふいて、窓《まど》がガタガタなった。

そのとき、ぼくの体《からだ》の毛《け》が、急《きゅう》にぞぞっとさかだった。気持《きも》ちのわるいバケモノになでられたみたいに。

なんだ？　このいやな感《かん》じ。

アナンとナガレさんはのどかにモザイクを作《つく》っている。気《き》づいたのはぼくだけだ。

だれかが、ぼくたちを見《み》ている――。

ぼくはふっとふりむいた。窓《まど》のところに血走《ちばし》った目玉《めだま》がふたつ見《み》えた。

「ひひひひ」風《かぜ》にまじって、悪魔《あくま》の声《こえ》がした。「やっぱりそうだったぜ。これでもう、この店《みせ》もおしまいだ」

ナォ、金《かね》かし屋《や》だ。こいつ、なにしにきたんだ。ギャオオッ。

ぼくは男《おとこ》がのぞいている窓《まど》にむかって、思《おも》いっきりジャンプした。

「うわあっ」金《かね》かし屋《や》はおどろいてのけぞり、雪《ゆき》の中《なか》にひっくり返《かえ》った。

「どうしたんだ、バケツ？」

おどろいたナガレさんとアナンが、窓《まど》にかけよってきた。

「あ、あれはだれだ？」

金《かね》かし屋《や》は黒《くろ》いボウシをひろうと、あわてて雪《ゆき》の中《なか》を逃《に》げていった。その姿《すがた》が森《もり》に見《み》えなくなっても、ぼくの毛《け》はまださかだっていた。

あいつ、なにをのぞいていたんだろう。二度《にど》と近《ちか》づかないって約束《やくそく》したのに。ああ、いやな予感《よかん》。

「おや？」ナガレさんが雪《ゆき》の上《うえ》に目《め》をとめた。

茶色《ちゃいろ》い紙《かみ》が窓《まど》の下《した》のところに落《お》ちている。ナガレさんはふるえる手《て》でぬれた紙《かみ》を広《ひろ》げた。

「ああ」ナガレさんはうめいた。「もう、おしまいだ」

そこにはでかでかと、ナガレさんのヒゲヅラがのっていた。それは、おたずねもののポスターだったんだ。

15 サンタクロースのプレゼント？

〈おたずね者《もの》。氏《し》名不明《めいふめい》、年齢不明《ねんれいふめい》のイエナシビト。『夢《ゆめ》の都《みやこ》』より、男《おとこ》の赤《あか》ちゃんをつれて逃亡《とうぼう》。かくまった者《もの》は罰金《ばっきん》。なお、男《おとこ》はシマシマネコをつれている〉

ナオ、ついにぼくまで、おたずねネコになっちゃった。

伊東《いとう》くんはふるえる声《こえ》でポスターを読《よ》むと、ビリッとやぶりすてた。

「逃《に》げるんです、今《いま》すぐに。もうすぐおまわりさんがきますよ」

「むだだよ」ナガレさんはテーブルにつっぷした。「もうダメだ」

ナガレさんの手《て》があたって、せっかく作《つく》りかけていたアナンのモザイクが、バラバラと床《ゆか》にちらばった。アナンはおどろいてナガレさんを見《み》あげた。

「お父《とう》さん……？」

ナォ、ナガレさんはまた、勇気《ゆうき》をなくしている。おびえたネズミみたいに、なにをすればいいかわかんなくなっているんだ。

「ぐずぐずしてるひまはありませんよ」伊東《いとう》くんはいった。

「そんなこといったって、アナンもいるんだぞ」ナガレさんは泣《な》きそうだった。「こんな雪《ゆき》の中《なか》、どうやって逃《に》げればいいんだ？」

「おまわりさんだって、この雪《ゆき》じゃおくれるはずですよ。なんとか『海《うみ》の町《まち》』まで逃《に》げて、あとで連絡《れんらく》をください」

「無理《むり》だよ、すぐに追《お》いつかれる。どうせおれはつかまってしまうんだ」

「そんな、おかしいですよ。だって、ナガレさんは、なにも悪《わる》いことしてないのに。赤《あか》ちゃんをひろっただけでしょ？」

ナガレさんはハッとしてアナンを見《み》た。

アナンはテーブルの下《した》にもぐりこんで、ドリームストーンをひろい集《あつ》めている。今《いま》の言葉《ことば》はきいてないみたいだった。

「知《し》ってたのか」ナガレさんは低《ひく》い声《こえ》でいった。

「わかりますよ、そのくらい」伊東《いとう》くんもひそひそ声《ごえ》でいった。「だいたい、ぜんぜんにてないじゃないですか。顔《かお》も、才能《さいのう》も」

「悪《わる》かったな」

「そんなことは、どうだっていいんです。だれがなんといったって、アナンはナガレさんの子《こ》どもですよ。そうでしょう？」

「だけど、おれは……」

ガタガタッ——そのとき、ドアの外《そと》で音《おと》がした。

ナガレさんと伊東《いとう》くんは氷《こおり》みたいにこちこちになった。外《そと》にだれかいる。おまわりさんがこんなに早《はや》くやってきたのか。

ナォ、しまった、おそかった——。

「うう、イテテテ……」外《そと》からへんな声《こえ》がきこえた。「たいへんだ、プレゼントはどこだ？」

なんだかようすがへんだ。だいたい、おまわりさんがクリスマスにプレゼントなんかくれる？　ぼくはそっと窓《まど》から外《そと》をのぞいてみた。

そこで見《み》た光景《こうけい》は、きっと一生《いっしょう》わすれられないと思《おも》う。店《みせ》の前《まえ》に、白《しろ》いひげの、太《ふと》った男《おとこ》がこけていたんだ。赤《あか》いボウシ、赤《あか》い服《ふく》。世界一有名《せかいいちゆうめい》なおじいさん。雪《ゆき》のつもった道《みち》には、ちゃんとトナカイのひっぱるソリも止《と》まっていた。

まさか——。

「サ、サンタクロースだあ」

アナンがさけび声《ごえ》をあげ、ドアからポーンととび出《だ》していった。

「イタタ……やあ、アナン」サンタクロースはむりやりわらった。

伊東《いとう》くんとナガレさんはびっくり、家《いえ》から走《はし》り出《で》て、あわててサンタクロースを助《たす》け起《お》こした。

「だ、だいじょうぶですか?」伊東《いとう》くんはいった。

「いやあ、めんぼくない」サンタクロースはいった。「なにしろプレゼントがとっても重《おも》たいもんだから」

「重《おも》たいって……うわっ」

伊東《いとう》くんは雪《ゆき》の中《なか》にころがっているものを見《み》て、さけび声《ごえ》をあげた。

つけもの石《いし》じゃない。まっ赤《か》なルビーのような石《いし》だ。雪《ゆき》に半分《はんぶん》うもれながら、それはまるでネオンみたいにかがやいていた。

「ド、ドリームストーンだ」アナンはさけんだ。「すごい、スイカぐらい大《おお》きい」

「ええっ、どうしてドリームストーンを知《し》ってるんだ？」サンタクロースはおどろいていった。

「おばあさんにもらったんだよ。ほんの少《すこ》しだけど」

「ううむ、先《さき》をこされたか」サンタクロースはくやしがった。「苦労《くろう》して手《て》に入《い》れたんだよ。世界一大《せかいいちおお》きいドリームストーンだから」

「世界一《せかいいち》？」

「そうだ。アナンにまた、すばらしいモザイクを作《つく》ってもらおうと思《おも》ってね」

なんだってみんな同《おな》じことを考《かん》えるんだろう。伊東《いとう》くんはおどろいてサンタクロースにたずねた。

「ど、どうして、アナンがモザイクを作《つく》ってること、知《し》ってるんです？」

「ほっほっほ」サンタクロースはわらった。「そりゃあ、なんたってわたしはサンタクロースだからな……おやおや、どうしたんです？」

ぽたぽたぽた……雪《ゆき》の上《うえ》に、涙《なみだ》が落《お》ちた。

みんながよろこんでいるその横《よこ》で、ナガレさんが子どもみたいにべそそ泣《な》いていたんだ。

「サンタクロースさん、ありがとうございます」ナガレさんは泣《な》きながらいった。

「でも、せっかく、こんなすてきなプレゼントをもらっても、おれたちはもう、夢《ゆめ》も希望《きぼう》もないんです」

「お父《とう》さん、どうしたの？」アナンがいった。

「いいから、わけを話《はな》してごらんなさい」サンタクロースはやさしくいった。

「いいえ、いくらサンタクロースさんでも、どうしようもないことなんです。もうすぐ、ここにおまわりさんがくるんです」

そしたら、どうなるんだろう？　ナガレさんはつかまって、アナンは？　『明《あか》るい子《こ》どもの家《いえ》』にいくことになるの？　そうなったら、モザイクはどうなるの？

いやだ、ぼくはナガレさんと別《わか》れるなんて、アナンと別《わか》れるなんていやだ。ずっと三人《さんにん》いっしょにいたいんだ、それだけでいいんだよ。

「ふむ……そういうことか」

サンタクロースの目《め》が、きらりと光《ひか》った。

おや？　よく見《み》ると、白《しろ》いヒゲがちょっとずれている。こいつはニセヒゲだ。それに、ソリをひっぱってるのはトナカイじゃない。ふつうの白《しろ》い馬《うま》がツノをくっつけているんだ。

この人《ひと》、いったい、だれ……？

「それじゃあ、わたしがプレゼントしてあげよう」

サンタクロースは静《しず》かにいった。さっきとは、ぜんぜんちがう声《こえ》で。

「あなたたちの、未来《みらい》を」

へ？　ナガレさんの涙《なみだ》がひっこんだ。伊東《いとう》くんのあごがはずれそうになった。

アナンはじっとサンタクロースを見《み》あげていた。あの、黒《くろ》い星《ほし》のような目《め》で。

「おじさん、ほんとにサンタクロースなの……？」アナンはいった。

白《しろ》いまゆげがぴくぴくっと動《うご》いた。サンタクロースはアナンを見《み》て、なにかをいおうとした。

そのとき、森《もり》のむこうから、低《ひく》い車《くるま》のエンジンの音《おと》がきこえてきたんだ。

ナオ、たいへん。こんどこそおまわりさんだ。

「きたな」サンタクロースはするどい目《め》で森《もり》のほうを見《み》た。「さあ、いそいでソリにのるんだ。この大雪《おおゆき》は、わたしたちの味方《みかた》をしてくれるぞ」

ぼくたち、どこにいくの？　これから、どうなるの？

だれにもそんなこと、わからなかった。

別《わか》れの涙《なみだ》も、不安《ふあん》も、質問《しつもん》も、全部《ぜんぶ》のみこんで、ニセサンタクロースのソリは雪《ゆき》の中《なか》をひたすら走《はし》った。

アナンはだまって、ドリームストーンをだきしめていた。ナガレさんはアナンとぼくをだきしめていた。ぼくは思《おも》い出《で》をだきしめていた。ひたすら、銀色《ぎんいろ》の世界《せかい》を見《み》つめながら。

未来《みらい》なんて、ぜんぜん見《み》えなかった。

夢《ゆめ》の島《しま》

1　ドラゴンの湯《ゆ》

クアーン、クアーン……。

のどかな海鳥《うみどり》のなき声《ごえ》で、目《め》がさめた。

あれ？　なんだかホテルみたいな部屋《へや》。白《しろ》いレースのカーテンのむこうには、白《しろ》い手《て》すりのバルコニーが広《ひろ》がっている。そのまたむこうに見《み》えるのは、おお、海《うみ》だ。きらきら光《ひか》る波《なみ》をバックに、海鳥《うみどり》が手《て》すりにとまって、きれいな水色《みずいろ》の羽《はね》のお手入《てい》れをしていた。

となりを見《み》ると、ふかふかのベッドでねむりこけているのは、まちがいなくアナンとナガレさんだ。

ナオン？　ここ、どこだっけ。もしかして、夢《ゆめ》……？

「おい、おいったら。ねぼけてるんじゃないよ、バケツ」海鳥《うみどり》さんがギャアギャアないた。「早《はや》く起《お》きろ、お客《きゃく》さんだぞ」

ああ、そうだった。ここは夢《ゆめ》みたいな『夢《ゆめ》の島《しま》』。ぼくはアクビをしながら、ふらふらとバルコニーに出《で》ていった。

「ナォ、おはよう。今日《きょう》も海《うみ》がきれいだね」

「おまえさ、毎朝《まいあさ》、そういってるぞ」海鳥《うみどり》さんがいった。

「毎日毎日《まいにちまいにち》、夢《ゆめ》じゃないかって思《おも》うんだよ。こんなところに住《す》めるなんて」

夢《ゆめ》みたいな所《ところ》だから、時間《じかん》がたつのも、夢《ゆめ》みたいに早《はや》いのかも。ぼくたち、もうここに二年《にねん》も住《す》んでいるんだ。

「まったく、めでたいやつだな」海鳥《うみどり》さんはいった。「今日《きょう》は友《とも》だちのカッコウがくるんだ。ひとつ、モザイクの案内《あんない》をたのむぜ」

「いいよ、まかしといて」

「あ、きたきた。おおい、ここだよお」

パタパタと茶色《ちゃいろ》い鳥《とり》がとんできて、バルコニーにとまった。カッコウさんて、声《こえ》ならよく知《し》ってるけど、近《ちか》くで見《み》たのははじめてだ。

「いやあ、すごいところですね。庭《にわ》なんか公園《こうえん》ぐらい広《ひろ》いし。建物《たてもの》はまるでお城《しろ》みたいだ」

「ギャハハッ、そうだろ?」海鳥《うみどり》さんはいった。「このネコなんか、最初《さいしょ》、ほんとのお城《しろ》だと思《おも》ったんだぜ」

ナォ、だって、まちがえたって無理《むり》もない。石《いし》で作《つく》った二階《にかい》だての建物《たてもの》は、すごくゴージャスだ。広《ひろ》いバルコニー、サンルーム、教会《きょうかい》みたいなドーム。でも、よく見《み》ると、へんなところがひとつだけあった。

まん中《なか》のところに、にょっきりと、大《おお》きな煙突《えんとつ》がたっているんだ。あの運命《うんめい》の旅《たび》の最後《さいご》に、やっとここにたどりついたときには、そんなことは気《き》づかなかったけれど。

「こいつは、友《とも》だちのバケツだ」海鳥《うみどり》さんはカッコウさんに紹介《しょうかい》した。「アナンのことなら、なんでもこいつにきいてくれ。兄弟《きょうだい》みたいなもんだからな」

「わあ、いいですねえ」

カッコウさんはぼくをうらやましそうに見《み》た。

「カッコウはな、はるばる『森《もり》の町《まち》』からきたんだぜ」海鳥《うみどり》さんはいった。

「え、じゃあ〈リュウのあな〉って知《し》ってる？」ぼくはいった。

「もちろんですよ。あの幽霊《ゆうれい》のかなでる音《おと》は、もう鳥《とり》たちの間《あいだ》で伝説《でんせつ》になってますよ」

「音《おと》？」

「ええ、われわれ鳥族《とりぞく》は、形《かたち》を見《み》るんじゃなくて、芸術《げいじゅつ》の音《おと》をきくのですよ。音《おと》の美《うつく》しさで、スーコーな芸術《げいじゅつ》をききわけるんです」

「今日《きょう》はとびっきりの音《おと》がきけるぜ、ギャハハッ」海鳥《うみどり》さんがいった。

「それにしても、アナンさんたちは二年前《にねんまえ》、どうして『森《もり》の町《まち》』から出《で》ていってしまったんですか？」

鳥《とり》たちはききたがり屋《や》だ。みんな、同《おな》じことをききたがるから、この話《はなし》だってぼくは今《いま》まで何度《なんど》したかわかんない。

「ぼくたち、おまわりさんに追《お》っかけられて、逃《に》げてきたんだ」ぼくはいった。「危《き》機一髪《いっぱつ》、サンタクロースに助《たす》けられてね」

「ほほう。そのお話《はなし》、ぜひきかせてもらいたいですな」カッコウさんは身《み》をのり出《だ》した。

ぼくは二年前《にねんまえ》の、あの苦《くる》しい旅《たび》を思《おも》い出《だ》した。なにもかもすれすれだったあの旅《たび》を。その最後《さいご》に、こんなすばらしい天国《てんごく》が待《ま》っていたなんて。

「あれは、寒《さむ》い寒《さむ》い雪《ゆき》の日《ひ》だった。ぼくと、アナンと、ナガレさんは、ふぶきの中《なか》をソリにのって逃《に》げたんだ。ところが、サンタクロースが道《みち》をまちがえて、川《かわ》にぶつかっちゃった。後《うし》ろからは、おまわりさんたちが追《お》ってくる」

「ああ、もうダメだ——と思《おも》ったそのとき、ちかり、と小《ちい》さな光《ひかり》が見《み》えたのだった」

海鳥《うみどり》さんが口《くち》をはさんだ。何度《なんど》もこの話《はなし》をきいてるから、もう、おぼえちゃったんだ。

「船《ふね》だ」ぼくは続《つづ》けた。「ちょうど、クリスマスの観光船《かんこうせん》がやってきたんだよ」

「ほほう」カッコウさんはいった。

「ぼくたちは船《ふね》にとびのった。子《こ》どもたちは、サンタクロースがのってきたんで、大《おお》よろこびだったさ。船《ふね》はどんどん川《かわ》をくだっていって、おまわりさんたちは、ついに見《み》えなくなった。でも、そのうち、まわりに水《みず》しか見《み》えなくなっちゃったんだ。あんときは、アナンもぼくもびっくりしたなあ。ぼくなんか、このまま地面《じめん》にあがれなかったらどうしようかって思《おも》ったよ」

「海《うみ》だ」海鳥《うみどり》さんがわらった。「こいつさ、そのときはじめて海《うみ》を見《み》たんだよ。ギャハハッ」

「ぼくたちをのせた船《ふね》は、なんにもない海《うみ》を進《すす》んでいった。そのうちに、だんだんあったかくなってきて、サンタクロースはぽたぽた汗《あせ》を流《なが》しはじめたんだ。『子《こ》どもの夢《ゆめ》をこわしたくない』って、ずいぶんがんばってたんだけど、アセモができちゃって、とうとうがまんできなくなった。赤《あか》い服《ふく》をぬいで、ニセヒゲをとって、ついにパンツいっちょうに――」

「ああ、アナンの夢《ゆめ》は、ガラゴロと音《おと》をたててくずれ去《さ》った」海鳥《うみどり》さんはちゃちゃをいれた。

「で、いったい、だれだったんです？」カッコウさんはいった。「サンタクロースの正体《しょうたい》は？」

「それはね、あとで紹介《しょうかい》するよ」ぼくはいった。

「ギャハハッ」海鳥《うみどり》さんがわらった。「そいつ、アナンのファンだったんだよ。ドリームストーンをプレゼントしたくって、サンタクロースに変装《へんそう》していたんだ」

ひえーっ——カッコウさんはおどろいてのけぞった。

「てことは、みなさん、アナンさんのモザイクに助《たす》けてもらったようなもんじゃないですか」

「そのとおり」海鳥《うみどり》さんはいった、「バケツはもう、モザイクに足《あし》をむけてねられない。ギャハハッ」

「うるさいなあ、海鳥《うみどり》さん、ちょっとだまっててよ」ぼくはいった。「さてさて、ぼくたちをのせた船《ふね》は、まっ青《さお》な海《うみ》を進《すす》んでいった。やがて、水平線《すいへいせん》にぽちり、と小《ちい》さな点《てん》が見《み》えた。点《てん》がだんだん大《おお》きくなっていって、まるで宝石《ほうせき》みたいにきれいな島《しま》があらわれたんだ」

「それが、この『夢《ゆめ》の島《しま》』だった、ってわけですね」カッコウさんはうなずいた。

「うん、ここにおりたときは、夢《ゆめ》を見《み》てるみたいだったなあ。きれいで、あったかくて、パラダイスみたい。でも、そのとき、ナガレさんたらすごーく現実的《げんじつてき》なことをいったんだ。『こんなところで、タイルの仕事《しごと》なんか、見《み》つかるかな？』って」

「ギャハハッ」海鳥《うみどり》さんは腹《はら》をかかえてわらった。「それが、あったんだな、どっさりと」

「そういうこと。運命《うんめい》ってわかんないね」

ぼくはもう一度《いちど》、煙突《えんとつ》を見《み》あげた。信《しん》じられないけど、ほんとうの話《はなし》だ。煙突《えんとつ》にはでかでかとこう書《か》いてあった――『ドラゴンの湯《ゆ》』。

「だってさ、ここはお風呂屋《ふろや》さんだったんだから」海鳥《うみどり》さんはひときわ高《たか》らかに笑《わら》った。「ギャハハハッ」

カアァーン、カアァーン……。

アナンが石《いし》をわる音《おと》が『ドラゴンの湯《ゆ》』のすみずみまでひびきわたった。体《からだ》のシンまでとどく、気持《きも》ちのいい音《おと》。ぼくたちの一日《いちにち》はこの音《おと》ではじまるんだ。

「すばらしい……」

『森《もり》の湯《ゆ》』にやってきたカッコウさんは、丸《まる》いドームの上《うえ》からモザイクを見《み》おろして、何度《なんど》もため息《いき》をついた。アナンの森《もり》は、みんなのココロをふるわせる。まるでべつの世界《せかい》への入《い》り口《ぐち》がそこにあるみたいに。

「ああ、あの『森《もり》の町《まち》』の、緑《みどり》の風《かぜ》の歌《うた》がきこえます」

カッコウさんは、うっとりとしていった。

「まだ、モザイクは半分《はんぶん》もうまってないのに、頭《あたま》がとろけそうだ……おっとっと」

「おい、目《め》を回《まわ》して、落《お》っこちないでくれよ」海鳥《うみどり》さんがいった。「アナンのじゃまになるからな」

「しかし、子《こ》どもとはきいていましたが……あの姿《すがた》は、まるで天使《てんし》ですね」

モザイクの天使《てんし》は、丸《まる》い大《おお》きなお風呂《ふろ》の底《そこ》で、ひたむきにドリームストーンをわっていた。毎日《まいにち》見ても、ああ、かわいい。黒《くろ》い星《ほし》の目《め》もますますかがやいて、アナンはずいぶん大《おお》きくなっていた。

その横《よこ》では、ナガレさんがアナンの影《かげ》みたいにくっついて、だまってモザイクの手《て》伝《つだ》いをしていた。おたずねもののポスターを見《み》てから、銀《ぎん》ぶちのウソメガネをかけている。

ナオ、ナガレさん、ちょっと頭《あたま》がよさそうに見《み》えるよ。

「まるで魔《ま》法《ほう》の手《て》みたいですね」

カッコウさんと海鳥《うみどり》さんは、ずらっとならんだシャワーの上《うえ》にとまって、アナンがモザイクをはりつけるところを見学《けんがく》した。一時間《いちじかん》ぐらいかかってやっとできあがったのは、小《ちい》さな葉《は》っぱがたった一枚《いちまい》。

「あたたた、わたし、羽《はね》がしびれちゃいましたよ」カッコウさんはいった。「わたし、卵《たまご》をあたためるのがきらいなんですが、それよりもたいへんだ」

「アナンはね、ゴハンを食《た》べるより、モザイクが好《す》きなんだよ」ぼくはいった。「ときどきほんとにゴハンをわすれちゃうんだ」

「ひえーっ、おれには、考《かんが》えられないな」海鳥《うみどり》さんがいった。

「それにしても、どうしてこんなりっぱなお風呂《ふろ》があったんです？」カッコウさんはいった。「まるでアナンさんがくるのを、待《ま》ってたみたいじゃないですか」

ここにくるみんなが、おんなじ質問《しつもん》をする。ぼくは窓《まど》の所《ところ》にいって、こんどは庭《にわ》を見《み》せた。

「あちらをごらんくださーい」海鳥《うみどり》さんがいった。

庭《にわ》のまん中《なか》に、ごつごつした岩《いわ》でかこんだ池《いけ》があり、その中《なか》に竜《りゅう》の形《かたち》をした噴水《ふんすい》みたいなものがあった。だけど、今《いま》は水《みず》は出《で》ていない。

「あそこに、温泉《おんせん》が出《で》たんだ。ずっとむかしのことだけど」ぼくはいった。「空《そら》とぶ金《きん》の竜《りゅう》に教《おし》えられて、お湯《ゆ》がふき出《だ》したんだって」

「なるほど、だから、『ドラゴンの湯《ゆ》』ですか」カッコウさんはみんなとおんなじことをいった。

「それが、すごいパワーのある温泉《おんせん》でね。飲《の》んだ人《ひと》は病気《びょうき》がなおったんだ。で、ある人《ひと》が、みんなのためにこのお風呂屋《ふろや》さんを作《つく》ったんだけど……とちゅうでダメになっちゃった」

「どうしてですか？」カッコウさんはいった。

「金《きん》の竜《りゅう》が消《き》えて、急《きゅう》に、温泉《おんせん》が出《で》なくなったそうだ」

「え、どうして消《き》えたんです？」

「それは、ナゾなんだ。『ドラゴンの湯《ゆ》』はひからびて、わすれられちゃった。ところが、何年《なんねん》か前《まえ》に、それを買《か》うっていうモノズキがあらわれたんだ」

「ジャーン」海鳥《うみどり》さんがいった。「それが、あの、鶴《つる》の宮《みや》さんです。ギャハハッ」

そういったとき、ちょうど、そのモノズキがお風呂《ふろ》に入《はい》ってきたんだ。黒《くろ》いくせ毛《げ》で、クマみたいに太《ふと》っている。毛深《けぶか》い両手《りょうて》には銀色《ぎんいろ》の大《おお》きなドリームストーンをかかえていた。あの晩《ばん》は変装《へんそう》していてすっかりだまされたけど、サンタクロースになんか、ぜんぜんにていない。

「アナンさん、ほら、めずらしい銀《ぎん》のドリームストーンが手《て》に入《はい》りましたよ」

鶴《つる》の宮《みや》さんはいそいそとアナンのそばにいって、新《あたら》しいドリームストーンを見《み》せた。

「あ、こんな銀色《ぎんいろ》の石《いし》、ちょうどほしかったんだ」アナンはうれしそうにいった。

「ありがとう」

「いえいえ、このくらいのこと」鶴《つる》の宮《みや》さんの目《め》が、でれんとタレ目《め》になった。

アナンのまわりには、それこそ石《いし》コロみたいに、高価《こうか》なドリームストーンがごろごろしている。ナガレさんはあきれたように銀《ぎん》のドリームストーンをうけとった。

「へえ、どうして、あんなにお金持《かねも》ちなんでしょ?」カッコウさんはいった。「ドリームストーンはすごーく高《たか》いものですよ。それが、あんなにたくさん手《て》にはいるなんて」

「それが、またまたナゾなんだ」

ぼくは鶴《つる》の宮《みや》さんの、人《ひと》のよさそうな顔《かお》を見《み》た。二年《にねん》もいっしょに住《す》んでるのに、この人《ひと》がなにをやってるかぜんぜんわかんない。ナガレさんがなにをきいても、にこにこして答《こた》えないんだ。

でも、鶴《つる》の宮《みや》さんは、アナンの未来《みらい》をくれた。ぼくたちの夢《ゆめ》をかなえてくれた。ぼくたちにとっては、ほんとうのサンタクロースより、もっとすごい人《ひと》かもしれない。

「鶴《つる》の宮《みや》さんはね、アナンのモザイクで、このお風呂《ふろ》をいっぱいにするのが、一生《いっしょう》の夢《ゆめ》なんだ」

アナンはさっそく新《あたら》しい銀《ぎん》の石《いし》をくだいている。鶴《つる》の宮《みや》さんはぽおっと、アナンの手《て》に見《み》とれた。

「なるほど、つぎはチョウチョができるんですね」鶴《つる》の宮《みや》さんはいった。

みると、アナンは白《しろ》い羽《はね》を作《つく》りはじめていた。すきとおった、きらきらした羽《はね》。ナォ、どっかで見《み》たことあるぞ。

「ううん、ちがうよ」アナンはいった。「あのね、森《もり》には妖精《ようせい》がいるんだよ。妖精《ようせい》は花《はな》をさかせたり、モザイクを手伝《てつだ》ってくれるの。それだけじゃないよ、石《いし》だって手伝《てつだ》ってくれる。風《かぜ》とか、光《ひかり》も教《おし》えてくれる。ぼくたちはみんな、相談《そうだん》してモザイクを作《つく》るんだよ」

鶴《つる》の宮《みや》さんはぽかんと口《くち》をあけた。

「やっぱり、わかっているんですね、アナンさんは」カッコウさんはうなずいた。

「われわれと同《おな》じです。鳥《とり》は巣《す》を作《つく》るとき、風《かぜ》や木《き》に相談《そうだん》します。森《もり》は一番《いちばん》いい場所《ばしょ》を教《おし》えてくれるんです」

「森《もり》か」ぼくはため息《いき》をついた。「なつかしいなあ。あのとき、だれにもお別《わか》れをいえなかったから。リュウノスケ、どうしてるだろう？　ノエルのおばあさん、元気《げんき》かな」

「とてもお元気《げんき》ですよ」カッコウさんがこたえた。

ナォ、なんだって。今度《こんど》はぼくがおどろく番《ばん》だった。

「え、ノエルのおばあさんを、知《し》ってるの？」

「知《し》ってるもなにも、わたしたちは、ノエルの家《いえ》の庭《にわ》に巣《す》を作《つく》ってるんです。リュウノスケとは、子《こ》どものときからのお友《とも》だちですよ」

わあ、そうだったのか。『夢《ゆめ》の島《しま》』にきてから、ぼくたちはだれにも手紙《てがみ》を出《だ》せなかったんだ。だって、おまわりさんに見《み》つかるといけないからね。

「そうだ」ぼくはいった。「じゃあ、おばあさんにおみやげを持《も》っていってくれる？」

「ええ、よろこんで」カッコウさんはいった。「いったい、どんなものです？」

ノエルのおばあさんは、小《ちい》さなペンダントの中《なか》でやさしくわらっていた。もちろん、アナンがドリームストーンで作《つく》ったものだ。

おばあさんは今《いま》も、アナンの中《なか》できらきら光《ひか》っている。あの森《もり》の思《おも》い出《で》といっしょに。

「このペンダントと、金《きん》のオリーブの葉《は》っぱを一枚《いちまい》」ぼくはいった。「これ、夢《ゆめ》の島《しま》にしかはえてないんだ」

「おお、なんとまろやかな音《おと》でしょう」カッコウはペンダントにほおずりした。「これはぜひ、森《もり》のみんなにもきかせてあげましょう。では」

カッコウさんはおみやげをくわえると、すいと大空《おおぞら》にとびあがった。

ナオ、いいなあ。ぼくも鳥《とり》みたいにとべたらなあ。『森《もり》の町《まち》』だって、ほかの町《まち》だって、どこにでもいけるのに。

「さよなら、気《き》をつけてな」海鳥《うみどり》さんは海《うみ》の上《うえ》でくるりくるりととび回《まわ》った。「モザイクを見《み》にきてくれて、ありがとう」

クアーン、クアーン……。

どうか、アナンの気持《きも》ちが、おばあさんにつたわりますように。

どうか、ぼくたちが『夢《ゆめ》の島《しま》』にいることが、わかりますように。

ぼくたちの思《おも》いをのせて、カッコウさんは水平線《すいへいせん》に消《き》えていった。

・

2　はじめての友《とも》だち

「はああ」ナガレさんがため息《いき》をついた。「いったい、どうしたものかなあ」

ナォ、ナガレさん、なにをなやんでいるんだろう？　ぼくたち、こんなに幸《しあわ》せなのに。

カアァーン、カアァーン……今日《きょう》もお風呂場《ふろば》には、タイルをわる音《おと》が、まるで音楽《おんがく》みたいにひびいている。アナンは毎日《まいにち》、モザイクの森《もり》を広《ひろ》げていくのに夢中《むちゆう》だった。

こんなときはなにをいってもきこえないんだ。

おや、そうでもないぞ。

ルルル、ルン、ルルー。

窓《まど》の外《そと》から、歌声《うたごえ》がきこえてきた。かわいらしい子《こ》どもの声《こえ》だ。そのとたん、アナンはハンマーを止《と》めて、はっとふりむいたんだ。

ナガレさんはマユをひそめて、つぶやいた。まるでこまったものを見《み》つけたみたいに。

「はああ、そうだよなあ、やっぱり」

ナォ？　なにがそうなんだ？

アナンは石《いし》をにぎりしめたまま、ふらふらと窓《まど》にすいよせられていく。ぼくはアナンの後《うし》ろから、そっと外《そと》をのぞいた。

女の子《おんなこ》だ。歌《うた》いながら道《みち》を歩《ある》いてくるのは、赤《あか》いカバンをしょった、長《なが》い髪《かみ》の、お人形《にんぎょう》さんみたいな女の子《おんなこ》だった。きっと夢《ゆめ》の島小学校《しましょうがっこう》にかよっているにちがいない。

女の子《おんなこ》は道《みち》を歩《ある》きながら、ちらっとアナンを見《み》た。

アナンの肩《かた》が、ぴくっと動《うご》いた。まるでネコがネコの仲間《なかま》を見《み》つけたみたいに。女《おんな》の子《こ》ははずかしそうな顔《かお》で、歌《うた》いながら通《とお》りすぎていく。アナンはずっとその姿《すがた》を目《め》で追《お》った。

ナォ、そうか。アナンは友《とも》だちがほしいんだ。わかるわかる、その気持《きも》ち。いつのまにかそんな年《とし》になっていたんだね。ぼくだって仲《なか》よしだけど、アナンがほしいのは人間《にんげん》の子《こ》どもの友《とも》だちなんだ。

だけど、いったいどうしたらいいんだ？

女の子《おんなこ》はどんどんいってしまう。アナンはさびしそうにその後《うし》ろ姿《すがた》を見《み》おくった。

「はああ」ナガレさんのため息《いき》がきこえた。「アナンが小学校《しょうがっこう》に入《はい》れるわけ、ないよなぁ」

なるほど、そういうことだったのか。たしかにおたずね者《もの》のナガレさんには、高《たか》すぎる望《のぞ》みだ。

「あ……」そのとき、アナンが声《こえ》をあげた。

道《みち》のむこうで、女の子《おんなのこ》がくるん、とふりむいたんだ。パタパタとこっちにむかって、手《て》をふっている。アナンはおどろきながら、いっしょうけんめいに手《て》をふり返《かえ》した。

ナォ、よかったね、アナン。あの子《こ》もきっとアナンと友《とも》だちになりたいんだよ。

その夜《よ》、アナンがねてしまってから、ナガレさんは鶴《つる》の宮《みや》さんの部屋《へや》のドアをノックした。

鶴《つる》の宮《みや》さんの部屋《へや》は、二階《にかい》の一番奥《いちばんおく》にあって、ぼくたちはめったにこの部屋《へや》にはやってこない。それは、ものすごく大《おお》きな木《き》のドアで、空《そら》とぶ竜《りゅう》がほってあった。そして、いつもカギがかかっているんだ。

くんくん、この部屋《へや》は秘密《ひみつ》のにおいがするぞ。

「なんですか」

細《ほそ》くドアがあいて、鶴《つる》の宮《みや》さんが目《め》だけを出《だ》した。

「あの、ちょっと話《はなし》があるんだが」ナガレさんがいった。

「下《した》で待《ま》っていてください。すぐいきますから」

バタン——ドアはぼくの鼻《はな》の先《さき》でしまった。

ほら、やっぱりだ。鶴《つる》の宮《みや》さんはぜったいに中《なか》に入《い》れてくれない。いったいなにをかくしているんだろ？　ああ、中《なか》が見《み》てみたい。

「なんですか、お話《はなし》って」

しばらくすると、鶴《つる》の宮《みや》さんはキッチンにおりてきた。ナガレさんはランプのともったテーブルにひじをついて、ため息《いき》をついた。

ゆらゆらとゆれる火《ひ》が、細《ほそ》いのと太《ふと》ったのと、ふたりの男《おとこ》をてらしてる。なんだか、ちょっとあやしいムード。

「いや、あの、アナンのことなんだが」ナガレさんはおどおどしていった。「ええと、おれたちは、鶴《つる》の宮《みや》さんのおかげでほんとうに助《たす》かっている。どんなに感謝《かんしゃ》しているか、口《くち》には出《だ》せないくらいだ」

「小学校《しょうがっこう》のことですね」鶴《つる》の宮《みや》さんは低《ひく》い声《こえ》でいった。

ナガレさんはあんぐりと口《くち》をあけた。

ナオ、なんでわかるんだろ？　鶴《つる》の宮《みや》さんて、いつもぼうっとしてるのに、ときどきするどいことをいう。この人《ひと》にはふたつの顔《かお》があるんだ。

「おたずね者《もの》の、元《もと》イエナシビト。その子《こ》どもが小学校《しょうがっこう》に入《い》れてもらえるわけがない」

「うっ」鶴《つる》の宮《みや》さんはうなずいた。「そういうことですか」

「それは」鶴《つる》の宮《みや》さんはあっさりといった。「鶴《つる》の宮《みや》さん、あなた、何者《なにもの》なんだ?」

「うっ」ナガレさんはつまった。

　くうう——そういわれると、よけいに知《し》りたくなるじゃない。

「いや」ナガレさんはいった。「だれにだって、秘密《ひみつ》のひとつやふたつある」

「ナガレさんはいっぱいありますね」鶴《つる》の宮《みや》さんはいった。

「うっ」ナガレさんはまたつまった。「そ、そんなことはどうでもいい。ただ、おれは、あの子《こ》がかわいそうで」

「わたしだって、アナンさんのことは、いつも、一番《いちばん》に考《かんが》えてます」

　鶴《つる》の宮《みや》さんの顔《かお》がちょっとこわくなった。それを見《み》て、ナガレさんはあわてていった。

「すまなかった、最初《さいしょ》っから無理《むり》だってわかってたんだ。や、この話《はなし》はなかったことに——」

「しいっ」

そのとき、鶴《つる》の宮《みや》さんが口《くち》に指《ゆび》をあてた。ドアの外《そと》でかすかな物音《ものおと》がしたんだ。ナガレさんがはっと立《た》ちあがって、ドアをあけた。

「アナン」ふたりの男《おとこ》はいっしょに声《こえ》をあげた。

おどろいた。パジャマをきて髪《かみ》がくしゃくしゃのアナンが、廊下《ろうか》にぽつんと立《た》っていたんだ。

「ぼく、のどがかわいちゃって……」

アナンは目《め》をこすりながら、とことことキッチンに入《はい》ってくると、コップに水《みず》をくんだ。

ナォ、いつからきいてたんだ？　ナガレさんの体《からだ》がちょっとふるえている。

「じゃあ、おやすみ」

アナンは水《みず》をのむと、また廊下《ろうか》に出《で》ていこうとした。でも、ドアをしめかけて、思《おも》い切《き》ったようにふりむいたんだ。

「あのね、お父《とう》さん」アナンは小《ちい》さな声《こえ》でいった。「ぼくは、べつにいいんだ。学校《がっこう》にいけなくても」

ナガレさんのくちびるがふるえた。鶴《つる》の宮《みや》さんはうでを組《く》んで、じっとだまっていた。ぼくの耳《みみ》はぴくぴくっと動《うご》いた。

アナンの言葉《ことば》は、少《すこ》し強《つよ》がりにきこえた。

「ぼく、モザイクが大好《だいす》きだから、だから――おやすみなさい」


なんだって、思《おも》いどおりになるわけじゃない。とくに、人間《にんげん》の世界《せかい》ってややこしい。だけど、ぼくはこのごろだんだん信《しん》じるようになってきたんだ。

ほんとうに願《ねが》ったことは、かなうはずだって。今《いま》までも、はらはら、どきどき、すれすれのことがいっぱいあった。それでも、ぼくたちは助《たす》かってきたじゃない？　本《ほん》気《き》のお願《ねが》いは、空気《くうき》をぐいっと動《うご》かして、世界《せかい》に道《みち》を作《つく》るんだ。

でも、本気《ほんき》じゃなきゃ、だめなんだよ。

どうか、アナンに友《とも》だちができますように――ぼくは本気《ほんき》でそう願《ねが》った。

ルルル、ルン、ルルー。

つぎの日《ひ》も、女《おんな》の子《こ》は歌《うた》いながらやってきた。そのとたん、アナンはモザイクをほったらかして、窓《まど》にとびついた。きっとまた手《て》をふるつもりなんだ。

そしたら、その日《ひ》はちがったんだ。女《おんな》の子《こ》は『ドラゴンの湯《ゆ》』の前《まえ》でぴたりと立《た》ち止《ど》まった。そして、しまっている門《もん》を見《み》あげたんだ。

どうしようかしら、というように。

ナォ、アナン、チャンスだ。今《いま》、いくんだ、勇気《ゆうき》を出《だ》して。あの門《もん》をひらくんだよ。さあ——。

と思《おも》って後《うし》ろを見《み》たら、もう、アナンはいなかった。

「こ、こんにちは」

アナンは玄関《げんかん》にすっとんでいって、あわてて門《もん》をあけた。

「こんにちは」女《おんな》の子《こ》ははずかしそうにいった。「あのね、あたし花《はな》をつんできたのよ。あなたにあげようと思《おも》って。これはね、『リュウのため息《いき》』っていう花《はな》なのよ」

女《おんな》の子《こ》は青《あお》い花《はな》たばをさし出《だ》した。それはすごくきれいで、アナンは女《おんな》の子《こ》と花《はな》たばと、両方《りょうほう》に見《み》とれてしまった。

「ありがとう、すごくきれいだ。あとで、モザイクにするよ」アナンはいった。

「モザイクってなあに？」女《おんな》の子《こ》は首《くび》をかしげた。

「ええと、それは……」

「あのね、あたし、あの窓《まど》のところが気《き》になるの。フシギな光《ひかり》が見《み》えるのよ。あ、しまった——こういうことはいっちゃいけないって、大人《おとな》にいわれてるんだけど。あたしね、問題児《もんだいじ》なの」

「もんだいじ?」アナンはいった。

「うん。地震《じしん》が起《お》きるとか、もうすぐだれが死《し》ぬとか、わかっちゃうの。親《おや》とか先生《せんせい》にすごくおこられちゃって。あたしが目立《めだ》ちたくって、ウソいってるっていうのよ。だけど、ほんとのことだもん」

「きみって、ノエルのおばあさんみたいだね」

「その人《ひと》って、へんな人《ひと》?」

「ううん、ちっともへんじゃないよ。すてきな人《ひと》だ」

「そう、よかった。あら、あなた、手《て》に白《しろ》いものがついてるわよ。なにやってたの?」

「よかったら、見《み》せてあげるよ」アナンはとびあがった。「ぼくのモザイクを」

その日《ひ》、アナンは幸《しあわ》せだった。なんてったって、はじめて友《とも》だちができたんだから。女の子《おんなこ》の名前《なまえ》は、小島《こじま》ユメコちゃん。夢《ゆめ》の島小学校《しましょうがっこう》の一年生《いちねんせい》だった。

「すごい……」

ユメコちゃんはモザイクを見《み》ると、ぽろんと泣《な》いた。

「ユ、ユメコちゃん?」アナンはあわてた。

「ううん、悲《かな》しいんじゃない、まぶしいの。こんな光《ひかり》、見《み》たことない。あたし、このお風呂《ふろ》ができあがったら、ぜったい、毎日入《まいにちはい》りにくる」

アナンは知《し》らなかったんだ。自分《じぶん》のモザイクが、こんなに友《とも》だちによろこんでもらえるなんて、それが、こんなに楽《たの》しいことだなんて。『リュウのため息《いき》』の花《はな》をモザイクにしてみせると、ユメコちゃんはもっとよろこんだ。アナンはもっともっとよろこんだ。

ナオ、そうか、学校《がっこう》にいかなくたって、友《とも》だちになれるんだ。こうやって仲《なか》よくなれれば、べつにいいんじゃない？

ユメコちゃんは、それから毎日《まいにち》、アナンの仕事場《しごとば》にあそびにやってきた。まるでモザイクの音《おと》をききにくる鳥《とり》さんみたいに。でも、ある日《ひ》、フシギそうにきいたんだ。

「ねえ、アナンくん。どうして、学校《がっこう》にいかないの？」

「ぼくは、モザイクを作《つく》っていられればいいんだよ」アナンはいった。

「まあ、それじゃあいけないわ」ユメコちゃんは悲《かな》しそうにいった。「大人《おとな》になるまでには、いっぱい勉強《べんきょう》しなきゃいけないことがあるのよ。もし、ずっと学校《がっこう》にいかないと……」

「いかないと？」アナンはこわごわときいた。「どうなるの？」

「アナンくん、おバカになっちゃうわよ」

ガーン。アナンはショックをうけてお風呂場《ふろば》にひっくり返《かえ》った。

3　夢《ゆめ》の島小学校《しましょうがっこう》

ぼく、アナンがおバカになったら、こまる。

そんなにいかなきゃならないなんて、いったい学校《がっこう》ってどんな所《ところ》なんだろ？　学校《がっこう》は見《み》たことないけれど、音《おと》ならきいたことがある。島《しま》の反対《はんたい》がわから、風《かぜ》にのって、夢《ゆめ》の島小学校《しましょうがっこう》の時計台《とけいだい》のカネの音《おと》がきこえてくるんだ。

リンゴーン、リンゴーン。

ぼくはその音《おと》をききながら、決《き》めた。アナンがおバカにならないうちに、いっぺん学校《がっこう》にいってみよう。

次《つぎ》の朝《あさ》、ぼくはこっそりと、ユメコちゃんのあとをついていった。しのび足《あし》はネコの得意技《とくいわざ》。ぜったいに見《み》つかるもんか。

ルルル、ルン、ルルー。

歌《うた》いながら歩《ある》いていくユメコちゃんの後《うし》ろ姿《すがた》は、まるで一枚《いちまい》の絵《え》みたいだった。学《がっ》校《こう》までは、海《うみ》のそばを通《とお》るのどかな道《みち》が続《つづ》いていた。

と、木《き》のかげから、ぴょこんと男《おとこ》の子《こ》がとび出《だ》した。

「おい、ユメコ」

「あ、ユウジくん、おはよう」

ユウジくんはユメコちゃんとならんで歩《ある》き出《だ》した。体《からだ》の大《おお》きな、日《ひ》にやけた男《おとこ》の子《こ》だ。

「おまえさ、このごろ『ドラゴンの湯《ゆ》』に遊《あそ》びにいってるだろ」ユウジくんはいった。

「うん。お友《とも》だちがいるの。アナンくんていうのよ」

「ふうん」

ユウジくんはいきなり、思《おも》いっきり石《いし》コロをけっとばした。石《いし》は木《き》にぶつかって、ビュンとこっちにとんできた。

あぶない。もう少《すこ》しでぼくの頭《あたま》にあたるところだったよ。

「もう、ユウジくんたら、らんぼうなんだから」ユメコちゃんがいった。

「なあ、ユメコ、知《し》ってるか？　きのう、学校《がっこう》に悪魔《あくま》が出《で》たんだってさ。先生《せんせい》たちが大《おお》さわぎしてるぞ」

ナオ、悪魔《あくま》だって？　学校《がっこう》って、悪魔《あくま》もかよってるの？

「あ、悪魔《あくま》？」ユメコちゃんは立《た》ち止《ど》まった。「あたし、なんだかこわい。帰《かえ》ろうかな」

「だいじょうぶさ。おれがいっしょにいってやるから。おれはな、だれよりも強《つよ》いんだぞ」

「う、うん」

でも、ユメコちゃんは青《あお》い顔《かお》をして、なかなか動《うご》かない。ぼくにはその気《き》持《も》ちが、ちょっぴりわかった。

ユメコちゃんは、きれいなものが、人《ひと》よりもっときれいに見《み》える。だからきっと、こわいものも人《ひと》よりこわく感《かん》じるんだ。こわいものは、見《み》たくない。こわい気《き》持《も》ちは、すごくこわい。

リンゴーン……そのとき、時《と》計《けい》台《だい》のカネが近《ちか》くでなった。見《み》あげると、緑《みどり》のむこうに赤《あか》い屋《や》根《ね》の建物《たてもの》と、きらきら光《ひか》る時《と》計《けい》が見《み》えた。

ナオ、あれが夢《ゆめ》の島小学校《しましょうがっこう》。あの時《と》計《けい》はドリームストーンでできているみたい。

「さ、いこうぜ」ユウジくんがユメコちゃんの手《て》をひっぱった。「もうすぐ学校《がっこう》がはじまるぞ」

ユメコちゃんとユウジくんのあとを追《お》って、ぼくもいそいで走《はし》り出《だ》した。

わお、広《ひろ》い校庭《こうてい》だ。

最後《さいご》の子《こ》どもが校舎《こうしゃ》にすべりこんでいくと、ぼくは門《もん》のすき間《ま》から、するんと校庭《こうてい》に入《はい》っていった。ふかふかの草《くさ》がグリーンのじゅうたんみたい。池《いけ》があって、木《き》がいっぱいはえていて、まるで公園《こうえん》のようだった。

おや、ヒヨコちゃんがよちよち歩《ある》いてきたぞ。後《うし》ろについているのは、めんどりママだ。

「こんにちは」ぼくはあいさつした。「あの――」

「ギャア」

ママはぼくを見《み》たとたん、羽《はね》をさかだててボウヤをだっこした。

「お願《ねが》いです、イノチだけは助《たす》けて」めんどりママはさけんだ。「悪魔《あくま》さま」

「ちがうよ、ぼく、悪魔《あくま》じゃないよ」ぼくはあわてていった。

「ネ、ネコだあっ」

バサバサッ――こんどは、頭《あたま》の上《うえ》で羽《はね》の音《おと》がした。木《き》の上《うえ》であわてているのは、クジャクさんだ。

「悪魔《あくま》がきおったぞ、みんな、木《き》からおりるでないぞっ」

「ま、待《ま》ってよ。ぼく、なんにもしないよ」

「ウソつけ。ネコは鳥《とり》を食《た》べる、ヤバンな肉食動物《にくしょくどうぶつ》である」クジャクさんはわめいた。「きのうの夜《よる》、ガチョウをおそったのも、おぬしだろっ」

「なにいってるんだ、ガチョウさんなんて、知《し》らないよ。ぼくは二年前《にねんまえ》からこの島《しま》にいて、いっぺんもケンカしたことないんだ」

「ふん、いいかげんなことをぬかすではない。いいか、この『夢《ゆめ》の島《しま》』は、平和《へいわ》な鳥《とり》族《ぞく》の島《しま》だ。さっさとここから出《で》ていくがよい」

クジャクさんはおしりをふって、ついでにぽとんとフンを落《お》とした。

ひどい。ぼくはくやしくってしょうがなかった。ぼくじゃないっていってるのに。ぼくが弱《よわ》いものイジメなんて、なんでそんなおバカなことしなきゃならないんだ。

「おおい、バケツー」

そのとき、空《そら》から海鳥《うみどり》さんがまいおりてきた。

「やっぱり、バケツだ。おまえ、なんだって学校《がっこう》にいるんだ？」

「おお、海鳥《うみどり》どの」クジャクさんがいった。「おぬし、なんでこの悪魔《あくま》を知《し》っておる？」

「ギャハハッ、バケツは悪魔《あくま》じゃないよ。このネコは、『ドラゴンの湯《ゆ》』に住《す》んでるんだ」

「なんと」

クジャクさんはマヌケな顔《かお》でぼくを見《み》た。

「では、もしかして、有名《ゆうめい》なアナンのネコか」

「そうだよ」ぼくはいった。「アナンとぼくは兄弟《きょうだい》みたいなもんだ」

「これはこれは、失礼《しつれい》した」

クジャクさんはころりと態度《たいど》をかえて、ボロボロになった羽《はね》をあちこちにぶつけながら、ぼくのそばにおりてきた。かわいそうに、やっぱりこんな木《き》の上《うえ》に住《す》むのは、むいてなさそうだ。

「おお、すばらしき『ドラゴンの湯《ゆ》』」クジャクさんは歌《うた》うようにいった。「むかし、わがクジャク一族《いちぞく》は、あそこの金《きん》の竜《りゅう》と友《とも》だちだったのだ。一度《いちど》、あの城《しろ》に住《す》んでみたいと思《おも》っておった」

「じゃあ、どうして竜《りゅう》が消《き》えたか、知《し》ってる?」ぼくはきいてみた。

「まあな。いい伝《つた》えでは、竜《りゅう》が悪《わる》さをしたと……」

「え、悪《わる》さって?」

「竜《りゅう》はジャングルのフルーツが大好《だいす》きだったのだ。生《い》き物《もの》は決《けっ》してころさない、ココロやさしい竜《りゅう》だった。だが、あるとき魔《ま》がさしてな、海鳥《うみどり》をぺろりといただいてしまったのだ。それから、よい力《ちから》をうしなって、竜《りゅう》はどこかにいってしまったらしい。竜《りゅう》の力《ちから》でわいていた温泉《おんせん》はかれはててしまったのだよ」

ナォ、そういうことだったのか。

「鳥《とり》をおそうなんて、きのうの悪魔《あくま》みたいだな」海鳥《うみどり》さんがいった。

「ねえ、いったいなにがあったの？」ぼくはたずねた。

「いまわしいことだ。真夜中《まよなか》、ガチョウのおじいさんが、羽《はね》をちぎられたのだ」クジャクさんはいった。「さっき、医者《いしゃ》から帰《かえ》ってきたところだよ」

「まさか、その竜《りゅう》が犯人《はんにん》だったりして。ギャハハ」海鳥《うみどり》さんがいった。

「もう千年《せんねん》も金《きん》の竜《りゅう》を見《み》たものは、おらん」クジャクさんはいった。「この島《しま》には生《い》きていないはずだ」

「そのガチョウさんは、どこにいるの？　ぼく、話《はなし》をきいて、犯人《はんにん》をつきとめてやるよ」

「ギャハハ、がんばれバケツ探偵《たんてい》」海鳥《うみどり》さんがわらった。

ナォ、わらいごとじゃないよ。そんなひどい悪魔《あくま》とまちがえられるなんて、ぼく、もう、がまんできない。

「クジャクさん、こんど、『ドラゴンの湯《ゆ》』にあそびにおいでよ」ぼくはいった。「クジャクさんてすてきだから、あそこの庭《にわ》によくにあうと思《おも》うよ」

「ふむ、どうやらネコはいい動物《どうぶつ》のようだ」クジャクさんはつんとすましていった。

「あんた……悪魔《あくま》かい」

羽《はね》に白《しろ》い包帯《ほうたい》をまいたガチョウのおじいさんは、ぼくの姿《すがた》を見《み》たとたんぶるぶるとふるえ出《だ》した。

はああ、もうかんべんしてよ。だいたい、悪魔《あくま》がこんなにかわいいわけないでしょ。

「ちがうよ、ぼく、犯人《はんにん》をつかまえたいんだ。事件《じけん》の話《はなし》をきかせてほしいんだけど」

「わたしはもう、だれかを信《しん》じるのをやめたんじゃ」ガチョウさんはいった。「きのうの夜《よる》でな」

「いったい、なにがあったの？」

「ああ、実《じつ》にひれつな犯行《はんこう》だった。星《ほし》の美《うつく》しい晩《ばん》、わたしはいつものように草《くさ》の上《うえ》でねむっていた。だれかが、いきなり後《うし》ろからおそいかかったのだ。わたしをおさえつけ、たいせつな羽《はね》をブチン、ブチンと――」

ガチョウさんは体《からだ》をふるわせ、涙《なみだ》ぐんだ。

ひどい。犯人《はんにん》はなにが楽《たの》しくて、こんなお年寄《としよ》りを傷《きず》つけるんだろう？　ぼくはおじいさんがかわいそうになって、ちょっぴり涙《なみだ》が出《で》てしまった。

動物《どうぶつ》は、ぜったいにイジメちゃいけない。動物《どうぶつ》は弱《よわ》くて、口《くち》がきけないんだから。人間《にんげん》になにかされたら、どうしようもないんだから。

動物《どうぶつ》だけじゃない。弱《よわ》い人間《にんげん》だってイジメちゃいけない。弱《よわ》い者《もの》をイジメてよろこぶのは、ひきょうな人間《にんげん》だ。いくら弱《よわ》い相手《あいて》をやっつけたって、そんなの、ほんとうの強《つよ》さじゃない。

「チクショウ」ぼくは泣《な》けてきた。「そんなヒキョウなやつと、なんでぼくがまちがわれなきゃならないんだ……」

ガチョウのおじいさんは、目《め》をしょぼしょぼさせて、ぼくを見《み》た。

「泣《な》くな、もうわかったから。かわいそうになあ」

「ねえ、おじいさん、どんな相手《あいて》だった？　顔《かお》は見《み》たの？」

「いいや」ガチョウさんは首《くび》をふった。「お役《やく》にたてなくて、もうしわけない。なにしろわたしたちは鳥目《とりめ》なのでな」

なるほど、犯人《はんにん》はおバカじゃない。きっと鳥《とり》たちが夜《よる》は目《め》が見《み》えないことも計算《けいさん》に入《い》れていたんだ。よし、こんどは学校《がっこう》の中《なか》をしらべてみよう。なにか手《て》がかりがあるかもしれない。

なんだか、ほんとうの探偵《たんてい》みたいな気分《きぶん》になってきた。ぼくはこっそりと窓《まど》から校《こう》舎《しゃ》の中《なか》にしのびこんでいった。

わあ、学校《がっこう》って、空気《くうき》がちがう。まるで子《こ》どもたちの元気《げんき》をぎゅっとつめたみたい。大《おお》きなホールには、絵《え》や工作《こうさく》がならんでいて、カラフルな花《はな》がさいているみたいだった。

ぼくは迷路《めいろ》みたいな廊下《ろうか》をしのび足《あし》で進《すす》んだ。しばらくいくと、子《こ》どもたちがつくえの前《まえ》にすわって、字《じ》を書《か》いたり、本《ほん》を読《よ》んだり、ハナクソをほじったりしている部《へ》屋《や》があった。

これが、教室《きょうしつ》とかいう場所《ばしょ》らしい。あ、ユメコちゃんもいる。ふざけた男《おとこ》の子《こ》が、ユメコちゃんの髪《かみ》の毛《け》をひっぱった。

「やめてよ」ユメコちゃんはいった。「先生《せんせい》が静《しず》かにしてなさいっていってたでしょ」

「どうせおひるまで帰《かえ》ってこないよ」男《おとこ》の子《こ》はいった。「悪魔《あくま》のおかげでね」

ナォ、おかしいな。先生《せんせい》はどこにいったんだ？

ぼくはすばやく先《さき》に進《すす》んでいった。図書室《としょしつ》、理科室《りかしつ》、音楽室《おんがくしつ》。しばらくいくと、ひとつの部屋《へや》から大人《おとな》たちの話《はな》し声《ごえ》がきこえてきた。

ドアのすき間《ま》から、そっと中《なか》をのぞくと、長《なが》いテーブルにずらりと先生《せんせい》たちがならんでいるのが見《み》えた。勉強《べんきょう》も教《おし》えないで、なにをおしゃべりしているんだろう？

「たしかに学校《がっこう》には、いろいろな子《こ》が集《あつ》まってきています」まじめそうな女《おんな》の先生《せんせい》がいった。「でも、まさか生徒《せいと》たちの中《なか》に、こんなひどいことをする子《こ》がいるとは……わたくしは、信《しん》じたくありません」

みんながうんうんとうなずいた。なるほど、事件《じけん》について話《はな》しあいをしているらしい。

「いや、もう、そんなことをいっている場合《ばあい》ではないのです」

一番前《いちばんまえ》にすわっていた、太《ふと》ったヒゲの先生《せんせい》が立《た》ちあがった。

「校長先生《こうちょうせんせい》」女《おんな》の先生《せんせい》がいった。

「いいですか、みなさん」校長先生《こうちょうせんせい》はいった。「きのうの夜《よる》、ガチョウがやられた池《いけ》のまわりに、小《ちい》さな足《あし》あとが発見《はっけん》されました」

「前《まえ》の日《ひ》に、飼育当番《しいくとうばん》がエサをやるときついたんじゃないですか？」

「いいえ、ちがいます。ちぎったガチョウの羽《はね》をふんづけていましたから」

先生《せんせい》たちがざわざわとざわめいた。

「できれば、みとめたくはありません」校長先生《こうちょうせんせい》がいった。「しかし、もし今《いま》のうちにその子《こ》がまちがいに気《き》づかなければ、大《おお》きくなってもっとたいへんなことになるかもしれません。それを教《おし》えてあげるのがわたしたちの役目《やくめ》ではないでしょうか？」

そりゃあ、そうかもしれない。ぼくは植木《うえき》のかげにすわりこみ、校長先生《こうちょうせんせい》のいうことにフンフンうなずいていた。

だけど、あんなひどいことができる子《こ》に、そんなこと教《おし》えられるのかな……？

そのとき、ぼくはすっかり中《なか》の話《はなし》に気《き》をとられていた。あとから何度《なんど》考《かんが》えても、くやしくてしかたない。おバカなぼくはぜんぜん気《き》づかなかったんだ。そのとき、まさにその子《こ》の手《て》が、自分《じぶん》の後《うし》ろにしのびよっていたのを。

「ギャアアッ」ぼくは悲鳴《ひめい》をあげた。

いたいっ、耳《みみ》がビリビリいたい。なにがなんだかわからない。だれか、だれか助《たす》けて――。

あまりのいたみに、ぼくはパニックになって部屋《へや》の中《なか》にかけこんだ。

「うわあ、ネ、ネコだっ」

先生《せんせい》たちはおどろいて、とびあがった。

耳《みみ》がちぎれるほど、いたい。おまけに、なにかが耳《みみ》のとこでバサバサなっている。

これなに？　助《たす》けて——。

「こっちだ、こっちにこい」

そのとき、太《ふと》い声《こえ》がした。ぼくの正面《しょうめん》に校長先生《こうちょうせんせい》が手《て》を広《ひろ》げている。ぼくは必死《ひっし》に、そのふかふかのマットみたいな胸《むね》にとびこんだ。

「よしよし、じっとしてろ」校長先生《こうちょうせんせい》はいった。「今《いま》、とってやるからな……うわあ、なんてひどい。これはホチキスでとめてあるぞ」

ホチキス？　ぼくは涙《なみだ》ぐみながら、校長先生《こうちょうせんせい》がぼくの耳《みみ》からはずしたものを見《み》た。

ぼくの血《ち》がついた、一枚《いちまい》の紙《かみ》を。

ああ、悪魔《あくま》だ、みんなのいうとおり。こんなことができるなんて——。

「……犯人《はんにん》からのメッセージです」校長先生《こうちょうせんせい》がいった。「残念《ざんねん》ながら、これで犯人《はんにん》がうちの生徒《せいと》だということがはっきりしてしまった」

ええっ、と先生《せんせい》たちが集《あつ》まってきた。

エンピツのきたない字《じ》が紙《かみ》に書《か》きなぐってある。校長先生《こうちょうせんせい》はこおりついたみんなの顔《かお》を見回《みまわ》すと、暗《くら》い声《こえ》でメッセージを読《よ》みあげた。

「『まちがっているのは、おまえたちだ！　バカ百万回《ひゃくまんかい》』」

4　ぼくの友《とも》だち

アナンのモザイクの森《もり》は、傷《きず》ついたぼくをなぐさめてくれた。お風呂場《ふろば》にすわっていると、まるでアナンの中《なか》にすっぽりとつつまれているみたい。ここは天国《てんごく》だけど、外《そと》には地獄《じごく》もあるんだ。

なさけなかった。犯人《はんにん》が見《み》つけられなかったことだけじゃない。子《こ》どものイジメのターゲットになって、どろどろのココロをあびせられたことも。ぼくは、だれからも、こんなふうに利用《りよう》されたことはなかった。

あの日《ひ》、学校《がっこう》の保健室《ほけんしつ》で消毒《しょうどく》してもらうと、ぼくは急《いそ》いでここに帰《かえ》ってきた。だから、耳《みみ》に小《ちい》さな穴《あな》がふたつあいたわけはだれも知《し》らない。ナガレさんは、ヘビにでもかまれたかと、首《くび》をかしげていた。

「おおい、バケツ」

ある午後《ごご》、ぼくがいつものようにアナンのモザイクを見《み》ていると、後《うし》ろからなつかしい声《こえ》がした。ふりむくと、大《おお》きな白《しろ》い犬《いぬ》がシッポをふって立《た》っていた。

「ふかふか
信じられない」

アナンがさけび声《ごえ》をあげて、ハンマーをほうり出《だ》した。

「信《しん》じられない、どうしてここにいるの？」

まったく、夢《ゆめ》でも見《み》ているみたい。ぼくたちはリュウノスケにかけより、ふかふかの毛《け》にだきついた。

「おっと」リュウノスケの足《あし》がちょっとふらついた。

ぼくはドキンとした。今《いま》までは、そんなことなかったのに。リュウノスケもそろそろ年《とし》をとったんだ。

「ふん、あのペンダントのおかげさ」リュウノスケはいった。「ご主人《しゅじん》さまはオリーブの葉《は》っぱを見《み》て、すぐにピンときたんだ。おまえたちが『夢《ゆめ》の島《しま》』にいるってな。どんぴしゃりだったよ」

「ああ、ぼく、本気《ほんき》で会《あ》いたかったんだよ」

「おい、おまえどうしたんだ、その耳《みみ》は？　ピアスでもはめようとしたのか？」

リュウノスケは太《ふと》い舌《した》で、ぺろぺろとぼくの耳《みみ》をなめてくれた。傷《きず》ついたココロが、あったかくなる。ぶあいそなやつだけど、こいつはほんとうのぼくの友《とも》だちなんだ。

「ありがとう、リュウノスケ」ぼくは泣《な》きそうになった。

「なんだよ、つらいことでもあったみたいだな」

そのとき、ノエルのおばあさんがナガレさんといっしょに入《はい》ってきた。

「まあ……これは……」

おばあさんはそのとたん、目《め》をあけたまま気絶《きぜつ》してしまった。動《うご》かない目玉《めだま》がアナンの森《もり》にくぎづけになっている。

「おばあさん、おばあさん」

アナンはあわてて、おばあさんをゆさぶった。おばあさんははっとして、アナンをだきしめた。

「ああ、タマシイがすいこまれてしまったわ。すばらしいわ、アナン。こんなすごいものは、見《み》たことありません」

やれやれ、もしこのお風呂《ふろ》ができあがったら、おばあさんは入《はい》りすぎてふやけちゃうかも。

「それにしても、よくここがわかりましたね？」ナガレさんはいった。「船《ふね》の旅《たび》は、たいへんだったでしょう」

「あなたたちに会《あ》うためなら、この星《ほし》をひと回《まわ》りだってしますよ。それにね、たいへんなことがわかったの」おばあさんはいった。

「たいへんなことって？」

「あのドリーム文字《もじ》が、全部《ぜんぶ》よめたんです。むずかしい暗号《あんごう》があって、すごくたいへんだったけど。そしたら、お宝《たから》はこの『夢《ゆめ》の島《しま》』にあったのよ」

ナォ、そんなこと、すっかりわすれてた。やった、これでお宝《たから》はぼくたちのものだ。

「なんだって、この島《しま》に？」ナガレさんは目《め》を丸《まる》くした。

「むかし、ここに逃《に》げてきた盗賊《とうぞく》が、かくしたんだそうよ」おばあさんはいった。

「秘密《ひみつ》の洞穴《ほらあな》があるって、書《か》いてあったわ」

「ど、どうするつもりです、おばあさん。それを、まさか……」

みんなはおばあさんの顔《かお》を見《み》た。おばあさんのほっぺが、森《もり》で花《はな》をつんでいる少女《しょうじょ》のようにぽっとピンク色《いろ》になった。

「だって、わくわくするじゃないの、お宝《たから》なんて」おばあさんはいった。「もちろん、お宝探検《たからたんけん》にいくのよ」

ナォ、やれやれ、たいへんな人《ひと》だ。

「ぼく、お宝《たから》なら、もういっぱい持《も》ってるよ」アナンがいった。「ドリームストーンさえあればなにもいらないよ」

「むかしのお宝《たから》には、またべつのロマンがあるのですよ」おばあさんはいった。「だけど、お宝《たから》は争《あらそ》いを起《お》こすことがあるから気《き》をつけないと……」

ウォン――そのとき、リュウノスケが低《ひく》くほえた。

「だれかいるぞ」

おばあさんは話《はな》すのをやめ、ぎくりとしてふりむいた。

入《い》り口《ぐち》から音《おと》もなくあらわれた、その太《ふと》った影《かげ》は――。

「はじめまして」

なんだ、鶴《つる》の宮《みや》さんが帰《かえ》ってきただけじゃない。鶴《つる》の宮《みや》さんはおばあさんにむかって、ゆっくりとおじぎをした。

「あら?」おばあさんの目《め》がきゅっと細《ほそ》くなった。「もしかして、どこかでお会《あ》いしたことが……?」

「人《ひと》ちがいじゃありませんか?」

鶴《つる》の宮《みや》さんはまゆ毛《げ》を上下《じょうげ》に動《うご》かし、あいそよくわらった。

ナォ、でも、ぼくはごまかされない。その顔《かお》、なんだかいつもとちがう。この人《ひと》のもうひとつの顔《かお》がちらりと見《み》えたんだ。

「ところで、さっきの話《はなし》はほんとですか？」鶴《つる》の宮《みや》さんが、なにげなくいった。「お宝《たから》があるとか、なんとか」

「そうなんだ」アナンがいった。「秘《ひ》密《みつ》の洞穴《ほらあな》があるんだって」

「この島《しま》のことなら、なんでもこのわたしにきいてください。ドリームストーンを集《あつ》めるために、そこら中《じゅう》にいっていますからね」

「それでは……」おばあさんがいった。「怪物岬《かいぶつみさき》って、知《し》ってます？」

「なんだって、怪物岬《かいぶつみさき》？」鶴《つる》の宮《みや》さんはとびあがった。「あそこはジャングルのむこうにあって、道《みち》が通《つう》じていないんです。海《うみ》はうずをまいてるから、船《ふね》でも近《ちか》づけない。わたしだっていったことがありませんよ」

「そんなことだろうと思《おも》った」ナガレさんは首《くび》をふった。

ナォン、それじゃあ、お宝《たから》はあきらめるしかないよね。

「まあ」おばあさんはいった。「それじゃあ、いよいよ本物《ほんもの》ってことね」

みんな、ぎょっとしておばあさんの顔《かお》を見《み》た。

ふつうだったら、ここでしょんぼりするところなのに。このおばあさん、やっぱりふつうじゃなかったんだ。

「お宝《たから》の地《ち》図《ず》には、こんなことが書《か》いてあったの」おばあさんはにこにこしていった。『この島《しま》に、ぬけ穴《あな》を知《し》る者《もの》あり』」

「なんだって、ぬけ穴《あな》？」鶴《つる》の宮《みや》さんはいった。「そりゃあ、初耳《はつみみ》だ」

「そして……『その闇《やみ》のむこう、聖《せい》なる怪物《かいぶつ》に守《まも》られた、宝《たから》の海《うみ》あり。宝《たから》を手《て》にするものは、聖《せい》なる怪物《かいぶつ》をしたがえる者《もの》』」

「ふうん。聖《せい》なる怪物《かいぶつ》って」アナンがぽつりとつぶやいた。「いったいどんな顔《かお》してるのかなあ？」

5　宝《たから》さがし

それから毎日《まいにち》、おばあさんと鶴《つる》の宮《みや》さんは、はりきってジャングルに出《で》かけていった。秘密《ひみつ》のぬけ穴《あな》、ってやつをさがしているらしい。島《しま》のお年寄《としよ》りたちにきいてみたけれど、だれも知《し》っている人《ひと》はいなかった。

「怪物岬《かいぶつみさき》には、近《ちか》づかないほうがいいよ」お年寄《としよ》りたちは忠告《ちゅうこく》した。「生《い》きて帰《かえ》ってこれないぞ」

でも、ノエルのおばあさんはぜんぜん平気《へいき》だった。

「秘密《ひみつ》のぬけ穴《あな》が、そんなに簡単《かんたん》に見《み》つかったら、秘密《ひみつ》になりませんよ」おばあさんはいった。「こうやって、いっしょうけんめいにさがしていれば、きっとお宝《たから》のほうだって感《かん》じているはず。答《こた》えはむこうからくるのです」

はあ、そういうもの？　ぼくにはよくわからなかったけれど、リュウノスケはうんうんとうなずいた。

「フン、そういうものだ。バケツ、おまえも、もっと大人《おとな》になったらわかるよ。おれみたいにな」

どうやらリュウノスケは、自分《じぶん》が年《とし》をとったなんて思《おも》っていないみたいだった。アナンはあいかわらず、お宝《たから》さがしよりモザイクに夢中《むちゅう》だった。朝《あさ》、起《お》きたかと思《おも》うと、もうお風呂場《ふろば》で石《いし》をわりはじめている。そして、午後《ごご》になると、いそいそとユメコちゃんがやってくるんだ。

「こんにちは、アナンくん」

その日《ひ》も、ぼくはモザイクの森《もり》でうとうとしながら、ユメコちゃんの帰《かえ》りを待《ま》っていた。

と、ユメコちゃんの声《こえ》のあとに、男《おとこ》の子《こ》の声《こえ》がきこえてきたんだ。

「ふうん、じゃあ、アナンてやつは、もうはたらかされてるんだ」

「そうじゃないってば」ユメコちゃんがいった。「アナンが、自分《じぶん》でモザイクを作《つく》りたくて、作《つく》ってるの」

あれ？　ぼくはむっくり起《お》きあがった。どこかで、きいたことのある声《こえ》。ユメコちゃんといっしょに、あの体《からだ》の大《おお》きな男《おとこ》の子《こ》が入《はい》ってきた。

「へえ……」

ユウジくんはアナンの森《もり》を見回《みまわ》した。だけど、なんだか気味《きみ》が悪《わる》そうだ。

「アナン、この子《こ》はユウジくん」ユメコちゃんはいった。「学校《がっこう》のお友《とも》だちよ」

「ふうん、アナンて、おまえか」ユウジくんはアナンをじろじろ見《み》た。「これ、全部《ぜんぶ》アナンが作《つく》ったたって、ウソいうなよ」

「ウソじゃないよ。こうやってね……」

カアアーン。アナンはハンマーで、赤《あか》いドリームストーンをわってみせた。

「ひとつずつ石《いし》をわって、はりつけるんだ。簡単《かんたん》だよ」

石《いし》のかけらはルビーみたいにまっ赤《か》で、きらきら光《ひか》っている。ユウジくんはめずらしそうにカケラをつまみあげた。

「血《ち》の色《いろ》みたいだ」ユウジくんはいった。「だけどさ、こんなことつまんなくない？」

「ううん」アナンはいった。「静《しず》かにやってるように見《み》えても、うわって、ココロが熱《あつ》くなることがあるんだ。自分《じぶん》がわからなくなるくらい」

「へっ……なんか、おれが悪《わる》いことするときみたいだな」

「悪《わる》いこと？」

なんだか、あやしいことをいうやつだ。じっと見《み》ていると、ユウジくんがやっとぼくに気《き》づいた。

「あれ、あのネコ……？」

ずしん――その目《め》に見《み》つめられたとたん、ぼくは体《からだ》が急《きゅう》に重《おも》たくなった。なんだなんだ……？

「へえ」ユウジくんはおもしろそうにいった。「なんだ、おまえのネコだったのか」

ウソ。まさか、この子《こ》が？

ぼくはそのまま体《からだ》がずんずん重《おも》くなって、ネコの置《お》き物《もの》になりそうだった。あんなにさがし回《まわ》っていた犯人《はんにん》が目《め》の前《まえ》にいるのに、おこることも、泣《な》くこともできなかった。

信《しん》じられない。ふつうの子《こ》だ。ツノもはえてないし、悪魔《あくま》のシッポもついていない。まさか、この子《こ》が、あんなひどいことをやったなんて。

「ユウジくん、ぼくのネコがどうしたの？」

なにも知《し》らないアナンは、あどけない顔《かお》で、ユウジくんにたずねた。ユウジくんはじっとアナンを見《み》ていた。まるでその大《おお》きな黒《くろ》い星《ほし》の目《め》の中《なか》に、気味《きみ》の悪《わる》い生《い》き物《もの》でもいるように。

「チッ、しょうがねえ」ユウジくんはいった。「おれがやったんだよ。みんな。バカ鳥《どり》をやっつけたのも、おまえのネコの耳《みみ》をホチキスでとめたのも、おれだ。どうだ、すげえだろ」

「ウソ」ユメコちゃんがさけんだ。

お人形《にんぎょう》のような顔《かお》が、みるみるまに青《あお》くなっていく。ユメコちゃんはワアッと泣《な》きながら廊下《ろうか》にかけ出《だ》していった。

アナンはまるで、自分《じぶん》の耳《みみ》にホチキスがささったようにつっ立《た》っていた。でも、なにもいわない。ユウジくんのことをせめたり、おこったりしなかった。ただ、その星《ほし》のような目《め》にみるみるうちに涙《なみだ》がたまっていったんだ。

アナンはなにも知《し》らなかった。だってぼくは、アナンには知《し》られたくなかったんだ。この顔《かお》を見《み》たくなかったんだよ。

「ケッ」ユウジくんはいった。「おれが悪《わる》いんじゃねえよ。ガチョウはいやな目《め》でおれを見《み》やがった。鳥《とり》どもはいつだって、おれのことをバカにしてるんだ」

いちおう、ユウジくんなりの理由《りゆう》はあるみたいだ。こじつけた理由《りゆう》で、理由《りゆう》にはなっていないけど。

「おれはな、なにをやったってかまわねえんだ。おれは、強《つよ》い。おれは、だれよりもえらい。それがわからねえバカなやつらに、おれの力《ちから》をわからせてやったんだ」

「……かわいそうに」アナンはつぶやいた。

「かわいそうじゃねえさ、動物《どうぶつ》なんか」

「かわいそうなのは、ユウジくんだよ」

「なんだと」

ユウジくんの顔色《かおいろ》がかわった。あぶないアナン。この子《こ》はココロに火《ひ》がつきやすいんだ。そんなことをいったら――。

「ちくしょうっ」

ユウジくんはアナンにとびかかった。小《ちい》さなアナンは、声《こえ》もなくお風呂場《ふろば》の床《ゆか》にたおれた。

ナォッ。ぼくはすぐにツメをたて、ユウジくんにとびかかろうとした。アナンはぼくがまもるんだ、どんなことがあっても――。

「バケツ、やめてっ」アナンがいった。「ユウジくんに手《て》を出《だ》すな」

ナォ？　どうして？　ぼくを止《と》めるなんて。アナン、こいつはぼくにひどいことしたんだよ。アナンにだって、なにをするかわからないんだよ。

「おれに、そんな口《くち》をきくなっ」ユウジくんはアナンの上《うえ》にまたがり、髪《かみ》の毛《け》をギュウギュウひっぱった。「おれはなあ、特別《とくべつ》な勇者《ゆうしゃ》なんだ。バカどもに思《おも》い知《し》らせてやるんだっ」

「ち、ちがう」アナンは歯《は》をくいしばった。「勇者《ゆうしゃ》じゃない」

そうだ、勇者《ゆうしゃ》どころか、この子《こ》は悪魔《あくま》だ。ぼくは、どうしてアナンがそんなにこわがらないのか、わからなかった。ぼくはユウジくんがこわい。やめて、そんなことやめて。

「アナン」ユウジくんの目《め》が、ぎらりと光《ひか》った。「おまえは、なんにも知《し》らねえんだ。おまえにだけは教《おし》えてやる、おれの秘密《ひみつ》を。おれはな、怪物岬《かいぶつみさき》の怪物《かいぶつ》にすげえ力《ちから》をもらったんだ」

へ？　ぼくは思《おも》わず、ユウジくんをまじまじと見《み》てしまった。

答《こた》えはむこうからくる――おばあさんがいってたことって、ほんとうだったの？

「ケッ、おれがウソついてると思《おも》ってるだろ」

ユウジくんはアナンの頭《あたま》から手《て》をはなした。ぼくの顔《かお》の上《うえ》に、むしられた毛《け》がパラパラと落《お》ちてきた。

「ぬけ穴《あな》を発見《はっけん》したんだ、偶然《ぐうぜん》にな」

ユウジくんはポケットをごそごそしはじめた。

「トンネルみたいな道《みち》さ。出《で》たところに海《うみ》があって、そこに怪物《かいぶつ》がいたんだ。黄色《きいろ》い目《め》がぎらぎら光《ひか》って、口《くち》から炎《ほのお》をはいていた。その怪物《かいぶつ》が、おれを見《み》た瞬間《しゅんかん》、おれの体《からだ》にビリビリと電流《でんりゅう》が走《はし》った。それで、勇者《ゆうしゃ》の力《ちから》をあたえられたんだ」

どひゃあ。怪物《かいぶつ》って、ほんとうだったんだ。やめよう、お宝《たから》さがしなんて、もうぜったいにやめよう。

「気《き》がつくと、おれはぬけ穴《あな》の入《い》り口《ぐち》にたおれてた。二本《にほん》のヤシの木《き》の間《あいだ》さ。手《て》にこの玉《たま》を持《も》ってな。そのときから、おれは特別《とくべつ》な人間《にんげん》に生《う》まれかわったんだ……ほら見《み》ろ」

ユウジくんはポケットから、すきとおった玉《たま》を出《だ》した。まん丸《まる》い、青《あお》みがかった、静《しず》かなかがやき。ドリームストーンとは光《ひか》り方《かた》がちがう。

「きれい。きっと水晶《すいしょう》だ――」

アナンが思《おも》わず手《て》をのばすと、ユウジくんはさっと玉《たま》をかくした。

「さわるんじゃねえ。これは、勇者《ゆうしゃ》のしるしだからな」

秘密《ひみつ》を話《はな》し、玉《たま》を見《み》せびらかしたら満足《まんぞく》したらしい。ユウジくんはアナンをはなして立《た》ちあがった。カッとしやすいけど、さめるのも早《はや》いみたい。

「これからも動物《どうぶつ》をいじめるの?」アナンは起《お》きあがりながらいった。

「さあな――」

ユウジくんはちらっとぼくを見《み》ながら、床《ゆか》に落《お》ちている小《ちい》さなハンマーをひろいあげた。ぼくはぞっとしてあとずさった。

「そういえばおれ、ガキのころ大工《だいく》さんになりたかったんだよな。ケッ」

ユウジくんはビュン、ビュンとハンマーをふり回《まわ》しながらいった。

「『夢《ゆめ》タワー』みたいに、空《そら》までとどくでっかい建物《たてもの》、作《つく》りたいなんて。バカバカしい、ガキのたわごとだぜ」

「作《つく》らないと、こわしたくなるんだ」アナンはじっとユウジくんの顔《かお》を見《み》ていった。

「なんだと。デタラメいうな」ユウジくんはむっとした。

「同《おな》じ力《ちから》なんだ。使《つか》い方《かた》、まちがえてるんだよ」

ナオ、むだだよ、アナン、こんなやつにそんなこといったって。こいつはめちゃくちゃして、こわすのが好《す》きなんだ。

「ふんッ、くっだらねえ。あばよ」

ユウジくんはガチャン、とハンマーをほうり出《だ》した。

「待《ま》って、ユウジくん」アナンは後《うし》ろから声《こえ》をかけた。「ちょっと、たのみがあるんだけど」

「うるせえ、おまえのたのみなんて、死《し》んでもきいてやるもんか」

ユウジくんは、足《あし》にあたるものはなんでもかんでもけっとばしながら歩《ある》いていった。

色《いろ》わけしたタイルが、ザザーッと床《ゆか》にぶちまけられた。

「その怪物《かいぶつ》のところに、ぼくをつれてってくれない？」アナンはいった。

「ケッ」ユウジくんはいった。「バカいうな」

「そのかわり、ぼくたちの秘密《ひみつ》も教《おし》えてあげるから。怪物岬《かいぶつみさき》には、盗賊《とうぞく》のお宝《たから》があるんだって」

ユウジくんの足《あし》が、ぴたりと止《と》まった。こちらをふりむくと、その口《くち》はさっきの水《すい》晶玉《しょうだま》みたいにまん丸《まる》くなっていた。

「マジ？」

6　怪物岬《かいぶつみさき》へ

いくら止《と》めたってムダだってわかってるから、ぼくはもう止《と》めなかった。

つぎの休《やす》みの朝《あさ》、イノチ知《し》らずのお宝探検隊《たからたんけんたい》は、怪物岬《かいぶつみさき》をめざして出発《しゅっぱつ》したんだ。

「まあまあ、お天気《てんき》にもめぐまれて」

おばあさんはうれしそうに青空《あおぞら》を見《み》あげると、いそいそとトラックにのりこんでいった。そのひざにはしっかりとおべんとうをかかえている。

ちょっとちょっと、おばあさん、怪物《かいぶつ》がいるんだよ、炎《ほのお》をふく怪物《かいぶつ》。まったくもう、ハイキングじゃないんだから。

「おれさえいれば、だいじょうぶだ」ユウジくんは水晶玉《すいしょうだま》をいじりながらいった。「その、『聖《せい》なる怪物《かいぶつ》をしたがえる者《もの》』って、きっとおれのことだからな。宝《たから》はおれのもんだ」

「フン、だったらいいんだけどな」リュウノスケがつぶやいた。「おれはなんだか、いやーな予感《よかん》がするね」

トラックの荷台《にだい》にすわっているのは、アナンとナガレさんとリュウノスケ、そしてユウジくんだ。ユウジくんの頭《あたま》の中《なか》は、もうお宝《たから》でいっぱいらしく、犬《いぬ》やネコには目《め》もくれない。ナガレさんはむっつりとだまりこんでいた。ほんとうはいきたくないけれど、アナンのことが心配《しんぱい》だからついていくだけなんだ。

鶴《つる》の宮《みや》さんはなんだかいきいきとして、口笛《くちぶえ》をふきながらトラックを運転《うんてん》している。

信号《しんごう》のない、美《うつく》しい海《うみ》ぞいの道《みち》を、トラックはどんどん進《すす》んでいった。と、森《もり》の入《い》り口《ぐち》にやってきたとき、パッパーとクラクションがなって、トラックが止《と》まった。

道《みち》ばたでしゃがんでいた女《おんな》の子《こ》が立《た》ちあがった。手《て》に持《も》ったバスケットには、まっ赤《か》な野《の》イチゴが山《やま》もりだ。

「あ、ユメコちゃんだ。おおい」

アナンは手《て》をふって、荷台《にだい》からとびおりていった。

どれどれ、ぼくもあいさつしにいこっと。

「アナンくん、どこいくの？」ユメコちゃんは不安《ふあん》そうにいった。「ユウジくんもいるじゃない」

「えっと……」アナンはいった。「ハイキングだよ」

ユメコちゃんはじろじろとトラックを見《み》た。大《おお》きなスコップとか、ロープとかをつんでるから、どう見《み》たってハイキングには見《み》えない。

「気《き》をつけてね」ユメコちゃんはバスケットをさし出《だ》した。「よかったら、この野《の》イチゴ持《も》ってって」

「ありがとう」

ウォンッ——そのとき、リュウノスケがトラックの上《うえ》からあいさつした。そっちを見《み》たユメコちゃんの目《め》の色《いろ》が、ふっとかわった。まるで青空《あおぞら》に雲《くも》がかかったみたいに。

「あっ」アナンがさけんだ。「ユメコちゃん？」

ユメコちゃんの手《て》から、野《の》イチゴのバスケットがぽとりと落《お》ちた。白《しろ》いソックスが赤《あか》いジュースでよごれ、小《ちい》さなイチゴがころころところがっていく。

「ご、ごめんね、なんでもないの」

ユメコちゃんは青《あお》ざめた顔《かお》をかくすように、あたふたとイチゴをひろいはじめた。

「……今《いま》、なんか見《み》えたんだね？」アナンがいった。「教《おし》えてよ」

「で、でも——」

「だれにもいわないから」

ユメコちゃんはこまったように、くちびるをかんでいた。だけど、だまっていたら苦《くる》しくなるだけだ。

「……アナンくんには、かくせない」ユメコちゃんは白《しろ》いエプロンに顔《かお》をうめた。

「ごめんね、あの白《しろ》い犬《いぬ》、死《し》ぬのよ。もうすぐ寿命《じゅみょう》なの。だれにもどうしようもないの」

リュウノスケが死《し》ぬ。

ああ、バカバカ、そんなことききかなきゃよかった。

トラックがまた走《はし》り出《だ》しても、ぼくの頭《あたま》はもう、そのことでいっぱいだった。リュウノスケはなにも知《し》らないで、鼻歌《はなうた》を歌《うた》いながら、のんびりと海《うみ》をながめている。

「フン、きれいな海《うみ》だなあ」リュウノスケはつぶやいた。「タマシイがザバザバあらわれるようだぜ」

ぼくはリュウノスケの顔《かお》がまともに見《み》られなかった。いやだ。きっとはずれるに決《き》まってる、リュウノスケが死《し》んでたまるものか——。

「アナン、どうしたんだ？」ナガレさんがむしゃむしゃ野《の》イチゴを食《た》べながらいった。「おなかでもいたいのか？」

「ううん、だいじょうぶだよ」

アナンはなにも食《た》べようとしなかった。きっと、胸《むね》がはりさけそうなんだ。もうぼくたちはお宝《たから》どころじゃなかった。

「さあ、道《みち》はここまでですよ」

しばらくいくと、鶴《つる》の宮《みや》さんはジャングルの前《まえ》でトラックを止《と》めた。

「みなさんおりて、ここからは歩《ある》いてください」

ナォ、本物《ほんもの》のジャングルだ。大《おお》きな葉《は》っぱのバナナの木《き》や、ゴールデンパパイヤがすずなりになった木《き》が、前《まえ》も見《み》えないくらいおいしげっている。高《たか》い木《き》の上《うえ》で、カラフルな鳥《とり》たちがさけぶ声《こえ》がきこえた。

「警告《けいこく》、警告《けいこく》、帰《かえ》りたいなら、このジャングルにはいるな。生《い》きていたいなら、怪物《かいぶつ》岬《みさき》に近《ちか》づくな。警告《けいこく》、警告《けいこく》——」

「いい声《こえ》ですねえ」なにも知《し》らない鶴《つる》の宮《みや》さんはいった。「まるで、わたしたちを歓《かん》迎《げい》しているようだ」

「よし」ユウジくんがはりきって歩《ある》き出《だ》した。「みんな、おれのあとについてこい」

ああ、こんなあぶなそうなジャングルに入《はい》るなんて、イノチ知《し》らずだ。でも、みんなはお宝探《たからさが》しにわくわくしている。ユウジくんを先頭《せんとう》に、ロープや食《た》べ物《もの》を持《も》って、ジャングルを奥《おく》へ奥《おく》へと歩《ある》いていった。

はあ……はあ……。やがて、リュウノスケが苦《くる》しそうな息《いき》をしはじめた。ひとりだけどんどんおくれていく。

「トラックで待《ま》ってろよ、リュウノスケ」ぼくは心配《しんぱい》になっていった。「はっきりいうけどさ、おまえはもう、年《とし》なんだ」

「バカいうんじゃない、おれはまだまだ若《わか》いさ」リュウノスケはいった。「だいたい、なにかあったらだれがご主人《しゅじん》さまをまもるんだ？」

そうじゃないんだ、リュウノスケ。あぶないのはおまえのほうなんだよ。ああ、どうしよう、こんなこといえないし。

「あったぞ」

そのとき、前《まえ》のほうで、ユウジくんの声《こえ》がした。

「あの大《おお》きなヤシの木《き》だ」

みんなは急《いそ》いでユウジくんのまわりに集《あつ》まった。ジャングルの中《なか》に二《に》本《ほん》、やけにきちんとならんでいるヤシの木《き》がある。どうやら、盗賊《とうぞく》が目印《めじるし》にしたらしい。みんなは秘密《ひみつ》のぬけ穴《あな》をさがして、あたりを見回《みまわ》した。

「ここなら、何度《なんど》もきましたけど、なにもありませんでしたよ」鶴《つる》の宮《みや》さんはいった。

「えへん、ここに、へんな石《いし》があるんだよ」

ユウジくんはヤシの木《き》の間《あいだ》を指《ゆび》さした。たしかに地面《じめん》に白《しろ》い丸《まる》い石《いし》が、まるでスイッチのようにうめこんであった。

「動《うご》きませんよ」鶴《つる》の宮《みや》さんはそれをおした。「おしても、ひいても、びくともしない」

「えへへ、わかんないだろ？　よく見《み》てろよ、この音《おと》がカギなんだ」

ユウジくんは、そばに落《お》ちていたヤシの実《み》をひろうと、バン、バン、と石《いし》にうちつけた。

ゴゴゴゴ……。パイナップルのしげみのむこうで、なにか重《おも》いものが動《うご》く音《おと》がした。鶴《つる》の宮《みや》さんがけげんそうな顔《かお》で、とんがった葉《は》っぱをかきわけた。

ウソ、まさか、ほんとうにこんな——。

「なんでわかったの？」アナンは感心《かんしん》していった。「こんな、すごいしかけ」

「たまたまあの石《いし》の上《うえ》を、ゴミ虫《むし》が歩《ある》いてたんだ」ユウジくんはいった。「それを、ヤシの実《み》でぶっつぶそうとしたら……このとおりさ」

ナオ、なんでこんなやつが、秘密《ひみつ》のぬけ穴《あな》を見《み》つけるわけ？

パイナップルのしげみの裏《うら》には、人《ひと》が通《とお》れるくらい大《おお》きな黒《くろ》い穴《あな》がぽっかりと口《くち》をあけていたんだ。

こういう暗《くら》い所《ところ》なら、ネコの目《め》におまかせ。懐中電灯《かいちゅうでんとう》ではてらせない所《ところ》も見《み》えるぼくは、みんなの先《さき》にたって、どんどんトンネルを進《すす》んでいった。くんくん、かすかに海《うみ》のにおいがするよ。

「もうすぐ出口《でぐち》だぜ」ユウジくんの声《こえ》がうわんとひびいた。「食《く》われたいやつは、先《さき》にいけ」

まったく、いやなやつ。ぼくは緊張《きんちょう》して一歩一歩《いっぽいっぽ》進《すす》んでいった。波《なみ》の音《おと》がきこえてきたな、と思《おも》ったら、ふっと顔《かお》に日光《にっこう》があたった。

出口《でぐち》だ。ぼくたちはまぶしさに目《め》をパチパチさせながら、海《うみ》をのぞむ高《たか》いがけっぷちに立《た》っていた。

うわあ、信《しん》じられないほど青《あお》い海《うみ》。いやいや、景色《けしき》に見《み》とれてる場合《ばあい》じゃない。か、怪物《かいぶつ》はどこ？

「なんだ、怪物《かいぶつ》なんて、いないじゃないですか。海《うみ》も静《しず》かだし」鶴《つる》の宮《みや》さんはいった。「ははあ、わかったぞ。きっと盗賊《とうぞく》がこしらえたウソですよ。お宝《たから》をまもろうとしたんでしょう」

「ちがうよ、怪物《かいぶつ》はちゃんといたってば。この目《め》で見《み》たって、いってるだろ」ユウジくんがいった。「だけど、道《みち》はここまでだぜ。宝《たから》はいったいどこにあるんだ？」

「ええと、こう書《か》いてあるわ」おばあさんが地図《ちず》を広《ひろ》げた。「『宝《たから》は左目《ひだりめ》にあり』」

はあ？　みんなは首《くび》をひねった。この海《うみ》と空《そら》しかない所《ところ》の、いったいどこに目玉《めだま》があるんだ？

と、アナンがぽつりといった。

「もしかして……今《いま》、ぼくたちがいる所《ところ》が、右目《みぎめ》？」

「それだっ」

みんなはガケから体《からだ》をのり出《だ》して、左《ひだり》のほうを見《み》た。もちろん道《みち》なんかどこにもない。ガケの途中《とちゅう》に、ヤシの木《き》がにょっきり一本《いっぽん》はえているのが見《み》えた。

「あやしいぞ。きっとあの木《き》が、鼻《はな》なんだ」

ユウジくんはがけからもっと体《からだ》をのり出《だ》して、木《き》のむこうをのぞいた。

「あった。ヤシの木《き》のむこうに、もうひとつ、洞穴《ほらあな》があるぞ」

やれやれ、あんなところにいけるのは、サルだけだ。まったく、なんてスリリングな大冒険《だいぼうけん》。

「それでは……」鶴《つる》の宮《みや》さんが太《ふと》った体《からだ》にロープをまきはじめた。「わたしがいきましょう」

みんながおどろいて、鶴《つる》の宮《みや》さんを見《み》た。

サルというより、ゴリラだ。これじゃあ重量《じゅうりょう》オーバーじゃないの？

「バカな、ロープがちぎれるぞ」ナガレさんはいった。「お宝《たから》なんか、もうあきらめよう」

「いや、これはだれのためでもない、自分《じぶん》のためにいくんです」鶴《つる》の宮《みや》さんはいった。

なんだか、へんなことをいい出《だ》したぞ。いつのまにか鶴《つる》の宮《みや》さんの顔《かお》はもうひとつの顔《かお》になっていた。

「自分《じぶん》のため……？」アナンはいった。

「アナンさん。じつは、わたしの先祖《せんぞ》は盗賊《とうぞく》だったんです。そのお宝《たから》をかくしたのは、わたしの先祖《せんぞ》かもしれない」

なんだって、盗賊《とうぞく》？　それじゃ、サンタクロースの反対《はんたい》じゃない？　ぼくたちはおどろいてものもいえなかった。そのとき、おばあさんがはっと気《き》づいた。

「思《おも》い出《だ》したわ。あなたをどこで見《み》たか。会《あ》ったんじゃない、おたずね者《もの》の写真《しゃしん》を見《み》たのよ」

「お、おたずね者《もの》？」ナガレさんがいった。

鶴《つる》の宮《みや》さんはじっとアナンを見《み》た。その黒《くろ》い星《ほし》の目《め》を。ずっとずっと、いいたくてしかたがなかった秘《ひ》密《みつ》が、ついに鶴《つる》の宮《みや》さんの口《くち》からとび出《だ》した。

「実《じつ》は……怪盗《かいとう》サンタ・クロスって、わたしのことなんです」

「エッ、サンタ・クロス？」ユウジくんがとびあがった。「おれ、知《し》ってるよ、世界《せかい》一有名《いちゆうめい》なナゾの盗賊《とうぞく》だ。ぜったいにつかまらないで、ニセ絵《え》と本物《ほんもの》の絵《え》をすりかえていくんだよ。でもさ、おたずね者《もの》の写真《しゃしん》は、すごくスマートでかっこいい人《ひと》だったけど……？」

「ずいぶん太《ふと》っちゃったわねえ」おばあさんもため息《いき》をついた。

「わざと太《ふと》ったんですよ。姿《すがた》をくらますために」鶴《つる》の宮《みや》さんはいいわけした。「サンタ・クロスは、もうやめたんです。むかし、わたしのニセ絵《え》はすばらしいできで、本《ほん》物《もの》と見《み》わけがつかなかった。でも、ある日《ひ》、絵《え》をかくのがいやになったんです」

「どうしてだよ？」

「いつまでたっても、ニセ絵《え》しかかけない。わたしには、どうしても本物《ほんもの》が作《つく》れないんです」

鶴《つる》の宮《みや》さんはちょっと悲《かな》しそうに、アナンを見《み》た。

「わたしの絵《え》には、アナンさんの作《つく》るもののようにハートがないんだ」

「ハートがない……」ユウジくんがいった。

「じゃあ、もしかして、あなたの部屋《へや》にあるのは——」ナガレさんがいった。

「世界中《せかいじゅう》の美術館《びじゅつかん》からぬすんだ、有名《ゆうめい》な絵《え》です。だけど毎日《まいにち》、本物《ほんもの》にかこまれてねむっても、わたしのココロはみたされなかった。でも、ある日《ひ》、わたしは〈リュウのあな〉にコーヒーを飲《の》みにいって、アナンさんのモザイクに出会《であ》いました」

鶴《つる》の宮《みや》さんはそのときのことを思《おも》い出《だ》して、目《め》に涙《なみだ》をうかべた。

「運命《うんめい》の出会《であ》いです」

アナンはなにもいわなかった。だけど、その目《め》は静《しず》かにかがやいていた。

「あのとき、決心《けっしん》したんです」鶴《つる》の宮《みや》さんはいった。「これからは、ずっと、本物《ほんもの》を作《つく》るお手伝《てつだ》いをしていこうと。わたしを生《い》きかえらせてくれたのは、アナンさんなんです」

「だれだって、反省《はんせい》するものよね」おばあさんはいった。「それじゃあ、ぬすんだ絵《え》はお返《かえ》ししなさい」

「ええ、そうします。このお宝《たから》さがしが無事《ぶじ》にすんだら」

鶴《つる》の宮《みや》さんはきりりとした目《め》にもどると、ロープをぎゅっと腰《こし》にむすびつけた。

ナォ。まったく、お宝探検隊《たからたんけんたい》が元怪盗《もとかいとう》なんて、心強《こころづよ》いじゃない。

「お宝《たから》ときくと、フシギに血《ち》がさわぐ」鶴《つる》の宮《みや》さんはいった。「ほしいんじゃなくて、自分《じぶん》の力《ちから》をためしたいのですよ」

「おれだって」ユウジくんもロープをつかんだ。「体《からだ》が爆発《ばくはつ》しそうだぜ。へん、止《と》めたってムダだ。運動神経《うんどうしんけい》ならだれにも負《ま》けないし、怪物《かいぶつ》をしたがえるのは、このおれだからな」

「やめなさい」鶴《つる》の宮《みや》さんはこわい声《こえ》でいった。「子《こ》どもはおとなしくそこで待《ま》っているんだ。おまえの役目《やくめ》は、もうすんだんだから」

「なんだと。もし、怪物《かいぶつ》が出《で》たらどうするんだ」

「なに、じつは爆弾《ばくだん》を用意《ようい》してきた。一発《いっぱつ》、お見《み》まいしてやるさ」

元《もと》サンタ・クロスの鶴《つる》の宮《みや》さんには、かなわない。黒《くろ》い爆弾《ばくだん》の玉《たま》を見《み》せられて、ユウジくんはしゅんとなってしまった。鶴《つる》の宮《みや》さんはロープにおもりをつけると、ヤシの木《き》にむかってシュルンと投《な》げた。

おみごと、ロープはヤシの木《き》にぐるぐるっとまきついた。

「じゃあ、いってきます」

鶴《つる》の宮《みや》さんはクモみたいに岩《いわ》にはりつきながら、するすると進《すす》んでいった。

おお、さすがはプロ。がんばれ、もうちょっとでヤシの木《き》だ——。

「よいしょ」鶴《つる》の宮《みや》さんは木《き》につかまり、汗《あせ》だくでこっちをふりむいた。「はあ、はあ……やっぱり、ダイエットしとくんでした。でも、ここまでくれば、もう、だいじょうぶ——」

ガラガラガラ、ドドーン——そのとき、とつぜん雷《かみなり》がとどろいた。まるで紙《かみ》しばいをめくったみたいに、空《そら》がみるみる黒《くろ》い雲《くも》でおおわれていく。静《しず》かだった海《うみ》がどろんとにごり、大《おお》きなうずをまきはじめた。

ほら、だからいわんこっちゃない。やめようっていったのに。出《で》るぞ、出《で》る、うわあ、出《で》たーっ。

「グオオーン」

海《うみ》から黒《くろ》くて長《なが》い首《くび》が、にゅうっとあらわれた。海《うみ》トカゲだ。と思《おも》ったら、ぬるぬるした背中《せなか》が見《み》えた。そして、大《おお》きな、ヒレのような足《あし》が——。

「恐　竜《きょうりゅう》だっ」ナガレさんがさけんだ。「怪物《かいぶつ》は、恐　竜《きょうりゅう》だったんだ」

7　アナンが見《み》ているもの

最悪《さいあく》の相手《あいて》だ、恐竜《きょうりゅう》なんて。

バラバラと、大《おお》つぶの雨《あめ》がふりはじめた。ヤシの木《き》にへばりついている鶴《つる》の宮《みや》さんをたき落《お》とそうとするように。鶴《つる》の宮《みや》さんは必死《ひっし》に足《あし》をふんばり、爆弾《ばくだん》をとり出《だ》して、火《ひ》をつけようとした。

ああ、でもダメ。雨《あめ》で火《ひ》がつかない。火《ひ》がつかなきゃ、爆弾《ばくだん》もただのボールだ。

「おーい、おれだよーっ」ユウジくんが恐竜《きょうりゅう》にむかって手《て》をふった。「ほら、おぼえてるだろ？」

「グオーン」恐竜《きょうりゅう》は歯《は》をむき出《だ》した。「ガオオーン」恐竜《きょうりゅう》は燃《も》える目《め》でユウジくんをにらみ、とても知《し》り合《あ》いのようには見《み》えないけど。恐竜《きょうりゅう》は燃《も》える目《め》でユウジくんをにらみ、おどかすようにほえた。

「あぶない」おばあさんがさけんだ。「ユウジくん、洞穴《ほらあな》の中《なか》にかくれて、早《はや》くっ」

「チクショウ、怪物《かいぶつ》、おれのいうことをきけっ」

ユウジくんは水晶玉《すいしょうだま》をにぎりしめ、ぐっと恐竜《きょうりゅう》にむかってつき出《だ》した。

そのとたん、恐竜《きょうりゅう》がシッポをふっておとなしく……なるわけないでしょ。恐竜《きょうりゅう》はますますいかりくるい、ガバッと口《くち》をひらいた。ナイフのようなとんがった歯《は》がずらりとならんでいる。

「うわああっ」ユウジくんは悲鳴《ひめい》をあげた。

恐竜《きょうりゅう》はなさけようしゃなく、太《ふと》い丸太《まるた》のようなシッポをユウジくんの頭《あたま》めがけてふりおろした。

「あぶないっ」ナガレさんがさけんだ。

シッポがバシンと岩《いわ》をくだいた。すれすれでユウジくんはとびよけた。あんなものにたたかれたら、おしまいだ。

「わあっ、助《たす》けてえ」

やっとおバカな勇者《ゆうしゃ》の夢《ゆめ》からさめたか。ユウジくんはあわてて逃《に》げようとして、ぬかるみですべって、すっころんだ。

「グオオーン」

恐竜《きょうりゅう》がさけびをあげ、また、シッポをふりあげた。黄色《きいろ》い目《め》はらんらんと光《ひか》り、ユウジくんをねらっている。そのとき、アナンがさけんだ。

「ユウジくん、早《はや》く、その玉《たま》を投《な》げて」

「なんだと」ユウジくんがいった。

「玉《たま》を返《かえ》して、っていってるよ」

ナォ？　なんだって。じゃあ、ユウジくんは玉《たま》を勝手《かって》に持《も》ってきたの？　勇者《ゆうしゃ》のしるしにもらったなんて、やっぱりウソだったんだ。

「い、いやだ」ユウジくんは首《くび》を横《よこ》にふった。「この玉《たま》は、おれのもんだ」

もうダメだ。いかりくるった恐竜《きょうりゅう》は、シッポを思《おも》い切《き》りふりおろした。

おバカ、ユウジくん、あぶない――。

そのとき、白《しろ》いものが、さっとユウジくんの前《まえ》にとび出《だ》した。ユウジくんをかばうように。恐竜《きょうりゅう》のシッポはそれを直撃《ちょくげき》したんだ。

「キャウーン……」

悲《かな》しい声《こえ》が、雷《かみなり》にかき消《け》された。リュウノスケは岩壁《がんぺき》にたたきつけられ、ずるんと地面《じめん》に落《お》ちた。おばあさんのかすれた悲鳴《ひめい》が洞穴《ほらあな》にひびいた。

おバカ、リュウノスケ。なんで、ユウジくんなんか助《たす》けるんだ。

「リュウノスケ」おばあさんはリュウノスケをだきしめた。「ああ……ごめんなさい、わたしには見《み》えなかった。おまえがこんなことになることが。ぜったいに、わたしより先《さき》にいってほしくなかったから――」

「……そりゃあ、無理《むり》だよ、ご主人《しゅじん》さま……」リュウノスケは口《くち》からゴホゴホ血《ち》を流《なが》しながらいった。「ふん、これが、おれの運命《うんめい》だ。くいはないさ……」たおれていたユウジくんの手《て》から、コロコロと水晶玉《すいしょうだま》がころがった。ユウジくんはぬかるみをはいずってきて、リュウノスケの血《ち》にそまった顔《かお》を見《み》た。

「な、なんで、こんなことしたんだ」ユウジくんはいった。「自分《じぶん》が生《い》きたくないのか、えっ？　バカヤロウ――」

リュウノスケは、ただ、静《しず》かな目《め》でユウジくんを見《み》ていた。ユウジくんはふるえる手《て》でリュウノスケの足《あし》をにぎり、泣《な》きくずれた。

「ごめんよ、おれのせいで、おれのせいで――」

ユウジくん、動物《どうぶつ》はおバカじゃないでしょ？　もう二度《にど》と、動物《どうぶつ》をイジメないよね？

「グオオーン」

でもまだ、ぜんぜん危険《きけん》は去《さ》ったわけじゃない。恐竜《きょうりゅう》はますますいかりくるい、洞穴《ほらあな》の前《まえ》でほえまくっていた。その黄色《きいろ》い目《め》が、こんどはギロリと鶴《つる》の宮《みや》さんをとらえた。

もう、ダメだ、鶴《つる》の宮《みや》さんが恐竜《きょうりゅう》のお昼《ひる》ゴハンになっちゃう――。

そのとき、アナンがすくっと立《た》ちあがった。落《お》ちていた水晶玉《すいしょうだま》をひろいあげると、恐竜《きょうりゅう》のほうにとことこと歩《ある》いていったんだ。

「アナン、あぶないっ、近《ちか》づくな」

ナガレさんがすごい勢《いきお》いでアナンにかけより、小《ちい》さな体《からだ》をだきしめた。なにがあってもはなさない、というように。だけど、アナンはぜんぜんこわがっていなかった。

「ほら」

おそろしい恐竜《きょうりゅう》にむかって、アナンは水晶玉《すいしょうだま》をさし出《だ》した。

あれ、どういうこと？　すきとおっていた玉《たま》が、いつのまにか金色《きんいろ》にかがやいている。

「これが返《かえ》してほしかったんだね」アナンはいった。「ごめんね、金《きん》の竜《りゅう》さん」

き、金《きん》の竜《りゅう》さん？

そんなもの、どこにいるんだ？　目《め》の前《まえ》にいるのは黒光《くろびか》りした恐竜《きょうりゅう》だ。いったいアナンの目《め》はどうなってるの？　ぼくと同《おな》じものが見《み》えてないの？

アナンが手《て》に持《も》つ水晶玉《すいしょうだま》が、きらり、と光《ひか》った。そう、まるで玉《たま》がよろこんでいるみたいに。そして、アナンは恐竜《きょうりゅう》の口《くち》をめがけて、ポーンと玉《たま》を投《な》げたんだ。

「ぐおーん」恐竜《きょうりゅう》はよろこびの声《こえ》をあげた。

みんな、あっけにとられて、恐竜《きょうりゅう》が玉《たま》をのみこむのを見《み》た。それはまるで、おいしいお薬《くすり》をのんでいるみたいだった。

つぎの瞬間《しゅんかん》、フシギなことが起《お》こった。恐竜《きょうりゅう》の目《め》が、水晶玉《すいしょうだま》みたいに金色《きんいろ》にかがやいた。と思《おも》ったら、皮《かわ》がむけるように、体《からだ》のあちこちから光《ひかり》がふき出《だ》したんだ。

脱皮《だっぴ》、いや、変身《へんしん》だ。黒《くろ》いごわごわした皮《かわ》はみるみるまに消《き》え、恐竜《きょうりゅう》は金色《きんいろ》の、美《うつく》しい生《い》き物《もの》に生《う》まれかわっていた。

竜《りゅう》だ。黄金《おうごん》の竜《りゅう》だ。たちまち黒雲《くろくも》は去《さ》り、青空《あおぞら》が広《ひろ》がる。その平和《へいわ》な空《そら》に、金《きん》の竜《りゅう》はうれしそうにまばゆい体《からだ》をくねらせた。

ああ、とべる、とべる。恐竜《きょうりゅう》は空《そら》とぶ竜《りゅう》になって、自由《じゆう》になったんだ。ぐるぐるとあたりをとび回《まわ》りながら、金《きん》の竜《りゅう》の目《め》は、アナンだけを見《み》ているみたいだった。

ありがとう　ありがとう。
わたしは　長《なが》い間《あいだ》　ケダモノだった。
海《うみ》の　底《そこ》で　小《ちい》さな子《こ》どもの夢《ゆめ》を　見《み》ていた。
今《いま》　わたしは　思《おも》い出《だ》した。

わたしがほんとうは なにものであったかを。
その子《こ》の光《ひかり》が 教《おし》えてくれたのだ。

ぼくの胸《むね》に、虹色《にじいろ》の波《なみ》となって、金色《きんいろ》の竜《りゅう》の思《おも》いがおしよせてきた。ヤシの木《き》にへばりついた鶴《つる》の宮《みや》さんも、ぽかんと口《くち》をあけたナガレさんも、ドロだらけのユウジくんも、死《し》にかけたリュウノスケも、犬《いぬ》をだいたおばあさんも、そのこうごうしい姿《すがた》にしばらく見《み》とれた。

「はあ、はあ……ああ、きれいだなあ……」リュウノスケはあらい息《いき》でいった。「アナンには、最初《さいしょ》から……見《み》えてたんだ……ゴホッ」

「リュウノスケ、しっかりして」ぼくはさけんだ。

「ほんとうのことが……ゴホッ、アナン……」

「アナン、きてちょうだい」おばあさんがいった。「この子《こ》がよんでる。わたしにはわかるの、もう、そのときが――」

アナンがリュウノスケにかけよった。ぼくの目《め》から、さっきの雨《あめ》みたいにどっと涙《なみだ》がふってきた。

「ありがとう、ありがとうリュウノスケ」おばあさんは泣《な》きながらいった。「また……会《あ》いましょうね……」

アナンはなにもいわなかった。ただ、きれいな涙《なみだ》だけがほっぺをつたっている。

ぼくはもう前《まえ》が見《み》えなくなって、リュウノスケの白《しろ》い毛《け》に顔《かお》をうずめた。

「ああ……」リュウノスケは幸《しあわ》せそうにささやいた。「窓《まど》が……」

え？　なに？　リュウノスケ？

だけど、そのあとはきこえなかった。顔《かお》をあげると、リュウノスケの目玉《めだま》からは光《ひかり》が消《き》え、ガラスのビー玉《だま》になっていた。

リュウノスケは、死《し》んだ。

泣《な》いても、さけんでも、ぜったいにもとにもどらない。ほんとうに死《し》んだんだ。

リュウノスケエー。

ぼくはギャオギャオ泣《な》いてしまった。友《とも》だちが死《し》ぬことが、こんなに悲《かな》しいなんて思《おも》っていなかった。もう、会《あ》えない。もう、遠《とお》くにいってしまったんだ。

アナンは穴《あな》のあくほど、リュウノスケの死《し》に顔《がお》を見《み》つめていた。まるでなにかにココロをうばわれたように。なにかが胸《むね》につきささったまま、とれなくなったみたいに。でも、アナンの涙《なみだ》はもうかわいていた。

アナン？　なにを見《み》ているの？　それとも、またなにかを見《み》たの？　ぼくたちには見《み》えないものを？

ドガガーン——そのとき、頭《あたま》がぶっとびそうなくらい、大《おお》きな音《おと》がした。洞穴《ほらあな》がぐらぐらゆれ、前《まえ》が見《み》えないくらい土《つち》ぼこりがまいあがる。

「うわあ、地震《じしん》だっ」ナガレさんがさけび、アナンの上《うえ》におおいかぶさった。

ぼくたちはあわてて地面《じめん》につっぷした。しばらくしておそるおそる顔《かお》をあげると、片方《かたほう》の岩壁《がんぺき》がくずれ落《お》ちているのが見《み》えた。そこに、ぽっかりと新《あたら》しい穴《あな》があいている。

「やあやあ、ただいま」

土煙《つちけむり》の中《なか》から、のっそりと出《で》てきたのは、冬眠《とうみん》のクマ……じゃない、鶴《つる》の宮《みや》さんだ。そういえば、すっかり存在《そんざい》をわすれていた。

もう、びっくりして涙《なみだ》がひっこんだじゃない。

あれ？　いつのまにかあの金《きん》の竜《りゅう》もいなくなっている。いったいどこに消《き》えたんだ？

「左目《ひだりめ》の穴《あな》から、こっちへ、通路《つうろ》が作《つく》ってあったんですよ」鶴《つる》の宮《みや》さんはまっ黒《くろ》にすけた顔《かお》でいった。「お宝《たから》を運《はこ》び出《だ》すためにね。ほるのがめんどうだから、爆弾《ばくだん》を使《つか》わせてもらいました……ややっ」

鶴《つる》の宮《みや》さんはリュウノスケが死《し》んでいるのを見《み》て、息《いき》をのんだ。

「……残念《ざんねん》なことです」鶴《つる》の宮《みや》さんはいった。「あのお宝《たから》を、目《め》の前《まえ》にして……」

「じゃあ」ナガレさんはいった。「ほんとに、お宝《たから》はあったのか？」

それをきくと、鶴《つる》の宮《みや》さんはなんだかあやしい目《め》つきで、また穴《あな》にひっこんでいった。

「それは、ご自分《じぶん》の目《め》で、たしかめてください」

ぼくたちは急《いそ》いで、鶴《つる》の宮《みや》さんのあとについて、細《ほそ》い通路《つうろ》にもぐりこんでいった。

ナオ、心臓《しんぞう》がドキドキする。細《ほそ》い道《みち》は、だんだんくだり坂《ざか》になった。しばらくいくと、下《した》のほうから、ぼんやりとした光《ひかり》が見《み》えてきた。お日《ひ》さまの光《ひかり》でも、月《つき》の光《ひかり》でもない。あれは、なんだ……？

「うわあっ」

そのとき、そろそろと後《うし》ろを歩《ある》いていたユウジくんが足《あし》をすべらせて、ぼくにぶつかった。そして、ぼくは前《まえ》を歩《ある》いていたアナンに。アナンは鶴《つる》の宮《みや》さんにぶつかって、ぼくたちはダンゴになってころころと坂道《さかみち》をころがり落《お》ちていった。

「うわああっ」

一瞬《いっしゅん》、体《からだ》が宙《ちゅう》にうく。ぼくはばたばたと空気《くうき》をひっかいた。だけど、重力《じゅうりょく》にはさからえない。悲鳴《ひめい》をあげながら、フシギな光《ひかり》の波《なみ》にむかって落《お》っこちていった。

ザバーン——。

うわあ、これなに？　ビーズみたいなものがいっぱい。足《あし》がつかない。だれか、助《たす》けて——。

「バケツ」

だれかの手《て》がぼくをつかまえ、ひきあげてくれた。

ああ、助《たす》かった——と思《おも》ってよく見《み》ると……うわ、ユウジくんじゃないか。でもそのとき、ユウジくんは感動《かんどう》したようにぼくをぎゅっとだきしめたんだ。

「見《み》ろよこれ」ユウジくんはいった。「すげえ」

ぼくは目《め》をぱちくりさせた。ぼくたちは、とんでもない、世界一《せかいいち》ゴージャスなプールに入《はい》っていたんだ。

お宝《たから》の山《やま》、じゃなくて、お宝《たから》の池《いけ》。あたりは金《きん》と銀《ぎん》にかがやき、あわい光《ひかり》が洞穴《ほらあな》に反射《はんしゃ》している。ぼくたちはまん丸《まる》い、つやつやした、白《しろ》いつぶつぶをさわった。

「パールだわ……まあ、それもこんなに大《おお》つぶ」おばあさんが、両手《りょうて》でいっぱいパールをすくった。「ネックレスなら、いったい何百本《なんびゃっぽん》作《つく》れるかしら？」

「それに、こいつは金《きん》だ」ナガレさんはきらきら光《ひか》る金《きん》のかたまりを手《て》にとった。

「しかも、こんなにたくさん。いったい、どこでほりあてたんだ？」

「さすがは、わたしのご先祖《せんぞ》ですね」鶴《つる》の宮《みや》さんはそういって胸《むね》をはった。

ナオ、とうとうぼくたちは本物《ほんもの》のお宝《たから》を手《て》に入《い》れたんだ。

アナンは胸《むね》までお宝《たから》につかり、なにもいわないで、両手《りようて》にすくったパールと金《きん》を見《み》つめていた。今《いま》、アナンの目《め》がなにを見《み》ているのか、それはもうぼくにはわからない。ぼくはユウジくんにだかれ、夢《ゆめ》のようなプールにふわふわういていた。

こいつを、リュウノスケにもひと目見《めみ》せてやりたかったな、と思《おも》いながら。

8　アナンの熱《ねつ》

「おおーい、おまえたち、怪物岬《かいぶつみさき》の怪物《かいぶつ》をやっつけたんだって？」

ああ、さわがしい。人《ひと》が悲《かな》しみにひたっているときに。

海鳥《うみどり》さんがやってきて、丘《おか》の上《うえ》にいるぼくたちのまわりをギャアギャアいいながらとび回《まわ》った。

「『夢《ゆめ》の島《しま》』中《じゆう》のうわさだぜ」海鳥《うみどり》さんはいった。「きのう、急《きゆう》に島《しま》に嵐《あらし》がきて、雷《かみなり》が落《お》ちたんだ。小学校《しょうがっこう》の時計台《とけいだい》がぶっこわれたんだとよ。怪物《かいぶつ》のたたりかなあ……おや、だれか、死《し》んだのかい？」

「ああ。怪物《かいぶつ》から子《こ》どもをまもった、勇者《ゆうしゃ》だよ」ぼくはいった。

「な、なんと」

ぼくたちは砂《すな》をほり、リュウノスケのお墓《はか》を作《つく》っているところだった。海《うみ》がよく見《み》える丘《おか》の上《うえ》。おばあさんが島中《しまじゅう》で一番《いちばん》きれいなこの場所《ばしょ》をえらんだんだ。

「あの怪物《かいぶつ》には、鳥族《とりぞく》みんなが、こまってたんだ」海鳥《うみどり》さんはいった。「お礼《れい》をいうよ。ところで、悪魔《あくま》の犯人《はんにん》は見《み》つかったかい？」

「ううん」

ぼくはそばにいるユウジくんを、ちらりと見《み》た。ユウジくんはもくもくとスコップで砂《すな》をほっているところだった。

鳥《とり》がとんできても、目《め》もくれない。ユウジくんはもう悪魔《あくま》じゃなくなった。リュウノスケは死《し》んだけど、だいじなものをのこしていってくれたんだ。

「……さあ、それでは、お別《わか》れですよ」

鶴《つる》の宮《みや》さんがそういって、かたくなったリュウノスケの体《からだ》を穴《あな》の底《そこ》にねかせた。まるで、ねむっているみたいだ。ユウジくんは泣《な》きながら、リュウノスケの体《からだ》にさらさらの白《しろ》い砂《すな》をかけていった。

「ごめんなさい、ごめんなさい……」

ぼくも前足《まえあし》で砂《すな》をかけながら、泣《な》いた。ぼくはどこかでまだ、ユウジくんをゆるしていなかったんだ。でも、もう、よそう。もう、ゆるそう。

ナガレさんや、鶴《つる》の宮《みや》さんの目《め》にも、涙《なみだ》が光《ひか》っていた。だけど、アナンは泣《な》いていなかった。なんだかフシギそうな顔《かお》で、リュウノスケがうめられていくのを見《み》つめていたんだ。

「リュウノスケ、ありがとうね」

最後《さいご》に、おばあさんはお墓《はか》の上《うえ》に、そっとドリームストーンをのせた。そこには、大《おお》つぶのパールで、『リュウノスケ』と名前《なまえ》がかいてあった。

「はあ、こういっちゃなんですけど」鶴《つる》の宮《みや》さんがいった。「世界一《せかいいち》ゴージャスなお墓《はか》ですよね」

そうだよ、リュウノスケ、おまえはココロがゴージャスな犬《いぬ》だった。さようなら、大好《だいす》きな海《うみ》を見《み》ながら、ここに静《しず》かにねむれよ。

海《うみ》は、なめらかだった。風《かぜ》は、なにもいわなかった。

そのとき、上《うえ》からぽたりと、白《しろ》いものが落《お》ちてきた。見《み》たこともないくらい、大《おお》きな花《はな》だ。またひとつ、またひとつふってくる。

見《み》あげると、何十羽《なんじっぱ》もの鳥《とり》たちが、つぎつぎとリュウノスケのお墓《はか》に花《はな》を落《お》としていくところだった。

「バケツ、元気出《げんきだ》せよー」

海鳥《うみどり》さんは、今日《きょう》は一度《いちど》もわらわないで空《そら》にとんでいった。

おばあさんはその日《ひ》のうちに、船《ふね》にのって『森《もり》の町《まち》』に帰《かえ》っていった。きっと、ひとりになりたかったんだと思《おも》う。せっかく見《み》つけたお宝《たから》も、おばあさんがうけとったのはパールをひとつぶだけだった。

アナンが熱《ねつ》を出《だ》したのは、その夜《よる》だった。

真夜中《まよなか》、ぼくは苦《くる》しそうな息《いき》の音《おと》で目《め》をさました。となりを見《み》ると、アナンの顔《かお》がまっ赤《か》だった。

ああ、こんなこと、前《まえ》にもあった。そう、赤《あか》ちゃんのとき、箱《はこ》の家《いえ》の中《なか》で。

「リュウノスケ……」うなされたアナンが名前《なまえ》をよんだ。「どこにいるの……？」

ナオ、たいへんだ、リュウノスケは死《し》んだのに。ナガレさん。起《お》きて、起《お》きて。

「どうした、バケツ」

ナガレさんはとび起《お》きて、アナンをひと目見《めみ》るとまっ青《さお》になった。ナォ、しっかりしてナガレさん。ぼくたちはもう、イエナシビトじゃないんだよ。住《す》むところもちゃんとあるし、お医者《いしゃ》さんをよぶことだってできるんだ。あのお宝《たから》を山《やま》わけしたから、もしかしたら、ちょっとお金持《かねも》ちかもしれない。

鶴《つる》の宮《みや》さんはすぐに車《くるま》ですっとんでいって、島一番《しまいちばん》のお医者《いしゃ》さんをつれてきた。これで、もうだいじょうぶだ、とみんなが思《おも》った。

だけど、じっくりとアナンを診察《しんさつ》したお医者《いしゃ》さんは、アゴをいじくりながら、むずかしい顔《かお》でいったんだ。

「原因不明《げんいんふめい》です」

「なんだって、どういうことです？」鶴《つる》の宮《みや》さんはいった。

「お薬《くすり》で少《すこ》し熱《ねつ》はさがるでしょうが、また出《で》るかもしれない。体《からだ》というのはココロの鏡《かがみ》です。なにか、思《おも》いあたることはありませんか？」

ありすぎる。それをきいたナガレさんは、床《ゆか》にへなへなとくずれ落《お》ちてしまった。わからないからじゃない、アナンが熱《ねつ》を出《だ》したわけを、だれよりもわかっていたから。

リュウノスケの死《し》。それがショックだったからだ。だけど、死《し》んだものはもどってこない。

ああ、いくらお金《かね》があったって、ココロの傷《きず》につける薬《くすり》はない。生《い》きてるかぎり、死《し》んだイノチにはとどかないの？　もう一度《いちど》、会《あ》えないの？　話《はなし》はできないの？

「リュウノスケ……」アナンはよんだ。「どこ、どこなの……？」

つぎの日《ひ》になっても、アナンの熱《ねつ》はさがらなかった。『ドラゴンの湯《ゆ》』の空気《くうき》は、どんどん重《おも》たくなっていった。

「アナン、いい知《し》らせだぞ」

ユウジくんがアナンの部屋《へや》にとびこんできた。その後《うし》ろから入《はい》ってきたのは、ユメコちゃん、そして――。

「おお、この子《こ》が、アナンくんですか」

ナオ、これはこれは。夢《ゆめ》の島小学校《しましょうがっこう》の校長先生《こうちょうせんせい》だ。

「学校《がっこう》にいってない、こまった子《こ》どもというのは、この子《こ》ですかな？」

「や、それには、いろいろと事情《じじょう》が……」

ナガレさんはしどろもどろになって、ウソメガネをかけなおした。

「大人《おとな》の事情《じじょう》は、子《こ》どもには関係《かんけい》ありません」校長先生《こうちょうせんせい》は首《くび》を横《よこ》にふった。「かわいそうに、早《はや》く病気《びょうき》がよくなるといい。ぜひ、アナンくんにはうちの小学校《しょうがっこう》にきてほしいですからな」

「な、なんだって」ナガレさんはとびあがった。

「すべて、ユウジくんからききましたよ。かれは自分《じぶん》がやった悪《わる》いことを、正直《しょうじき》にわたしに話《はな》してくれたのです。そして、アナンくんという友《とも》だちや、動物《どうぶつ》たちのおかげで、こわれていたココロがなおったこともね」

校長先生《こうちょうせんせい》はそういうと、ユウジくんの頭《あたま》に手《て》をおいた。ユウジくんははずかしそうにぼくの頭《あたま》をぐりぐりなでた。

ナオ、ユウジくん、ありがとう、ありがとう。

ぼく、もうひとつ、お宝《たから》が見《み》つかったような気分《きぶん》だよ。きみはたしかにひどいことをしたけど、一番《いちばん》すてきなプレゼントもくれたんだ。今《いま》のユウジくんは、カッコイイよ。

「さっき、校長先生《こうちょうせんせい》に、あのモザイクを見《み》せたのよ」ユメコちゃんはいった。「そしたら――」

「すばらしい才能《さいのう》です」校長先生《こうちょうせんせい》はナガレさんのほうをむき、がっちりと手《て》をにぎった。「そして、その才能《さいのう》をのばした、お父《とう》さんもすばらしい」

「い、いや」ナガレさんはいった。「おれは、なにも――」

「その才能《さいのう》を、もっともっとのばすのが、学校《がっこう》のつとめではありませんか。じつは、わたしたちからもお願《ねが》いしたいことがあるんです」

「お願《ねが》い？」

「小学校《しょうがっこう》のこわれた時計台《とけいだい》をなおさなければならない。アナンくんにモザイクを作《つく》ってほしいのですよ。もちろん、ドリームストーンでね」

「すごい」ユウジくんはアナンにとびついた。「アナン、きいたかよ」

だけど、アナンは苦《くる》しそうに息《いき》をしているだけだった。ユメコちゃんはアナンの横《よこ》にひざまずき、熱《あつ》い手《て》をにぎった。

「お願《ねが》い、アナンくん、目《め》をあけて」ユメコちゃんはいった。「元気《げんき》になったら、ユメコと学校《がっこう》にいくのよ。いっぱいモザイクを作《つく》るのよ」

「リュウノスケ……リュウノスケ……」アナンはうめいた。

ユメコちゃんは、はっと顔《かお》をあげた。

「アナンは、死《し》んだ犬《いぬ》に会《あ》いたがってる。なにかききたいことがあるんだわ」

「そんなこと、できるもんか」ユウジくんがいった。「もう、お墓《はか》にうめちゃったよ」

「ううん。この世界《せかい》と、あの世界《せかい》をつなぐものが、ひとつだけあるのよ。それも、だれにでもできること」

「ううむ。そりゃ、学校《がっこう》では教《おし》えないことですな」校長先生《こうちょうせんせい》がいった。「答《こた》えは、なんですか？」

「ユメコ、なんなんだよ」ユウジくんもたずねた。

ナオ、早《はや》くおしえてよ。ぼく、アナンのためなら、なんでもやるから。

「それはね」ユメコちゃんは、そっとアナンの目《め》に手《て》をおいた。「夢《ゆめ》を見《み》ることよ」

夢《ゆめ》？　ユウジくんは魔女《まじょ》を見《み》るような目《め》でユメコちゃんを見《み》た。

9　アナンの夢《ゆめ》

夢《ゆめ》ってなに？　もやもやして、すぐに消《き》えちゃうもの。

かぎりがなくて、つかまえられないもの。

だけど、ユメコちゃんはいうんだ。

「ほんとうのことは、みんな夢《ゆめ》からできてるの」って。

ぼく、ときどきわかんなくなる。どこまでが夢《ゆめ》で、どこからほんとうなのか。

それでも、今日《きょう》もぼくは夢《ゆめ》を見《み》る。

いきなり、目《め》の前《まえ》に、どかんと金色《きんいろ》の竜《りゅう》があらわれた。

うわあ、やっぱり大《おお》きい。ぼくはあんぐり口《くち》をあけて、竜《りゅう》をまじまじとながめた。

大《おお》きいけど、光《ひか》りかがやいて、すごくきれいだ。

ナォ、もしかして、これは夢《ゆめ》？

「い、いやだ。この玉《たま》は、おれのもんだっ」

ぼくのすぐそばで、水晶《すいしょう》を持《も》ったユウジくんがさけんだ。

あれ？　あの、洞穴《ほらあな》の中《なか》だ。どうやらぼく、お宝《たから》さがしの夢《ゆめ》を見《み》てるみたい。

でも、おかしいぞ。このときはまだ、金《きん》の竜《りゅう》は怪物《かいぶつ》だったはずなのに……？

「うおーん」

そのとき、金《きん》の竜《りゅう》が大《おお》きな口《くち》をあけ、ユウジくんのほうにやってきた。やさしい、おだやかな顔《かお》だ。リュウノスケがユウジくんの前《まえ》に走《はし》ってきた。金《きん》の竜《りゅう》が、ふうっと白《しろ》い犬《いぬ》に息《いき》をふきかけると、リュウノスケはぱったりとたおれた。

あれれ？　あのときと、ぜんぜんちがう。あのときにはシッポでたたかれたのに。

そうか、わかった。これはアナンの夢《ゆめ》なんだ。

たおれたリュウノスケの体《からだ》は、幽霊《ゆうれい》みたいにうすく、ぼんやりとなっていた。ははあ、ユメコちゃんがいったとおり、寿命《じゅみょう》がきていたんだ。死《し》にかけたリュウノスケをみんなが泣《な》きながらとりかこんだ。そして、あの一番悲《いちばんかな》しい場面《ばめん》がやってきた。

やっぱり、見《み》てられないよ。ぼくはもう——。

そのとき、ぼくの体《からだ》がびりびりふるえた。とつぜん、リュウノスケの体《からだ》から、するんと、美《うつく》しい光《ひかり》の犬《いぬ》がぬけ出《だ》したんだ。

そして、光《ひかり》のリュウノスケは、すうっと……。

アナンの中《なか》に消《き》えていった。

ありゃ、見《み》たことある。これと同《おな》じような場面《ばめん》。

そう、幽霊《ゆうれい》とおゆきちゃんだ。たしか、あのときも、アナンの中《なか》に消《き》えていったじゃないか。

アナンは、リュウノスケが自分《じぶん》の体《からだ》の中《なか》に消《き》えたから、おどろいて立《た》ちすくんでいた。泣《な》くこともわすれて。ああ、そうか、だからアナンはわからなかったんだ。リュウノスケが、どこにいったのか。ずっとリュウノスケをさがしていたんだ。

さあ、問題《もんだい》はここからだぞ。それから、リュウノスケはどこにいったのか——？

うしろを見《み》ろ。

そのとき、頭《あたま》の中《なか》に、うわんと声《こえ》がひびいた。

だれ？　リュウノスケ？

その声《こえ》は、アナンにもきこえたみたい。アナンとぼくは、死《し》んだリュウノスケから目《め》をはなして、ゆっくりと後《うし》ろの海《うみ》をふりむいた。

黄金《おうごん》の風《かぜ》がふいた。

そして、ぼくたちは見《み》たんだ。今《いま》まで見《み》えなかったこと。たぶん、ほんとうのことを。金《きん》の竜《りゅう》は太陽《たいよう》みたいに光《ひか》りかがやき、海《うみ》は金色《きんいろ》にそまっていた。

さようなら。

竜《りゅう》はもう、うれしくてたまらないというように大空《おおぞら》に身《み》をくねらせた。やっと天《てん》に帰《かえ》れるときがきたんだ。その金色《きんいろ》の背中《せなか》に、ちょこんと白《しろ》いものがのっていた。リュウノスケだ。それはもう、おいぼれの犬《いぬ》じゃない。天使《てんし》みたいにきれいで、まぶしい犬《いぬ》だった。リュウノスケは平和《へいわ》なほほえみをうかべて、アナンとぼくを見《み》つめながらゆっくりと空《そら》へのぼっていった。

ああ、なんて幸《しあわ》せそうなんだ。なんて美《うつく》しいんだろう。

リュウノスケエ、ぼくもいくよう、ぼくもそこにのせてよおぉ。

自分《じぶん》がネコだってことも、夢《ゆめ》だってことも、すっかりわすれていた。

ぼくはガケからふんわり、鳥《とり》みたいにとんだつもりだった。

ゴチン——ベッドの角《かど》に頭《あたま》をぶっつけて、ぼくは目《め》を回《まわ》してふとんの上《うえ》にひっくり返《かえ》った。アイタタタ……。

ぼんやりと目《め》をあけると、鼻《はな》がくっつきそうなくらい近《ちか》く、やせこけたアナンの顔《かお》があった。その目《め》が、いきなりふっとひらいたんだ。

ぼくたちは、じっと見《み》つめあった。黒《くろ》い星《ほし》のような目《め》。でも、その目《め》はぼくのほうをむいているのに、なんにも見《み》ていない。ためしに目《め》の前《まえ》でパタパタと手《て》をふってみたけど、アナンはまばたきもしなかった。

やっぱり。きっと頭《あたま》の中《なか》で、今見《いまみ》たばかりの夢《ゆめ》を見《み》ているんだ。

アナンはむっくりと起《お》きあがった。そして、ベッドのそばにおいてあったジュースのコップを手《て》にとった。それは、ナガレさんが作《つく》っておいたスペシャルドリンクだった。

ゴクン……ゴクン……何日《なんにち》も食《た》べなかったアナンの体《からだ》に、栄養《えいよう》がしみこんでいく。

アナンはコップをおいて立《た》ちあがると、ふらふらと廊下《ろうか》に出《で》ていった。

真夜中《まよなか》の『ドラゴンの湯《ゆ》』はしんとして、幽霊屋敷《ゆうれいやしき》みたいだった。でも、ぼくにはわかっていた。アナンがどこにいき、なにをしようとしているのか。幽霊《ゆうれい》のようなアナンのあとをついて歩《ある》きながら、ぼくは一生《いっしょう》この夜《よる》をわすれないだろうと思《おも》った。

アナンにほんとうのことを見《み》せてもらった、この夜《よる》を。

お風呂場《ふろば》には、青《あお》い月《つき》の光《ひかり》がさしこんでいた。モザイクの森《もり》を見《み》あげたアナンの、深《ふか》いため息《いき》がドームにひびいた。

そしたら、すみっこのほうで、なにかがもぞもぞと動《うご》いたんだ。

「……アナン？」

犬《いぬ》のように丸《まる》くなって床《ゆか》にねているのは、ユウジくんだ。

ナォ、どうしてこんな所《ところ》にいるんだ？

「アナン……おれ、待《ま》ってたんだよ。おまえのことを」

アナンは電気《でんき》をつけ、まぶしそうな目《め》でユウジくんを見《み》た。そういえば、アナンは一度《いちど》もユウジくんをこわがらなかった。もしかしたらその目《め》には今《いま》みたいなユウジくんが見《み》えていたのかもしれない。

それから、アナンはなにかをさがすように、あたりを見回《みまわ》した。

ナォ、この箱《はこ》の中《なか》だよ。ぼくはガリガリと木《き》の箱《はこ》をひっかいた。

アナンはなにもいわないでフタをあけた。その中《なか》はあのパールと金《きん》でいっぱいだった。ぼくたちのお宝《たから》だ。アナンは大《おお》きな金《きん》のかたまりを持《も》とうとして、ふらりとよろめいた。

「待《ま》て。おれが手伝《てつだ》ってやる」

ユウジくんはうでまくりして、金《きん》のかたまりをとり出《だ》すと、石《いし》わり台《だい》の上《うえ》においた。これまで見《み》たことのない、真剣《しんけん》な顔《かお》。ユウジくんはハンマーをにぎりしめ、エイヤッ、とふりおろした。

カアァーン——丸《まる》い天井《てんじょう》に、スカッとするような音《おと》がひびきわたった。おみごと。ユウジくんはじょうずに金《きん》をまっぷたつにしたんだ。

「おまえのいうとおりに、おれがわってやる」ユウジくんはいった。「もっと小《ちい》さくするんだな？」

アナンは素直《すなお》にうなずいた。

「よし、まかせとけ」

カアァーン、カアァーン……すみきった音《おと》がなりひびく。ユウジくんはどんどん金《きん》をわっていった。なれないから少《すこ》し指《ゆび》を切《き》ったけれど、そんなことはかまわなかった。

「いいんだ、こんなの、いたくない」ユウジくんはいった。「モザイクを作《つく》れよ。作《つく》らないと、おまえ死《し》んじゃうぞ」

やがて、お皿《さら》いっぱいにくだいた金《きん》ができた。アナンはそれを持《も》って高《たか》い足場《あしば》にのぼっていった。

高《たか》く、もっと高《たか》く。ぼくははらはらしながらアナンといっしょによじのぼった。あ、あぶない。アナンのやせた足《あし》がよろめいた。そのとき、後《うし》ろから大人《おとな》の手《て》がのびて、ぐっとその体《からだ》をささえた。

ぼくとアナンはおどろいてふりむいた。そこに、髪《かみ》の毛《け》がボサボサのナガレさんがいたんだ。まるでいるのがあたりまえのように。

「……お父《とう》さん」アナンはいった。

「いいから、のぼれ」ナガレさんはいった。「お父《とう》さんが、しっかりささえてやるから」

そう、ナガレさんはいつだって、アナンを見《み》ているんだ。いつも、だまってささえているんだ。

ぼくたちはとうとう足場《あしば》のてっぺんまでのぼった。高《たか》い、高《たか》い、丸《まる》い天井《てんじょう》を前《まえ》にして、アナンは金《きん》をひとつぶ手《て》にとった。

小《ちい》さな手《て》からそそぎこまれる、イノチの力《ちから》。アナンはその金《きん》のカケラを、そっと壁《かべ》にはりつけた。

シュワワッ――そのとたん、きいたことのない音《おと》がどこからかきこえてきた。たくさんの水《みず》が、ホースからふき出《で》ているみたいな音《おと》。バシャバシャと窓《まど》ガラスに水《みず》がたきつけられた。ぼくたちはあっけにとられて外《そと》のほうを見《み》た。

信《しん》じられない。庭《にわ》のまん中《なか》に、噴水《ふんすい》のような高《たか》い水《みず》しぶきがあがっていたんだ。

「お、温泉《おんせん》だあっ」

鶴《つる》の宮《みや》さんがさけびながら、お風呂場《ふろば》に走《はし》りこんできた。

「奇跡《きせき》だ。温泉《おんせん》がよみがえったんだ。竜《りゅう》の力《ちから》があふれ出《だ》したんですよ」

ぼくたちは力強《ちからづよ》くふきあがる、大地《だいち》の水《みず》をながめていた。そこに、あの金色《きんいろ》の竜《りゅう》が見《み》えたような気《き》がした。

ああ、アナン。ぼくの目《め》には、いつかきみが作《つく》るものが見《み》えるよ。空《そら》にのぼっていく金色《きんいろ》の竜《りゅう》。その背中《せなか》にのっている、リュウノスケ。アナンが見《み》た。夢《ゆめ》が。夢《ゆめ》じゃない、夢《ゆめ》が。

アナン、ぼくにはやっとわかったよ。きみには『窓《まど》』があるんだね。この世界《せかい》と、ちがう世界《せかい》をつなぐ、窓《まど》が。

そこから見《み》ると、見《み》えなかったものが見《み》える。本物《ほんもの》が見《み》えるんだね。

シュワワワ……カァァーン、カァァーン……。

温泉《おんせん》の音《おと》にまじる、ユウジくんのハンマーの音《おと》。ぼくは感動《かんどう》にふるえながら、じっとその音《おと》に耳《みみ》をかたむけていた。

それは、つぎの季節《きせつ》のはじまりの音《おと》だった。

アナンの窓《まど》

1　ミラクル

ギャアギャア、ピーチュクチュク、クアーンクアーン……。

朝早《あさはや》く、ぼくたちはものすごい鳥《とり》たちの声《こえ》で起《お》こされた。

「うわああっ」鶴《つる》の宮《みや》さんのわめき声《ごえ》がきこえた。「な、なんなんですか、この鳥《とり》の大群《たいぐん》は」

ああ、うるさい。もうちょっとねたいのに。

あくびをしながら表《おもて》に出《で》ていったぼくは、おどろいてバルコニーから落《お》っこちそうになった。

「おっはよー、ネボスケ」海鳥《うみどり》さんがはりきってとんできた。「すごいだろ、ギャハハッ」

ナォ、ほんとうにすごい、鳥《とり》だらけ。屋根《やね》にも、庭《にわ》にも、いろんな色《いろ》の鳥《とり》たちが、かぞえきれないくらい集《あつ》まっている。まるで空中《くうちゅう》に花《はな》がさいたみたい。鳥《とり》たちは自慢《じまん》の声《こえ》で歌《うた》い、とび回《まわ》り、中《なか》には温泉《おんせん》でひと風呂《ふろ》あびているやつもいた。

「約束《やくそく》どおり、一万羽《いちまんば》だ」海鳥《うみどり》さんはいった。

「ぼくたち、きのう、夜《よる》おそかったんだよ」ぼくは目《め》をこすりながらいった。「みんなでチラシをプリントしてたんだから」

「それで、できたんだろうな？」海鳥《うみどり》さんはいった。

「もちろんだよ。ほら」

ぼくは部屋《へや》のほうをふり返《かえ》り、天井《てんじょう》まで山《やま》づみになっている、ピンク色《いろ》の紙《かみ》を見《み》せた。

全部《ぜんぶ》で一万枚《いちまんまい》。これをこれから郵便《ゆうびん》でおくらなきゃならないな——きのう、なんにも知《し》らない鶴《つる》の宮《みや》さんは、そういってため息《いき》をついてた。

だけど、ぼくと海鳥《うみどり》さんは秘密《ひみつ》の計画《けいかく》をたてていたんだ。

「おっと」

一枚《いちまい》のチラシが、ひらりと風《かぜ》にとばされてきた。海鳥《うみどり》さんはとびあがって、くちばしでナイスキャッチした。

〈ドラゴンの湯《ゆ》〉オープン！

海《うみ》の宝石《ほうせき》、あこがれの『夢《ゆめ》の島《しま》』に

信《しん》じられないパワースポットがたんじょう！

あなたもぜひ一度《いちど》、このミラクルを体験《たいけん》してください。

感動《かんどう》のモザイクにかこまれた〈森《もり》の湯《ゆ》〉と〈海《うみ》の湯《ゆ》〉——。

伝説《でんせつ》の竜《りゅう》の温泉《おんせん》が、あなたのココロをいやします。


「ほうほう」海鳥《うみどり》さんはうなずいた。「そうすると、配達《はいたつ》のしかたも、ミラクルってわけだ。ギャハハハッ」

「だけど、ほんとにまかせちゃって、だいじょうぶ？」ぼくは心配《しんぱい》そうにいった。

「おいおい、鳥族《とりぞく》のパワーを見《み》くびるなよ。鳥《とり》は天才《てんさい》ポストマンだからな。世界中《せかいじゅう》の、すみっこのすみっこまでとどけてやるさ。『夢《ゆめ》の都《みやこ》』だってな」

わあ、そんなに遠《とお》くまで？　ぼくはちょっと『夢《ゆめ》の都《みやこ》』を思《おも》い出《だ》して、胸《むね》がずきんとした。いつもはわすれているけど、アナンはあそこのゴミすて場《ば》でひろわれたんだ。

「……なあに、この鳥《とり》たち」

そのとき、ベランダに出《で》てきた少年《しょうねん》の姿《すがた》を見《み》て、鳥《とり》たちがいっせいにざわめいた。

「アナンだ」「アナンがきたぞ」「見《み》ろよ、あのすてきな横顔《よこがお》」「おはよう、アナン」

口々《くちぐち》にわめく鳥《とり》たちを、アナンはまぶしそうに見回《みまわ》した。

その姿《すがた》は、ああ、りりしい。すんだ目《め》、海風《うみかぜ》になびくサラサラの髪《かみ》。少年《しょうねん》になったアナンは、ずいぶん背《せ》も高《たか》くなっていた。

チチチチ……一羽《いちわ》の白《しろ》い小鳥《ことり》がとんできて、まっ赤《か》な花《はな》をアナンにプレゼントした。それをうけとったアナンは、にっこりと、王子様《おうじさま》みたいにすてきな笑顔《えがお》を見《み》せたんだ。

クアーン、ピヨヨヨー、チュチュチュチュチュ……。

鳥《とり》たちは大《おお》さわぎ、いっせいに歓声《かんせい》をあげた。ようするにみんなアナンのファンなんだ。

「ほら、あそこを見《み》ろよ」海鳥《うみどり》さんがいった。「ちょっとしたコンサートだぜ、ギャハハッ」

うわ、すごい。『森《もり》の湯《ゆ》』と『海《うみ》の湯《ゆ》』の窓《まど》に、びっしり鳥《とり》がくっついている。鳥《とり》たちはなんとかしてモザイクの音《おと》をきこうと、おしあいへしあいになっていた。

「まったく、あれは、世界一気持《せかいいちきも》ちのいい音《おと》だぜ」海鳥《うみどり》さんはいった。「だからみんなよろこんで協力《きょうりょく》してくれる、ってわけよ——じゃ、そろそろいくとするか」

海鳥《うみどり》さんは羽《はね》を広《ひろ》げ、高《たか》くまいあがると、クアーンとひと声《こえ》ないた。

それが、サインだったらしい。鳥《とり》たちはそれまでやっていたことをやめ、いっせいに海《うみ》の上《うえ》にとびたった。

あっというまに、一万羽《いちまんば》の鳥《とり》のかたまりができた。カラフルな雲《くも》みたいだな、と思《おも》って見《み》ていたら、その雲《くも》がどっとこっちにおしよせてきたんだ。

ナォナォッ。ちょっ、ちょっと待《ま》って——。

「た、たいへん」

アナンはぼくをさっとかかえ、あわててベランダにふせた。

ごおぉお……嵐《あらし》のような音《おと》が近《ちか》づいてくる。きた、きた、きたぞ——。

「おおい、どうなってるんだ」ちょうどそのとき、ナガレさんがバルコニーに出《で》てきた。「この連中《れんちゅう》、なにするつもり——うわっ」

あーあ、タイミングの悪《わる》い人《ひと》。ナガレさんは鳥《とり》の大群《たいぐん》におしたおされ、後《うし》ろにひっくり返《かえ》った。

チラシの山《やま》がバサバサとくずれ落《お》ち、あたり一面《いちめん》に紙《かみ》ふぶきがまった。鳥《とり》たちはそれを一枚《いちまい》ずつ空中《くうちゅう》でキャッチしていく。

ビュンビュン、バサバサ、ギャアギャア、そりゃあもう、すごいさわぎだ。

「うわああっ、やめろ……」ナガレさんの悲鳴《ひめい》は、鳥《とり》たちの声《こえ》にかき消《け》された。

数分後《すうふんご》、そろそろと目《め》をあけると、ナガレさんは完全《かんぜん》に床《ゆか》にのびていた。アナンのおなかの下《した》からはい出《だ》したぼくは、海《うみ》をこえていく鳥《とり》たちのむれをぼうぜんと見《み》おくった。

「ま、待《ま》ってくれーっ」鶴《つる》の宮《みや》さんがさけんだ。「チラシを全部《ぜんぶ》、持《も》ってっちゃったぞ。ああ、どうしよう？」

鳥《とり》さんのパワーって、すごい。でも、だいじょうぶかなあ。途中《とちゅう》でチラシを食《た》べちゃったりしないといいんだけど……。

そのへんな男《おとこ》がやってきたのはそれから一週間後《いっしゅうかんご》、『ドラゴンの湯《ゆ》』オープンの三日前《みっかまえ》だった。ぼくたちは大《おお》いそがしで、せっけんやシャンプーをそろえたり、看板《かんばん》を作《つく》ったり、お客《きゃく》さんをむかえる準備《じゅんび》をしているところだった。

「あの……こんにちは……」

玄関《げんかん》のところで、ぼそぼそと男《おとこ》の人《ひと》の声《こえ》がした。

いつのまに入《はい》ってきたんだろう。そうじをしていたユウジくんは、その男《おとこ》を見《み》たとたん、ぎょっとして二《に》、三歩《さんぽ》あとずさった。

ボサボサの髪《かみ》の毛《け》、よれた服《ふく》。あんまりよく顔《かお》が見《み》えないけど、きたなくて、まるでイエナシビトだ。手《て》には大《おお》きなパネルのようなものを持《も》っていた。

「あの……『ドラゴンの湯《ゆ》』って、こちらかな？」ボサボサ男《おとこ》はいった。

「は、はい」ユウジくんは緊張《きんちょう》していった。「でも、まだ、オープンしてないんです」

「こまったなあ、ボク、どうしても明日《あす》、『夢《ゆめ》の都《みやこ》』に帰《かえ》らなきゃならないんだ。ボク、この島《しま》のジャングルに絵《え》をかきにきてね、お風呂《ふろ》に入《はい》りたいなあと思《おも》ったら、青《あお》い鳥《とり》がこれを持《も》ってきてくれたんだよ」

ボサボサ男《おとこ》はそういって、ピンク色《いろ》のチラシを見《み》せた。

ナオ、よかった、鳥《とり》さんたち、ちゃんとチラシをまいてくれたみたい。

「そんなこといわれても、こまります」ユウジくんはいった。「オープンは、三日後《みっかご》ですから」

「ボ、ボク、あやしい者《もの》じゃないよ。あ、そうだ、もし入《い》れてくれたら、ボクのこの絵《え》、一枚《いちまい》あげるからさ」

ボサボサ男《おとこ》は、おしりをぼりぼりかきながら、絵《え》をこちらにむけようとした。

こらこら。なにをねぼけてるんだ、ずうずうしいやつ。

「そんな絵《え》なんかもらっても、ダメなもんはダメですよ」ユウジくんは男《おとこ》をにらみつけた。

ユウジくんて、おこるとちょっと迫力《はくりょく》がある。ボサボサ男《おとこ》は子《こ》どもみたいに泣《な》きそうになった。

「どうしても、ダメ？」

「帰《かえ》ってください」ユウジくんはきっぱりとことわった。

よっぽど温泉《おんせん》にはいりたかったんだろう。ボサボサ男《おとこ》は肩《かた》を落《お》とし、しょんぼりとひき返《かえ》していった。ユウジくんはその後《うし》ろ姿《すがた》を見《み》ながら、ため息《いき》をついた。

「なんなんだろう、あいつ」

「どうしたんですか？」

ちょうどそこへ、百枚《ひゃくまい》ぐらいタオルを両手《りょうて》につみあげて、鶴《つる》の宮《みや》さんがサーカスの芸人《げいにん》みたいにバランスをとりながらやってきた。

ナォ、お客《きゃく》さん用《よう》のタオルだ。たいへんだね、前《まえ》が見《み》えないよ。

「ああ、もうだいじょうぶさ」ユウジくんがいった。「おれがちゃんと追《お》っぱらったから。へんなやつがチラシを持《も》って、風呂《ふろ》に入《はい》りたいっていってきたんだ」

「チラシ？　まさか、あの鳥《とり》たちがくばってくれてたりして」鶴《つる》の宮《みや》さんがいった。

「そんなことあるわけないですよね、わははは」

「そういえば、そいつジャングルで絵《え》をかいてたら、鳥《とり》がチラシを持《も》ってきたとかいってたぜ」

「絵《え》？　じゃあ、絵《え》かきさんですか」

鶴《つる》の宮《みや》さんはなにげなく、去《さ》っていく男《おとこ》を見《み》た。ちょうどそのとき海風《うみかぜ》がふいてきて、ボサボサ男《おとこ》の前髪《まえがみ》をふんわりとかきあげたんだ。

「あれ、なんだか見《み》たことがあるような……」鶴《つる》の宮《みや》さんはつぶやいた。「ま、いいか。おっとっと」

鶴《つる》の宮《みや》さんはタオルを持《も》って、またよろよろと歩《ある》き出《だ》した。

「ケッ、自分《じぶん》の絵《え》をやるから風呂《ふろ》に入《はい》らせろ、だなんて」ユウジくんがぶつぶついった。「よっぽどうまいと思《おも》ってるんだな。有名《ゆうめい》な芸術家《げいじゅつか》のつもりか？」

バサバサバサ……百枚《ひゃくまい》のタオルが床《ゆか》に落《お》ちた。ぼくとユウジくんはびっくりして鶴《つる》の宮《みや》さんを見《み》た。太《ふと》った顔《かお》から目玉《めだま》がとび出《だ》しそうになっている。

「あ、あの人《ひと》、まさか——どわあっ、なんてことしてくれたんだ。おおい、ま、待《ま》ってくださーい」

ナオ？　なんだなんだ。鶴《つる》の宮《みや》さんはタオルをけちらし、あわてて庭《にわ》にとび出《だ》していった。

「あちゃーっ、もういない」鶴《つる》の宮《みや》さんは頭《あたま》をかきむしった。「せっかくのチャンスなのに。あの人《ひと》はね、宙太郎《ちゅうたろう》っていう、天才画家《てんさいがか》なんですよ」

「うっそぉ？」ユウジくんはいった。「あのボサボサが、天才《てんさい》？」

「早《はや》く、追《お》いかけなきゃ」

鶴《つる》の宮《みや》さんは必死《ひっし》な顔《かお》でドタドタと走《はし》り出《だ》した。だけど、こういっちゃなんだけど、この人《ひと》に一番《いちばん》にあわないのは走《はし》ることだ。

ナォ、そういうことなら、このぼくにまかせて。

ぼくは天才《てんさい》を追《お》いかけて、森《もり》へと続《つづ》く道《みち》をしなやかに走《はし》っていった。でも、ボサボサ男《おとこ》の姿《すがた》は、どこにも見《み》えない。ずいぶん足《あし》のはやい人《ひと》だな……と思《おも》って、ひょいと横《よこ》を見《み》たら、電信柱《でんしんばしら》のかげでノラ犬《いぬ》みたいにしゃがみこんでいた。

ナォ？　でもさっきとちがう、すごく真剣《しんけん》な顔《かお》だ。どうやら、絵《え》をかいているみたい。そっとスケッチブックをのぞきこんだぼくは、おどろいて口《くち》があいたままになってしまった。

エンピツでかいた花《はな》が、紙《かみ》の上《うえ》でゆらゆらとゆれていたんだ。まるで生《い》きているみたいに。ああ、ぼくって、ずっとアナンといっしょにいるから、ゲージュツがわかるネコになったんだなあ。

「ニャンコちゃん」天才《てんさい》はぼくにささやいた。「動《うご》かないで、そのままそのまま」

エンピツを持《も》った細《ほそ》い指《ゆび》が、真《ま》っ白《しろ》な紙《かみ》のステージで、なめらかな踊《おど》りをおどった。フシギな気持《きも》ちだった。ぼくはもうひとりのぼくが紙《かみ》の上《うえ》にうかびあがってくるのを、まばたきもしないで見《み》ていた。

まるで魔法《まほう》だ。動《うご》けない、動《うご》きたくない、平和《へいわ》で静《しず》かな時間《じかん》が流《なが》れていく――。

「グオーッ、待《ま》ってくださーい」

ドタドタドタ……興奮《こうふん》したサイみたいに、鶴《つる》の宮《みや》さんが土煙《つちけむり》をあげて、ぼくたちの目《め》の前《まえ》を通《とお》りすぎていった。どこにいくのかなあ、と思《おも》って見《み》ていると、はっと立《た》ち止《ど》まり、地《じ》ひびきをあげてまたもどってきた。はああ、さわがしい人《ひと》。

「はあ、はあ……やっぱり、宙太郎先生《ちゅうたろうせんせい》だ」

鶴《つる》の宮《みや》さんはぜいぜいしながら、うるんだ目《め》で宙太郎《ちゅうたろう》さんをおがんだ。

「わ、わたしの『ドラゴンの湯《ゆ》』にきてくださるなんて――ありがとうございます」

「いやあ……」

宙太郎《ちゅうたろう》さんはエンピツで頭《あたま》をぼりぼりかきながら、スケッチブックをとじた。すると、また元《もと》のボサボサ男《おとこ》の顔《かお》にもどった。

「開店前《かいてんまえ》にお風呂《ふろ》に入《はい》りたいなんて、無理《むり》なお願《ねが》いだったよねえ」

「と、とんでもございません」鶴《つる》の宮《みや》さんは頭《あたま》がもげそうになるほど首《くび》を横《よこ》にふった。「どうぞ、どうぞ、どうぞお入《はい》りください。お湯《ゆ》はいつでもわいておりますから」

こうして、うすよごれた天才画家《てんさいがか》は、ドラゴンの湯《ゆ》のはじめてのお客《きやく》さんになったんだ。

エメラルドグリーンの海《うみ》にゆれる、まっ白《しろ》なサンゴ。きらきら光《ひか》るサカナのむれ、たわむれるイルカたち、海《うみ》の底《そこ》から生《う》まれたばかりのアブク。

アナンの海《うみ》にくると、やらなきゃいけないことなんかみんなわすれてしまう。そのまんまでいいよって、だれかにいわれてるみたいに。深《ふか》い海《うみ》の底《そこ》で、ココロはゆったりとねむりにつくんだ。

「おお……これは――」

『海《うみ》の湯《ゆ》』をひと目見《めみ》た宙太郎《ちゆうたろう》さんは、うめき声《ごえ》をあげて、ふるえる細《ほそ》い指《ゆび》でモザイクをなでた。まるで生《い》き物《もの》をだいじにするみたいに。いつのまにか顔《かお》もゲージュツカになっている。そのとき、ぼくは今《いま》まで経験《けいけん》したことのない、フシギな感《かん》じがしたんだ。

この人《ひと》はアナンとおんなじものを持《も》っている。なんだかわからない、星《ほし》みたいにきらきら光《ひか》るもの。ぼくやみんながどうしようもなくひかれてしまうもの——。

「もうひとつ、『森《もり》の湯《ゆ》』があったんだよね？」

宙太郎《ちゅうたろう》さんはそういうと、なにかにひっぱられるように廊下《ろうか》へと出《で》ていった。もうお風呂《ふろ》にはいることなんか、すっかりわすれている。

ちょうどそのとき、玄関《げんかん》の方《ほう》からアナンがやってくるのが見《み》えた。その手《て》にはしっかりと宙太郎《ちゅうたろう》さんの絵《え》をかかえている。

ナオ、アナン、どうしたの？　下《した》をむいてぐすぐすしているじゃないか。

「あ、先生《せんせい》、あそこにきたのが——」鶴《つる》の宮《みや》さんがいいかけた。

「しいっ」宙太郎《ちゅうたろう》さんはいった。「静《しず》かにしてくれ」

ゲージュツで頭《あたま》もココロもいっぱいになっている宙太郎《ちゅうたろう》さんは、アナンには気《き》づかず、そそくさと『森《もり》の湯《ゆ》』に入《はい》っていった。

「鶴《つる》の宮《みや》さん」

やってきたアナンは、涙《なみだ》ぐんだ顔《かお》をあげた。

「これ、ロビーにあったんだけど、この絵《え》、だれがかいたんですか？」

その顔《かお》はまるで、みんながアナンのモザイクを見《み》たときのようだった。ココロが感《かん》動《どう》でしびれている人《ひと》の顔《かお》だ。

鶴《つる》の宮《みや》さんは裏返《うらがえ》しになっている絵《え》をうけとって、くるん、とこっちにむけた。

「す、すごい」元《もと》サンタ・クロスは思《おも》わずうめいた。

それは、ジャングルにさく、まっ赤《か》な炎《ほのお》の花《はな》の絵《え》だった。ぼくはひと目見《めみ》たとたん、自分《じぶん》の毛《け》がもえあがってしまうような気《き》がした。

ナオ、信《しん》じられない。この絵《え》をあのボサボサ男《おとこ》がかいたの？

鶴《つる》の宮《みや》さんはなにもいわず、『森《もり》の湯《ゆ》』の中《なか》にアナンをつれていった。アナンはモザイクの森《もり》でぼう立《だ》ちになっている宙太郎《ちゅうたろう》さんを見《み》て、はっと目《め》を見《み》ひらいた。

白《しろ》い湯《ゆ》気《げ》が霧《きり》のようにたちこめていた。そのむこうにうかびあがっている、アナンの森《もり》。ありとあらゆる緑色《みどりいろ》。きらめく何万《なんまん》もの葉《は》。ドームの天井《てんじょう》には金《きん》の竜《りゅう》がまい、その背中《せなか》にはパールの白《しろ》い犬《いぬ》がのっている。

そう、リュウノスケだ。アナンはみごと、リュウノスケをこの森《もり》によみがえらせたんだ。

「このモザイク、いったいだれが作《つく》ったんだ？」

夢《ゆめ》からさめた宙太郎《ちゅうたろう》さんが、まだ半分夢《はんぶんゆめ》の中《なか》にいるような顔《かお》でふりむいた。そして、自分《じぶん》をひたすら見《み》つめている少年《しょうねん》を見《み》つけたんだ。

湯気《ゆげ》の中《なか》で、ふたりの目《め》があった。だれも、なんにもいわなかった。

「きみか——」宙太郎《ちゅうたろう》さんがつぶやいた。

ナォ、どうしてわかったんだろう？　アナンはだまったまま、大《おお》きな流《なが》れにすいよせられるように宙太郎《ちゅうたろう》さんに近《ちか》づいていった。

「……ありがとう」宙太郎《ちゅうたろう》さんはぼそりといった。「ボク、きみのモザイクが大好《だいす》きだ。こいつは、ミラクルだよ」

アナンのくちびるがふるえた。あんまり感動《かんどう》が大《おお》きすぎて、言葉《ことば》が口《くち》の中《なか》でとけちゃったんだ。

2　ドラゴンの湯《ゆ》、オープン

ラーラ、ラーラ、ルーラーラー。

ヴァイオリンひきのかなでる音楽《おんがく》にあわせて、クジャクたちはエレガントなダンスをおどった。

「どうだ、この美《うつく》しさ」クジャクさんはつんとすましていった。「わたしたちの羽《はね》は、みんなの目《め》を楽《たの》しませる、生《い》きた宝石《ほうせき》なのだ」

「ほんとにゴージャスだねえ」ぼくは思《おも》いっきりほめた。「ドラゴンの湯《ゆ》のオープンに、クジャクダンスはぴったりだよ」

ドン、ドドーン――『夢《ゆめ》の島《しま》』に盛大《せいだい》な花火《はなび》がなりひびいた。

ぼくたちの胸《むね》も、幸《しあわ》せと興奮《こうふん》で爆発《ばくはつ》しそうだった。

「きた、お客《きゃく》さんがきましたぞ」

バルコニーから双眼鏡《そうがんきょう》でのぞいていた鶴《つる》の宮《みや》さんが、大声《おおごえ》でさけんだ。

「信《しん》じられない、すごい行列《ぎょうれつ》だ」

「ギャハハッ」海鳥《うみどり》さんがとんできた。「いったい、だれのおかげかなー?」

ぼくはアリみたいに行列《ぎょうれつ》を作《つく》り、どんどん門《もん》をくぐってくるお客《きゃく》さんたちを見《み》た。

『夢《ゆめ》の島《しま》』の子《こ》どもたち、大人《おとな》たち、それから船《ふね》で遠《とお》いところからきたお客《きゃく》さんたち。みんなの手《て》には、クシャクシャになったあのピンクのチラシがにぎられていたんだ。

ナォ、やった、大成功《だいせいこう》。鳥《とり》さんたちは配達名人《はいたつめいじん》だね。

「いらっしゃいませ」

受《う》け付《つ》けは、かっこいいユニフォームを着《き》たユウジくんだ。お客《きゃく》さんにてきぱきとロッカーのカギをわたし、タオルをくばった。

「わたしたちはね、この温泉《おんせん》がオープンするのを、ずっと楽《たの》しみに待《ま》っていたんですよ」島《しま》の人《ひと》たちは口々《くちぐち》にいった。「今日《きょう》は最高《さいこう》の日《ひ》だわ」

そのとき、一台《いちだい》の車《くるま》が止《と》まって、ぐあいの悪《わる》そうなおじいさんがおりてきた。鶴《つる》の宮《みや》さんはすぐにかけよって、おじいさんにやさしく手《て》をかした。

「ゴホ、ゴホ……わしはな、ミラクルの湯《ゆ》を飲《の》ませてもらいたいんじゃ」おじいさんは青《あお》い顔《かお》でいった。

「ええ、どうぞ。ただ今《いま》、お持《も》ちしますよ」

鶴《つる》の宮《みや》さんは、海《うみ》の見《み》えるカフェテラスにおじいさんをすわらせた。かわいいエプロンをしたユメコちゃんが、うやうやしくメニューを持《も》ってきた。おたずね者《もの》のナガレさんは、だれかに顔《かお》を見《み》られたらまずいから、キッチンの中《なか》でこそこそとはたらいている。

『1　熱《あつ》い温泉《おんせん》……タダ。
2　冷《つめ》たい温泉《おんせん》……タダ。
3　温泉《おんせん》シャーベット……タダ。
どれも、ウルトラドラゴンパワーたっぷり！』

「それじゃあ、熱《あつ》いのをひとつ、たのむよ」おじいさんはいった。

ぼくはちょっとドキドキしながら、おじいさんがおいしそうに温泉《おんせん》を飲《の》むところを見《み》ていた。じつは、この温泉《おんせん》は自分《じぶん》たちも飲《の》んでみて、ほんとうにきくかどうか実験《じっけん》してみたんだ。

結果発表《けっかはっぴょう》。ナガレさんは白髪《しらが》がなくなり、若《わか》がえった。

アナンはカゼひとつひかなくなった。

ユメコちゃんはベンピがなおり、お肌《はだ》がすべすべになった。

ユウジくんは頭《あたま》がよくなり、成績《せいせき》まであがった。

ぼくはくじいた足《あし》がウソみたいになおった。

そして、鶴《つる》の宮《みや》さんは、飲《の》みはじめたとたんどんどんスマートになって、あわてて飲《の》むのをやめたんだ。だって、デブじゃなくなって、サンタ・クロスだってばれたらたいへんだからね。

「おお、おお……」おじいさんはうめいた。「いい気分《きぶん》じゃ。胸《むね》がぬくぬくする。もういっぱい、くれんかね？」

ほら、リュウノスケ、金《きん》の竜《りゅう》さん、空《そら》からこのおじいさんの顔《かお》が見《み》えてる？　金色《きんいろ》にかがやいているよ。

ドラゴンの湯《ゆ》に、よろこびの波《なみ》が広《ひろ》がっていた。モザイクの湯《ゆ》に入《はい》っていったお客《きゃく》さんたちは、こっちが心配《しんぱい》になるくらい長《なが》い時間出《じかんで》てこなかった。

「すばらしいモザイクだ」「あんなのは見《み》たことない。『夢《ゆめ》の島《しま》』の宝《たから》だ」

「すごくいいお湯《ゆ》だったよ」「ありがとう、またくるわね」

お客《きゃく》さんたちのお礼《れい》の言葉《ことば》と、幸《しあわ》せそうなピンク色《いろ》の顔《かお》は、ぼくたちのゴールだ。

アナンはロビーのすみっこから、最高《さいこう》の笑顔《えがお》で帰《かえ》っていく人《ひと》たちを見送《みおく》っていた。

ナォ、またきてね。『ドラゴンの湯《ゆ》』を忘《わす》れないでね。

「失礼《しつれい》ですが、あなたが鶴《つる》の宮《みや》さんですか？」

メガネをかけた男《おとこ》の人《ひと》が、四角《しかく》い小《ちい》さな紙《かみ》を出《だ》しながら鶴《つる》の宮《みや》さんにあいさつにやってきた。

「いやあ、ほんとうにいいお風呂《ふろ》でした。今日《きょう》は特別《とくべつ》に、船《ふね》の数《かず》をふやしたそうですよ。ここにくるお客《きゃく》を運《はこ》びきれなくてね」

『夢《ゆめ》の都新聞《みやこしんぶん》』？」鶴《つる》の宮《みや》さんは小《ちい》さな紙《かみ》を見《み》て、おどろいていった。「なんと、新《しん》聞記者《ぶんきしゃ》さんですか？」

「ええ、あのフシギな鳥《とり》たちのチラシ配達《はいたつ》は、『夢《ゆめ》の都《みやこ》』でも話題《わだい》になりましたよ。いったい、どうやってあんな芸《げい》を教《おし》えたんです？」

「なんのことですか？ チラシ配達って」

「かくさないでくださいよ。わたしは宙太郎先生にすすめられて、ここまではるばる取材《しゅざい》にやってきたんです。さっそくですが、まず、原野《はらの》アナンさんにインタビューをさせていただけませんか?」

ナォ、やった、アナンが新聞《しんぶん》にのるんだ。それじゃあ、アナンと兄弟《きょうだい》みたいなこのぼくもいっしょに……。

「おい、こら、バケツ、こっちにこい」

ナガレさんがキッチンから、ぼくのシッポをぐっとひっぱった。

ああ、そうだった。すっかりわすれてた。ぼくもおたずねネコだったっけ。

ぼくたちはキッチンのかげから、取材《しゅざい》をされるアナンのりっぱな姿《すがた》をそっと見《み》まもった。アナンはロビーのソファにすわって、しっかりと新聞記者《しんぶんきしゃ》のインタビューに答《こた》えた。たくさんの人《ひと》にかこまれて、お礼《れい》をいわれて、たくさん写真《しゃしん》をとられている。

うれしかった。ほこらしかった。きっとナガレさんだって、おんなじ気持《きも》ちだろう。だけど……なんだか、アナンが遠《とお》くの人《ひと》になってしまったような気《き》もしたんだ。

「どうもありがとう、アナンくん」

最後《さいご》に記者《きしゃ》さんは、アナンに握手《あくしゅ》をした。

「『宙太郎氏《ちゅうたろうし》、大絶賛《だいぜっさん》！　天才少年《てんさいしょうねん》アナン、頭《あたま》がとろけるモザイクの世界《せかい》をかたる』――この記事《きじ》が新聞《しんぶん》にのるのを、楽《たの》しみに待《ま》っていてください。もっとすごいことになりますよ」

ナォ、きっと新聞《しんぶん》を読《よ》んだお客《きゃく》さんが、世界中《せかいじゅう》からやってくるんだ。みんながアナンのモザイクを見《み》てくれるんだ。すごいよ。最高《さいこう》だよ。ぼくたち、こんなに幸《しあわ》せでいいのかな。

「おや？」そのとき、ナガレさんが声《こえ》をあげた。

ひとりのお客《きゃく》さんがふらふらとやってきて、床《ゆか》にしゃがみこんだんだ。首《くび》からぬれたタオルがぶらさがっている。どうやらお風呂《ふろ》に入《はい》りすぎて、気分《きぶん》が悪《わる》くなったらしい。

「たいへんだ」

ナガレさんはコップに冷《つめ》たい水《みず》をくむと、あわててキッチンからとび出《だ》していった。

ナオ、やっぱりナガレさんは、やさしい人《ひと》だ。

「だいじょうぶですか」ナガレさんはお客《きゃく》さんを助《たす》け起《お》こした。「さあ、これを飲《の》んでください」

「いやあ、つい、モザイクの海《うみ》にみとれちゃってねえ」

お客《きやく》さんはまっ赤《か》なタコみたいな顔《かお》をあげ、水《みず》のコップをうけとろうとした。そのとき、ふとその手《て》が止《と》まった。

「ん?」お客《きやく》さんはナガレさんを見《み》た。「どっかで会《あ》ったことがあるような……?」

ドクン――ぼくはナガレさんの胸《むね》の中《なか》でなにかがこわれる音《おと》をきいた。その顔《かお》から、みるみるまに色《いろ》がなくなっていった。

ぼくの毛《け》も感電《かんでん》したみたいにさかだった。遠《とお》いむかしの思《おも》い出《だ》したくない記憶《きおく》が、ココロの箱《はこ》からどっととび出《だ》してくる。『夢《ゆめ》の都駅《みやこえき》』の、地下《ちか》の町《まち》。ラーメン屋《や》の裏《うら》の、箱《はこ》の家《いえ》。おまわりさんとの追《お》いかけっこ――。

ナォ、そうだ、この男《おとこ》は、『竜王《りゆうおう》ラーメン』の店長《てんちよう》さんだ。

「お、おまえは……」

店長《てんちよう》さんはさぐるような目《め》で、ナガレさんのウソメガネをかけた顔《かお》を見《み》つめた。ぼくはあわててキッチンのドアのかげにかくれた。

ナォ、もうおしまいだ。ナガレさん、おまわりさんにつかまっちゃうよ。

「えーと」店長《てんちよう》さんは首《くび》をひねった。「だれだったっけ?」

3　ちぎれたハート

空《そら》には満月《まんげつ》がかがやき、地上《ちじょう》にはアナンの作《つく》ったモザイクの玉《たま》が光《ひか》っている。それは、『ドラゴンの湯《ゆ》』の看板《かんばん》だ。最後《さいご》のお客《きゃく》さんが帰《かえ》ったあと、その明《あ》かりを消《け》すのはぼくの仕事《しごと》だった。電気《でんき》のスイッチを切《き》ると、モザイクの月《つき》はほっと安心《あんしん》したようにねむりについた。

でも、ぼくの胸《むね》はまだもやもやしていた。黒《くろ》い煙《けむり》でココロがけむたくなったみたいに。

なんか、やな感《かん》じ。『竜王《りゅうおう》ラーメン』の店長《てんちょう》さんはあのまま帰《かえ》っていった。だけど、ほんとうにずっとわすれたままかな。

もしかして、ひょいと思《おも》い出《だ》しちゃったら、どうなる？　おまわりさんがナガレさんをつかまえにくるかもしれない。そしたら、ぼくたちどうなるんだろう？　この幸《しあわ》せな生活《せいかつ》は？　アナンのすばらしい未来《みらい》は？

宙太郎《ちゅうたろう》さんがいそいそとやってきたのは、その夜《よる》、おそくなってからだった。

「アナン、ほら、見《み》てごらん」

宙太郎《ちゅうたろう》さんはロビーのテーブルの上《うえ》に、バサバサと大《おお》きな紙《かみ》を広《ひろ》げた。

『夢《ゆめ》の都《みやこ》』に、新《あたら》しく『歌《うた》うピラミッド』を作《つく》る計画《けいかく》があるんだよ。これが、そのスケッチだ」

「へえ」アナンは目《め》を丸《まる》くした。「白《しろ》いピラミッドだ」

ナオ、ピラミッドって、なんだか宇宙船《うちゅうせん》みたいな、フシギな感《かん》じ。ぼくたちは興味《きょうみ》しんしんでスケッチのまわりをとりかこんだ。

「最高《さいこう》の技術《ぎじゅつ》と、最高《さいこう》のデザインと、最新設備《さいしんせつび》がよせ集《あつ》められた、世界一《せかいいち》の音楽《おんがく》ホールさ」宙太郎《ちゅうたろう》さんはいった。「このピラミッドができたら、世界中《せかいじゅう》の歌手《かしゅ》が『夢《ゆめ》の都《みやこ》』に集《あつ》まってくるよ。ボク、この中《なか》に、アナンのモザイクを作《つく》ってほしいと思《おも》っているんだ」

「す、すごい仕事《しごと》じゃないですか」鶴《つる》の宮《みや》さんが興奮《こうふん》していった。「まだ少年《しょうねん》なのに、こんな大《おお》きな仕事《しごと》ができるなんて。アナンさん、モザイクが思《おも》いっきり作《つく》れますよ。そして、たくさんの人《ひと》に見《み》てもらえるんだ」

「アナン、『夢《ゆめ》の都《みやこ》』には、いったことあるかい？」宙太郎《ちゅうたろう》さんがたずねた。

みんなにコーヒーをくばっていたナガレさんがぎくりと手《て》を止《と》めた。『竜王《りゅうおう》ラーメン』の店長《てんちょう》さんがきてから、ナガレさんはずっとだまったままだった。

「いいえ」アナンはいった。「いったこと、ありません」

「アナンにはこれから、どんどんモザイクを作《つく》ってほしいんだ」宙太郎《ちゅうたろう》さんは力強《ちからづよ》くいった。「ボク、いろいろ手伝《てつだ》えると思《おも》うよ。きみの才能《さいのう》をのばすためならね」

この人《ひと》は、だれよりもアナンのモザイクが好《す》きだ。この人《ひと》がついていてくれれば、安心《あんしん》だ。きっと、どんなときだってアナンをまもってくれるだろう。

「でも、ぼくは、ここが好《す》きなんです」アナンはいった。「まだ学校《がっこう》もあるし。この島《しま》をはなれるなんて、そんなこと……」

「や、いつか、その気《き》になったらの話《はなし》さ」

宙太郎《ちゅうたろう》さんは残念《ざんねん》そうに、『歌《うた》うピラミッド』のスケッチをたたんだ。きっと、アナンが「すぐにいきたい」っていうと思《おも》っていたんだ。

アナンは悪《わる》いことをしたみたいにうつむいた。迷《まよ》いと悲《かな》しみでごちゃごちゃになった顔《かお》で。

もしかしたら、アナンはどこかで『夢《ゆめ》の都《みやこ》』のことをおぼえているのかもしれない。あのイエナシビトの生活《せいかつ》を。体《からだ》からずっと消《き》えない、アザみたいに。

ナオ、ぼくだって、まだおぼえているよ。『夢《ゆめ》の都《みやこ》』にふる雨《あめ》のにおいを。あの冷《つめ》たさを。

「……宙太郎先生《ちゅうたろうせんせい》」

そのとき、ナガレさんがまじめな声《こえ》でよびかけた。

「なんですか？」宙太郎《ちゅうたろう》さんはナガレさんを見《み》た。

「どうか、アナンのことを、よろしくお願《ねが》いします」

コーヒーを飲《の》んでいたみんなは、カップを持《も》った手《て》を止《と》め、きょとんとしてナガレさんを見《み》た。

ナオ、急《きゅう》にどうしたんだろう？　ナガレさんは宙太郎《ちゅうたろう》さんにむかって、ふかぶかと頭《あたま》をさげたんだ。


カアアーン、カアアーン……。

その夜《よ》、『ドラゴンの湯《ゆ》』には、ひさしぶりに、アナンがタイルをわる音《おと》がひびいていた。でも、お風呂場《ふろば》にはもうモザイクをはる所《ところ》は一《いっ》センチもないはずだ。

ナオ、アナン、どこで作《つく》ってるの？

「わたしのアトリエで、なにか、小《ちい》さなものを作《つく》ってますよ」鶴《つる》の宮《みや》さんはわくわくした声《こえ》でいった。「こんどはなにを作《つく》りはじめたんでしょう。楽《たの》しみですねえ」

そっとアトリエをのぞくと、絵《え》の具《ぐ》やキャンバスがたくさんならんだ部屋《へや》で、アナンは夢中《むちゅう》になって石《いし》をわっていた。でも、いつもその横《よこ》にいるはずのナガレさんはいなかった。

ナオ、ナガレさんは、どこ？

ぼくはまるで親《おや》ネコをさがす子《こ》ネコみたいにナガレさんをさがした。ぼくたちの部《へ》屋《や》には、明《あ》かりがついていなかった。でも、ネコ目《め》にはちゃんと見《み》える。ナガレさんたら電気《でんき》もつけないで、クローゼットの前《まえ》の床《ゆか》にすわりこんでいたんだ。

ナオ、なにしてるの、ナガレさん。そんな古《ふる》いバッグなんかひっぱり出《だ》して。それ、アナンが赤《あか》ちゃんのときのベビー服《ふく》？　なんで、今《いま》ごろ――。

「お父《とう》さん……？」

そのとき、廊下《ろうか》からアナンの声《こえ》がした。ナガレさんはドロボウでもしていたみたいに、あわててベビー服《ふく》をバッグにしまうと、クローゼットにおしこんだ。

「どうしたの、お父《とう》さん」

電気《でんき》をつけたアナンは、おどろいてつっ立《た》っていた。明《あか》るいところでよく見《み》ると、ナガレさんは青《あお》ざめて、幽霊《ゆうれい》のような顔《かお》をしていたんだ。

「どっか、ぐあいが悪《わる》いの？　顔色《かおいろ》がよくないよ」

「や、カゼでもひいたかな。あとで温泉《おんせん》をいっぱい飲《の》んどかないとな」

ナガレさんはごまかした。でも、これはどう見《み》てもココロがカゼをひいた人《ひと》の顔《かお》だ。アナンは心配《しんぱい》そうに近《ちか》づいてきて、その顔《かお》をのぞきこもうとした。

「おや、それは……？」ナガレさんはアナンが手《て》に持《も》っているものに気《き》づいた。「なんか作《つく》ったのか、アナン？」

アナンはうなずき、そっと手《て》をひらいた。その瞬間《しゅんかん》、ナガレさんの顔《かお》にあたたかい光《ひかり》がさした。ぼくたちは、いやなことも、こまったことも、全部《ぜんぶ》きれいにわすれてアナンの手《て》の上《うえ》にあるものを見《み》つめた。

それは、きらきら光《ひか》る、小《ち》さな玉《たま》だった。ドリームストーンのフシギなもようが、うずをまき、波《なみ》をうち、丸《まる》い形《かたち》の表面《ひょうめん》をびっしりとおおっている。

ナオ、信《しん》じられないくらい、きれい。だけど、これはなに？

「……タマゴか」ナガレさんはモザイクの玉《たま》をそっと手《て》にとった。「ふむ、星《ほし》のタマゴみたいだな」

それをきいたとたん、アナンの黒《くろ》い目《め》がまるで花《はな》がさいたようにかがやいた。

「ああ、そうだよ。お父《とう》さんはやっぱり、ぼくのことがよくわかるんだね。ぼく、お父《とう》さんがお父《とう》さんで、ほんとによかったよ」

一瞬《いっしゅん》、ナガレさんの息《いき》が止《と》まり、顔《かお》はまた幽霊《ゆうれい》にもどってしまった。

「……アナン」ナガレさんはタマゴをいじりながらいった。「すわりなさい。だいじな話《はなし》があるんだ」

アナンは少《すこ》しびっくりした顔《かお》をしたけど、なんにもきかずにベッドにすわった。ぼくはそっとその横《よこ》によりそった。

遠《とお》くで波《なみ》の音《おと》が、近《ちか》くでナガレさんの心臓《しんぞう》の音《おと》がきこえる。アナンのすんだ目《め》に見《み》つめられて、ナガレさんのほっぺはびくびくふるえた。

「あのなあ、お父《とう》さんは……お父《とう》さんは……」

ナガレさんのココロの箱《はこ》があく音《おと》がした。ぼくの背中《せなか》の毛《け》がさかだった。

ナオ、まさか、ナガレさん、あのことをいおうとしているんじゃないでしょうね？ダメだよ、そんなこと、いっちゃダメだよ――。

と、アナンが静《しず》かにいったんだ。

「……ほんとうのお父《とう》さんじゃ、ないんでしょ？」

「し、知《し》ってたのか」

ナガレさんはおどろいた。ぼくもおどろいた。いつ、どうしてそんなことわかったんだろう？

「だって、ぜんぜんにてないし、お母《かあ》さんの話《はなし》もしないから」

そういうアナンの声《こえ》は、しっかりとしていた。

「でもぼく、もらいっ子《こ》だってかまわないよ。お父《とう》さんは、ぼくのお父《とう》さんだ」

ナガレさんはぐっとタマゴをにぎりしめた。

「だ、だけど……おれは、おたずね者《もの》なんだ。おまわりさんに追《お》われている」

「赤《あか》ちゃん誘拐《ゆうかい》したって、いわれてるんでしょ？　そんなのウソだ。ぼくは一番《いちばん》よく知《し》ってるよ、お父《とう》さんはいい人《ひと》だ」

「おれはな、いい人《ひと》じゃない。それにもらったんじゃなくて、おまえは、ひろったんだ」

「え？」アナンはおどろいた。「ひろった……？」

「……『夢《ゆめ》の都《みやこ》』の……ゴミすて場《ば》で、ひろったんだ。『リュウグウ』の裏《うら》で……そのとき、おれはイエナシビトだった」

ああ、もうわすれようとしていたことなのに。わすれてもいいことなのに。どうしていわなければならないの、ナガレさん？

「赤《あか》ちゃんをひろったって、悪《わる》いことじゃないよ」アナンは少《すこ》し青《あお》い顔《かお》でいった。

「そうじゃないんだ」ナガレさんは首《くび》をふった。「おれがひどいことをしたのは、その、ずっと前《まえ》だ……お父《とう》さんはサギをやって、イエナシビトになったんだ」

「サギ？」

ウソ。サギってなに？　そんなこと、ぼくだって知《し》らなかった。ナガレさんは、アナンを誘拐《ゆうかい》したと思《おも》われて、おたずね者《もの》になったんじゃなかったの……？

「ああ、今《いま》から思《おも》うと、どうしてあんなことをしてしまったか、わからん」ナガレさんはうめいた。「なにをやってもうまくいかなくて、おれはヤケクソになっていたんだ。ウソをついて、人《ひと》をだまして、お金《かね》をとった。そのためにたくさんの人《ひと》が、家《いえ》やお金《かね》をなくしてしまったんだ。だれも、おれをうたがう人《ひと》はいなかったから。でも、結局《けっきょく》、悪《わる》いお金《かね》は全部《ぜんぶ》なくなって……」

ナォ、知《し》らなかったよ、ナガレさん。そんな思《おも》い出《で》をしまっていたなんて。そんなに苦《くる》しんでいたなんて。ぼくが知《し》っているのは、おぼれかけていたぼくをすくいあげてくれた、やさしい手《て》だ。だきしめてくれた、あったかい胸《むね》だ。

「……おれはもう、ボロクソだった。つかまったら、ずっとろうやにはいらなきゃならない。それがこわくて、逃《に》げ回《まわ》っていた。もう死《し》んだってかまわないと思《おも》っていた。だけど、それなのに……あの雪《ゆき》の日《ひ》、おまえに会《あ》ってしまった」

ナガレさんの目《め》が、遠《とお》いむかしにふる雪《ゆき》を見《み》つめた。ハダカで泣《な》いていた赤《あか》ちゃんを。小《ちい》さな小《ちい》さな天使《てんし》のようなアナンを。

「……運命《うんめい》だった、と思《おも》う」

アナンの手《て》がふるえ、ぼくの背中《せなか》にぽたりと涙《なみだ》が落《お》ちてきた。

そう、あの日《ひ》、ぼくは見《み》ていたんだ。ひとりぼっちのタマシイが、すてられたタマシイと出会《であ》うところを。そこに、小《ちい》さな光《ひかり》がともるのを。

「おまえに会《あ》えて、幸《しあわ》せだった」ナガレさんはいった。「後悔《こうかい》したことは、ない」

「お父《とう》さん……」アナンの言葉《ことば》は、もう言葉《ことば》にならなかった。

「今《いま》までかくしてて、すまなかった。おまえを傷《きず》つけるのがこわかったんだ」

ナガレさんはそっと、白《しろ》いモルタルのついているアナンの手《て》をとった。そのふるえる手《て》の中《なか》には、まるでふたりが生《う》んだような、美《うつく》しい星《ほし》のタマゴがあった。

「……おまえは、お父《とう》さんの宝《たから》だ。ずっと、どんなことがあっても、モザイクを作《つく》り続《つづ》けていけ。おまえには、だれにも想像《そうぞう》もできないくらい、すばらしい未来《みらい》が待《ま》っている……お父《とう》さんは、それを楽《たの》しみにしてるよ」

アナンのハートのフタがひらいて、涙《なみだ》があとからあとからあふれてきた。

ナオ、泣《な》かないで、アナン。苦《くる》しいときはもうおわったんだから。

「もう、話《はな》すことはない」ナガレさんは、アナンの髪《かみ》の毛《け》をくしゃっとにぎった。

「さあ、風呂《ふろ》に入《はい》ってこい」

アナンは涙《なみだ》をぬぐい、ぼくをだきあげた。ハートにあいた穴《あな》をぼくの体《からだ》でふさぐように。部屋《へや》から出《で》ていこうとして、もう一度《いちど》ナガレさんをふりむいた。

「お父《とう》さん」

「なんだ」ナガレさんがいった。

「お父《とう》さんは……ひどい人《ひと》じゃない」アナンはいった。

それは、少年《しょうねん》の顔《かお》だった。成長《せいちょう》したアナンが、ほんとうに思《おも》ったことをいったんだ。ナガレさんはなんともいえない目《め》でアナンを見《み》た。

ナォ、ナガレさん、ココロの中《なか》で泣《な》いている。

「……おまえのおかげだ」ナガレさんはかすれた声《こえ》でいった。

それから、ぼくとアナンは、お客《きゃく》さんのいなくなった『森《もり》の湯《ゆ》』でお風呂《ふろ》にはいった。目《め》を赤《あか》くしたアナンの横顔《よこがお》を見《み》ながら、ぼくはぼんやりと考《かんが》えていた。

ナガレさん、なんで急《きゅう》にあんな話《はなし》をしたんだろう――。

その夜《よ》、たくさんの夢《ゆめ》を見《み》た。竜《りゅう》の夢《ゆめ》、モザイクの夢《ゆめ》、赤《あか》ちゃんのアナンの夢《ゆめ》。

そして、星《ほし》のタマゴが見《み》えた。ナガレさんがタマゴを手《て》にとって、そっと古《ふる》いバッグに入《い》れている……。

知《し》らないうちにぼくの目《め》はあいていた。

あれ、これは夢《ゆめ》じゃないよ。ナガレさん、なにやってるの？

外《そと》はまだうす暗《ぐら》いのに、ナガレさんはもう服《ふく》に着《き》がえていた。ベッドの横《よこ》に立《た》って、へんな顔《かお》でアナンを見《み》つめている。

アナンは天使《てんし》のような顔《かお》でぐっすりとねむっていた。ナガレさんはその姿《すがた》を、ココロにきざみつけるように、ぎゅっと目《め》をとじた。それから、古《ふる》いバッグを持《も》ってそっと部屋《へや》から出《で》ていったんだ。

ナォ、なんか、やな予感《よかん》。

ぼくはアナンを起《お》こさないように、そっとナガレさんのあとをつけていった。こんな時間《じかん》にどこにいくつもりだろう？

門《もん》のところまでやってきたナガレさんは、大《おお》きなため息《いき》をついて、『ドラゴンの湯《ゆ》』をふりむいた。

「バ、バケツ――」

ナガレさんは、そこにぼくがいるのを見《み》て、息《いき》をのんだ。

「おまえは、くるな。アナンのそばにいてやってくれ」

ナォ、そんな――。

それをきいたとたん、ぼくは体《からだ》から毛《け》が全部《ぜんぶ》ぬけてしまうような気《き》がした。ナガレさんは、アナンと別《わか》れようとしている。この島《しま》を出《で》て、ひとりで、どこかにいこうとしているんだ。アナンの未来《みらい》のために。

たしかに、ナガレさんがタイホされてしまったら、アナンは世《よ》の中《なか》の人《ひと》になんていわれるかわからない。そのためにアナンの生活《せいかつ》や仕事《しごと》がダメになるかもしれない。

でも、ぼくはどうしたらいいの――？

「さよなら、バケツ」

ナガレさんはぼくに背中《せなか》をむけて、門《もん》からとび出《だ》していった。ぼくは頭《あたま》の中《なか》がぐるぐるになって、体《からだ》が半分《はんぶん》にさけてしまいそうな気《き》がした。

ナガレさんとアナン、どっちのほうが好《す》きかなんて、わかんない。でも、アナンのまわりにはたくさんの人《ひと》がいるし、アナンには才能《さいのう》がある。ナガレさんには、なんにもないんだ。

ナオ、ナガレさん、ぼくは――。

「ガルルッ」

そのとき、後《うし》ろでおそろしい声《こえ》がした。

ふりむいたぼくは、島《しま》の反対側《はんたいがわ》から、大《おお》きな黒《くろ》い犬《いぬ》をつれた男《おとこ》の人《ひと》がやってくるのを見《み》た。でも、さんぽの人《ひと》じゃない。

するどい目《め》つき、青《あお》い制服《せいふく》——おまわりさんだ。

「ギャオオオッ」ぼくはものすごい声《こえ》でさけんだ。「た、たいへんだ、ナガレさん、おまわりさんだよーっ」

「こらあ、だまれっ」

黒《くろ》い犬《いぬ》はギャンギャンほえながら走《はし》ってきて、ぼくを地面《じめん》におしたおした。

ナガレさんがはっとふりむき、おしりに火《ひ》がついたように走《はし》り出《だ》した。

「そこの男《おとこ》、止《と》まれっ」おまわりさんがさけんだ。

「へ、このおたずねネコめ。逃《に》がすもんか」

黒《くろ》い犬《いぬ》はがっちりとぼくをおさえつけて、はなさない。口《くち》の中《なか》に砂《すな》がジャリジャリと入《はい》ってきた。

ナオ、もうおしまいだ。ぼくには、どうしようもないよ——。

「ギャアア」

そのとき、黒《くろ》い犬《いぬ》が悲鳴《ひめい》をあげた。

「イテテ、やめろ、なにするんだ、おまえたちっ」

クアーン、クアーン、ピピピピ……たくさんの声《こえ》が空《そら》からふってきた。するどいくちばしで黒《くろ》い犬《いぬ》の目《め》をつっついているのは、海鳥《うみどり》さんだ。

「バケツ、ここは、おれたちにまかせとけっ」

何十羽《なんじっぱ》、いや、何百羽《なんびゃっぱ》。早起《はやお》きの鳥《とり》さんたちが、黒《くろ》い犬《いぬ》とおまわりさんにいっせいにおそいかかったんだ。おまわりさんは悲鳴《ひめい》をあげて地面《じめん》につっぷした。

「た、助《たす》けてくれえっ」

ぼくは黒《くろ》い犬《いぬ》のおなかの下《した》からはい出《だ》して、あわてて道《みち》のほうを見《み》た。たいへん。ナガレさんがもういっちゃった。

「あ、ありがとう、海鳥《うみどり》さん。でもぼく、お別《わか》れをいわなきゃ」

「え、おまえもいっちゃうのか？」海鳥《うみどり》さんの顔《かお》がひきつった。

「そんな顔《かお》しないで、お願《ねが》い、いつもみたいにわらってよ。それからアナンのことをよろしくね」

「ち、ちくしょう、そんなことわかってるさ。おまえなんか早《はや》くいっちまえ。ギャハハッ、ギャハハッ」

「ありがと、海鳥《うみどり》さんのこと、一生《いっしょう》わすれないよ」

海鳥《うみどり》さんの泣《な》きわらいの声《こえ》におくられて、ぼくはめちゃくちゃに走《はし》った。ナガレさんを追《お》いかけて、頭《あたま》にうかんでくるアナンの泣《な》き顔《がお》をふりはらいながら。

アナンはもう子《こ》どもじゃない。ぼくよりも大人《おとな》なんだ。たくさんの人《ひと》、すばらしい力《ちから》にかこまれている。だから、ぼく、なんにもないナガレさんといくよ。お願《ねが》い——。ナォ、待《ま》って、ナガレさん、ずっといっしょだっていったじゃない。

港《みなと》につくと、船《ふね》はちょうど岸《きし》をはなれるところだった。ナガレさんがジャンプして、すれすれで船《ふね》にとびのるのが見《み》えた。ぼくもそのあとを追《お》いかけ、いきおいをつけて、思《おも》いきり岸《きし》をけった。

ツルッ。ツメが船《ふね》をかすった。しまった、とどかない。あわわわ……。

「バケッ」

船《ふね》からのびたナガレさんの手《て》が、ぼくをキャッチした。

「おバカだな、バケッ」ナガレさんはぼくをだきしめた。「おれなんかについてきやがって」

ぼくはナガレさんの胸《むね》に耳《みみ》をつけた。ココロの時計《とけい》が悲《かな》しそうに、ありがとう、ありがとうっていっていた。

ボ、ボー……船《ふね》が汽笛《きてき》をならし、ゆっくりと海《うみ》にすべり出《で》た。

「しかたない、いっしょに帰《かえ》るとするか」ナガレさんがつぶやいた。「『夢《ゆめ》の都《みやこ》』へ」

そうか、ぼくたちは帰《かえ》るんだ。

ぼくを生《う》んだ、アナンを生《う》んだあの町《まち》へ。

さようならじゃない、アナン。ぼくはきみの思《おも》い出《で》をもらっていくんだから。これからも、ずっといっしょにいるんだよ。そうだよね？　ぼくは思《おも》い出《で》のいっぱいつまった島《しま》を見《み》つめた。

宝石《ほうせき》のような島《しま》が、だんだん遠《とお》くなる。さようなら、ぼくたちの最高《さいこう》のパラダイス。

そして、またいつか会《あ》おう。アナン、ぼくのイノチ。

そのとき、港《みなと》のむこうに、ぽちりと小《ちい》さな影《かげ》が見《み》えた。白《しろ》い砂浜《すなはま》に、だれかがころがるように走《はし》ってくる。

まさか、まさか、そんな――。

「お父さーん」

アナンだ。アナンが追《お》っかけてきたんだ。泣《な》き声《ごえ》が風《かぜ》にのって、ぼくたちのココロまでとどく。

バカバカ、あんなにアナンを泣《な》かせるなんて――。

「お父さーん、いかないでえ」アナンはさけんだ。「お父さーんっ」

ナガレさんは顔《かお》をおおって、船《ふね》の上《うえ》にくずれ落《お》ちた。

ぼくは必死《ひっし》にツメをたてて、マストによじのぼった。一秒《いちびょう》でも長《なが》く、最後《さいご》まで、アナンを見《み》ていようと思《おも》ったから。
ナォ、ごめん、アナン。どうしようもないんだよ。ぼくたちをゆるして。幸《しあわ》せにな
って、アナン。大好《だいす》きだよ、大好《だいす》きだよ――。
ついに、アナンの姿《すがた》が砂《すな》つぶになり、見《み》えなくなった。
胸《むね》がいたい。ハートが半分《はんぶん》、ちぎれたみたいに。
ぼくは、今《いま》までこんなに泣《な》いたことはなかった。

4　またまた『夢《ゆめ》の都《みやこ》』

どこかで　あの人《ひと》に会《あ》ったらつたえて。
その少年《しょうねん》は　今日《きょう》も待《ま》っていると。
海《うみ》が　虹《にじ》になる日《ひ》まで。
空《そら》が　少年《しょうねん》をわすれてしまっても。

ゲロゲロゲー、ゲロゲロゲー……。
だれだ、朝《あさ》っぱらからひどい声《こえ》で歌《うた》ってるのは。

公園《こうえん》のベンチの下《した》でねていたぼくは、うるさくて目《め》をさました。噴水《ふんすい》のむこうには、高《たか》いビルがぞろぞろならんでいる。そのまたむこうには、きらきら光《ひか》る『夢《ゆめ》タワー』が見《み》えた。

ああ、何度目《なんどめ》がさめても、ここは『夢《ゆめ》の都《みやこ》』だ。

ゲロゲロゲー。にごった池《いけ》にういた葉《は》っぱの上《うえ》でうっとりと目《め》をつむって歌《うた》っているのは、イボガエルさんだった。すっかり自分《じぶん》の歌《うた》によっている。

「うるさいなあ」

ベンチの上《うえ》でねていたナガレさんがぶつぶついった。かわいそうに、ナガレさんにはそれがなんの歌《うた》だかわかんないんだ。

「ゲロッ、いい歌《うた》だなあ」

イボガエルさんはぼうっと目《め》をあけた。

「おい、そこのノラネコ、知《し》ってるか？　この歌《うた》は今《いま》、都《みやこ》の鳥《とり》たちの間《あいだ》で、すんごくはやってるんだ。ひさびさの大《だい》ヒット曲《きょく》だぜ」

「知《し》ってるよ」ぼくはいった。「その少年《しょうねん》とぼくは、兄弟《きょうだい》みたいなもん……だったから」

「ほ、ほんとか？」

ぼくはだまって顔《かお》をあらうふりをした。アナンのことは、うまく話《はな》せない。なにかいおうとすると、涙《なみだ》のかたまりが胸《むね》のところでつっかえて、息《いき》ができなくなるんだ。アナン、きみの歌《うた》はとどいてるよ。アナンのココロの音《おと》をきいた、あのカッコウさんが作《つく》ったんだってね。

「ゲロッ、一度《いちど》でいいから、おれも、こんな恋《こい》をしてみたいもんだ」イボガエルさんは、ぜんぜん顔《かお》にあわないことをいった。「あの人《ひと》って、どんなにきれいな女《おんな》なんだろ。ひと目《め》、見《み》てみたいよ」

「ちがうよ、それは恋《こい》の歌《うた》じゃないってば。あの人《ひと》っていうのは――」

ぼくはベンチの上《うえ》でガアガアいびきをかいている、ナガレさんをふりむいた。あー あ、『夢《ゆめ》の都《みやこ》』にきてから、だいぶうすよごれて、今《いま》じゃイエナシビト一歩手前《いっぽてまえ》だ。

「ほら、そこの男《おとこ》のことだ。その少年《しょうねん》の、お父《とう》さんだよ」

「ゲロゲローッ」

ボチャーン。イボガエルさんはショックをうけて、葉《は》っぱの上《うえ》から池《いけ》に落《お》っこちた。

ああ、今日《きょう》も、『夢《ゆめ》の都《みやこ》』はいそがしく動《うご》いている。

噴水《ふんすい》のまわりにぼんやりとすわり、ぼくとナガレさんはドライバナナを食《た》べていた。空《そら》いっぱいのビル、迷路《めいろ》みたいな道《みち》、たくさんの人《ひと》たち。パラダイスからくると、この風景《ふうけい》はちょっとショック。だけど、ぼくはこの町《まち》がそんなにきらいじゃなかった。

ナオ、『夢《ゆめ》の都《みやこ》』はどこかぼくたちににあってるんだ。

「おや、ドライバナナのにおい」ひそひそ声《ごえ》がきこえた。「『夢《ゆめ》の島《しま》』のにおいだ。ああ、ジメジメ、むしむし、あのジャングルに帰《かえ》りたい」

ぼくはぎょっとしてふりむいた。草《くさ》むらに赤《あか》と黒《くろ》のシッポと、赤《あか》い目《め》がふたつ。あれ、どこかで見《み》たことがあるような……。

そうだ、ここは『噴水公園《ふんすいこうえん》』。きっとあの赤黒《あかくろ》トカゲさんは、アナンをひろった雪《ゆき》の日《ひ》にあのゴミすて場《ば》にいたトカゲさんだ。

「こんにちは、あの――」

話《はな》しかけたとたん、赤黒《あかくろ》トカゲさんは背中《せなか》をむけて逃《に》げようとした。だけど、だいぶ年《とし》をとったらしい。その足《あし》はよたよたしていた。

「ま、待《ま》って」ぼくは追《お》いかけた。「ききたいことがあるんだ」

「きかれたいことなんか、ない」トカゲさんがいった。

「ねえ、よかったら、ぼくたちのドライバナナ、食《た》べない？」

ぼくが紙《かみ》ぶくろをさかさまにすると、最後《さいご》のバナナがふくろからころがり出《で》た。

あーあ、これで食《た》べ物《もの》もおしまいだ。

「おお、なつかしい、このにおい」

トカゲさんはさっとバナナにとびついた。

「おいら、目《め》が悪《わる》い。ハチュウルイは、オーラしか見《み》えない。おまえのオーラ、わかば色《いろ》。わかば色《いろ》は、ケンカがきらい」

「そのとおりだ」ぼくはいった。「でも、オーラって、なに？」

「生《い》きものの光《ひかり》。生《い》きてないものは、オーラがない」

「ゲロッ、じゃあ、おれは？」

ポチャン。池《いけ》の中《なか》から、またカエルさんがイボイボの顔《かお》を出《だ》した。

「おまえのオーラ、くさったブドウ色《いろ》」トカゲさんはいった。「くさったブドウ色《いろ》は、うぬぼれが強《つよ》くて、いばりんぼ」

「ゲロッ」イボガエルさんはのけぞった。

「ねえ、トカゲさん」ぼくはいった。「おぼえてないかもしれないけど、十年《じゅうねん》よりもっと前《まえ》、ぼく、トカゲさんにあったことがあるんだ。すごい雪《ゆき》の日《ひ》に、『リュウグウ』の裏《うら》のゴミすて場《ば》で赤《あか》ちゃんをひろったとき」

そこまでいうと、トカゲさんはぴくぴくっとほっぺを動《うご》かした。

「それは、あの日《ひ》のことか？」

「あの日《ひ》……？」ぼくはいった。

「わすれられないオーラを見《み》た日《ひ》。あのとき、おいらは虹色《にじいろ》のオーラを見《み》た。あんなきれいなものは、今《いま》まで見《み》たことがない。空《そら》から、星《ほし》が落《お》ちてきたかと思《おも》った」

アナンのことだ、とぼくはわかった。ぼくだって、アナンは星《ほし》の子《こ》じゃないかって思《おも》ったことがある。

「じゃ、じゃあ」ぼくはちょっと、緊張《きんちょう》してたずねた。「ずっと見《み》ていたんだね。だれが、その虹色《にじいろ》のオーラをつれてきたの？」

「それがまた、フシギだった」

トカゲさんは興奮《こうふん》して、ドライバナナをガリリとかんだ。

ナオ、ついに、アナンがどこからきたかわかるときがきたんだ。

ぼくもう、鼻血《はなぢ》が出《で》そう。

「や、やっぱり」ぼくはいった。「空《そら》から落《お》っこちてきたとか？」

「ぜんぜん、ちがう」トカゲさんはいった。「だれかが、だっこしてきた」

「なんだ」ぼくはがっかりしていった。「じゃあ、ふつうの人間《にんげん》だ。お母《かあ》さんかな」

「そう、人間《にんげん》だ、たしかに。そいつは生《い》きていた。だけど——」

「だけど？」

「そいつには、オーラがなかった。まっ黒《くろ》な、影《かげ》だったんだ」

「ゲローッ」イボガエルさんがわめいた。「それじゃ、オバケじゃねえか」

ぼくはぞっとした。その人《ひと》はもしかして、ココロをなくしちゃった人《ひと》？　ココロがからっぽで、影《かげ》になった人間《にんげん》なんて、こわい。

ということは、アナンは生《う》まれてすぐに、そのまっ黒《くろ》な影《かげ》につつまれてしまった、ってことだ。もしかして、あのアナンの星《ほし》のように黒《くろ》い目《め》には、その影《かげ》がうつったのかな？

アナンをすてたのがだれなのか、それはもうわからない。そのナゾは影《かげ》のむこうに永遠《えいえん》にしまわれて、だれにもさわれないんだ。

「トカゲさん、もうひとつきいていい？　ぼくたち、むかしの友《とも》だちをさがしているんだ。カエルさんも、知《し》らないかなあ？　イエナシビトのデンパちゃんとゲンさん」

人間《にんげん》が知《し》らないことでも、動物《どうぶつ》は知《し》っていることがある。ただ、人間《にんげん》の言葉《ことば》を話《はな》せないから、動物《どうぶつ》はバカだって思《おも》われてるだけなんだ。

「知《し》らない」赤黒《あかくろ》トカゲさんは、チロチロッと舌《した》を出《だ》した。

「ゲロゲロッ、知《し》らん」イボガエルさんもいった。

だめか——ぼくはシッポをしょぼんとたらした。

ここにきてから、ナガレさんとぼくは、何度《なんど》も地下《ちか》の町《まち》にいってみた。だけど、知《し》ってる人《ひと》はだれもいなかったんだ。みんなバラバラになって、ゆくえがわからない。がっかりしたナガレさんは、なんにもやる気《き》がなくなって、毎日空《まいにちそら》ばっかり見《み》ている。

ナォ、心配《しんぱい》だ。このままじゃ、ナガレさんはまたイエナシビトになっちゃうよ。

「そう、ありがとう」ぼくはいった。「じゃあ」

「待《ま》て、こんどは、おれもきく」トカゲさんがいった。「あのときの虹色《にじいろ》のオーラは、どこにいる?」

「アナンなら、『夢《ゆめ》の島《しま》』にいるよ」

と、そのとき、イボガエルさんがいきなり、またひどい声《こえ》でアナンの歌《うた》をうたい出《だ》したんだ。自分《じぶん》によいしれた顔《かお》で。

ゲロゲローッ。どこかであの人《ひと》に会《あ》ったら——。

「やめてくれえっ」

トカゲさんとぼくはしっぽをまいて、逃《に》げ出《だ》そうとした。

「ゲロッ。アナン？」イボガエルさんは歌《うた》うのをやめた。「どっかできいたことあるな」

「なんだって」ぼくはふりむいた。

「北通《きたどお》り一丁目《いっちょうめ》。『アナン』っていうお店《みせ》なら、知《し》ってるぞ。ゲロゲロッ」

5　新《あたら》しい生活《せいかつ》

革《かわ》のクツ、ハイヒール、ブーツ、運動《うんどう》グツ。かぞえきれないくらいたくさんのクツの間《あいだ》を走《はし》りぬけ、ぼくは北通《きたどお》り一丁目《いっちょうめ》にいそいだ。

りっぱな表通《おもてどお》りとちがって、細《ほそ》い道《みち》には小《ちい》さな店《みせ》がてんてんとならんでいる。あちこちをさがし回《まわ》って、ぼくはやっと大《おお》きな倉庫《そうこ》の前《まえ》にやってきた。

リサイクルショップ〈アナン〉

ぼくはしげしげと看板《かんばん》を見《み》あげた。これって、偶然《ぐうぜん》かな。

そっと店《みせ》の中《なか》をのぞくと、イスやテーブル、タンスやベッドなんかがずらっとならんでいた。その上《うえ》には、オモチャや、服《ふく》や、時計《とけい》、アクセサリー。全部《ぜんぶ》、新《あたら》しいものじゃなくて、こわれたものをなおして売《う》っているんだ。

そういえば、デンパちゃんはひろいものの天才《てんさい》だった。ゲンさんは大工《だいく》さんだった。まさか——。

「まあ、ネコよ。ノラネコが入《はい》ってきたわ」

買《か》い物《もの》をしていたおばさんが、ぼくを見《み》つけて声《こえ》をあげた。

「なにい、ネコだと」こわいガラガラ声《ごえ》がした。「ここは魚屋《さかなや》じゃねえぞ」

店《みせ》の奥《おく》から、ひとりの男《おとこ》の人《ひと》が出《で》てきた。ぼくはドキドキしながらその男《おとこ》の顔《かお》を見《み》あげた。もしかしたら、ゲンさんかデンパちゃんだったりして——。

ナオ、髪《かみ》の毛《け》がみじかくて、色《いろ》が白《しろ》くて、きりっとした目《め》つきの人《ひと》。がっかりだ。こんなりっぱな人《ひと》、ぼくは知《し》らない。

「ん……？」

男《おとこ》はじっとぼくを見《み》つめ、目《め》をこすった。

と、そのとき、ぼくの頭《あたま》の中《なか》で、カシャカシャとパズルがはじまった。ここにひげがぐっとのびて、顔《かお》が黒《くろ》くよごれて、頭《あたま》がボサボサになったら……。

あーらフシギ、知《し》っている顔《かお》がひとつ、できあがり。

「ふんぎゃあっ」ゲンさんは動物《どうぶつ》みたいなさけび声《ごえ》をあげた。「バケツ、おまえ、ほんとにバケツか？」

「ウソっ」

だれかが走《はし》ってきたかと思《おも》うと、ぼくをひと目見《めみ》たとたん、うわーんと泣《な》きながらだきついてきた。

「バケツですよ、これは夢《ゆめ》じゃないですよ、うえええん」

ナオ、本物《ほんもの》のデンパちゃんだ。でもこの人《ひと》ったら、いつになったら大人《おとな》になるんだろうね。

「てことは、ナガレもこの都《みやこ》にきてるんだな、えっ」ゲンさんがいった。「どこにいるんだ？　すぐにむかえにいってやるぞ」

やったあ、ぼくたちはもう、イエナシビトにならないですむんだ。ふたりの元《もと》イエナシビトにかわるがわるだかれながら、ぼくはもう一度《いちど》、店《みせ》を見回《みまわ》した。

これこそ、本物《ほんもの》のデンパちゃんデパートだった。

「アナンのおかげですよ」デンパちゃんはけろりとしていった。

「アナンの？」

がつがつとゴハンをかっこんでいたナガレさんは、ハシをとめて顔《かお》をあげた。

テーブルの上《うえ》には食《た》べきれないくらいごちそうがならんでいる。デンパちゃんとゲンさんはぼくたちを大歓迎《だいかんげい》して、小《ちい》さなパーティをひらいてくれたんだ。ナォ。もちろん、ぼくにはオカカゴハンが山《やま》もり。ああ、幸《しあわ》せ。

「へん。ちーっとも売《う》れなかったのによ、お店《みせ》の名前《なまえ》を『アナン』にかえたら、急《きゅう》にお客《きゃく》さんがくるようになったんだ」

ゲンさんはそういっている間《あいだ》も、ハンマーをトントンと動《うご》かしている。むかしにくらべたらずいぶんはたらき者《もの》になったもんだ。

「最初《さいしょ》は『ゲンさんのお店《みせ》』っていう名前《なまえ》だったんですよ」デンパちゃんがこしょこしょといった。

「うるせえ」ゲンさんはきまり悪《わる》そうな顔《かお》をした。

ぼくはきれいな部屋《へや》を見回《みまわ》した。キッチンに、ベッドに、テーブルやイス。ここにあるものは全部《ぜんぶ》ひろいもの。おまけに壁《かべ》や床《ゆか》、シャワールームまでひろいもので作《つく》ったらしい。まったく、『夢《ゆめ》の都《みやこ》』には、どんなものでもすてられているんだ。

「ほい、できたぞ」ゲンさんがいった。

それにしても、ゲンさんの修理《しゅうり》のうではたいしたもんだ。そこにはがんじょうな木《き》のベッドができあがっていた。まるで新品《しんぴん》だ。

「ナガレのベッドだ」ゲンさんは胸《むね》をはった。

「え？」ナガレさんは目《め》をぱちくりさせた。

「それから、これはバケツの」

ゲンさんはぼくの前《まえ》に、つやつやの木《き》の箱《はこ》をおいて、少《すこ》しぺちゃんこになったクッションをつめてくれた。

わあ、すてき、ぼくのベッドだあ。ゲンさん、ありがとう。

「い、いいのかい？」ナガレさんはおどおどしていった。「おれたち、ここにいっしょに住《す》んでも……」

「あったりまえだろ」ゲンさんはガハガハわらった。「そのかわり、かくごしとけよ。ナガレにもたっぷりはたらいてもらうからな」

こうして、ぼくたちはまた、いっしょにくらすことになったんだ。

もちろん、ナガレさんは前《まえ》みたいにナマケモノじゃない。ひろってきたタイルや石《いし》で、テーブルやイスにモザイクをはりはじめた。アナンといっしょにいたときみたいに。

おどろいたことに、それがよく売《う》れたんだ。アナンほどじゃないけれど、ナガレさんも知《し》らないうちにけっこうモザイクがうまくなっていたらしい。思《おも》いがけないナガレさんの才能《さいのう》に、デンパちゃんとゲンさんも大《おお》よろこびだった。

「ほら、見《み》て。アナンが賞《しょう》をとったですよ」

ある日《ひ》、ひろいものから帰《かえ》ってきたデンパちゃんが、うれしそうにテーブルの上《うえ》に新聞《しんぶん》を広《ひろ》げた。

「おおっ、すごい」

みんな仕事《しごと》なんかほうり出《だ》して、新聞《しんぶん》のまわりにむらがった。

「……なになに」ゲンさんが声《こえ》を出《だ》して読《よ》んだ。「『新作《しんさく》、星《ほし》のタマゴで、原野《はらの》アナン、新人芸術賞《しんじんげいじゅつしょう》を受賞《じゅしょう》』だってさ。へん、やっぱり、おれが育《そだ》てた赤《あか》んぼうだ。おれににて、センスがあるぜ」

写真《しゃしん》の中《なか》のアナンは、いっぱいの花《はな》にうもれて、カメラのフラッシュをあびていた。その横《よこ》には、あの宙太郎《ちゅうたろう》さんがお父《とう》さんのようにやさしくよりそっている。アナンは大《おお》きく、りっぱになって、ますます光《ひか》りかがやいていた。

ナオ。これでよかったんだね、ナガレさん。

ナガレさんはなにもいわないで、その写真《しゃしん》をだいじに切《き》りとると、ベッドの横《よこ》の壁《かべ》にはった。たなには、アナンが作《つく》ったあの星《ほし》のタマゴが、うやうやしくかざってあった。

「アナンを見《み》ると、元気《げんき》になります」デンパちゃんがいった。「アナンは、ぼくたちの栄養《えいよう》ですね」

アナン、きみのおかげで、ぼくたちみんなのココロの中《なか》にはいつも小《ちい》さな星《ほし》がかがやいている。

だけど、その星《ほし》は遠《とお》くて、もうぼくたちの手《て》にはとどかない。ぼくはそう思《おも》いこんでいたんだ。

「あら、原野《はらの》アナンの作品《さくひん》みたいですわね」

ある日《ひ》、お店《みせ》にやってきたお客《きゃく》さんがナガレさんの作《つく》ったトレイを手《て》にとっていった。

食器《しょっき》をならべていたナガレさんは、お皿《さら》を落《お》としそうになりながら、その上品《じょうひん》そうな女《おんな》の人《ひと》をふり返《かえ》った。ヒゲをそったから、おたずね者《もの》のポスターとはべつの人《ひと》みたい。ときどき店《みせ》にも顔《かお》を出《だ》すようになっていた。

「この前《まえ》、あたくし、『夢《ゆめ》の島《しま》』にいったんですのよ」お客《きゃく》さんはいった。「あの、すばらしい『森《もり》の湯《ゆ》』と『海《うみ》の湯《ゆ》』。モザイクが大好《だいす》きになりましたわ」

「え、ええ、おれも見《み》たことがありますよ」ナガレさんはいった。

「ぼくも、一度《いちど》でいいから、見《み》てみたいです」デンパちゃんがいった。

ナォ、『ドラゴンの湯《ゆ》』にいったばかりの人《ひと》。ぼく、そばにいるだけでなんだかうれしいよ。

「このモザイクのトレイ、いただくわ」お客《きゃく》さんはいった。

「ありがとうございます」ナガレさんがいった。「ええと、それで……むこうでは、アナンに会《あ》えましたか？」

「それがね、おるすでしたのよ。もうがっかり」お客《きゃく》さんがいった。「アナンが『夢《ゆめ》の都《みやこ》』にいらしてるって、ごぞんじでした？」

チャリーン――おつりを出《だ》そうとしていたナガレさんの手《て》から、コインが落《お》ちた。

ナォ、なんだって。

「なんでも、『歌《うた》うピラミッド』のモザイクを作《つく》るためだとか」お客《きゃく》さんはいった。

「ああ、この都《みやこ》でアナンの作品《さくひん》が見《み》られるようになるなんて、待《ま》ち遠《どお》しいですわ」

ああ、知《し》らなかった。アナンは今《いま》、この都《みやこ》にいるんだ。

そうとわかったら、ぼくはもういてもたってもいられなくなった。まるで砂漠《さばく》でノドがかわいたとき、水《みず》がめちゃめちゃ飲《の》みたくなるみたいに。

どうして、今《いま》までがまんできたんだろう。

アナンに会《あ》いたい。アナンに会《あ》いたい。

ぼく、ぜったいアナンに会《あ》いにいくんだ。

6 アナンに会《あ》えたら

遠《とお》くから見《み》た宙太郎《ちゅうたろう》さんのアトリエは、まるで小《ち》さな美術館《びじゅつかん》のようだった。運転《うんてん》をしていたゲンさんは、ボロトラックを道《みち》ばたで止《と》めた。

「おい、あそこだぜ」

プシュー……トラックのエンジンは、なんだかあやしい音《おと》をたてて止《と》まった。こんな大《おお》きな車《くるま》も、こわれたのをひろってきて修理《しゅうり》したっていうんだから、おどろきだ。

『歌《うた》うピラミッド』は、まだ建築中《けんちくちゅう》だからな」ゲンさんはいった。「アナンが都《みやこ》にくるとしたら、宙太郎《ちゅうたろう》のとこしかねえはずだ」

ナガレさんは、なんだかおそろしい所《ところ》にきたみたいに、おどおどとあたりを見回《みまわ》している。一番《いちばん》いいスーツをきたゲンさんは、バックミラーを見《み》ながら髪《かみ》の毛《け》をとかした。

「よし、ひとつ、ぱりっとしたところをアナンに見《み》せないとな」

「記念撮影《きねんさつえい》、わすれないでね」

デンパちゃんなんか、首《くび》からカメラをぶらさげている。もちろん、ゴミすて場《ば》でひろったカメラだ。

ちょっとちょっと、みんな、パーティにいくんじゃないんだから。

「やっぱり帰《かえ》ろう」ナガレさんは泣《な》きそうな顔《かお》でいった。「おれなんかいったら、アナンにめいわくがかかる。とんで火《ひ》にいる夏《なつ》の虫《むし》だ」

「おバカ」デンパちゃんがいった。「アナンだって、ナガレに会《あ》いたがってるに決《き》まってますよ」

「いや、もうわすれたほうがいいんだ」ナガレさんはいった。

「なんだよ、ここまできてうだうだいやがって」ゲンさんは目《め》をつりあげた。「だいたい、今《いま》のナガレは、あのおたずね者《もの》の写真《しゃしん》とは大《おお》ちがいだ。だれかが目《め》の前《まえ》で見《み》たって、わかりゃしないさ」

「あ、門《もん》があいた」デンパちゃんが窓《まど》に顔《かお》をくっつけた。「だれか出《で》てくる」

もめていた男《おとこ》たちは、はっとしてそちらを見《み》た。若《わか》いゲージュツカみたいな人《ひと》たちが、楽《たの》しそうにわらいながらアトリエから出《で》てくるところだった。その一番後《いちばんうし》ろから少年《しょうねん》がついてくる。ぼくたちは思《おも》わず身《み》をのり出《だ》した。

アナン？　ううん、ちがった。よくみると少女《しょうじょ》だ。みんなはどっとシートにすわりこんだ。

「なんだ」ゲンさんがいった。「じゃ、アナンはここにはいねえのか？」

そのとき、ぼくの高性能《こうせいのう》の耳《みみ》がピクリと動《うご》いた。アトリエの中《なか》からひびく、かすかな音《おと》をききつけたんだ。

カアァーン、カアァーン……ああ、なつかしいこの音《おと》。毎日《まいにち》、子守歌《こもりうた》みたいにきいた音《おと》。ココロまでひびいた音《おと》。
ア、アナンの音《おと》だぁ――。
「あ、バケツ」ナガレさんがさけんだ。「どこにいくんだ」

ぼくはもうたまらなくなって、トラックの窓《まど》からとび出《だ》していた。アナンがいる、ぼくたちのすぐそばに。今《いま》すぐに会《あ》いたいよう。

ナガレさんとデンパちゃんとゲンさんは、なにがなんだかわからなかったけれど、あわててぼくを追《お》いかけてトラックをおりてきた。

「おい、ちょっと待《ま》て。これ見《み》ろよ」

ゲンさんが電信柱《でんしんばしら》の前《まえ》で足《あし》にブレーキをかけた。

「こんなとこに、ナガレがいるぜ」

ありゃ、ほんとうだ。そこにはりつけられていたのは、新《あたら》しいおたずね者《もの》のポスターだ。そこにはなんと、二枚《にまい》の写真《しゃしん》がのっていたんだ。

『ひげあり』と、『ひげなし』。

やばい、ひげのないほうは、目《め》の前《まえ》のナガレさんそっくりだ。そして、その写真《しゃしん》の下《した》には、まっ赤《か》なバーゲンセールみたいな字《じ》がおどっていた。

『おたずね者《もの》。つかまえた者《もの》には——金《きん》のコイン五百枚《ごひゃくまい》！』

ゲンさんとデンパちゃんは、まじまじとナガレさんの顔《かお》を見《み》つめた。

「ナガレの顔《かお》って、いつからこんなに高《たか》くなったの？」デンパちゃんはいった。

「んなこといってる場合《ばあい》かよ」ゲンさんが声《こえ》をあげた。「ナガレ、早《はや》くトラックにもどれ。だれかにその顔《かお》を見《み》られたら——」

ナォ、いやな予感《よかん》。ふりむくと、ちょうど通《とお》りかかった若《わか》い男《おとこ》の人《ひと》が、顔《かお》をひきつらせてナガレさんを見《み》ながら、あとずさりしていくところだった。まるでノラ犬《いぬ》に出《で》会《あ》ったネコみたいに。

「あ、いや」ゲンさんはあわてていった。「おれたち、べつにあやしい者《もの》じゃ——」

「わあっ、おたずね者《もの》だあ、ここにおたずね者《もの》がいる。おまわりさーん」

若《わか》い男《おとこ》は町中《まちなか》にひびきわたるような大声《おおごえ》をあげながら、いきなりかけ出《だ》していった。

ナォ、たいへんだ。早《はや》く逃《に》げなくちゃ。

「あ、見《み》て」

そのとき、デンパちゃんがアトリエのほうを指《ゆび》さした。

「あの、窓《まど》のとこに――」

見《み》えた。二階《にかい》の窓《まど》を、すっと横《よこ》ぎっていく姿《すがた》が。ちらっと、たった三秒《さんびょう》ぐらいだけど、ぼくたちにはそれで十分《じゅうぶん》だった。

アナンだ。まちがいなく、アナンだ。

「アナン……」ナガレさんがかすれた声《こえ》でつぶやいた。

そしてそのとたん、ナガレさんは正気《しょうき》をうしなったんだ。ほかにはなんにも見《み》えなくなって、イノシシみたいにアトリエの門《もん》に突進《とっしん》していこうとした。

「ダアーッ、ナガレ、今《いま》は、それどこじゃねえよ」ゲンさんがあわててひっぱった。

「おまわりさんがくるんだぞ」

「アナン、おれはアナンに会《あ》いたい」ナガレさんはあばれた。

「んなこと、わかってるけどよ――ああっ」

さっきの若《わか》い男《おとこ》の人《ひと》が興奮《こうふん》した顔《かお》でもどってきた。きっと、ナガレさんの顔《かお》が金《きん》のコイン五百枚《ごひゃくまい》に見《み》えてるにちがいない。その後《うし》ろからきたのは——ああ、おまわりさん、それもふたりだ。

「いた、あそこです」若《わか》い男《おとこ》はさけんだ。

「逃《に》げろ。みんな、早《はや》くトラックにのれっ」

ゲンさんはナガレさんをひっぱたいて、むりやりトラックにおしこんだ。おまわりさんたちは目《め》の色《いろ》をかえて走《はし》ってくる。ぼくとデンパちゃんがとびのると、トラックはあわてて発車《はっしゃ》した。

「待《ま》てーっ、おたずね者《もの》」おまわりさんの声《こえ》がきこえた。「逃《に》がすもんか」

ぼくは後《うし》ろの窓《まど》にへばりついた。走《はし》って追《お》いかけてくるおまわりさんたちが、みるみるうちにひきはなされていく。ナガレさんはへなへなとシートにへたりこんだ。

ナオ、助《たす》かった。

「ふう、あぶないところだったですよ」デンパちゃんが汗《あせ》をふいた。

「もうだいじょうぶだぜ、ハハハ」ゲンさんがわらった。「——あれっ？」

ブシュン——トラックがセキをした。ブシュン、ブシュン……。

あれれ、どうしたの。トラックのスピードがどんどんおそくなっていく。おまけに、前《まえ》からもくもく黒《くろ》いケムリが出《で》てきたよ。

ナォ、このトラック、ぶっこわれたんじゃない?

「チクショウ、せっかくなおしてやったのに、このおんしらずっ」

ゲンさんはトラックをぶったたいた。そしたら、ポコンとハンドルがとれてしまった。

「うわああっ」ぼくたちは全員《ぜんいん》、すごい悲鳴《ひめい》をあげた。

ドガガーン――コントロールのきかなくなったトラックはへいにつっこんで、道《みち》をふさぐようにして止《と》まった。そして、最後《さいご》のセキをブシュン、としたかと思《おも》うと、それきり動《うご》かなくなってしまった。ああ、オダブツだ。

「おりろっ」ゲンさんがさけんだ。「走《はし》って逃《に》げるんだ」

ぼくたちはつぎつぎとトラックからとびおり、必死《ひっし》に走《はし》り出《だ》した。後《うし》ろをふり返《かえ》ると、おまわりさんたちはこわれたトラックをのりこえて、まだ追《お》いかけてくる。一番《いちばん》はりきっているのは、もちろんあの若《わか》い男《おとこ》だった。

「待《ま》てーっ、金《きん》のコイン五百枚《ごひゃくまい》」

ぼくたちは必死《ひっし》で逃《に》げた。でもみんな、たいへんなことをひとつわすれていたんだ。

ぼくたちはもう、若《わか》くなかったんだ。はあ、はあ、苦《くる》しいよぉ。

「つ、つぎの角《かど》で、三《みっ》つにわかれよう」ゲンさんがかすれた声《こえ》でどなった。

だれも、返事《へんじ》もできなかった。デンパちゃんはよたよたと左《ひだり》にまがり、ゲンさんはまっすぐいった。ぼくはナガレさんといっしょに右《みぎ》にまがった。

「ゴホッ」ナガレさんが苦《くる》しそうにセキをした。「ゴホ、ゴホッ」

なんだか、ようすがおかしい。ナガレさんの足《あし》は急《きゅう》におそくなった。もう、今《いま》にも止《と》まりそうだ。

ナォ、たいへん、ナガレさんのエンジンもこわれちゃったよ。

「もうダメだ……」

ナガレさんは白目《しろめ》をむいたかと思《おも》うと、とうとう道《みち》ばたにぶったおれてしまった。

ナガレさん、しっかりして。このままじゃ金《きん》のコインになっちゃうよ。

「チェッ、だれだよ、せっかくひるねしてたのに」

カサコソと黒《くろ》い虫《むし》が走《はし》っていく。ゴキブリさんだ。ぼくはあまったるいゴミのにおいをかぎつけながら、あたりを見回《みまわ》した。

そこは、カンヅメ工場《こうじょう》の裏《うら》のゴミすて場《ば》だった。ナガレさんはピーチの段《だん》ボールに頭《あたま》をつっこんでいる。ぼくの耳《みみ》には追《お》っ手《て》の足音《あしおと》がせまっていた。

ナォ、ナガレさん、ちょっとゴメン。きたないけど、このさいがまんしてね。

ぼくはナガレさんの上《うえ》にゴミバケツをひっくり返《かえ》して、バサバサとフルーツの皮《かわ》やタネをかけた。ナガレさんの体《からだ》が全部《ぜんぶ》かくれると、最後《さいご》にぼくもゴミの山《やま》にとびこんだんだ。

ナオ、生《う》まれたときのアナンの気分《きぶん》？　ゴミの下《した》でナガレさんは完全《かんぜん》に目《め》を回《まわ》している。ぼくはその胸《むね》に耳《みみ》をつけた。

ドク、ドク、ドク……ボロ時計《どけい》はまだ動《うご》いてる。だけど、その音《おと》はへたくそなピアノみたいにたどたどしくて、今《いま》にも止《と》まりそうだった。

お願《ねが》い、ナガレさん、まだ死《し》なないで。ぼくをおいていかないで――。

そのとき、ナガレさんの顔《かお》が急《きゅう》に暗《くら》くなって、ふっと見《み》えなくなった。おかしい。ネコの目《め》は暗《くら》い所《ところ》でも見《み》えるはずなのに。目玉《めだま》からも、体《からだ》からも、力《ちから》がぬけていく。しまった、ぼくまでこわれてきちゃったよ。ダメだ、苦《くる》しい、動《うご》けない――。

「おかしいな、どこにいったんだ？」近《ちか》くで若《わか》い男《おとこ》の声《こえ》がした。「たしかにこっちにきたんだけど……」

ぼくたちはもう、一《いち》ミリも動《うご》けなかった。ゴミの中《なか》で半分死《はんぶんし》んだみたいに横《よこ》たわりながら、ぼくは必死《ひっし》にいのっていた。

どうか、見逃《みのが》してくれますように。せめてもう一度《いちど》アナンに会《あ》えるまで――。

カアァーン、カアァーン……。

なつかしい音《おと》にひっぱられて、ぼくはふわふわ空《そら》をとんでいった。なんだか春風《はるかぜ》になった気分《きぶん》。

ナォ、いつのまにか町《まち》の上《うえ》だ。遠《とお》くのほうにきらきら光《ひか》る『夢《ゆめ》タワー』が見《み》える。地図《ちず》のような町《まち》、アリみたいな人《ひと》、そのかたすみに、さっきの宙太郎《ちゅうたろう》さんのアトリエが見《み》えた。

あそこだ。あの二階《にかい》の窓《まど》から音《おと》がきこえる。

ぼくはゆっくりとおりていって、しまっている窓《まど》から中《なか》をのぞきこんだ。広《ひろ》い、体育館《たいいくかん》みたいな部屋《へや》。そのまん中《なか》でひとりの少年《しょうねん》が大《おお》きなパネルにむかっていた。

あ、アナンだ。ほんとうにアナンがいるよ。

それは、写真《しゃしん》で見《み》るのとおんなじ、大《おお》きくなったアナンだった。でも、真剣《しんけん》に石《いし》をくだいている横顔《よこがお》はかわらない。モザイクを見《み》つめる、すんだまなざしも。それは、むかしからぼくがよく知《し》っている、兄弟《きょうだい》みたいなアナンだった。

ぼくはじんと涙《なみだ》が出《で》そうになった。アナンはパネルにむかって、ひたすらモザイクを作《つく》っている。まるで自分《じぶん》のイノチをけずって、ひとカケラずつうめこんでいるみたいに。

ああ、この世《よ》でぼくの一番好《いちばんす》きな風景《ふうけい》。アナン、こんどはどんなモザイクを作《つく》っているの？

アナンはその手《て》にきらきらした金色《きんいろ》の石《いし》を持《も》っていた。ぼくはもっとよくパネルを見《み》ようと、体《からだ》をのり出《だ》した。アナンが今《いま》、作《つく》っているものは——。

ボン、とココロが爆発《ばくはつ》したような気《き》がした。そのとたん、ぼくの体《からだ》は窓《まど》ガラスを通《とお》りぬけて、するんと部屋《へや》に入《はい》ってしまったんだ。

あれ？　なに？　これどうなってるの？　これじゃ、ぼく、幽霊《ゆうれい》みたいじゃない。

ぼくは空中《くうちゅう》でじたばたもがいた。と、石《いし》をはりつけながら、ふっとアナンが上《うえ》をむいたんだ。

「あ」アナンがさけんだ。「バケツ」

アナン、どういうこと？　これは夢《ゆめ》なの？　それにしちゃ、きみはすごくはっきり見《み》えるよ。まるで本物《ほんもの》みたいに。

もしかして、ぼく、死《し》んじゃったとか……？

そのとき、ドアがあいて、オレンジ色《いろ》の花《はな》がらのシャツをきたひとりの男《おとこ》の人《ひと》が入《はい》ってきた。

「どうしたんだ、アナン。ひとりで大《おお》きな声《こえ》を出《だ》して」

宙太郎《ちゅうたろう》さんだ。そのとたん、アイスクリームがとけるみたいにぐにゃりと風景《ふうけい》がゆがんだ。アナンも、宙太郎《ちゅうたろう》さんも、モザイクも、ぐるぐるうずまきの中《なか》にすいこまれていく。遠《とお》くのほうでアナンの声《こえ》がきこえた。

「今《いま》、ネコのバケツがいたんです。そこの窓《まど》のそばにふわふわういて——」


「おおい、バケツ、どこだあ？」

ゲンさんの声《こえ》に反応《はんのう》して、ぴくっと耳《みみ》の先《さき》っぽが動《うご》いた。

ドクン……ドクン……耳《みみ》のすぐそばでナガレさんの時計《とけい》の音《おと》がする。はっとして顔《かお》をあげると、頭《あたま》の上《うえ》からサクランボのタネが落《お》ちた。

やれやれ、どう見《み》たってここは天国《てんごく》じゃない。ぼくは死《し》んだんじゃなくて、ずっと気《き》をうしなっていたんだ。

「バケツ」ゲンさんの声《こえ》がきこえた。「ちくしょう、おまわりさんにもつかまってねえし。あいつら、どこへ消《き》えたんだ？」

ゴミのすき間《ま》から細《ほそ》い月《つき》が見《み》えた。顔《かお》を出《だ》すと、あたりはすっかり暗《くら》くなっていた。月《つき》の光《ひかり》にてらされたナガレさんの顔《かお》は、まるで幽霊《ゆうれい》みたいだ。きっと、さっきまでぼくもこんな顔《かお》をしてたんだろう。

ナォ、ナーォ。ここだよ、ゲンさーん。

「バケツだ」デンパちゃんが走《はし》ってきた。

「ああっ、ナガレ、どうしたんだ。しっかりしろ」

ゲンさんはあわててゴミの中《なか》からナガレさんをひろいあげた。

ナガレさんの体《からだ》は、だらんと力《ちから》がぬけていた。空気《くうき》のぬけたゴム人形《にんぎょう》みたいに。

「アナン……」ナガレさんはうわごとをいった。「アナン、どこだ……」

「なんとか生《い》きてるぞ」ゲンさんはこわい顔《かお》でいった。「だけど……こいつはいくらおれでも修理《しゅうり》はできねえな」

7　アナンの星《ほし》

ナォ、しょうがない、年《とし》をとるのは悪《わる》いことじゃない。

ナガレさん、ずっといっしょだって約束《やくそく》したんだから、年《とし》をとるのもいっしょだよ。ぼくたち、仲《なか》よくおじいさんになるんだ。

ナガレさんはその日《ひ》からベッドでねこんでしまった。ずっとはたらいてた心臓《しんぞう》がボロになったんだ。そして、ぼくの体《からだ》も。ナガレさんがぐあいが悪《わる》くなると、ぼくも調《ちょう》子《し》が悪《わる》くなる。人間《にんげん》とネコなのに、ぼくたちはどこかでつながっているみたいだった。

しばらくすると、ナガレさんは起《お》きあがって、また少《すこ》しずつモザイクを作《つく》れるようになった。だけど、もう部屋《へや》から一歩《いっぽ》も外《そと》に出《で》ようとはしなかった。また金《きん》のコイン目《め》あてにだれかに追《お》いかけられるのは、ゴメンだからね。

「ほら、バケツ」

ナガレさんはぼくをよんで、首《くび》になにか細《ほそ》いものをかけてくれた。モザイクで作《つく》った、青《あお》いきれいな首輪《くびわ》だ。

「おまえも年《とし》をとったからな、まいごにならないように、ここの住所《じゅうしょ》をかいておいてやったよ。それからな、おまえはネコだ。鳥《とり》みたいに空《そら》はとべないんだぞ。わかってるのか？　もうボケてきたのかなあ」

ナオ、失礼《しつれい》な。そんなことわかってるよ。

ナガレさんがいってるのは、毎朝《まいあさ》ぼくがやっている、風《かぜ》になる練習《れんしゅう》のことだった。

ぼくは空《そら》を見《み》て、ふんばったり、さかだちしたりしていたんだ。もう一度《いちど》、あの春風《はるかぜ》になりたくて。だけど、何度《なんど》ためしてもむだだった。

あのときは、たしかに体《からだ》をおいていけたのに。風《かぜ》になれたらいつだってアナンに会《あ》いにいけるのに。新《あたら》しいモザイクが見《み》られるのに。

あのとき、ぼくはたしかにアナンのモザイクを見《み》て感動《かんどう》した。なのに——。どういうわけか、目《め》がさめたら、モザイクのところだけすっぽりと頭《あたま》の中《なか》から消《き》えていたんだ。ああ、どうして？　そのくせ、へんなことだけはしっかりとおぼえていた。

「見《み》て、これ、宙太郎先生《ちゅうたろうせんせい》の展覧会《てんらんかい》の写真《しゃしん》ですよ。横《よこ》にアナンがうつってます」

デンパちゃんが持《も》ってきた新聞《しんぶん》を見《み》て、ぼくはびっくりした。宙太郎《ちゅうたろう》さんが着《き》ていたのは、あのとき見《み》たのとおなじ、オレンジ色《いろ》の花《はな》がらのシャツだったんだ。

ある朝《あさ》、ぼくはまた風《かぜ》になる練習《れんしゅう》をしようと、よくはれた空《そら》を見《み》あげた。寒《さむ》いけれど空気《くうき》がとってもきれい。思《おも》いっきり息《いき》をすいこんだぼくは、後《うし》ろにひっくり返《かえ》りそうになった。

ナオ、あれ、なに？　へんなものがぷかぷか空《そら》にういてるよ。赤《あか》い、でっかいふうせんだ、なにか字《じ》がかいてあるみたい。

「アドバルーンだ」

ナガレさんがまぶしそうに空《そら》を見《み》あげた。

「なになに」ゲンさんが目《め》を細《ほそ》くして読《よ》んだ。「『〈歌《うた》うピラミッド〉、ついに完成《かんせい》！原野《はらの》アナンのモザイク発表《はっぴょう》』――なんだと」

ああ、やっとあのモザイクができたんだ。だけど、みんなはだまって顔《かお》を見《み》あわせた。

「おれたちはもう、いけねえな」ゲンさんがぼそりといった。「あのとき、おまわりさんに顔《かお》を見《み》られたからな」

「ぼくもだめですね」デンパちゃんがかたを落《お》とした。「もちろん、バケツも」

ナオ、どうして？ぼくはそんなことじゃ、あきらめきれないよ。

ピラミッドがしまってからいけば、どこかからきっとしのびこめるはずだ。あのアドバルーンをめざしていけば、道《みち》にだってまよわない。

よおし、いくぞ。ぼくはどうしてもアナンのモザイクが見《み》たい。それだけなんだ。

次《つぎ》の日《ひ》の真夜中《まよなか》、ぼくは計画《けいかく》を実行《じっこう》した。みんながねてしまってから、こっそりと店《みせ》をぬけ出《だ》したんだ。

はああ、寒《さむ》い。だけど、ひとりでがんばらなきゃ。

ぼくはアドバルーンにむかって歩《ある》き出《だ》そうとした。なんだかひとり旅《たび》の気分《きぶん》。さすがのぼくも、ちょっとココロぼそい。

ゴホン、ゴホン――そのとき、だれかのセキの音《おと》がした。

「……おや、バケツか？」

店《みせ》の前《まえ》の道《みち》に、厚《あつ》いコートをきて、マフラーをぐるぐるまきにして、目《め》までボウシをかぶった男《おとこ》がいた。まるでイエナシビトのような――ナガレさんだ。ぼくたちはおたがいにあきれて顔《かお》を見《み》あわせた。

やれやれ、年《とし》をとっても考《かんが》えることはいっしょだね、ナガレさん。

「それじゃあ、いっしょにいくとするか」ナガレさんもほほえんだ。「むかしみたいにな。おまえもだいぶやせてかるくなったから」

ナガレさんはぼくをひょいとだきあげ、あったかいコートの中《なか》に入《い》れてくれた。

ナォ、ひさしぶり、ナガレさんのゆりかごだ。こうしていればふたりともあったかい。ドクン、ドクン……ナガレさんのボロ時計《どけい》の音《おと》がきこえるよ。

「こんなふうに、ふたりでたくさん歩《ある》いたなあ」ナガレさんがつぶやいた。「その長《なが》い旅《たび》も、もうすぐおわりだ」

ナォ、そんなこといわないで、ナガレさん。アナンのモザイクを見《み》るまでは、そして、アナンに会《あ》うまでは。

北風《きたかぜ》がつめたかった。ぼくたちはアナンの思《おも》い出《で》をかぞえながら、月《つき》といっしょに都《みやこ》を歩《ある》いていった。やがて、ごちゃごちゃしたビルがとぎれたかと思《おも》うと、ゆくてにまっ白《しろ》いピラミッドが見《み》えてきた。

「おお、あれが……」ナガレさんはうめいた。

ナオ、きれい。いつか宙太郎《ちゆうたろう》さんが見《み》せてくれたとおりの、すばらしいピラミッドだ。こんな所《ところ》にアナンの作品《さくひん》がかざられているなんて。世界中《せかいじゆう》の人《ひと》たちがアナンのモザイクを見《み》にくるなんて。

「だけど、こりゃ、どうやって中《なか》にはいるんだ？」ナガレさんはいった。

『歌《うた》うピラミッド』の壁《かべ》は、ガラスみたいにつるつるして、窓《まど》もなんにもなかった。ためしにツメをたててみたけど、まるですべり台《だい》。さすがは最新《さいしん》の建物《たてもの》、ドロボウが入《はい》れないように、ちゃんと設計《せつけい》してあるんだ。

なんて感心《かんしん》してる場合《ばあい》じゃない。これじゃあ、のぼることも、しのびこむこともできないじゃない。ぼくたちは貝《かい》のようにぴったりととじている、大《おお》きなガラスのドアに近《ちか》づいていった。太《ふと》いチェーンに一枚《いちまい》のプレートがかかっている。

「『立《た》ち入《い》り禁止《きんし》』か」ナガレさんはため息《いき》をついた。「入《い》り口《ぐち》はここだけだ。バケツ、こりゃ、あきらめるしかないな」

ナオ、そんなことできるもんか。ここまできてこのまま帰《かえ》るなんて。

ぼくはチェーンをぐって、そのドアにさわろうとした。

「ダメだ」どこかから、するどい声《こえ》がふってきた。「そのドアにさわったとたん、警《けい》報《ほう》ベルがなるぞ。おまわりさんが五十人《ごじゅうにん》もすっとんでくる」

だ、だれ？　ぼくはおどろいてガラスドアのむこうを見《み》た。

高《たか》い天井《てんじょう》から、美《うつく》しい金色《きんいろ》のカゴがぶらさがっていた。その中《なか》できらきら光《ひか》っているのは、うわあ、きれい。ガラスの置《お》き物《もの》みたいに美《うつく》しいおサルさんだ。

「ダイヤモンドモンキーだ」ナガレさんが口《くち》をあんぐりあけた。「世界《せかい》にたった三《さん》びきしかいない、お宝《たから》サルだぞ」

「おやあ、きみたちは……？」

サファイアみたいに青《あお》いサルの目《め》が、くりくりっと動《うご》いた。

「信《しん》じられん、本物《ほんもの》だ」ダイヤモンドモンキーはいった。

「なにが？　どうしてそんなにぼくたちを見《み》てるの？」

むこうは世界《せかい》のお宝《たから》でも、こっちはただのおいぼれネコと人間《にんげん》だ。いったいなにをおどろいているんだろ？

「いいから、そこで待《ま》ってろ」

ダイヤモンドモンキーはそういうと、するするっとカゴからぬけ出《だ》してドアのそばまでやってきた。

「お、おサルさん、カゴから出《で》られるの？」ぼくはおどろいていった。

「カギのパスワードをおぼえたからね」ダイヤモンドモンキーはいった。「人間《にんげん》には、てきとうにおバカだと思《おも》わせておく、それが自由《じゆう》の秘訣《ひけつ》だ」

はあ、そういうものか。このおサルさん、生《い》きてるお宝《たから》だけど、今《いま》までいろいろ苦《く》労《ろう》してきたみたい。

「きみたち、アナンのモザイクを見《み》にきたんだろ？」ダイヤモンドモンキーはいった。

「え、どうしてわかるの？」ぼくはいった。

「わかるさ。わたしにまかしておけ。今《いま》、警報機《けいほうき》をストップしてやるよ」

ダイヤモンドモンキーの顔《かお》がひっこんだ。しばらくすると、カチッと音《おと》がして、ドアが音《おと》もなくひらいたんだ。

「おお」ナガレさんが声《こえ》をあげた。「信《しん》じられん」

わお、すごい。まるでぼくたちスパイみたい。

ピラミッドの中《なか》の空気《くうき》は、ほんのりとあたたかかった。おそるおそる中《なか》に入《はい》っていくと、ダイヤモンドモンキーは受《う》け付《つ》けのデスクの上《うえ》でぼくを待《ま》っていた。

「ありがとう。おサルさんて、すっごく頭《あたま》がいいんだね」ぼくはいった。「それに親《しん》切《せつ》だ」

「いつもは、ぜんぜん親切《しんせつ》じゃない」ダイヤモンドモンキーはクールにいった。「でも、きみたちには特別《とくべつ》だ」

「どうして？」

「だって、きみは、わたしが一番会《いちばんあ》いたかったネコだから。わたしにはひと目《め》でわかったさ」

「はあ……？」

ぜんぜん意味《いみ》がわからない。なんだってぼくのことを知《し》っているんだ？

「アナンのことを知《し》りたいんだろ？」ダイヤモンドモンキーはいった。「今《いま》はもう、この都《みやこ》にはいない。『夢《ゆめ》の島《しま》』に帰《かえ》ったんだ」

「そうか」ぼくはしょぼんとシッポをたらした。

「だけど、こんどの満月《まんげつ》の夜《よる》に、ここで大《だい》パーティがある。世界中《せかいじゅう》の有名《ゆうめい》な歌《うた》い手《て》が集《あつ》まるんだ。ああ、考《かんが》えるだけでもぞくぞくするなあ。そのとき、アナンもくることになっているぞ」

「ほんと？　満月《まんげつ》の夜《よる》だね」

　ぼくはそのことをしっかりと頭《あたま》に入《い》れた。なにしろ近《ちか》ごろものわすれがひどいから。

「ほんとうにきみに会《あ》えてよかったよ。握手《あくしゅ》してくれるか？」

　ダイヤモンドモンキーは、きらきら光《ひか》る手《て》をさし出《だ》してきた。なんだかよくわからないけど、てれくさい。ぼくと握手《あくしゅ》すると、ダイヤモンドモンキーは奥《おく》にむかっていく白《しろ》い廊下《ろうか》をゆびさした。

「さあ、きみたちの見《み》たいものはあっちにある。自分《じぶん》の目《め》でたしかめてくるといい。題名《だいめい》は、『星《ほし》』だ」

　星《ほし》？　アナンはモザイクで、宇宙《うちゅう》でも作《つく》ったの？

　ぼくたちはだまって、ひたひたと廊下《ろうか》を進《すす》んでいった。まるでべつの世界《せかい》に入《はい》っていくように。つきあたりには、大《おお》きな大《おお》きなホールがあった。天井《てんじょう》はガラスばりで、そこから月《つき》の光《ひかり》が静《しず》かにふりそそいでいる。そのまん中《なか》に、白《しろ》い大《おお》きな幕《まく》がかかった壁《かべ》があった。

　きっとこれだ。ぼくはおごそかな気持《きも》ちで白《しろ》い幕《まく》の前《まえ》に立《た》った。このむこうに、アナンのモザイクがあるんだ。

ぼくは月《つき》の光《ひかり》にてらされた、シワだらけのナガレさんの顔《かお》を見《み》あげた。まるでアナンのモザイクによばれたように、ぼくたちはここにいる。ナガレさんはゆっくりと壁《かべ》に近《ちか》づき、ふるえる手《て》をのばした。

ふわり。白《しろ》い布《ぬの》がまった。モザイクは音《おと》もなくその姿《すがた》をあらわした。

「おお……」

ナガレさんの声《こえ》は、声《こえ》になっていなかった。そのままぺたんとモザイクの前《まえ》にひざまずいてしまった。ココロが爆発《ばくはつ》して、はじけてしまったように。

信《しん》じられない。ぼくはなんでこんなものを見《み》ているんだろ？

なんでこんなものがこの世《よ》にあるんだろ？

いつのまにか、ぼくの目《め》から熱《あつ》い涙《なみだ》があふれていた。

そこにいたのは、海《うみ》を見《み》つめているひとりの男《おとこ》と、金色《きんいろ》のネコだった。男《おとこ》のうでには赤《あか》ちゃんがだかれている。まっ白《しろ》い天使《てんし》のような赤《あか》ちゃんが。

そう、ぼくたちだ。ナガレさんとアナン、そして、ぼく。

アナンのモザイクの中《なか》で、三《みっ》つのタマシイは静《しず》かにかがやいていた。一瞬《いっしゅん》、ぼくはモザイクのネコになり、ナガレさんとアナンといっしょに、あのパラダイスの青《あお》い海《うみ》を見《み》ているような気《き》がした。

アナンはすべての思《おも》いをこめて、このモザイクを作《つく》ったんだ。小《ちい》さな石《いし》のひとつぶひとつぶはアナンのイノチ。この作品《さくひん》はアナンのすべての結晶《けっしょう》なんだ。

ああ、ダイヤモンドモンキーがなぜぼくを中《なか》に入《い》れてくれたのか、わかったよ。これを見《み》た人《ひと》はみんな、一度《いちど》でいいから、こんな男《おとこ》や赤《あか》ちゃんに、こんなネコに会《あ》ってみたいと思《おも》うだろう。ほんとうのぼくたちはこんなにきれいじゃないけれど、きっとアナンの目《め》には、いつだってぼくたちはこんなふうに見《み》えていたんだ。

そして、ぼくたちは星《ほし》になった。アナンのココロの中《なか》で。

はなれてしまっても、ぼくたちのココロに、アナンが光《ひか》り続《つづ》けていたみたいに。

「……ありがとう……」ナガレさんはうめいた。

ナオ、ありがとう、アナン。こんなものを見《み》せてくれて。こんな気持《きも》ちを教《おし》えてくれて。

ぼくは世界一《せかいいち》、幸《しあわ》せなネコだよ。

8　ラストダンスはぼくと

その日《ひ》は、灰色《はいいろ》の雲《くも》が空《そら》にぎっしりとつまっていた。

「こりゃ、今夜《こんや》の満月《まんげつ》は見《み》えねえな」ゲンさんがいった。「もしかしたら、雪《ゆき》になるぜ」

ゴホン、ゴホン——ナガレさんはセキをしながら空《そら》を見《み》あげた。

「……だったら、初雪《はつゆき》だな」

ナガレさんは朝《あさ》から体《からだ》の調子《ちょうし》がよくないらしく、セキばかりしている。だけど、その顔《かお》はホトケサマみたいだった。

あのモザイクを見《み》たときから、ナガレさんはかわった。体《からだ》はつらそうなのに、顔《かお》は幸《しあわ》せそうだ。ぽわんとした目《め》で壁《かべ》にはったアナンの写真《しゃしん》ばかり見《み》ている。もう、ほしいものはなんにもなくなったみたいに。

ナガレさんのセキのせいか、ぼくも胸《むね》のあたりが苦《くる》しかった。だけど、雪《ゆき》だろうがなんだろうが、今日《きょう》の予定《よてい》をかえる気《き》はなかった。だって、ぼくはまだやりのこしたことがあるんだ。

今夜《こんや》はピラミッドの大《だい》パーティだ。こんどこそ、ぜったいにアナンに会《あ》う。あのモザイクを見《み》たら、もっともっと会《あ》いたくなったんだ。ピラミッドの中《なか》に入《い》れてもらえなかったら、外《そと》で待《ま》っていればいい。今日会《きょうあ》わなかったら、もういつ会《あ》えるかわからないんだから。

「あ、バケツ、どこいくんです？」

デンパちゃんのよぶ声《こえ》をふりきって、ぼくは外《そと》にとび出《だ》そうとした。

「もうおじいさんなんだから、ひとりで遠《とお》くにいっちゃダメですよ……あっ」

ガチャーン、パリーン――後《うし》ろのほうで、なにかがいっぱいわれる音《おと》がした。

「しっかりしろ、ナガレッ」ゲンさんのさけび声《ごえ》がひびいた。

ナオ、どうしたんだ？

急《いそ》いでかけもどったぼくは、ひっくり返《かえ》ったテーブルと、床《ゆか》にたおれているナガレさんを見《み》つけた。まっ白《しろ》な顔《かお》、そして、まっ白《しろ》な指《ゆび》。

その手《て》ににぎられていたのは、くしゃくしゃになったアナンのベビー服《ふく》だった。

ナガレさん、もうぼくはどこにもいかないよ。ずっとあなたのそばにいるよ。だから、安心《あんしん》してねむってね。

ベッドのまくらもとに丸《まる》くなって、ぼくはシワシワのナガレさんの顔《かお》を見《み》つめていた。空《そら》はだんだん暗《くら》くなってきた。

そろそろパーティがはじまるころだ。でも、ぼくはもう、この人《ひと》をおいていけない。

ゴメン、アナン、ゴメン。会《あ》えなくてもしかたないよ。ぼく、あきらめるよ。もしかしたら、このまま一生《いっしょう》会《あ》えないかもしれないけれど。きみの思《おも》い出《で》は天国《てんごく》に持《も》っていけないくらいいっぱいあるから。

目《め》をつむれば、ほら、きみは箱《はこ》の家《いえ》のゆりかごですやすやねむってる。

竜《りゅう》の森《もり》の花畑《はなばたけ》でチョウチョを追《お》いかけてる。

タイルを見《み》つめるきらきらした目《め》も、泣《な》き顔《がお》も、ふくれっつらも、あくびも、鼻息《はないき》だって、ぼくはみんなみんなおぼえているんだ。

ルン、タ、タ、ルン、タ、タ……。

どこかから、きれいな音楽《おんがく》がきこえてきた。ぼくの体《からだ》はふんわりとかるくなって、音《おと》の風《かぜ》にのった。そして、いつのまにかアナンとぼくは、ワルツをおどっていたんだ。

ああ、アナン、楽《たの》しいね、きみとなら、ぼくはいつまでだっておどり続《つづ》けられるよ。ルン、タ、タ、ルン、タ、タ……。

「おい、なんの音《おと》だ？」

ゲンさんのがらがら声《ごえ》で目《め》がさめた。あーあ、いいところだったのに。

あれ？　でもおかしいぞ。夢《ゆめ》の中《なか》できいたワルツがまだきこえている。音楽《おんがく》にまじって、女《おんな》の子《こ》がキャアキャアいう声《こえ》もきこえてきた。どうやら表通《おもてどお》りのほうだ。

「ナントカっていう、世界一有名《せかいいちゆうめい》な歌手《かしゅ》が、『歌《うた》うピラミッド』までパレードをするんだって」デンパちゃんがいった。「もうすぐ、このへんをとおるらしいよ」

「けっ、おれたちには、関係《かんけい》ねえよ」ゲンさんはいった。

ぼくは灰色《はいいろ》の空《そら》を見《み》あげた。夕《ゆう》ぐれ時《どき》なのに、なんだか鳥《とり》さんたちがそうぞうしい。たくさん集《あつ》まって、ぐるぐる輪《わ》をかいていた。

「アナンだー、アナンがくるぞー、パレードだあ」カラスがさけんだ。

なんだって。ぼくはいそいでベッドからとびおりた。

「ちょっと、バケツ、どこいくんです？」デンパちゃんがいった。「まさか、パレードを見《み》にいくつもりじゃ——」

ナオ、アナンがくるんだよ。お願《ねが》い、わかってデンパちゃん、アナンがくるんだってば。いっしょにいこう。

ぼくは必死《ひっし》にデンパちゃんにうったえた。デンパちゃんは、まん丸《まる》な目《め》でぼくを見《み》ている。年《とし》をとっても、その目《め》のかがやきはむかしとかわらない。

デンパちゃん。小《ちい》さなときからぼくをかわいがってくれたデンパちゃん——。

と、ぼくの頭《あたま》の奥《おく》がむずむずっとした。なんか、光《ひかり》の矢《や》みたいなものが、目《め》と目《め》の間《あいだ》からとび出《だ》していった……ような気《き》がした。

デンパちゃんが、はっとしてアナンの写真《しゃしん》を見《み》た。

「今《いま》、デンパがピッピッてきました」デンパちゃんは頭《あたま》をおさえていった。「アナンがくるんです」

やった、デンパちゃん、わかってくれたんだね。ついにぼくたちはつうじあったんだ。

「な、なんだとおっ」

ゲンさんがこわい顔《かお》で立《た》ちあがった。そして、すごいいきおいで顔《かお》にマフラーをまきつけて、大《おお》きなサングラスをかけたんだ。

「ゲ、ゲンさん」デンパちゃんがたじろいだ。「まさか——」

「決《き》まっててんだろ。おれも見《み》にいくのよ」ゲンさんがいった。

「ま、待《ま》って。ぼくもいきます」

デンパちゃんはあわてて大《おお》きなマスクをして、ボウシを深《ふか》くかぶった。ちょっとあやしいけど、これで顔《かお》はわからない。そして、最後《さいご》にぼくの首《くび》をひっつかんだ。

「バケツ、いきますよ」

デンパちゃんは、むぎゅっ、とぼくをコートの中《なか》につめこんだ。ちょっときついけど、まあ、がまんしなきゃ。

「ナガレは無理《むり》だ。動《うご》かせない」ゲンさんはいった。「そのまんま、ねかせとこう」

ナォ、ゴメンね。ぼくはナガレさんをふり返《かえ》った。すやすやとねむってる、その顔《かお》はまるで子《こ》どもみたいだった。


大通《おおどお》りにむかってたくさんの人《ひと》が走《はし》っていた。『夢《ゆめ》の都《みやこ》』のあらゆる道《みち》、店《みせ》、ドアから、みんながひと目《め》パレードを見《み》ようととび出《だ》してくる。ぼくたちは前《まえ》のほうにいこうとしたけれど、大通《おおどお》りにはもういっぱい人《ひと》がならんでいた。

「みなさん、おさないで、あぶないですよ」

たくさんのおまわりさんが笛《ふえ》をふきながら交通整理《こうつうせいり》している。ゲンさんはサングラスをかけなおしていった。

「そばいくのは、無理《むり》だ。ここから見《み》えるかな?」

「うーん」

デンパちゃんが背《せ》のびをした。苦《くる》しい。ぼくはコートからはい出《だ》して、デンパちゃんのボウシの上《うえ》によじのぼった。

遠《とお》くから、ちょっとでもいい。アナンを見《み》られればいいんだ。

やがて、ライトにてらされたピカピカの車《くるま》が、ゆっくりと走《はし》ってきた。道《みち》ばたから女《おんな》の子《こ》たちが花《はな》やテープを投《な》げこんでいる。ハデな服《ふく》をきた若《わか》い男《おとこ》が手《て》をふるたびに、キャアアとすごい悲鳴《ひめい》があがった。

「おさないでください、おさないで」おまわりさんが声《こえ》をはりあげた。

「おすな、あぶないぞ」ゲンさんがどなった。

おしよせる人《ひと》の中《なか》で、ぼくたちはもみくちゃになった。ぼくは必死《ひっし》にデンパちゃんのボウシにしがみついていた。

アナンはどこ？　アナンがいないよ。

「ピ、ピ、ピ。今《いま》、デンパがきました」デンパちゃんがさけんだ。「アナンがすぐ近《ちか》くにいます」

ぼくは目《め》をこすった。ピカピカ車《ぐるま》の後《うし》ろに、小《ち》いさな赤《あか》い車《くるま》がくっついて走《はし》っている。屋根《やね》に鳥《とり》さんたちをいっぱいくっつけて。その車《くるま》の中《なか》で、少年《しょうねん》がひっそりとほほえんでいた。

アナンだ。

そのとたん、ぼくはなにもかもわすれてしまった。自分《じぶん》がおいぼれネコだってことも、遠《とお》くから見《み》るだけでいいって思《おも》っていたことも、ナガレさんがおたずね者《もの》だってことも。ぼくは夢中《むちゅう》でかけ出《だ》していた。

みんなの頭《あたま》の上《うえ》を飛《と》び石《いし》みたいに。ぼくの目《め》は、もうアナンしか見《み》ていなかったんだ。

「なんだ?」

「やめて」

「頭《あたま》の上《うえ》をなんかが」

「ネコだっ」

ぴょん、ぴょん、ぴょーん。ぼくは頭《あたま》をつぎつぎとジャンプしていった。ゲンさんとデンパちゃんは、あわててぼくを追《お》いかけようとした。

「こら、バケツ――あっ」

ゲンさんがつまずいてころんだ。そして、デンパちゃんも。ふたりは人《ひと》にもみくちゃにされて、道《みち》の前《まえ》にころがり出《で》た。マフラーも、ボウシも、マスクも、サングラスも、どこかにふっとんでいた。

「あ、おまえたちは」おまわりさんがさけんだ。「おたずね者《もの》の仲間《なかま》だな」

「しまった」ゲンさんは逃《に》げようとした。「デンパ、早《はや》く逃《に》げろっ」

だけど、もうおそかった。ふたりはあっというまに、おまわりさんにとりかこまれてしまったんだ。

ゴメン、ゲンさん、デンパちゃん、ゆるして。そのさわぎのすきに、ぼくはおまわりさんのまたをくぐりぬけ、アナンの赤《あか》い車《くるま》を追《お》いかけて走《はし》った。そして、よたよたと道《みち》にとび出《だ》したんだ。

「ネコだ」だれかがさけんだ。「あぶないっ」

ナォ、アナン、ぼくだよ、アナーン――。

アナンがふっと、こっちをむいた。一瞬《いっしゅん》、ぼくたちの目《め》と目《め》があった。

キキキーッ――後《うし》ろからきたバイクが急《きゅう》ブレーキをかける音《おと》がきこえた。ふりむいたぼくの目《め》に見《み》えたのは、自分《じぶん》にむかってくる光《ひかり》だけだった。アナンの顔《かお》がまっ白《しろ》になって、消《き》えた。

なにが起《お》こったのか、わからなかった。

ぼんやりと目《め》をあけると、赤《あか》い車《くるま》が止《と》まっていた。そこからなにか虹色《にじいろ》の光《ひかり》が出《で》てくるのが見《み》えた。

「バケツ」

アナンはころびそうになりながら、ぼくにむかって走《はし》ってきた。ああ、本物《ほんもの》のアナンだ。ぼくはアナンといっしょに虹色《にじいろ》の光《ひかり》がこっちにむかってくるのを見《み》た。

ナオ、トカゲさんがいってたのは、このオーラのことだったんだね。

「バケツ、バケツ——」

アナンはそっとぼくをだきしめた。ぼくはすっぽりとその虹色《にじいろ》の光《ひかり》につつまれた。

ナオ、ぼくは幸《しあわ》せだよ。もうきみに会《あ》えたから。

みんながびっくりして、アナンとぼくをとりかこんだ。

鳥《とり》さんたちは空《そら》をとびながら、アナンの頭《あたま》の上《うえ》で歌《うた》を歌《うた》いはじめた。

どこかで　あの人《ひと》に会《あ》ったらつたえて。

その少年《しょうねん》は　今日《きょう》も待《ま》っていると……。

ああ、フシギだなあ。みんなのまわりにもぼんやりと光《ひかり》が見《み》える。人《ひと》にも、木《き》にも、鳥《とり》さんたちにも。そして、その光《ひかり》はみんなつながっているんだ。地面《じめん》や、町《まち》や、空《そら》と、ひとつに。

ナォ、まるで夢《ゆめ》みたい。

「かわいそうなことをした」

バイクからおりてきた人《ひと》が、すまなそうにヘルメットをぬいだ。

「タイヤがちょっとかすっただけだ。うちどころが悪《わる》かったのかな」

「いいえ」アナンは静《しず》かにいった。「このネコに、そのときがきたんです」

そういったとたん、アナンの光《ひかり》はもっとまぶしくなった。

ぼくははっと目《め》をひらいた。

ちらり……ちらり。アナンの上《うえ》から、ダイヤモンドがふってくる。ああ、そうじゃない、空《そら》からだ。

雪《ゆき》だ、初雪《はつゆき》だよ。アナン、この雪《ゆき》は、きみをひろってから何回目《なんかいめ》の雪《ゆき》だろう？

「バケツ」アナンはささやいた。「お父《とう》さんは……？」

シャラン——それに答《こた》えるように、ぼくの首《くび》からちぎれた首輪《くびわ》がすべり落《お》ちた。アナンはそれをひろいあげた。そこには、ナガレさんがぼくのために書《か》いてくれた住所《じゅうしょ》があった。

『リサイクルショップ〈アナン〉北通《きたどお》り一丁目一番地《いっちょうめいちばんち》』

ナォ、やっとアナンに会《あ》えるんだよ、ナガレさん。よかったね、よかったね。

「お父《とう》さんっ」

雪《ゆき》はすでにうすくつもり、都《みやこ》はまっ白《しろ》にかがやいている。アナンはぼくをだいたまま、リサイクルショップにかけこんでいった。

「ぼくだよ、アナンだよ。どこにいるの？　……あっ」

ナガレさんのベッドの前《まえ》でアナンはたちすくんだ。

ベッドはからっぽだった。そして、ふとんの上《うえ》には、アナンの写真《しゃしん》がいっぱい、いっぱいならべられていたんだ。

わらっているアナン、モザイクを作《つく》っているアナン。宙太郎《ちゅうたろう》さんと握手《あくしゅ》をしているアナン。アナンはふるえる手《て》でまくらもとにきちんとたたんであったベビー服《ふく》を手《て》にとった。

ナォ、ナガレさん、どこにいったの？　あんな体《からだ》で、まさかこの雪《ゆき》の中《なか》を――？

あたりを見回《みまわ》したぼくは、はっとたじろいだ。

タマゴが、ない。アナンの星《ほし》のタマゴがなくなってる。たいへんだ。ナガレさんはもうここにもどってこないつもりだよ。

だけど、どこへ……？

アナンはゆっくりとふり返《かえ》った。雪《ゆき》のふる町《まち》を。

そして、ぼくをだいたまま、まるでステージにあがるみたいに外《そと》に出《で》ていったんだ。よごれのない、白《しろ》い世《せ》界《かい》へと。

「バケツ、たのむ、教《おし》えてくれ」アナンはいった。「『リュウグウ』って、どこ？」

ナオ、そうだよ、アナン。どうしてわからなかったんだろう。

きっとそうだ。ナガレさんはあそこにいったんだ。ぼくたちのはじまりの場《ば》所《しょ》に。

だいじょうぶ、ぼくならわかる。これは、ぼくの最後《さいご》の仕事《しごと》だ――。

ぼくは力《ちから》をふりしぼって、ふわっ、と雪《ゆき》の上《うえ》にとびおりた。

ナオ、さあ、アナン、ぼくについてきて。

そういってふりむくと、ぼくをだっこしているアナンが見《み》えた。

9 そして、雪《ゆき》の日《ひ》に

あれ、なんで、ぼくがあそこにいるの？　ぼく、ここにいるのに。

「だいじょうぶだ、バケツ」どこかからやさしい声《こえ》がした。「もう少《すこ》しだから、がんばれよ」

びっくりして横《よこ》を見《み》ると、リュウノスケがあったかい目《め》でぼくを見《み》ていた。フシギだったのは、それをぼくがぜんぜんフシギだって思《おも》わなかったことだ。

アナンをふりむくと、ちゃんとぼくのほうを見《み》ていた。

ぼくはなにがなんだかわからないまま、雪《ゆき》の中《なか》を歩《ある》き出《だ》した。アナンはだまって、ぼくのあとをついてきた。リュウノスケはそのようすを見《み》ると、ゆっくりとうなずいて、消《き》えた。

「バケツさん」こんどはかわいい声《こえ》がした。「こっちよ」

次《つぎ》の角《かど》のところで、雪《ゆき》よりも白《しろ》いおゆきちゃんがほほえんでいた。

「待《ま》ってたのよ、ずっと。おしまいは、はじまりなのよ」

おゆきちゃんはそういうと、すうっ、と角《かど》をまがっていった。

ナオ、おゆきちゃん、待《ま》って――。

急《いそ》いであとを追《お》って、ぼくもかどをまがった。おゆきちゃんは消《き》えていた。白《しろ》い雪《ゆき》の上《うえ》には足《あし》あとひとつのこっていなかった。

ぼくはなにかにひっぱられるように、まよわず道《みち》を進《すす》んでいった。もう、寒《さむ》くない。もう、苦《くる》しくない。だって、ぼくはもう――。

アナンはぼくから目《め》をそらさなかった。まるでぼくの声《こえ》がきこえるみたいに後《うし》ろをついてきた。

アナン、そこを右《みぎ》、それから左《ひだり》だよ。終点《しゅうてん》はもうすぐそこだ。

「あれだ……」アナンがつぶやいた。

ふりしきる雪《ゆき》のむこうに、『リュウグウ』の看板《かんばん》がかすんで見《み》えた。それを見《み》ると、アナンは雪《ゆき》をけって、走《はし》り出《だ》した。

『リュウグウ』の玄関《げんかん》を通《とお》りすぎ、かどをまがると、そこはもう裏通《うらどお》りだ。ガラクタも、みにくいゴミも全部《ぜんぶ》、まっ白《しろ》な雪《ゆき》におおわれている。その白《しろ》い道《みち》のむこうに、ぽつりと人影《ひとかげ》が見《み》えた。

いた。

そこは、アナンがすてられていたゴミすて場《ば》。わすれられない、ぼくたちが出会《であ》った場所《ばしょ》。

あのときから、ぼくたちの人生《じんせい》がかわった。そして、アナンの人生《じんせい》も。ナガレさんはすべてがはじまったその場所《ばしょ》に、まるでいのるようにうずくまっていた。

「お父《とう》さんっ」アナンがさけんだ。

頭《あたま》に雪《ゆき》をつもらせたナガレさんが、ふっとこちらをむいた。しおしおの目《め》が、信《しん》じられないものを見《み》たように大《おお》きく見《み》ひらかれた。

アナンは走《はし》った。

「お父《とう》さん、お父さーん」

雪《ゆき》がうずまいた。過去《かこ》も、未来《みらい》もうずまいた。

そして、ついにアナンはしっかりとナガレさんにだきついた。もう二度《にど》とはなさないというように。

「おお……アナン……」ナガレさんはかすれた声《こえ》でつぶやいた。

その冷《つめ》たいほおを、涙《なみだ》がひとすじつたっていった。

アナンの虹色《にじいろ》の光《ひかり》につつまれて、ナガレさんの体《からだ》がかがやきはじめた。ぼくはそっと、その光《ひかり》の輪《わ》の中《なか》に入《はい》っていた。

ナォ、やっと、会《あ》えたね。やっと、このときがきたね。

「……ありがとう……ア……ナ……ン……」

「お父《とう》さん、お父さーんっ」

ぼくはナガレさんのひざにのって、胸《むね》に耳《みみ》をぴったりつけた。長《なが》い間《あいだ》動《うご》き続《つづ》けたオンボロ時計《どけい》が、もうすぐ止《と》まろうとしている。ぼくの時計《とけい》みたいに。

ぼくはアナンがだいている、ぼくの体《からだ》を見《み》た。古《ふる》くなった体《からだ》はもうねむりについていた。役目《やくめ》がおわって、静《しず》かに目《め》をとじて。

これは、ぼくのもうひとつの顔《かお》。ぼくはもう、死《し》んだんだ。

おやすみなさい、ごくろうさま。そして、ありがとう、ぼくの体《からだ》。

空《そら》からしんしんと雪《ゆき》はふり続《つづ》けた。

いつのまにかそれは光《ひかり》のつぶにかわっていた。もう夜《よる》なのに、どんどんまわりが明《あか》るくなっていく。その中《なか》に、ひときわ明《あか》るいところがあった。

だれも教《おし》えてくれなくたって、『出口《でぐち》』ってかいてなくたって、これならひと目《め》でわかる。

ぼくはまぶしさに目《め》をパチパチさせた。あたりの光《ひかり》はそこにむかってきらきらと流《なが》れ、ひとつのうずまきを作《つく》っていた。

アナンの胸《むね》の、窓《まど》に。虹色《にじいろ》にかがやく、タマシイの窓《まど》に。

ドクン……ドクン……ドク……。

耳《みみ》もとで、ぼくがずっとき続《つづ》けていたナガレさんの音《おと》が止《と》まった。

「お父《とう》さん」

アナンの目《め》から熱《あつ》い涙《なみだ》がこぼれ落《お》ちた。幸《しあわ》せそうなナガレさんの顔《かお》の上《うえ》に。

ナガレさん、おつかれさま。

これでもう、ぼくたちのとてもとても長《なが》い、すばらしい夢《ゆめ》はおわりだよ。

そして、またいつか新《あたら》しい夢《ゆめ》がはじまるんだ。

ナガレさんの体《からだ》から、光《ひかり》のナガレさんがふわりとうきあがった。タマシイだけになって、ゆっくりとアナンの胸《むね》にすいこまれていく。

ナォ、待《ま》って。ぼくもいく。

ナガレさん、いつまでもいっしょだよ。たとえタマシイになっても。

さようなら、アナン、さようなら。ぼくたちが見《み》えなくなっても、これだけは信《しん》じて。ぼくたちがいつも、きみを見《み》まもっていることを。きみが思《おも》い出《だ》すときには、いつもそばにいるってことを。

じゃあ、もういってもいい？

アナン、きみの窓《まど》の、むこうがわへ。

イノチって、おわらない。

夢《ゆめ》は、どこまでもつづいていく。

だけど、何度《なんど》これから夢《ゆめ》を見《み》ても、ぼくはわすれないだろう。

ぼくがどんなに、アナンを好《す》きだったか。
ナガレさんがどんなに、アナンを愛《あい》したか。
ぼくだけはぜったいに、ぜったいにわすれないんだ。
永遠《えいえん》にね。
ナオ。

あとがき

ホームレスによりそう子《こ》ネコ――。

それは二十年以上前《にじゅうねんいじょうまえ》、夜《よる》の新宿裏通《しんじゅくうらどお》りで、東京《とうきょう》にきたばかりのわたしが目《め》にした光景《こうけい》でした。今《いま》にして思《おも》うと、それはたまたま目《め》にしたというよりも、『見《み》せてもらった』といった方《ほう》が正《ただ》しいかもしれません。

通行人《つうこうにん》がそれとなく避《さ》けていく薄汚《うすよご》れたホームレス。その人《ひと》が引《ひ》いている粗末《そまつ》なリヤカーに、子《こ》ネコはちょこんとのっていたのです。とても安心《あんしん》して、幸《しあわ》せそうに。

動物《どうぶつ》には人間《にんげん》に対《たい》するジャッジはありません。子《こ》ネコは純粋《じゅんすい》にその人《ひと》を慕《した》っていました。その人《ひと》は子《こ》ネコを誇《ほこ》らしげに連《つ》れていました。わたしに見《み》えたものは、あたりのネオンもかすむほどの、ふたりの深《ふか》いつながりというきらめきだったのです。

ふり返《かえ》れば、『アナン、』が誕生《たんじょう》したのはこのときだったのだと思《おも》います。

やがてわたしはものを書《か》くようになりましたが、あのときココロに響《ひび》いたものを言《こと》葉《ば》としてつむぐのには、長《なが》い時間《じかん》がかかってしまいました。

十数年後《じゅうすうねんご》、難産《なんざん》の末《すえ》『アナン、』がなんとかこの世《よ》に生《う》まれ出《で》ました。

さらにこの子《こ》ども向《む》けの『ぼくとアナン』が生《う》まれるまで、また二年《にねん》。

それから、こうして講談社《こうだんしゃ》さんに文庫化《ぶんこか》してもらえるまで七年《しちねん》。

この年《とし》には劇的《げきてき》なことがありました。わたしは初《はじ》めて、アナンの窓《まど》を実際《じっさい》に見《み》たのです。

その窓《まど》は一万《いちまん》ワットに輝《かがや》いていました。たくさんのタマシイたちが一瞬《いっしゅん》にして光《ひかり》を求《もと》めて集《あつ》まり、窓《まど》の向《む》こうに旅立《たびだ》っていきました。

講談社文庫《こうだんしゃぶんこ》、長谷川淳《はせがわじゅん》さん、この風変《ふうが》わりな本《ほん》を快《こころよ》く出版《しゅっぱん》してくださり、本当《ほんとう》にありがとうございます。

最高《さいこう》の表紙《ひょうし》を作《つく》ってくださった、アナンの最大《さいだい》の理解者《りかいしゃ》、モザイク作家《さっか》ナツコさん。日本《にほん》タイルアート協会設立《きょうかいせつりつ》、おめでとうございます。必要《ひつよう》なことが起《お》こるのが運命《うんめい》なのだと思《おも》います。『アナン』モザイク作品《さくひん》コンクールの成功《せいこう》をお祈《いの》りしています。

あのとき、あの一瞬《いっしゅん》、わたしにホームレスとネコをふり返《かえ》らせてくれたビッグスピリットに感謝《かんしゃ》しつつ――。

二〇〇九年四月《にせんきゅうねんしがつ》

梓《あずさ》　河人《かわと》

解説《かいせつ》

吉田《よしだ》伸子《のぶこ》

読《よ》み終《お》えた後《あと》、一《ひと》つの場面《ばめん》がいつまでもいつまでも胸《むね》に残《のこ》る。静《しず》かに、けれど力《ちから》強《づよ》く。

本書《ほんしょ》は、大人《おとな》のために書《か》かれた『アナン』の〝子《こ》ども向《む》けヴァージョン〟である(ちなみに『アナン』というタイトルは、二《に》〇〇〇《せん》年《ねん》に刊行《かんこう》された単行本《たんこうぼん》のもので、加筆訂正《かひっていせい》された文庫《ぶんこ》のタイトルは『アナン、』となっている)。『アナン』に登場《とうじょう》するホームレスの流《ながれ》は、本書《ほんしょ》ではイエナシビトのナガレさんになっている。『アナン』では、東京《とうきょう》に、次《つぎ》に雪《ゆき》が降《ふ》ったら死《し》のうと考《かんが》えている流《ながれ》が、〝最後《さいご》の晩餐《ばんさん》〟のためにゴミ捨《す》て場《ば》を漁《あさ》っていた時《とき》に、捨《す》てられていた赤《あか》ん坊《ぼう》を拾《ひろ》う、というのが物語《ものがたり》の発端《ほったん》になっていたが、本書《ほんしょ》では、ナガレさんは赤《あか》ん坊《ぼう》の前《まえ》に、フライドチキンのバケツに入《はい》ってゴミ箱《ばこ》に捨《す》てられていた子猫《こねこ》を拾《ひろ》う。雨水《あまみず》のせいで、そのバケツの中《なか》で溺《おぼ》れ死《し》にそうになっていた子猫《こねこ》は、危機一髪《ききいっぱつ》のところでナガレさんに救《すく》われる。やがて、ナガレさんの看病《かんびょう》でようやく歩《ある》けるようになった頃《ころ》、子猫《こねこ》は「バケツ」と名付《なづ》けられる。このバケツが、本書《ほんしょ》の語《かた》り手《て》である。

この、物語《ものがたり》の語《かた》り手《て》を猫《ねこ》のバケツにした、というのが本書《ほんしょ》のミソで（猫好《ねこず》きの私《わたし》にはそれだけでたまらないのだが）、バケツの目線《めせん》が、人間《にんげん》の子《こ》どもと同《おな》じくらいになっているからこそ（知能《ちのう》も猫《ねこ》と幼児《ようじ》は同程度《どうていど》である）、読《よ》み手《て》である子《こ》どもたちの胸《むね》に、するするっと入《はい》っていき易《やす》くなっているのだ。

『アナン』では、ゴミ捨《す》て場《ば》に捨《す》てられていた赤《あか》ん坊《ぼう》＝アナンを拾《ひろ》うのは流《ながれ》だが、本《ほん》書《しょ》ではバケツである。聖夜《せいや》の夜《よる》、いよいよ行《い》き詰《づ》まったナガレさんは、恐《おそ》らくは〝最《さい》後《ご》の晩餐《ばんさん》〟にとバケツを伴《ともな》い、有名《ゆうめい》なレストラン『リュウグウ』のゴミ捨《す》て場《ば》に向《む》かう。そこで黒《くろ》コゲになって廃棄《はいき》された「フグのからあげ」に、ナガレさんとともに、舌鼓《したつづみ》を打《う》っていたバケツが、かすかな〝命《いのち》の音《おと》〟を聞《き》き取《と》って、ナガレさんを促《うなが》したのだ。赤《あか》ちゃんを見《み》つけた瞬間《しゅんかん》は、さすがに動揺《どうよう》したナガレさんだが、やがて、その赤《あか》ちゃんをタオルで包《つつ》み、自分《じぶん》のコートの中《なか》にすっぽりと入《い》れる。そう、バケツを助《たす》けた時《とき》のように。バケツも赤《あか》ちゃんと共《とも》にナガレさんのコートに入《はい》り込《こ》み、自分《じぶん》の体《たい》温《おん》で、凍《こご》えきった赤《あか》ちゃんを必死《ひっし》になって温《あたた》める。この時《とき》、ナガレさんとバケツの心《こころ》の中《なか》にあったのは、何《なん》としてでも、この小《ちい》さな命《いのち》を救《すく》いたいという想《おも》いだ。たとえ自《じ》分《ぶん》の命《いのち》と引《ひ》き換《か》えでもいいから、目《め》の前《まえ》のこの小《ちい》さな命《いのち》を救《すく》いたい、と。ナガレさんも、バケツも、言《い》うなれば〝弱《よわ》きもの〟である。ナガレさんには屋根《やね》のついた家《いえ》もなければお金《かね》もない。バケツは非力《ひりき》な子猫《こねこ》である。そんな〝弱《よわ》きもの〟の二人《ふたり》が、けれど、目《め》の前《まえ》のさらに〝弱《よわ》きもの〟のためには、躊躇《ためら》うことなく手《て》を差《さ》し伸《の》べる。その命《いのち》を守《まも》ろうと必死《ひっし》で願《ねが》う。その姿《すがた》の、何《なん》ときらきらと輝《かがや》いていることだろう。

本書《ほんしょ》ではこの冒頭部分《ぼうとうぶぶん》から、ナガレさんとバケツとアナンの、三人《さんにん》がたどる〝旅《たび》路《じ》〟が描《えが》かれていく。アナンが大《おお》きくなるにつれ、次第《しだい》に明《あき》らかになっていく、アナンの特別《とくべつ》な能力《のうりょく》や、ナガレさんのイエナシビト仲間《なかま》たちとの交流《こうりゅう》、さらにその〝旅《たび》路《じ》〟で巡《めぐ》り合《あ》う様々《さまざま》な不思議《ふしぎ》。それら全《すべ》てが心《こころ》に静《しず》かに沁《し》みていくエピソードになっているのだが、この物語《ものがたり》の本質《ほんしつ》は、先《さき》に書《か》いた冒頭《ぼうとう》の部分《ぶぶん》に集約《しゅうやく》されている。つまり、〝弱《よわ》きもの〟が、〝さらに弱《よわ》きもの〟を何《なん》とか救《すく》おうとすることの貴《とうと》さ、崇高《すうこう》さ。そこにあるのは、命《いのち》のかけがえのなさ、命《いのち》を繋《つな》いでいくことの厳《きび》しさと素晴《すば》らしさ、だ。

本書《ほんしょ》が世《よ》に出《で》るきっかけとなったのは、『アナン』を出版《しゅっぱん》した時《とき》に、作者《さくしゃ》が感《かん》じた「何《なに》かやりのこしているような気《き》がした」ことだった。「かきたいことは全部《ぜんぶ》、最後《さいご》の一文字《ひともじ》までかいたのに。もう、力《ちから》はつかいはたしたのに。あとは、みんなに読《よ》んでもらえれば——」と思《おも》っていた作者《さくしゃ》は、その「みんな」の中《なか》に、子《こ》どもたちが含《ふく》まれていなかったことに気付《きづ》く。そして、「子《こ》どもたちのために、もう一度《いちど》アナンを書《か》きなおさなくては」と思《おも》うのだ。折《おり》しも、『アナン』の共著者《きょうちょしゃ》である飯田譲治《いいだじょうじ》氏のホームページに、「小学生《しょうがくせい》の自分《じぶん》のむすめ」に「どうしてもこの話《はなし》をつたえたい」という読《どく》者《しゃ》からのメールが届《とど》く。そして、作者《さくしゃ》は本書《ほんしょ》の執筆《しっぴつ》を決意《けつい》する。私《わたし》は本書《ほんしょ》の読者《どくしゃ》として、飯田氏《いいだし》のホームページにメールを送《おく》った方《かた》に、心《こころ》から感謝《かんしゃ》したい。本書《ほんしょ》を読《よ》んだ時《とき》に、私自身《わたしじしん》、当時《とうじ》三歳《さんさい》だった息子《むすこ》に、いつか本書《ほんしょ》を読《よ》ませよう、と思《おも》ったからだ。

子《こ》どもたちが、あまりにもあっけなく（としか思《おも》えない）自分《じぶん》の命《いのち》を絶《た》ってしまったり、他人《たにん》の命《いのち》をも奪《うば》ってしまったり、というニュースを耳《みみ》にするたびに、どうにもやりきれない想《おも》いで気持《きもち》がふさいでしまう。命《いのち》はゲームのようにリセットできないんだよ。命《いのち》は復活《ふっかつ》の呪文《じゅもん》で息《いき》を吹《ふ》き返《かえ》したりはしないんだよ。そこにどんな理由《りゆう》があろうと、命《いのち》を粗末《そまつ》にしてはいけないんだよ。自分《じぶん》の命《いのち》を大事《だいじ》にするように、誰《だれ》かの命《いのち》もまた大事《だいじ》にしなければいけないんだよ。そんなふうに私《わたし》一人《ひとり》がいくら叫《さけ》んでみても、せいぜいが目《め》の前《まえ》の息子《むすこ》にしか届《とど》かない。けれど、本書《ほんしょ》のように物語《ものがたり》としてそこにあれば、本書《ほんしょ》と出会《であ》った子《こ》どもたちには、そのことが伝《つた》わるのではないか。命《いのち》のこと、タマシイのことが、物語《ものがたり》を通《つう》じて、すとんと胸《むね》に納《おさ》まってくれるのではないか。そして、そういう大事《だいじ》なことは、子《こ》ども時代《じだい》にきっちりと伝《つた》えなければいけないことなのだ。小《ちい》さな、だけどしっかりとした楔《くさび》のように、幼《おさな》い心《こころ》に刻《きざ》み込《こ》まれなければいけないものなのだ。

それは子《こ》どもたちだけの問題《もんだい》ではない。私《わたし》たち大人《おとな》もまた、同様《どうよう》に胸《むね》に刻《きざ》まなければならない。水《みず》に濡《ぬ》れた犬《いぬ》をさらに殴《なぐ》りつけるのを良《よ》しとするような、殴《なぐ》りつけられた犬《いぬ》を見《み》て見《み》ぬふりをするような、そんな現代《げんだい》の風潮《ふうちょう》に、私《わたし》たちは否《いな》を唱《とな》えなければいけないのだ。たとえそれが、小《ちい》さな声《こえ》でも。最初《さいしょ》はたった一人《ひとり》の声《こえ》でも。間違《まちが》った方向《ほうこう》に、嫌《いや》な方向《ほうこう》に、なすがままに流《なが》されてはいけないのだ。

同時《どうじ》に、私《わたし》たち大人《おとな》は、子《こ》どもたちを守《まも》らなければならない、と思《おも》う。子《こ》どもというのは、そもそも守《まも》られるべき存在《そんざい》なのだ。大事《だいじ》にされなければいけない存在《そんざい》なのだ。それは、彼《かれ》らが、次《つぎ》に生《い》きていく世代《せだい》だから。私《わたし》たちの先《さき》を、さらにその先《さき》を、生《い》きていく世代《せだい》だから。命《いのち》を繋《つな》いでいく、その担《にな》い手《て》なのだから。

本書《ほんしょ》では、イエナシビトたちが必死《ひっし》でアナンを育《そだ》てていく過程《かてい》が描《えが》かれるが、彼《かれ》らのアナンに寄せる想い、彼らは自覚していないかもしれないが、それこそが「希望《きぼう》」と名付《なづ》けられるべきものだと思《おも》う。アナンを抱《だ》きたい一心《いっしん》でお風呂《ふろ》に入《はい》ったイエナシビト、アナンのために、せっせとベビー服《ふく》やオモチャやオムツを拾《ひろ》い集《あつ》めてくるイエナシビト。一《ひと》つの小《ちい》さな命《いのち》のために寄《よ》せ集《あつ》められるパワー。一《ひと》つの小《ちい》さな命《いのち》が引《ひ》き寄《よ》せる奇跡《きせき》。本書《ほんしょ》で描《えが》かれるエピソードの一《ひと》つ一《ひと》つが、まるで宝石《ほうせき》のようにきらきらと輝《かがや》く。

そして、本書《ほんしょ》では忘《わす》れてならないのがバケツの存在《そんざい》だ。バケツの目《め》を通《とお》して語《かた》られるからこそ、人間《にんげん》には見《み》えないものまで見《み》えるし、人間《にんげん》には聞《き》こえないものが聞《き》こえる。そして、バケツの命《いのち》は、人間《にんげん》の命《いのち》よりもずっとずっと短《みじか》い。語《かた》り手《て》であるバケツ自身《じしん》が、命《いのち》には終《お》わりがあること、けれどそれは、そこで断《た》ち切《き》られてしまう終《お》わりではないこと、をちゃんと教《おし》えてくれるのだ。そう、バケツは物語《ものがたり》の最後《さいご》で、自分《じぶん》の命《いのち》を救《すく》ってくれたナガレさんとともに、その生《せい》を終《お》える。年老《としお》いて、生《せい》を終《お》える。けれど、愛《あい》するナガレさんとともに空《そら》の高《たか》みに上《のぼ》っていくバケツは、ナガレさんとともに、アナンの心《こころ》の中《なか》で永遠《えいえん》に生《い》き続《つづ》けるのだし、バケツもまた、生身《なまみ》の体《からだ》は脱《ぬ》ぎ捨《す》ててしまっても、そのタマシイは常《つね》にアナンとともにあるのだ。

本書《ほんしょ》のラストを引用《いんよう》する。

さようなら、アナン、さようなら。ぼくたちが見《み》えなくなっても、これだけは信《しん》じて。ぼくたちがいつも、きみを見《み》まもっていることを。きみが思《おも》い出《だ》すときには、いつもそばにいるってことを。

ナガレさんもバケツも、いつだってアナンとともにあるのだ。そう、この物語《ものがたり》を読《よ》み終《お》えた子《こ》どもたちの心《こころ》に、ナガレさんとバケツとアナンがいつまでも残《のこ》るように。この原稿《げんこう》の冒頭《ぼうとう》で書《か》いた、一《ひと》つの場面《ばめん》とは、アナンが描《えが》いたモザイク画《が》だ。そこには、海《うみ》を見《み》つめているナガレさんと、ナガレさんの腕《うで》に抱《だ》かれている赤《あか》ん坊《ぼう》のアナン、その横《よこ》に金色《きんいろ》に光《ひか》るバケツ、が描《えが》かれている。寄《よ》り添《そ》う三《みっ》つのタマシイの眩《まばゆ》いばかりの美《うつく》しさ。このモザイク画《が》が、本書《ほんしょ》を読《よ》んだ子《こ》どもたち、大人《おとな》たちの記憶《きおく》に、いつまでもいつまでも残《のこ》りますように。

本書は二〇〇一年十二月に角川書店より刊行された単行本を改稿した作品です。

|著者|梓 河人　愛知県生まれ。短編「その愛は石より重いか」でデビュー。主な作品に本書『ぼくとアナン』、飯田譲治との共著に『黒帯』『盗作』『この愛は石より重いか』『Gift』『アナン、』や『アナザへヴン』シリーズなどがある。

ぼくとアナン

梓《あずさ》 河人《かわと》

講談社文庫

定価はカバーに
表示してあります

2009年5月15日第1刷発行

発行者――鈴木 哲
発行所――株式会社 講談社
東京都文京区音羽2-12-21 〒112-8001
電話 出版部 (03) 5395-3510
販売部 (03) 5395-5817
業務部 (03) 5395-3615

デザイン―菊地信義
本文データ制作―講談社プリプレス管理部
印刷―――豊国印刷株式会社
製本―――株式会社大進堂

Printed in Japan

落丁本・乱丁本は購入書店名を明記のうえ、小社業務部あてにお送りください。送料は小社負担にてお取替えします。なお、この本の内容についてのお問い合わせは文庫出版部あてにお願いいたします。

ISBN978-4-06-276121-5

講談社文庫刊行の辞

二十一世紀の到来を目睫に望みながら、われわれはいま、人類史上かつて例を見ない巨大な転換期をむかえようとしている。

世界も、日本も、激動の予兆に対する期待とおののきを内に蔵して、未知の時代に歩み入ろうとしている。このときにあたり、創業の人野間清治の「ナショナル・エデュケイター」への志を現代に甦らせようと意図して、われわれはここに古今の文芸作品はいうまでもなく、ひろく人文・社会・自然の諸科学から東西の名著を網羅する、新しい綜合文庫の発刊を決意した。

激動の転換期はまた断絶の時代である。われわれは戦後二十五年間の出版文化のありかたへの深い反省をこめて、この断絶の時代にあえて人間的な持続を求めようとする。いたずらに浮薄な商業主義のあだ花を追い求めることなく、長期にわたって良書に生命をあたえようとつとめるところにしか、今後の出版文化の真の繁栄はあり得ないと信じるからである。

同時にわれわれはこの綜合文庫の刊行を通じて、人文・社会・自然の諸科学が、結局人間の学にほかならないことを立証しようと願っている。かつて知識とは、「汝自身を知る」ことにつきていた。現代社会の瑣末な情報の氾濫のなかから、力強い知識の源泉を掘り起し、技術文明のただなかに、生きた人間の姿を復活させること。それこそわれわれの切なる希求である。

われわれは権威に盲従せず、俗流に媚びることなく、渾然一体となって日本の「草の根」をかたちづくる若く新しい世代の人々に、心をこめてこの新しい綜合文庫をおくり届けたい。それは知識の泉であるとともに感受性のふるさとであり、もっとも有機的に組織され、社会に開かれた万人のための大学をめざしている。大方の支援と協力を衷心より切望してやまない。

一九七一年七月

野間省一